伽鹿舎QUINOAZ

戦争の法

IUS BELLI

佐藤亜紀
Aki Sato

伽鹿舎
KAJIKASHA

IUS BELLI

伽鹿舎QUINOAZ

戦争の法

IUS BELLI

佐藤亜紀　AKI SATO

伽鹿舎
KAJIKASHA

カバー装画　清水美樹

目次

序

人間の記憶は薄れやすいものである。

おそらくは今日、十五年前日本を揺るがした一大事件と、それに続く戦争状態という比較すれば散文的な事態とをあえて思い起こそうという者はあるまい。地方の一県が分離独立したからといって日本全土を暗雲が覆い尽くした訳ではないし、この第三世界じみた事件が著しく日本人の自尊心を傷付けたということもなさそうだ。大体、我々が傷付くのは貧乏人呼ばわりされた時だけではないか。馬鹿にされたくなければ一銭でも多く稼げ――これこそ一九四五年以来、我が国が唯一の国是としてきたところであり、かくて闇屋で荒稼ぎして無傷で帰ってきた私の父は動章を貰っても、名誉の負傷で杖を手放せなくなった私には何の恩賞もない。それはそれで結構なことだ。あの時期、N＊＊＊県で幼年期を送らざるを得なかった私は、他の何にもまして、イデオロギーにうんざりしている。一時は、金こそ力であり正義であり真実であるという父の見解ほど爽快なものはないように見えたものだ。今や所詮はイデオロギーに過ぎないことが明らかになって、その爽快さも少しく薄汚れて見えるのは確かだが。

N＊＊＊＊が再び日本の不可分の一部となったことを惜しむ真正の分離独立主義者（などというものは実はいなかった、と一般には考えられている訳だが、この常識の真偽に関しては後で触れることになろう）と、一時なりとも日本の一部が、それも外国勢力を後ろ盾に分離独立を目論んだのがどうしても許せない愛国者（何、殊更な愛国者でなくとも、今だにN＊＊＊＊県出身者と知ると非国民扱いする者は多い）は別として、普通の人々には、あれも既に教科書の記述に過ぎない。大東亜戦争やその他諸々の、我々がやらかしてきた戦争と同じく。抵抗運動に身を投じて銃を取った私自身にしてからがそうだ。終戦後まずは再教育施設で毒気を抜かれ、ご苦労様というので奨学金を貰って東京で学校に通い、今は我が家の二階で、戦時中に覚えた悪癖たるオペラに耽溺しながら、近隣に「あれが酒々井さんちの」と後ろ指をさされて暮らすうちに、どんどん記憶が薄れていくのに気が付いた。

実をいえばこんな手記を書くのはどうにも気が進まない。私自身、年寄りの昔話は嫌いだ。だが、市立図書館で司書まがいの仕事を貰う以外（まだそんな年ではないが、私は老廃兵といったところで、世評とは別に市としては一応の待遇を与えざるを得ない――それに、私が面倒を見てやらなければ、誰がこの図書館にまともな本を入れるというのだろう、真中央に想定した水平線から下はほぼ完全な空白状態を呈する乱闘小説しか読まない高校の国語教師でないのは確かだ）、私にはすることもない。

そもそもこんなことを思い付いたのは、暇に飽かして図書館所蔵の体験記の類を読み耽ったせいだ。

非営利の地方出版社以外、どこがこんなものを出版するだろう――それにその地方の図書館以外、どこがこんなものを買うだろう――そういう呪われた出版物だが、数だけは無闇に多く、三組の世界文学全集を含む図書館のほぼ全蔵書を読み尽くしてしまったある日、ふとした気紛れから今まで避け続けてきたこの手の本を手にとって、うんざりするまでに三週間掛かった。飽くまでうんざりするまでである。読むのは速い方だが、それでも全部読み尽くすには毎日二冊こなしていってもあと一箇月は掛かりそうだ。そんなことに費やすには人生は余りに短い。いかにぱっとしない人生でも。

おそらくはどこかに、大部分は主婦の手になるこの種の体験記の書き方を教える呪われたマニュアルがあるに違いなく、それが瓜二つの本を百冊も発生させるのであろう。無論、体験そのものはそれなりに貴重なものだ。米の値段がキロ幾らというような話、開戦と共に事実上解禁になってしまった密造酒の製法、亭主を隠す為に掘った床下の穴蔵の話などは、細部の喜びと名付けたくなるくらい克明に記されている。だが、いかなる悪魔の囁きか――であればこそ、あの呪われたマニュアルの存在が想定される訳だが――「私」は常に「ソ連軍の横暴に怒りを覚えた」り、その手先になって働く連中に対する「軽蔑を隠せなかった」り、「物資の不足に泣いた」りしながらも、けして「日本人としての誇りを失わなかった」と締め括られてしまうのだ。開いた口がふさがらない。この上世間様の顰蹙を買うことなど恐れても仕方がないから書いてしまおう。確かに、ロシア人（ないし露助という不正確な十把ひとからげが当時はまだ通用していた）が闇物資を巻き上げに来れば腹を立てたし、義勇軍や党員は陰では笑いものだったし、行列があればとりあえず並ぶ奇怪な習慣は終戦後しばらく経っても抜けなかった。だが、それとこれとは全く違う。まして日本人としての誇り云々という問題では全くなかったのだ。あの戦争に関しては皆が皆健忘症に掛かってしまったらしい。シェルショックという訳だろうか。

実際、体験を語るというのはかなり厄介ではある。いざ口を開くと出て来るのは紋切型だけ、自分自身にしてからが、お手本に照らして変形された記憶を本物と信じ込む始末だ。個々の出来事は真実に基づいていながら、それはもうかつて読んだ誰かの書き方、感じ方、考え方に置き換えられ、およそ起こった事には忠実でない、ということになってしまうのである。

少なくとも私は、起こった事に対する私自身の感じ方、考え方に忠実でありたいと願う。不可能は百も承知だ。誰もが例外なくどっぷりと紋切型に侵されている。それだけが、次々に惹き起こされる事態に脈絡を与えて「事件」に変えるのだ。ちょっと新聞を見てみれば判る。記者が起こった事を紋切型に押し込むのに汲々としているのが目に見えるようだ。綺麗に収まった事件だけを、読者は事実らしいと感じる。それが本当に事実であるのか否かはどうでもいい。そもそも読者には判断の材料がないし、事実の持つ絶対的怪異性を突き付けられたところで、本能的に認識を拒むだろう。だが、不可能は確かだとしても、能うかぎり忠実ではありたいものだ。これを書き出すにあたって、私は幾晩か眠らずに可能な方法を書き出して見た。無論、そのせいで昼間はたっぷりと居眠りしたが。私が到達した結論はこれである。

この物語はフィクションであり、登場する土地、機関、人物は、作者自身も含めてすべて架空のものである。

せいぜい用心してほしい。私は諦めて、遠慮会釈なく紋切型の嵐を仕掛けることにしたのだ。その臆面のなさが、私にも読者にも、幾らかの解毒剤になってくれるよう祈りつつ。私の言葉は一言半句たりとも信頼には値しない。そもそもそのように書いていくつもりだが、何かの弾みでつい真実らしく見えてしまっても、全く真実ではない。読者諸氏には全てを疑って掛かることを切にお願いする。或いはこれから語り起こす一大珍事そのものが、全くの虚構かもしれないのだ。

私自身は、妙な言い方だが、歴史的に存在した私を超越して、物語の中をさまよい歩くことになろう。何の遠慮もなく、その場にいた訳でもない事件を見てきたように語り、その際は平然と「何の誰某は三時に出掛けた」とやらせて貰う。当然だろう。私は全てを知る現在の立場から語ろうというのだ。作者には全てが可能だ。馬鹿正直な哲学者がどんなに抗議しようと。

さて、私は語りという隠れ頭巾を頭に載せて退場しよう。時は一九七五年。つまり、まだソビエト連邦なる国家が地上に存在し、存在するばかりではなく悪の帝国でさえあった頃。県は今しも風雲に見舞われようとしていた……。

Ⅰ　地方風俗の研究

だが少々話を急ぎすぎたようだ。諸君は私を知らないし、私は諸君を知らない。そこにいきなり名誉の負傷だの勲章だのの話を持ち出しても、平和呆けした非N＊＊＊＊県民にはぴんと来ないだろう。私にだって今だにぴんと来ない。冬の殊に寒い晩、古傷が疼いている最中でも。これは私の不手際だ。だから、いきなりその日の話から入るのは止めにして、我がS＊＊＊＊市並びにその主要産業と共に没落する羽目になった我が家の歴史から始めることにしたい。

悠長すぎる？　まさか私にいきなり話に入れと要求する訳ではあるまい。小なりとはいえ一図書館の蔵書を丸々読破した男として断言させて貰おう。いきなり話に入るごときは唾棄すべき趣味だ。ザッカールがシャンポーの店に入ったのは、株式取引所の鐘が十一時を打った時だった——そんなのは御免だ。そもそも私たちは時間を殺す為に本を読むのだ。悠長すぎるということはない。

さて、私が子供だった頃、市の住人は画然と二種に分類されていた。まがりなりにも生産手段を私有する者と、そうでない者とである。前者は自己の所有になる生産手段、即ち工場と呼ばれる建造物内部に設置された紡績機、織機その他を後者に動かさせて利益を得、後者は前者の所有する工場の機械を動かし、或いはそれに付随する仕事をこなし、或いは内職を貰って生活の糧を得ていた。前者は旦那と呼ばれ、後者は至って侮蔑的に勤め人と呼ばれた。

　今もって幾らかその風潮が残っている。つい先日ある飲み屋で昔の知り合いが、工場の同僚の細君が呉服屋の主人と駆け落ちして、県庁所在地であるN＊＊＊市で同棲しているという話を聞かせてくれた。これは醜聞だった。明白に勤め人階級に属する同僚の細君は兎も角、呉服屋は店を所有しているというだけで一格上の人間と、まだ幾らかは（これが肝要だ）考えられているからである。

　しかし翻って全国的な良識に照らせば、これはいかにも奇妙な話だ。今年に入って駆け落ちしたのは何も彼らが初めてではない。一般にS＊＊＊の性風俗は紊乱を極めていたし、今も極めている。繊維産業は女性労働に支えられているから、どうしてもそういうことになるらしい。臨月じゃないかという花嫁が、文金高島田と腹を庇いながらタクシーに乗り込む光景を、私は子供の頃から何度も目にしている。共稼ぎの妻（必然的に既婚婦人の九割九分九厘は働いている）が駆け落ちするのもそう珍しいことではない。現にその時私たちが飲んでいた店のカウンターには、駆け落ちから帰って来ても亭主の下には戻らず、行きつけだったそこの女将と暮し始めた女が入っていた。よくある女の共和国である。女将の亭主の方は女子高生と東京に駆け落ちしたきり戻って来ない。S＊＊＊ではこの程度のことは、さすがに日常茶飯事とは言わないまでも、頻度の高い出来事の一つなのである。

私はそう指摘した。(無論、地元方言でそう言った訳だが——標準語など使ったら私は今以上にうしろ指を差されることになろう——残念ながら、その時の言葉遣いを完全に再現することは断念せざるを得ない。今後もあえてそういう試みはしないことにする。読者には理解不能になるからだ)。だが、かつては旦那階級に属していた一族出身のその男は軽蔑もあらわにこう答えた。

「どんなことをやらかしたって噂にもならない階級ってのがあらあな」

いやはや。

その階級というやつも、分離独立以前、既に崩壊の危機に瀕していた訳だが、これはそれより遥か前、まだ市の繊維産業が輸出で大いに潤っていた頃の話だ。

S＊＊＊の黄金時代。それはニッポンの青春と一致している。まだニッポンが第三世界に属していた頃。子供たちが、夏には虫下しを飲まされ、脱脂粉乳に顔を顰めていた頃。無邪気にも、兎も角働けば幸せになれると信じていたあの頃。紡績機は唸り、織機は三交替でフル回転し、染色工場からは酸っぱい臭いのする廃水が流れ出して川を七色に染め分け、町の住民はついぞ静寂というものを知らなかった。一晩中止まらずに動く機械の音が、町の大気に振動を与え続けたからだ。初めて町を離れた夜、私は静かすぎて眠れなかった。あのお世辞にも音楽的とは言い兼ねる音は、切れかけた蛍光灯の立てる密やかな唸りと同じように静寂の音として認識されていたのである。まして我が家の場合、その静寂の音は、母屋から裏手に伸びる棟の中で一晩中続いたのだ。

従って、ここまでは喜んで同意できるが、祖父酒々井仁左衛門は所謂「憎むべき資本家」だった。祖父が近郷近在の村から娘たちを駆り集め、工場の二階に住まわせて二束三文で扱き使ったというのも、かつては認めた事実である。無論、現実はもっと曖昧で何とでも解釈できるものだ。たとえば「駆り集め」から「駆り」を取り、更に「二束三文」と「扱き」を取ったら、私にとってはずっと心安らかな歴史的事実だけが残る。問題は常に主観的だ。いつでも雇う側はぼられていると感じ、雇われる側は搾取されていると思う。十万が百万になり、百万が千万になっても、話が大きくなるだけで、両者が折り合うことはまずない。欲望に際限などあった例はないのだ。ヒエロニムス・ボッシュの傑作の銘に曰く、人の世は乾草の山、誰もが摑めるだけ摑み取る――だが摑めるだけとはどのくらいかが分かっている者などいるのだろうか。そんな賢者がいるなら弟子入りしたいくらいだが、私の知る範囲でその境地に一番近いのは他ならぬ私自身である。してみると、賢明になるというのは大して面白いことではないに違いない。

土地の物知りによれば、酒々井の家は名字帯刀の、それなりに由緒正しい家だったらしい。ただ、父も祖父も家系には殆ど興味を持たなかったから、詳しいことは何とも言えない。名字帯刀であろうとあるまいと、間違いなく我が御先祖は百姓だった。その一人は戊辰戦争が終って薩長が入って来た時、占領政策に異議を申し立てるべく近郷近在の百姓五千人を率いて一揆を起こしている。この話には後で触れることになるだろう。

結局その御先祖は少々ぶち込まれるだけで済み、酒々井の家系は絶えることなく続いて、ここで先祖の因縁に思いを巡らしている私の幼年時代に至る。祖父がまだ健在だった頃。家の玄関を何人もの若い娘たちが出たり入ったりする。工場の二階に住み込んで働く女工たちだ。無論まだ私には、ぽっちゃりと肉付きのいい腕をした、締まった足首と白い脛、薔薇色の頬に厚ぼったい目蓋の、僅かに汗と埃の匂いをさせた花咲ける乙女たちの誰が誰か区別できない。それに顔触れはすぐ変わる。早熟な娘たちは中学を出るとすぐ働きに来て、二十歳までいることはまずなかったからだ。結婚する。勤め口を変わる。だがそれまでは、仕事の合間、窓の縁に小鳥のように並んで延々と囀り続けたり、サンダルをつっかけてアイスキャンディを買いに行ったり、漫画本を回し読みしたりする合間に私をかまってくれたものだ。例の静寂の音は絶え間なく続く。家には荷台の脇に白ペンキで屋号を書いた紺色のトラックが二台あって、玄関に積んでおいた差し渡し二メートル、直径七十センチはありそうな、筒状に巻いた布を何本も積み込んでは走り去る。どこへなのか私は知らない。

それから祖父の葬式だ。冬の寒い晩で、屋根から下ろした雪が二階の窓近くまで積って道を塞いでいる。酒々井家と記した太い蠟燭が、新聞紙の芯を燻らせながら雪道をほんのりと蜜柑色に照らし出す。喪服の女たちが、数珠を手に、踏み固められた細い道をよちよちと上り下りしてやってくる。葬儀用の華々しい装置一式も、一旦分解され、この道を通って我が家に担ぎ込まれた。これはちょっとしたパレードだった。祖父の棺桶も同じ道を担がれ、延々五十メートルに亘って続く花輪の列の中を運ばれるだろう。時々、花輪に積った雪を払い落してやらねばならない。墨で記した寄贈者の名は滲んで消えかけている。

それから、娘たちは消え失せる。工場に置かれた巨大な鋼鉄の機械は、廊下に敷かれたレールの上を玄関まで驀進し、クレーンで吊り上げてトラックに乗せられ、次々と持ち去られた。工場は今やちょっとした運動場だ。私はそこで子供用自転車を乗り回し、母と祖母と通いの女工たちはむこうで残った機械を動かしている。夜になると工場は静まり返る。まだ近隣からは機械の音が聞こえて来るが、それも次第に間遠になる。どのみち家の近所には我が家と同じくらいの町工場しかなかったのだ。それでも旦那は旦那、資本家は資本家である。川のむこう側に真っ白な鉄筋コンクリートのビルが建ち、一晩中皓々と蛍光灯を点けて、此岸まで静寂の音を送ってくる。世の中には上手く切り抜ける者もいるのだ。だが、そんなことはあまり誰も認めたがらない。白亜のビルは旦那衆の不信と警戒の視線を浴びながら朗らかに三交替でがちゃこんがちゃこんを続けている。

輸出規制の嵐の中で、日の出の勢いの重厚長大産業のとばっちりを食って、S＊＊＊＊の町工場は次々に潰れて行った。地元選出の某代議士は利益誘導型の典型的な「おらが先生」の悪名高かったが、ことS＊＊＊＊の産業について言えば、煽るだけ煽った後の面倒見は至って悪く、町では今だにその裏切りが云々されることもある。まあ、今や彼も過去の人である。あまり悪く言うのは止めておこう。それでも私はこの大汚職政治家にためらうことなく大の文字を贈る。この大がどちらに冠せられるにせよ、外人ならずとも顔も名前も覚える暇もなく交替する昨今の内閣総理大臣たちよりは、美徳も悪徳も巨大であり、些か日本人離れしたN＊＊＊県気質の輝かしい一典型と呼ぶにやぶさかではない筈だ。

全ては個人の努力など何の役にも立たない大状況の為せる業だった――ということにしておこう。父にいま少しの覇気があったところでどうにかなる問題ではなかった、と。私は十分理解しているつもりだ。それにも拘らず、またその後の父の数奇な運命にも拘らず、私としてはこう言わざるを得ない。

父は駄目な男であった。

阿漕な祖父が胃袋を半分また半分と切り取られながらも三食豚肉の生姜焼きを食べ続けてどうやら天寿を全うした後、工場の経営不振が判明し、債権者をどう撃退するかという土壇場で相続税に痛め付けられ、文字通りの売り食いで急場をしのぎおおせると、父には工場に対する何の情熱も残っていなかった。幸い、嵐は過ぎ去った。母は祖母とともに、通いの工員や女工を使って残った機械を動かし、どうにか一家の生きる糧を稼ぎだした。後で触れることになると思うが、母にはまずまずの経営手腕が具わっていたのである。父はと言えば、玄関の土間を上がった部屋で、クレープ地（という醜悪な素材がかつて存在したのをご存じだろうか）のステテコとランニング、冬なら更に駱駝の股引と綿入れを重ねて炬燵に入ったまま、終日テレビを見続けた。

せめて父が自暴自棄になって家に女を連れ込むとか、競馬に狂って私の給食費にまで手を付けるとか、夜中に叩き起こして酒を買いにやらせるとかしていれば、まだ逆説的なりに偉大な父親のイメージを持てたかもしれない。だが生憎、父の悪徳は微温的であった。私が望んだように冷たかったり熱かったりするには何かしら過剰なるものが必要なのだろうが、父にそういうところはまるでなかった。仏壇を飾る祖父の脂ぎった遺影に対し、肉体的にも父の特徴は不足がちと言うに尽きた。でっぷりと太ってでもいたなら何かの間違いである種の風格が滲み出て来ないとも限らないが、父の肥満は専ら下腹に限られ、それも胃下垂気味の体にまとわりつくクレープ地のランニングを下がりかけたステテコに押し込んだ境目に遠慮深く載っているような按配で、おまけに当人は気が付いていなかったようだが、額の生え際が両側から後退し始めただけではなく、後頭部にも忌まわしい禿が広がりつつあった。父はこの後頭部を玄関に向け、頬杖を突いて横たわり、世間にその貧相なる姿を平然と曝していた。土間と部屋とを仕切る障子は、夏は開け放たれ、冬は雪見障子を上げたままだったから、来客は否応なしにその姿を拝むことになった。背後には常に作業ズボンが投げ出してあったが、父がズボンを穿いてテレビを見ていた姿は記憶にない。穿くのはただ来客があった時と、合成皮革のサンダルをつっかけてどこかへふらりと出掛けて行く時だけだった。

母は父におざなりな敬意を払って済ませていた。おそらくそれが気に障るのであろう、父はしばしば何の理由もなく母を殴り付けることがあったが、母はこれを自然災害の一種と受けとめていた。一般に、わが国では細君を殴り飛ばすことはさほど不道徳とは考えられていない。それに母にとって父は、疾うの昔にどうでもいい男になり果てていたようだ。

だが私はそうはいかない。何と言っても自分の父親だ。母は常々私に、父に敬意を払うように、少なくとも払って見せるようにと言っていた。言われるまでもない。母を襲った自然災害は、しばしば私も経験するところだった。迂闊に家の中を走り回ろうものなら、転寝しているところを起こしたのだとしても、テレビの音を聞き取る邪魔をしたのだとしても、文字通り額に青筋を立てた父に殴られかねなかった。私は忍び足で歩き回るといういじけた習性を身につけ、かつ、ごく素朴に父のささやかな横暴を憎んだ。

父にも情熱の対象はあった。狩猟である。家の、事務所と呼んでいた部屋には、旧式の巨大な金庫があり、中には書類や印鑑の類と共に、赤い油紙で包まれた散弾と、黒光りする猟銃がしまわれていた。夏の間も度々取り出しては磨き上げるせいで、鉄でできた銃身だけではなく木製の銃床まで艶々と黒ずんでいたのだ。父が金庫を開けて、裏庭に面した涼しい縁側なり、石油ストーブで暑いくらいのいつもの部屋なりで銃を磨き始めると、母も祖母も近寄ろうとはしなかった。その行為に何やら禍々しい、或いは淫猥なものを感じ取っていたのだろう。父は胡坐をかいて銃床を床に立て、膝で斜めに支え、抱きかかえるようにさえして、分解して部品に油を差し、銃身の中を掃除し、鉄の部分に磨きを掛け、木部を油布で愛撫し、最後には必ず、おそらく猟の時にやるように構えて、宙に向けてそっと引金を引いた。ごく小さな、ぱしりという音がした。銃を下した父の顔はさっぱりしたと言わんばかりに緩み、再び金庫にしまい込んだ後はいつもの部屋でごろりと横になって昼寝に入るのだった。この時は殊に静かに振舞わなければならなかった。ささやかな至福の眠りを破ったりしようものなら、どんな怒りが振りかかるか知れたものではない。

あの当時から薄々そう思ってはいたが、そしてその後、実際に銃を扱った経験から判断して、父の腕前は決して馬鹿にできたものではなかったと思う。ほぼ完全な髪結いの亭主となり果てた父は町の笑いものでもよかった筈だ。落ちぶれ果てた旦那は勤め人より悪い。斜陽を何やら感傷的なものとして評価する類の繊細さくらいＳ＊＊＊＊に縁遠いものはないのだ。ところがごく一部の熱狂的なグループが父を崇拝せんばかりに取り囲んでおり、その熱狂のせいか父を軽々しく扱うのはためらわれたらしい。何しろ事が事だけに、ましてそんな気は起こらなかったのだろう——その小グループとは地元猟友会であり、必ずしも名士の集まりとは言えなかったが、それなりに存在感のある連中ではあった。彼らを前に父が言うのを聞いたことがある。

「絞るんだよ。引金を引くんじゃない。絞るんだ。牡丹雪が落ちてくるように、そおっとな」

父が引金を絞る、その細心さそのままの「そおっとな」を聞いて、私は首筋がちりちりするのを感じた。今にして思えば母や祖母が眉を顰めていたのは、間違いない、猟銃に込められた感情の淫猥さであり、殺生を好む残虐さではなかった。殺生そのものに関して言えば、父は大して関心がなかったと思う。私はと言えば、危険を冒し、息を殺して気付かれぬように一部始終を窺っていた。

そして冬が来る。ポインターのタロとタロの仔犬のジロ(というのもタロは老いた雌犬で、痩せた肋骨から乳房をぶらぶら垂らしていたからだ)を連れ、足にはかんじき、頭には笠、愛する猟銃を背負って父は山に行った。行ってしまえば日暮れまでは帰ってこない。夕食には必ず戻ってくると知っていても、父の姿が見えないと得も言われぬ解放感があった。台所には喉を掻き切られた雪兎が、時には数匹、首にビニール袋をくくり付けられ、宙返りする宇宙飛行士の格好で逆さまにぶら下げられた。ビニールには角の方から、少ないとは言えない血が溜まって行った。母も祖母も他の料理法は知らなかったから、兎はどうしても鍋になる。兎鍋の晩、父は原始的家父長の役割を大いに楽しんだ。誰も兎鍋には飽きたなどとは言い出さなかった。父が上機嫌である以上のことはないというのが、一家の暗黙の了解だったのである。時々、肉に食い込んだ散弾が歯に当った。

食べ切れなかった兎は裏庭の雪の中に埋めた。積った雪が窓硝子を押し割ったりしないよう、軒先から地面まで横張りの板の囲いを付けていたが、その板の一部が外せるようになっていて、そこから横穴を掘って兎を埋めておくのである。それでも飢えた野良犬や野良猫が掘り出して食い散らかすことがあった。雪囲いに隠された階下の窓からは判らなかったが、二階の窓からは発見できた。本当に雪の非道い時など、よく小屋根から庭までビニール袋を橇にして滑って遊んだものだが、転んだ拍子に、食べ残した耳やら足やらを見付けることもあった。あまり血の跡はなかった。今更食い付かれて血を流すにはあまりにも完全に死んでいたからである。

私と同世代のN＊＊＊県民の大半は、その日を、「おはよう！　こどもショー」が見られなくなった日として記憶しているだろう。うらうらと暖かい春の朝だった。階下におりてテレビを点けると、テストパターンが映っていた。早朝なら兎も角、もう七時半だ。さすがにこれは妙だという気がした。

前夜のうちに、N＊＊＊県内に通じる主要道路、鉄道は全て封鎖され、放送局は占拠され、電話は不通になった。おそるべき手際の良さである。同時に、日本政府だけではなく全世界に向けて、N＊＊＊県の分離独立が宣言された。即座にソ連が独立政府支持を表明した。日本国外では誰も、奇異なこととは思わなかった。何と言ってもN＊＊＊県の分離独立運動は、その指導者諏訪久作が被っている不当な拘禁状態と共に、一部ではよく知られていたからである。

今日では公式に、N＊＊＊県の分離独立運動並びにその指導者諏訪久作なる人物は存在しなかった、と言われている。実際、N＊＊＊政庁に陣取って独立政府首班を務めていた間も、

N＊＊＊＊県が「解放」され、日本の不可分の一部となった後も、この人物は姿を現さなかった。全てが、県を拠点に日本列島を横断して東京に迫ろうというソ連の作り出した絵空事にすぎなかった、と。一部ではまた別のことも言われている。諏訪久作なる人物は確かに実在したが、分離独立運動の指導者というのは虚像であり、彼は単に傀儡として利用された後、何者かによって抹殺されてしまったのだ、と。

私はまだ分離独立時代の歴史の教科書というやつを持っていて、その記述に従って独自の調査を行った。と言っても、何のことはないその日以前の新聞を集めて丹念に読み耽っただけである。その結果、私はむしろ後者の見解に近付きつつある。哀れな諏訪久作氏は確かに実在した。国際アムネスティその他に訴えられた迫害もほぼ事実である。ただし、彼が分離独立主義者であったというのは疑わしい。彼が抹殺されたのは事実だろうが、いつ、誰の手によってかは判然としない。

私が見いだした比較的信頼できそうな情報とはこれだ。

小学校教員押し入り強盗。大学生お手柄

十日午後三時頃、N＊＊＊＊市K＊＊＊＊町三丁目のスーパー「八百善」に男が押し入り、レジにいた主婦＊＊＊＊子さん（38）に包丁を突き付けて脅し、レジにあった現金四万円を奪って逃走しようとしたところを通り掛かったN＊＊＊＊大学法学部三年生＊＊＊＊さん（23）に取り押さえられた。

犯人は市立Y＊＊＊＊小学校教諭諏訪久作(28)。諏訪は日頃から競輪に熱中しており、遊ぶ金欲しさの犯行と、N＊＊＊＊市警察署は見ている。
＊＊＊＊さんは柔道三段で高校時代は県大会に出場したこともある猛者。「まさか包丁を持っているとは思いませんでした。兎も角夢中でしたから」と語っている。

（一九七三年八月十日付N＊＊＊＊日報）

諏訪教諭は逮捕され、警察署に留置されて取り調べを受けた。ごく普通に逮捕された犯罪者が辿るべき道を辿った訳である。私の乏しい経験からすれば、警察の犯罪者に対する待遇はお世辞にも誉められたものではない。食事を取らせない、水を飲ませない、眠らせないなどは当り前で、しかも彼らは遥かに野蛮で遥かに洗練された精神的苦痛を与える技術を心得ている。時には直截な肉体的苦痛も与える。一旦警察に捕えられて犯行を認めないものがいるとしたら、それは余程の精神力の持ち主であろう。諏訪久作はそうした希有の精神力の持ち主であり、そのせいで代用監獄における未決勾留はますます長引いた。
妙な陰謀史観に囚われたくはないから、私は単純にこう書いておくことにする――何故かは知らないが、それが海外のマスコミで取り上げられ始めたのである。フランスの雑誌が最初だったかもしれない。謀略説を取るならば実に的確な選択だったと言えよう。私の一年ばかりの滞在経験からしても、フランス人は何とも説明のしてみようのないくらい人道主義が好きである。ましてそれが彼らのリアルなリアリズム（というのも妙だが、彼らは何にリアリズムを適用し、何に適用しないかという判断を、げっそりするくらいのリアリズムをもって行うのだ）に抵触しない限りは。この極東の非人道的行為などはまさにフランス人の好餌だった。何と言っても野蛮な極東というイメージはいかにもカラフルで説得力に満ちている。おまけに、それで日本人や日本政府を怒らせたからと言って（不当な批判を受けて怒った例などかつてないような気がするが、さすがにまだそこまで舐められてはいない）、彼らの財布が痛むような事態は起こり得なかった。断固としてその非人道ぶりをあげつらうに、これほどの好餌はないだろう。知識人の間ではあの話はちょっとした流行だった、と知り合いになったあるモロッコ人は嬉しそうに言ったものだ。「そうだよ、シスイ、あの話はちょっとした流行だった。円出る国ニッポンの野蛮な側面くらい、僕たちを喜ばせるものなんて、他にはなかったね。何しろベトナムが終ってみんな話題に困っていたから」

この話の裏で誰かが暗躍していたにせよ、いなかったにせよ、各国の日本大使館の前では座り込みが行われた。警察には海外からの抗議の手紙が続々と舞い込み、それまで全く無視して掛かっていた彼らも、公式の見解を表明せざるを得なくなった——綿密な調査の末、諏訪久作なる人物がN＊＊＊県警の代用監獄に未決勾留されていることが確認された。ただし、理由は政治的なものではなく、刑法上の罪を犯した為である。現在日本には分離独立を目指すいかなる運動も存在しない。また諏訪久作とそうした運動の関連も、認められない。

おそらく、これは珍しいくらい率直な事実の確認であったことだろう。だが、不幸なことに誰もそうは考えなかった。良心の囚人に迫害を加えている体制が行いがちな自己弁護と取られてしまったのだ。おまけに、まがりなりにも公式の見解が出ることによって、N＊＊＊＊県の分離独立運動並びにその指導者諏訪久作は大層有名になってしまった。

そしてその朝、存在しない筈の分離独立派、或いはどこかから（断言するのはたやすいが、それもまた当て推量にすぎない）送り込まれた単なる破壊工作員は極めて手際よくN＊＊＊＊県を日本から切り離した。独立宣言が、代用監獄から釈放された諏訪久作、或いはそう名乗る何者かによって出された。日本政府はパニックを起こして自衛隊を出動させようとし、在日米軍も待機状態に入った。これがまた波乱を呼んだ。右派は非国民を粉砕せよと叫び、左派は自衛隊の存在を既成事実化しようという陰謀だと騒ぎ立てた。兎も角、N＊＊＊＊県が軍隊によって再「併合」されかねない、という事態は、実際に起こり得るかどうか、起こり得るとして、一体いつのことかは五里霧中のまま、嫌になるほど明らかになってしまったのだ。

そこでソ連軍の出番となる。分離独立政府はソ連と友好条約を結び、日米同盟軍による軍事的脅威に備える為、ソ連軍の出動を要請した。米軍はソ連軍と対峙すべく福島と山形の県境に在日米軍を集結させたが、全面戦争になることを恐れて攻撃できなかった。日本政府もあくまで狼狽し続けて何の決断も下せなかった。下さないで正解だったのではないかと私は考えている。決断するなら正しい決断でなければならない。その能力がないなら、不決断は次善の策である。誤った判断を下すよりは優柔不断の方が宜しい。何にせよ、この優柔不断のせいでN＊＊＊＊県は草も生えない焼け野原になることを免れ、おそらく米軍進攻の進路上にあったと思われるS＊＊＊＊は消滅せずに済み、私はこうやって、波乱に満ちた半生を経てワープロのキーボードを叩いている訳だ。

世間の自己欺瞞も呆れ果てたものだ。実はあれから一冊、最悪の手記を読んだ。「蒲生原に降る雪――鉄条網の彼方から」なる、強制収容された小学校教師の手記である。

……桜の花びらが風に乗って廊下まで漂って来た。青空はあくまで高く、山の彼方まで続いていた。わたしの心は重かった。大人にさえよくわからないと言うのに、子供たちにどう教えればよいのだろう。

教室は静かだった。わたしが教卓の後に立つと、わたしを待っていた三十七人の教え子の澄んだ瞳がじっと私に注がれた。

「みんな、先生がみんなに日本の先生として話をするのはこれが最後だ。先生も困っている。N＊＊＊＊に起こったことはとても難しくて、どんな風に話したらいいか、先生にもよくわからないんだ。N＊＊＊＊は日本から独立した。独立というのは、国の一部がその国から分かれて別な国になることだ。みんなも今日から、日本人ではなくなるんだ。それがいいことなのか、悪いことなのか、先生にもわからない。でも、先生は日本という国が好きだ。日本人であることが好きだ。先生も、みんなも、もう日本人ではなくなるけれど、日本に生まれたこと、日本の国民だったことは、忘れてはいけないと思う」

「先生、ぼく、日本人じゃなくなるのなんか嫌だよ」と生徒の一人が言った。

「先生」

「先生」

「みんな」とわたしは言った。「みんな……先生は……先生は」

突然、胸の奥から込み上げてくるもので一杯になり何も言えなくなって、わたしはチョークを取って、黒板に大きな字で書いた。

美しい日本
自由の国日本……

この後に、世にも下手糞な短歌が入る。それはもう、一段落する毎に短歌が入るのだが、そのポエジーたるやせいぜい、青空はあくまで青く桜の花びらははらはらと風に舞うのに私の心は重く悲しい、といった程度のものなのである。最悪の種類の文学擦れだ。私は死んでもこんな轍は踏まない。読者諸氏も何か書こうという時には十分用心なさるようお勧めする。

無論ここから引き出される結論は、簡潔にして非情な文体、一種のハードボイルドの勧めである訳だが、それはそれでべったりの情緒を押し売りしてくるのは、何も猟銃背負った赤ら顔のビール飲み作家に限ったことではあるまい。

しかしこの書き手の、事実に即してはいるが欠片ほども真実ではない文章を告発するのに長々しい文学談義は必要ではない。私は彼が書いたこの場面に登場人物の一人として居合せたのだ。真相はこうだ。

全校の教師が教務室に呼び集められたのは四時間目が終った後で、当然誰も大人しく教室で待っていたりはしなかった。給食係は廊下にアルミのバケツから漏れる得体の知れない煮物の汁を垂らしたり、巨大なボールの中で泳いでいる千切りのハムと春雨のマヨネーズ和えを揺らしたりしながら教室に運び込み、残る生徒は、手を洗うとは言い条、蛇口を指で塞いで水を噴出させたり、それで濡れた廊下を滑って遊んだりしながら教室に戻って、べこべこに凹んだアルマイトの皿とお碗を手に並び、教師がいないのをいいことによそって貰う端から食べ始め、その最先鋒を務めていた私などは殆ど食べ終って、あとすることと言えば、マーガリンの包み紙の裏側を舐めることくらいだった。正直言って給食がおいしいとは思わなかったが（特にプリンと称される牛乳寒天の嫌らしい臭いには閉口だった）、空腹な時には、文字通り背に腹は替え難い。おまけにその日のマーガリンは私の大好きな、今だに夢に見ることがあるわざとらしいココナツ味のマーガリンだったのである。

容易に想像が付くであろうが、この教師は痩せて撫で肩、鼻に掛かったきんきら声、猫背で存在感の薄いタイプの教師であり、常日頃から生徒に軽く見られ続けてきた。あの手記で唯一感動的だったのは、それにも拘らず――また、それゆえの学級運営の困難さにも拘らず、彼がどうやら私たちを愛していたらしいことで、尤も、それも一種の紋切型でないとは誰にも断言できないだろう。

だから、彼が教室に戻ってきたところで、我々が一斉に彼を見詰めたりした筈はないのである。彼が何かぼそぼそ話をしても、私は俯いてマーガリンの紙の裏を舐めようかどうしようかと迷っていた。さすがに幾らか抵抗があったのだ。N＊＊＊＊県が分離独立したという話は遥かに抵抗がなかった。大人が話しているのを聞いたし、聞いて驚くにはあまりにも子供だったからだ。彼が黙り込んで何か書き始めた時、私は意を決して舐め始めた。隣に坐っていた、幼稚園から一緒で家もすぐ近所の千秋という同級生が私を肘で小突いた。

顔を上げると教師は黒板にこう書き上げたところだった。

美しい日本
自由の国日本

教師自身はと言えば、こちらに背を向けて鼻をかんでいた。

「鼻かんでらあ」というのが、千秋に対する私の返答だった。千秋は怒ったような顔でそっぽを向いた。後にこの教師自身の命取りになる、柄に似合わぬ「フランス、アルザス、フランス、アルザス」が期待通りの効果を顕したのは千秋だけだったろう。ただ、それはあくまで推察の域を出ない。小中学校を通じ、その後の更に困難な、或いはご機嫌な時期を通じて、私たちは実の兄弟以上の絆で結ばれていたと私の方では信じているが、彼が何を考えているのかが推察の域を出た例はないのである。さて他の生徒はと言えば、がやがやと給食を食べ続けているだけだった。その日は半ドンになった。

＊　＊　＊

分離独立によって誕生した新国家はN＊＊＊＊人民共和国と言った。当然、社会主義国である。N＊＊＊＊市から委員数名が送られて来て、市役所の一室に陣取り、S＊＊＊＊を新生N＊＊＊＊（という言い方を、当時はしばしばしたものだ）の一部に組織する仕事に着手した。その手始めというのが、町を恐怖のどん底に叩き込んだ「党」事務所訪問だったのである。

市民が震えあがったのは、独立宣言が占拠された放送局を通じて流された瞬間ではない。N＊＊＊＊県民もそれなりに平和呆けしていたから、具体的にそれが何を意味するとも分からず、漫然と上手くやり過ごせるように思っていた。そこに中央から政治委員が派遣されて来て、市議会を招集するでもなく、商工会議所に旦那衆を集めるでもなく、党本部に出向いた。これは大変なことだった。どうやらN***はアカの国になったらしいとは皆なんとなく理解したつもりでいたが、それが党と一体の政府を形造ることだとは、一般に考えられていた党のイメージがイメージだっただけに、思いも及ばぬところであった。

ではS***における党のイメージとは何か。理想に燃える革命集団でも怨恨に凝り固まった騒動屋の群れでもない。それは余所者、禁治産者、社会の外れ者、永遠の未成年を意味した。無論、市議会に議席を持つただ一人の党員はそれなりの見識と能力を持つ人物で、その後の春秋を経た後、今や無所属保守系の市長として、十年の長きに亘ってその地位を保っている事実が、彼のまともさを証明しているだろう。一時党を除名されて先の教師と同様に収容所に送られることになった経緯も、私が彼に好意的な判断を下す理由の一つである。だがその片手に満たない部下たちたるや……たとえばよりによって我が家に、それも母が少しばかり愛想がいいという理由で機関誌の購読を頼みに来た党員は、四十をとうに過ぎているにも拘らず独身で、両親の乾物屋を手伝って暮しており、一般にやや足りないと見做されていた。実際には些か吃るだけだったのだが、田舎の人間は非情である。もう一人は教師だったが、始終農民運動の応援に駆け付けて学校を休んでいたので、酒の席での不始末だか女の不始末だかを理由に職を追われ、妻と子に去られ、今では完全な酒浸りだった。また別の一人は、結構な切れ者で市議会議員の理論的支柱でもあったが、若くして病に倒れて以来、左半身が麻痺状態だったから、世間の認識は例の吃音の男の場合とあまり変わらなかった。新政府と党の結び付きとは、即ちこうした人々の支配を意味したのである。

噂が町を席巻し、旦那衆は恐々と集まっては善後策を協議した。その間に、町の信用金庫の支店長は党の事務所に飛び込んで党員になってしまった。支店長――鶴巻と言った――が真っ先に行動を起こすに違いない、それも一番的確な行動を起こすに違いないとは、誰もが薄々予感していたことではあった。鶴巻の一族と言えば代々、恥も外聞もないオポチュニストとして知られていたのだ。

話は戊辰戦争の頃に遡る。S＊＊＊には奥羽越列藩同盟の最右翼に属する某藩の城があり、今の駅のところにあったと伝えられるその城が官軍の手に落ちると、藩主一行は妻女を引きつれて標高五百メートルばかりの山を越え、S＊＊＊に司令部を構えて城の奪還を計るが失敗、激しい戦闘を繰り返しながら会津の方へと落ち延びて行った。おそろしくファンタスティックな伝承によれば、家老は藩主をフランスに亡命させるつもりで多額の御用金を持ち出し、それを山中に埋めたと言われる。時はあたかも第二帝政期、本当に亡命していれば定めし面白いことになっただろうが、明治政府はこの藩主に爵位を授けて遇し、彼はこの呪われた地方とは縁を切って末長く幸せに暮した。御用金はどうなったことやら。さて、藩主一行の後から現れたのは官軍である。

この時、例によって真っ先にご機嫌伺いに出向き、賄賂を使ったとも言うが、S＊＊＊郷各村の庄屋を統括する割元に任じられたのが鶴巻家の御先祖、鶴巻源兵衛だった。おそらく責任者は大したこととは考えていなかったのであろう。極めて近代的な合理主義者だったのか、百姓というのがどういうものか知らなかったのか、都会育ちで田舎を知らなかったのか、その全てということもあり得るが、いずれにせよ田舎でこれは絶対に拙い。あらぬ政争の種を播くようなものだ。

そうでなくてもS＊＊＊＊には藩も手を焼いていたのだ。政治の魅惑は、古代ローマ人の場合のように、或いはシチリアの怒れる男たちの場合のように、S＊＊＊＊の住人を骨がらみにしていた。強訴と打ち壊しこそ、幕末の数十年間、彼らの恐怖と情熱の焦点だった。秘密集会、檄文、血判状――確かにこれくらい社会的野獣たる人間の血を沸き立たせるものは他にはあるまい。町を巡る七つの谷のどこかに打ち壊しの火の手が上がる。暴徒は谷の名を染め抜いたのぼりを押し立てて代官の旅屋がある町に押し寄せ、悪いことに町の中央部にある、丘と呼ぶにはやや険阻な山に立て籠もり、町に下りては村役人や大町人の屋敷を襲い、呼応しない谷があれば行って火を放った。時として人数は一万人にも膨れ上がった。よぼよぼの検断が大刀など抜いて見せても無駄なことである。明治維新に至って中央政府から派遣されてきた役人が「性頑愚にして強訴を好む」と言ったのはこうした住民であった。

幾許もなく反鶴巻の火の手が上がる。もとより鶴巻源兵衛は評判の良くない人物であった。当時S＊＊＊＊郷二十四ヶ村の庄屋株の半分ほどは町の商人に買い取られ、これら大町人は代理人を立てて村から収奪の限りを尽くしていたが、その代理人が中間で甘い汁を吸ったことは言うまでもない。中でも鶴巻は阿漕で鳴らしていた。頭越しの任命に馬鹿ばかしくなった他の大庄屋は病気だとか何とか理由を付けて村役人を下りてしまった。後は鶴巻が専横の限を尽くすのみである。維新政府は、戊辰戦争中官軍同盟軍双方から労役に駆り出された人々に、まともな計算ではとても引き合わないなりに一応の支払いをしてきたが、その金は全て割元の懐に納まった。これで騒ぎにならなければ不思議というものだ。そこで反鶴巻派から担ぎ上げられるに至ったのが、我が御先祖、酒々井権左衛門である。

実のところ、彼は既に庄屋でさえなかった。博打好きの大酒飲みでとうの昔に庄屋株を手放し、呆れ果てた家族から無理矢理隠居させられていたからである。それだけに、これも一種の人徳というものであろうが、一部の人気は絶大で、彼の隠居所は近郷近在の不平分子の巣窟といったところだった。またしても秘密集会と檄と血判状だ。権左衛門は村人を率いて例の山に立て籠もり、やがてその人数は五千人まで膨れ上がった。強訴が行われた。鶴巻更迭と会計監査が主眼だったのは勿論だが、更に、全庄屋の村民一同による入れ札選出、選出された庄屋の互選による割元選出、任期を一年と定める、等が含まれていた。あまりにもジャコバン的で眉唾だと思われるなら、N＊＊＊大の教授連が寄ってたかって編纂した、広辞苑ほどもあるS＊＊＊市史上巻の一〇六六頁を参照して頂きたい。研究者の想像力に対する全面的不信から、私はこの本の記述に全面的な信を置いている。それにこの一件には、権左衛門の末弟酒々井仁平という、我が一門最大の鬼才が一枚噛んでいるのだ。

仁平は弱冠十五歳にすぎなかったが、S****郷にその名も高き碁の天才で、才を惜しんだ寺の住職の養子になって教育を受け、和漢可ならざるはなかったと言う。強訴状をしたためたのはこの少年で、今では郷土史の本の図版でしか拝めないが、文章といい筆跡と言い、実に堂々たるものである。事件の後、仁平の行方は杳として知れなかったが、六十年後の一九二五年、パリ在住の日本人が送って来てくれた遺品中の手記によれば、N****港からロシア船に密航してヨーロッパに渡ったらしい。密航がばれて海に放り込まれようというところを、偏屈なロシア人の旅行家でおそらく無政府主義者のパルチン公爵なる人物に救けられ、その後長く従僕——後には秘書として仕え、公爵の死後はその遺産の一部を貰って安楽に暮したと言う。無論、私はこの手記を全面的に信頼するものではなく、たとえばその中に現在ルーヴル宮に飾られているモナリザの真贋に関する眉唾な話があるだけでも、その信憑性は疑わしいと言える。想像力のある人間の言うことを信用したりするものではない。

兎も角、山は俄に梁山泊の様相を呈し、ただ集まって酒を飲んで気勢を上げているだけで、何か破壊的な行動を起こすということもなかったのだが、占領軍当局にとっては十分に圧迫的だった。こんな不穏な情勢を抱え込んでまで庇う値打ちは鶴巻にはない。当局は鶴巻を解任し、郷のジャコバン的政治形態はしばらく続いた。一揆の徒党は解散し、その結果はご存じの通りである。権左衛門は県令のいたN****に送られて名目程度にぶち込まれたが、その後明治五年の庄屋目録にはまたしても名前が出ているから、じきに帰って来て廃藩置県まで務め上げたらしい。おそらく当局は寛大な統治者と見做されたかったのではないかと思う。

ともあれ、鶴巻一族は、永遠のオポチュニストであった。大東亜戦争が来ればいち早く国民服を身につけてバケツリレーの指揮を執り（こんな田舎に空襲などあるものか）、山のむこうが爆撃を受けて燃え上がれば、日頃の訓練はどこへやら、布団を担いで逃げ出す姿が目撃され、進駐軍が来れば元英語教師を通訳に連れて付き纏い、家をダンスホールに開放し、左翼が流行れば左翼になり、レッドパージに引っ掛かりそうだとなれば率先して人をパージする側に回った。こういうやり方を尊敬する者はまずいないと思うが、鶴巻家は宙ぶらりんながらそれなりの社会的地位と、S＊＊＊の風見としての確かな評価を得て来た。

だが鶴巻一族は不寛容な風見でもあった。集団における差別の力を熟知してもいた。誰も彼もが同じことをしたら、オポチュニスムのもたらす利益はそれだけ少なくなる。自分と、外の闇にとり残されるのろまどもに対抗する為の忠実な一握り。それ以外の者に自分の真似をさせてはならない。これが代々の変節の歴史における鶴巻一族の黄金律であり、彼ら一族がそれを一子相伝で伝えるのか遺伝子レヴェルでの記憶によって伝えるのかは定かではないが、この教えは忠実に守られてきた。鶴巻が党員になったと聞いて、目端の利く者は端から党事務所に走った。おそろしい騒ぎだった。派遣されてきた地区委員には誰が誰とも分からなかったから、市議と支店長（しかし銀行の支店長が党員などとは破廉恥もいいところではないか）に一任した。鶴巻としてはなるべく自分の息の掛かった連中、さもなければ従順そうな連中だけを選びたかったのだが、市議はそれを拒んだ。当座の党員の顔触れはまず公平なものだったと言っていい。だがここで既に、町を二分する抗争の種は播かれていたのである。

町を制覇せんというほど大それたものではなかったにせよ、社会主義体制の下、単身できる限り有利な立場を保とうという鶴巻の野望の前に立ち塞がったのは、こともあろうに我が家の斜向いに住む、一介の勤め人に過ぎぬ身ながら野心だけは満々の鷹取氏であった。尤もこう書くと本人から何らかのクレームが付く可能性もある。今現在の鷹取氏は勤め人階級に属してはいないし、未だかつてそういうことはなかったと、本人のみならず町の旦那衆も思い込もうとしているからだ。というのも、鷹取氏を「勤め人の分際で」と罵った男が、ちょっとしたことから首を括る仕儀とあいなったからだが、それはまあいいとしよう。ここでは昔から誰も彼もが首を括りたがるのだ。兎も角、鷹取氏こそは、S＊＊＊＊の勃興する中産階級の旗手であった。

今でこそS＊＊＊＊には中産階級がごろごろしているが、当時はまだごく単純な二大階級以上の分化は進んでいなかった。何と言っても経営規模が小さかった為、そんなものは発生してみようがなかったのである。鷹取氏は例の川の対岸に立つ白亜の工場の番頭であった。鷹取氏の父もまた、そこの社長を助けて一大企業を築いた名番頭で、彼はその跡を継いで辣腕を揮い、S＊＊＊の他の住人からは妬まれかつ憎まれていた。

何と言っても、鷹取氏の生活は驚くほど中産階級的であり、それだけでもS＊＊＊の世論は好意的ではあり得ない。鷹取氏の、女の子たちの間ではリカちゃんハウスで通っていた我が家の斜向いの家は、薔薇の垣根を廻らした芝生の前庭のある、赤いお屋根の瀟洒な小住宅で、庭に面した応接間のフランス窓にはレースのカーテンが揺れ、ピアノさえ置いてあるのが通りからも窺えた。このピアノがまた問題だった。元来ピアノはS＊＊＊では旦那階級の独占的所有物であり、分を知る勤め人が娘に買い与えるのは電気オルガンと相場が決まっていたからだ。家からは時々、昼間でもピアノの音が聞こえ、と思うとパーマを緩く掛けた髪を黒いリボンで束ねた鷹取夫人が剪定鋏を持って垣根の薔薇を幾輪か摘んでいるのが見受けられた。日曜には鷹取氏自ら、芝刈機を押して猫の額ほどの庭の芝を刈った。アメリカ映画みたいだと子供時代の私は思ったものだ。鷹取氏は製品を直接輸出する為しばしば海外出張を繰り返したが、そのせいで子供たちの間ではパイロットではないかという噂が絶えなかった。当時、頻々と海外に出掛ける仕事など他には想像のしようがなかったのである。

鷹取氏は東京の大学で教育を受け、東京で就職し、東京生まれではないが県ではまだしも文化的な町で生まれた妻を貰い、おそらくそのまま東京に骨を埋めるつもりだったのだろう。だが、父親の健康がそれを許さなかった。そこで彼はS＊＊＊に戻って来て、東京にいたなら実現できたかどうか怪しいまでに中産階級的な、殆ど中産階級の幻影とも言うべき生活を始めたのである。鷹取夫人は勤めに出なかった。これも型破りだった。勤めも内職もしなくていいのは旦那階級の細君だけと考えられていたからだ。事情を知らない者の目からすれば、鷹取氏の家はまさに家庭の平和と幸福の象徴だった。だが不幸なことに人はその家に籠って生涯を送る訳にはいかず、一歩外に出れば鷹取氏はしばしば「勤め人の分際で」的な処遇を受け、鷹取氏の令嬢に至っては、町中の違和感を一身にぶつけられて殆ど犠牲の山羊か異端の鳥かといった状態にあった。学校の教師でさえ彼女の扱いには困っていたのだ。たとえばお母さんという作文を書かせるとする。朝食の仕度をして会社に行くか内職に勤しむか、というところから始め、更に幼い弟妹の面倒、呆けの来た舅姑の世話、掃除洗濯と順に書いて行き、お母さんて本当に大変だ、本当に偉いと思う、と締めてやれば、教師も労働は尊いとでも言っていれば済むが、迂闊に鷹取嬢に当ててしまうと、何しろS＊＊＊では例外的な核家族の主婦、それも専業主婦であるお母さんは一日中家にいるから――旦那階級の女性のように税金対策として会社の経営に携わるふりをすることもなく家にいるから、それなりにすべきことは多いとしても、想像力の欠片もない教師なる人種は鷹取家の家庭生活と鷹取嬢の心情に対し二重の意味で想像力に欠けるコメントを加えることになる。

「閑な母さんだな」

それがどれほど、他の子供たちが囃し立てる種になり、幼い鷹取嬢の心を傷付けたかは想像に難くはない。

私は本人からその話を聞いた。数年前、ヴェネツィアで。彼女は二度と帰ってこない。たとえS＊＊＊以外の世界が全て海の底に沈むとしても、彼女は溺れ死ぬ方を選ぶだろう。彼女にとってこの町は憎悪の対象でしかない。しかもこの物語のこの段階ではまだ、彼女の受難は始まったばかりなのだ。

さて、県の分離独立は鷹取氏にとってはある意味で絶好のチャンスだった。世界に雄飛しようという鷹取氏のグローバルな野心は暫時挫折した形になったが、町での社会的地位くらいを確立しようというローカルな野心には好機到来である。無論彼は、鶴巻のような先祖代々の下衆ではなかったから、いの一番に党の事務所に駆け込んだりはしなかった。S＊＊＊の、ひいてはN＊＊＊の発展に尽くす為に入党するのだというポーズを取るのを恥じたりはしなかったとしても。まだ党内の地位を確立したとは言えない鶴巻の目立たぬ反対にも拘らず、市議は鷹取氏の入党を認め、そうなると党が鷹取氏に席巻されるのは時間の問題だった。何しろ学生時代の鷹取氏は、若気の至りで炭鉱の労働争議の応援に駆け付けたりしていた左翼青年だったので、主義的な概念や特殊用語の使用法を熟知していたのである。市議や例の切れ者——八之瀬と言ったが——を除けば、これほど主義者らしい主義者はいなかったと言えるだろう。鶴巻は切歯扼腕した。

鷹取氏は旦那衆の掌握に乗り出した。

実のところ、旦那衆の中で党員になりおおせた者はごく僅かだった。家でごろごろしているうちに出遅れた我が父は措くとして、大部分は悪辣な資本家と見做されてはねられた――父は公然とざまあみろを口にしていたが、内心何かしら思うところがあったに違いない。そこに、ブリーフケースこそ手にしてはいなかったものの、テレビドラマから抜け出してきたやり手の商社マンのような外見の鷹取氏がやってきた。

「突然お邪魔して申し訳ない」と鷹取氏は、炬燵の中でもぞもぞとズボンに足を通す父にむかって言った。何とも意図の摑みかねる訪問だった。斜向いで同じ町内とは言え、鷹取氏と父は殆ど口も利いたことがない。父は意味もないことを口籠もって返答に代えた。鷹取氏は続けた。「学校の山口先生が捕まった話はご存じですか」

「あれは党の仕業じゃなかったのかね。何であんたがそんなことを言うんだ」

鷹取氏はさも困ったように答えた。「鶴巻と八之瀬がどうしても必要だと主張するんですよ。S **** のやる気を示す為には仕方なかろうと。まあ、山口先生は庇ってみようがなかった、ああも派手なことをやってしまったのではね。しかしこれはほんの始まりに過ぎません。パージはまだ続くでしょう」

父は鶴巻について、公にはとても口にできないような悪態を並べた。その内容はほぼここまでに私が述べたことを踏まえていると考えて間違いはあるまい。

「それに、中央委員会では、生産手段の徹底した公有化を計ろうという計画があるようで……」

父は、公有化は兎も角、生産手段というのが具体的に何を意味するのか理解できなかった。もともとそういうものの考え方に馴染みのない男だったのである。親父が散々な苦労と一緒に残した工場が「生産」「手段」であるというのは、どうやら父にとっては驚くべき発見だったらしい。それからしばらくの間、父は好んでこの用語を振り回し、母のことまで「餓鬼の生産手段」呼ばわりし、母がそれを面白がらないと言ってひと暴れしたものだ。

「工場を没収するのか」と父は色めき立った。「代わりに幾らくれるんだ」

「計画が公になれば一銭も貰えません」と鷹取氏は答えた。「今ならまだ間に合います。幸い、酒々井さんは呑み込みが早いようだ。私が考えているのはこうです。計画が始まる前に全ての工場を市営にする。市からは相応の代償を支払い――尤も、あまり多額は難しいかもしれませんが――工場を所有していらした方に経営に携わって貰う。勿論、俸給は出ますよ。如何です」

その後で鷹取氏は、主立った旦那衆は賛同してくれていると告げた。「いずれにせよ、ただ没収されて生活の手段を失い、どうかすると非協力的という理由でパージされるよりはいいかもしれませんよ」

「奴は何と言ってるんだね」父は市議の名前を挙げた。

「工場公有化の前衛の役割を果たす訳です。不満があろう筈はないでしょう」

父はここで言う前衛の意味が理解できなかった。鷹取氏は父の自尊心を傷付けることなく解説を加え、この言葉もまた父のお気に入りとなった。

　鷹取氏が我が家を訪れた時、既に他の旦那衆をあらかた回り終えていたのは言うまでもない。例の秘密集会と檄と血判状の現代版だ。その後、鷹取氏と共に数人の旦那衆が市営工場設立準備委員会の代表として訪れ、帳簿を調べ上げ、工場の状態を数字に換算して帰って行った。母は溜息を吐いていた。

「こんな馬鹿な計画が上手くいくもんか」

　例によって、母の方が正しかった。だが母はけして父の前ではその正論を口にしなかった。いかに上機嫌とは言え、女の口から正しい意見を聞かされて大人しくしている父ではなかったからである。その点に関して、母は既に何の期待もしていなかった。

　工場はそこにあるまま市営工場の一部として動き続けた。鷹取氏はその頂点で、ただし市議の代理という控えめな立場を取りながら、辣腕を揮い続けた。現在の生産は市全体の生産能力の七割程度しか満たしていない、と彼は考えた。ソ連邦および共産圏、更には第三世界へと通じる輸出ルートが開けるまでは、或いは何らかの方法で、現在閉鎖されている五県境の自由通過が可能になるまでは、五割程度まで縮小するのが得策であろう。従業員らは遠慮会釈なく待機状態に置かれ、涙金程度の待機手当を与えられた。今で言うなら、首を切られて失業保険を貰う状態だが、社会主義体制に失業はない。仕事に有り付いても労働時間は減らされた。旦那衆の不満はなかった。補償金の分割払いはまだ一回も行われておらず、それも分離独立政府の新円が使われる予定だったが、約束された額は旧円なら十分満足できるものだったし、まだ市内に潤沢に出回っていた旧円払いの役員俸給も悪くはなかった——或いは悪かったとしても、アシニア紙幣かレンテン・マルクかといったおそるべきインフレに陥った新円の対旧円レートが何とも付かない混乱を呈していた以上、文句の言ってみようがなかった。このレートに関して言えば、分離独立政府の決めたレートは最初から実勢の十倍以上で、それも悪化の一途を辿り、最後にはＳ＊＊＊＊でものを言うのはドルだけになってしまったものだ。ともあれ、鷹取氏はＳ＊＊＊＊の希望の星だった。仮に市常工場が一年もったら鷹取氏の経営能力も正念場を迎えていたことだろうが、幸か不幸か、鷹取氏の栄光はそれほど長続きはしなかったのである。

今度ばかりは鶴巻も風向きを読み違えた。まさか勤め人の鷹取風情が（無論彼自身も勤め人ではあったが、資金を貸す側という強みがその自覚を少しく薄くしていた）、ここまでの大成功を収めるとは思ってもみなかったのである。鶴巻の分厚い奥二重の底の小さな黒目は忙しく左右に動きながら善後策を練っていた。無論、鶴巻には鷹取氏のような独創の才はない。しかし人を陥れるに掛けては悪魔的な才能があり、これは例のオポチュニスムと表裏一体のものであった。

面白からぬ思いなのは八之瀬も一緒だった。彼の場合は、自分を車椅子に釘付けにした——と思い込んでいる旦那階級の搾取に対するルサンチマンに基づいていたから、一層厄介なものだったと言える。テロリストとも言うべき八之瀬の夢は、革命と断頭台の夢だった。ところが彼が敬愛し、不自由な体に鞭打って尽くしてきた市議は、資本主義の豚どもを一掃して人民の蒼褪めた勝利を高々と掲げるどころか、憎むべき資本家の走狗である鷹取などに乗せられ、市営工場などという誤魔化しを受け入れて人民の搾取に奔走している始末だ。見よ(と八之瀬は車椅子を窓際に寄せて街路を見下ろしたのだろうが、S＊＊＊のメインストリートは両側を雁木と呼ばれる原始的なアーケードで覆われていたので、見えるのはむかいの家の窓と雁木の屋根、稀にその間の車道を走る自動車ばかりだった筈だ)、資本家どもは生産手段の共有にかこつけ、トラストを組んで搾取を恣に肥え太り、人民は一層の貧苦に呻吟している。今こそ、あらゆる手段を用いて人民の敵を打ち倒し、美徳の共和国を打ち立てるべき時だ。

これが鶴巻だけならそれほどの危険性はなかっただろう。彼は狡猾だが、利に敏いだけに、丸め込むのは簡単だった筈だ。八之瀬だけなら計画は失敗に終った可能性が高い。彼の激しい思い込みは平和呆けとは程遠いだけに危険だったが、それは何やら最も悲惨な自滅を追い求める類の危険さだった。だが、八之瀬は鶴巻に対する潔癖な嫌悪感を克服して手を組み、鷹取とその一味を粉砕することに決めた。鶴巻がぼってりと太った指でシナリオを書き、八之瀬が青白い顔に落ちかかる髪を脂汗で額に張り付けて演じた大芝居だ。

まず八之瀬は中央委員会に宛てて匿名の告発を書いた。S＊＊＊の市営工場のいんちき、旦那衆の破廉恥な収奪ぶり、鷹取氏の新生N＊＊＊＊を危うくしかねない日本との取引の計画、その全てを容認している市議の真意などについて、火のような告発文を書き綴ったのである。その後、回覧板で回ってくる布告でお馴染みになる八之瀬の文体は、共和暦二年の公安委員会にこそ相応しい調子の高い文章で、およそ浮世離れしていたので、誰しも八ヶ瀬地区委員長は狂っているのだと信じて疑わなかったものだ。だがこの種の調子の高さは時として、殊にこうした異常な事態の下では、何ともパセティックな効果を及ぼす。市議は中央委員会に呼び出され、そこで計画の第二段階が始まった。

S＊＊＊＊にいきなり戦車が現れたのである。ソ連軍の戦車、それに装甲兵員輸送車で、これがS＊＊＊＊に出現した最初のソ連軍だった。考えてみればこの町は福島県との県境にある町で、いかに鄙びているとは言えそれまで無視されて来た方がおかしいのだが、兎も角、噂に聞く友軍の戦車を見るのはこれが初めてだった。巨大な戦車は簡易舗装の道路を砂利道に粉砕しながらやって来て、兵員輸送車から下りてきた兵隊が援護し、噂を聞いた市民が遠巻きに恐々見物する中を恐るおそる一台ずつ橋を渡って市役所の前に整列した。市役所と小学校のグラウンドの間には何軒か家があったが、全て六時間以内の立退きを命じられ、取り壊された。戦車をグラウンドに入れる為である。グラウンド脇の堤防に植えられた桜の並木を切り倒す為、チェーンソーの唸りが響き渡った。S＊＊＊＊の市民が初めて経験した分離独立の暴力的側面がこれだった。町は一瞬、何事が起こるかと息を潜めた。

無論、何事も起こらなかった。それ以上のことは何も。だがそれで十分だった。八之瀬があまりに事態を深刻に謳い上げた為、神経過敏になった中央がひと部隊割いて送ってきたのだが、彼が仄めかしたような資本主義の走狗による反乱の可能性があったとしても、この戦車の前には消滅せざるを得なかっただろう。当時はまだ誰も、戦車の正しい潰し方など知らなかったのだ。

地区委員会に呼び付けられた鷹取氏は何とか他意のないことを説明しようとしたが、事態に震えあがった委員長は耳を貸そうとはしなかった。そんなことはしたくないが、こうなればN****に呼び付けられたきり戻って来ない市議以外に、誰か血祭りに上げる人物が必要になるだろう。鷹取氏は自宅から出ないよう命じられた。

その夜のことだ。

襖を開ける音で私が目を覚ますと、天井から下がっている豆電球の光の中に父の姿が浮かび上がった。とうに寝ていた筈なのに、作業ズボンとサファリジャケットじみた上着を着ていた。肩のところに太い帯が掛かっていた。それが猟銃を背負う為の皮帯であることはすぐに判った。

私が起き上がる前に、父が鋭い声で囁いた。「タロとジロを連れて、裏庭から川っ端に来い。鳴かすなよ」そして廊下に姿を消した。

少しして、事態を把握できぬままに廊下に身を乗り出すと、父が、古びて摩り切れかけた、これまた愛用のリュックを手に提げて、こっそりと階段を下りるのが目に入った。私は階下に下り、通りと側溝との間、低い塀の内側で眠っているタロとジロに引き紐を付けて裏庭に回った。犬たちはくんくん鼻を鳴らしたが、私がしっと咎めると静かになった。そのまま裏庭に回ったが、真っ暗な中を流雪溝のむこうまで渡るにはがさがさと音を立てなければならなかった。伍長なら平手打ちを食わせただろう。実際、彼は平手打ちで私を仕込んだのである。しかしそれは後の話で、私はまだ夜中に銃を背負って山の中を徘徊したことはなかった。今、同じことをすれば、悪い足を引きずっていても、私は物音一つ立てまい。

寝静まった家並みを、私は勝手知ったる工場や廃工場の脇から脇へと抜けて川端に辿り着いた。町がいつもより暗い――ほぼ真っ暗に近いことには気が付いておくべきだっただろう。これまた伍長なら平手打ちものだが、まだそうした不注意が命取りになる状況には立たされていなかったものとして話を進めよう。簡単に言えば、街灯が全部割られていたのである。この日以来、夜になると我が家の近所は常に暗く、様々な非合法活動に絶好の舞台を提供することになる。

暗い川端の通りに出ると、トラックが三台並んでいた。その最後尾から、息が漏れるような合図が聞こえた。トラックの幌の後のシートが少しまくり上げられた隙間から、火の眼鏡と額が、やや川下の対岸で明かりを点けて操業中の工場の光を反射した。私が傍に行くと、犬を抱き上げるよう示した。私は犬を一匹ずつ抱き上げて渡した。タロがシートの中に消えると、遠慮ない吠え声に反応して、少なくとも十人ほどの男たちの低い罵り声が聞こえた。父がタロの頭を叩く、ぽん、という間の抜けた音が聞こえた。ジロは黙っていた。

私はまだトラックの後に立っていた。父は思い出したように顔を覗かせ、用済みだと言わんばかりに手を振って私を追い払った。

だが私は家には戻らなかった。出てきた小路に戻るふりをしてその角に立ち、トラックの後部を見ていると、ふいにエンジンを掛ける音がし、そのまま動き出した。ライトは点かなかった。

鷹取派の男たち二百人が、その夜、おそらく同じようにして、姿を消した。どこへどのようにして消えたのか判るのはずっと後のことである。これは、以後解放まで続く、長く緩やかな消滅の始まりであった。

＊　＊　＊

無論、語り手たる私にも良心というものがある。そこで手遅れにならないうちに弁解しておかなければならないが、八之瀬の――鶴巻の政権奪取に関する描写は殆どでっちあげである。ちょっと考えてみたらいい。私は彼らと言葉を交わしたことさえないのだ。子供時代の私にとって彼らは単に、大人が無闇と恐がっている偉いおじさんにすぎなかった。鶴巻に関する描写は、私の同級生だった小鶴巻の、父親譲りのぶよぶよした体つきと落ち着かない目付きから借りたものだし、八之瀬については、本人および本人の末路から呼び起こされた強烈なイメージをそのまま、アンジェイ・ワイダの「ダントン」の薄汚れた革命家たちに重ね合わせて引用してある。

とはいえ嘘にも三通りある——根も葉もない嘘、事実に即しながらおよそ真実からは遠い嘘、および必ずしも事実に即してはいないが鋭く真実の一面を突いた嘘だ。第一の嘘は私の最も愛するところだが、殆ど実行のチャンスがない。第二の嘘は犯罪的だとは既に書いた。そしてここでの私は最後のものを目指しているのである。私が語るのは必ずしも事実そのままではないが、それは真実を浮き彫りにする為なのだ。御容赦願いたい。

さて、ロシア軍に追い出されて一時中学校の体育館に同居することになった私たちが最初にやったのは、教科書の墨塗りだった。無論もはや一九四五年ではないから墨など使わない。もっと文明的な黒いマジックを使ったが、これは裏写りが激しくて教科書そのものが殆ど使用不能になった。部分的には一単元丸々が消えた。たとえば国語の教科書にあったドーデの「最後の授業」で、これは特に八之瀬直々のお達しだったそうだ。彼は責任を問われて召還された派遣委員に代わり、地区委員長として町に君臨していた。尤も狂えるテロリスト八之瀬には、理念は兎も角、地方政治で要求されるところの極めて特殊な実務能力が欠けていたから、実質的には八之瀬を担ぎ上げた鶴巻が君臨していたと言っていい。ドーデの愛国的小品をマジックで一行ずつ塗り潰しながら最後まで読んでしまった私は、山口教諭の芸のなさに呆れるあまり、そのパフォーマンスの目指したものまで軽蔑するに至った。哀れむべき、愚かしい反抗だ。あの轍だけは踏んではなるまい。頭を低くしてやり過ごすのだ。山口教諭の一件以降も、似たような末路を辿る者は多かったが、彼らは一様に愚か者と見做されていた。父が逐電してからと言うもの、我が家は母の実務能力の宜しきを得て――それに無論、女が何をしようと半人前なので問題にもされなかったから、どうにか無事にやり過ごせしていたのだ。誰もがそうだった。私もそれに倣うまでだ。

だから私は学校で何が起ころうと文句一つ言わなかった。いきなり科目に割り込んだ社会主義教育も教練も真面目にこなした。祖父と父に対する教師の、俄造りな社会主義的悪口雑言に耐えるばかりか、作文ともなれば進んでより非道い悪口雑言を書き散らした。もとより私は母と祖母を捨てて逃げた父を恨んでいたから、これは実に易々たるものだった。教練ともなれば、実弾こそ入っていないものの本物の長い小銃を担いで一日立たされても歩かされても文句一つ言わなかった。分解と組み立てに関しては誰よりも早かった。ロシア語には後で述べるように生活が掛かっていたので、中学校に入る頃には一通りの会話ができるまでに上達した。将来の進路を訊かれれば、早く十六歳になって義勇軍に志願したい、そして祖国と社会主義を防衛する為に身を捧げたいと答えた。それでも成績は良くなかった。もともと私は良くできる生徒だった筈だ。それは戦後すぐに――収容所で――証明された。しかし今なおどこの学校でもやっていることだが、誰の5を誰の2と入れ替えるかは教師の自由裁量なのだ。いずれにせよ、当時、私の出自では大学はおろか高校に上がれるかどうかも怪しいものだったし、義勇軍に入っても下士官になるのさえ難しかっただろう。となれば、私に私の成績を与えておくのは全く無意味ではないか。

私はそんな状況を堪え忍びさえしなかった。堪え忍ぶ者にはまだ幾らか、その環境への執着がある。私には全くなかった。学校や、学校が与えてくれる栄誉栄達には、魂はおろか小指の先さえ与えてはいなかったのだ。私はそこにいただけだ。単に義務として。或いはむしろ、そこにいたのは私の脱け殻だったと言ってもいい。人が脱け殻をどうしようと、一切気に掛けないことに私は決めていた。義務教育さえ終れば私は自由だ。その先には、教師など目の隅で垣間見ることとさえできない、できたとしても無視することになっている広大な処女地が広がっていた。非合法活動という名の処女地が。

お笑いな話だが、私はS****の暗黒街の帝王になってやろうと心に決めていた。

二百人の男たちが――その後も徐々に、最終的には千人以上の男たちが逃げ出して、町には相手のいない女たちが溢れていた。亭主や恋人を失うことによって、否応なしに「生産手段」を私有する羽目になった女たちである。大抵は女工として手に職を付けた女たちだが、その職さえ失いがちであったのは前に変わらない。職を得ても就業時間は減らされがちで、給料はおそるべきインフレに追い付くどころではなかったのだ。では、どうするか。

町に、以前はなくて今あるものは何だろう。ロシア人の兵隊と彼女らの自由になる「生産手段」だ。

ロシア人がやってくると、母は千秋の母親と協力して裏庭でどぶろくを作り始めた。千秋の母親は、男色趣味のある男たちならまず堪らないという千秋の美貌そのままの色白のはかなげな美人で、実際、薄幸の美女を絵に描いたような姿に似付かわしく最愛の夫に先立たれていた。破産の挙句の自殺である。S＊＊＊の男たちは一般に、我が身が危ういとなれば妻子を置き去りにして山のむこうやあの世に逃げるのに何のためらいも感じない。哀れ、千秋母子は家から追い立てを食って我が家の裏手の家の二階に間借りし、工場に働きに来て生計を立てていた。母は彼女がお気に入りだった。親友扱いしていた。私は知っているが、母は美人を見ると無闇と親しげにべたべたしたがる困った性癖を持っていて、女として張り合おうなぞとはついぞした例がなかったのである。分を心得ていると言えば心得ているのだが、女とは妙なものだ。こうした奇怪な性癖、抑圧されたレスボス趣味とも言うべき性癖は必ずしも母に限らず、女性全般に見受けられることを、今の私は知っている。ともあれ千秋の母親はいつもの少し疲れた、男ならずとも抱き締めてやりたくなるような頼りない様子で、母と一緒に縁の下にどぶろくを仕込み、頃合いを見て蒸留に取り掛かった。

私と千秋は縁側に腰を下ろしていた。父が夜逃げして以来、私たち母子と千秋の母子は一つ家族のように暮していたのだ。この時の私たちは見張り役だったのだが、手入れがあっても何の役にも立たなかっただろう。およそ私たちの注意は外には向いていなかったからだ。母は工場の全盛期に使った大鍋をコンクリートブロックで作ったかまどの上に置き、蓋の持ち手の付いていた穴を広げて雨樋を逆さまに取り付け、その下に別の鍋を置いた。大鍋に悪臭芬々たる瓶の中の液体を注ぎこみ、かまどに火を点ければ蒸留の始まりである。出来上がった代物を母は私と千秋に試飲させたが、無論、私にその善し悪しが判る筈もなかったし、千秋はと言えばアルコールを全く受け付けない特異体質が判明したにすぎなかった。ただそれは、おそろしく臭かった、とは言えるだろう。その先は更におそろしい話になる。米だけは豊富だったとはいえそれなりの元手を掛かったアルコールを（それ以上のものだとは口が腐っても言いたくない）全部お釈迦にする訳にもいかず、母たちは様々なものを中に漬け込んで臭いを誤魔化す実験を始めた。梅とか山椒とかはまだいい方で、その辺の草を端から漬けた挙句、一番臭いが誤魔化せるのはどくだみの葉だという結論に到達した。数度蒸留を繰り返したアルコール度五十八度の緑の魔酒だ。実はこれを書きながら、私はその酒を飲んでいる。母はまだ折りを見てどくだみ酒を作るのだ。相変らず非道い臭いと味だが、一度口にすると病み付きになる。何か良からぬ成分でも入っているのかもしれない。この、一種中毒性の酒を、母は工場で金を取って飲ませた。ロシア人が殺到した。酒代わりという噂の戦車の燃料より遥かにましだったのかもしれないし、どくだみ酒の麻薬的成分が彼らを引き寄せたのかもしれないが、暗くなると非番の兵隊がやって来ては飲んだくれて行った。そのうち母と千秋の母親だけでは手が足りなくなり、母は何人か失業中の女の子を、それも可愛い子ばかりを使うようになった。時々、兵隊と女の子が一緒に消えるようになり、母は私にその様子をスパイさせた。

非道い母親もあればあったものだ。母は女の子が何をしているのか百も承知だった筈だ。子供に見せたりするものではないことも。私は兵隊と女の子が、昔女工たちが寝泊まりしていた工場の二階で、黴臭い布団をひっぱり出し、獣じみた声を上げてもつれ合うのを拝む羽目になった。私がおずおずとそう報告すると、母は冷酷とも思える声でこう尋ねた。「金は」

金銭の授受があったかどうかと言うのだ。私はあったと思うと答えた。実のところ、そんなことを確かめるどころではなかった。だが母は看板の後でその娘を事務所に呼び付けた。

そのやりとりをここに再現する気は私にはない。母は私を脇に立たせて、哀れな娘にはったりを噛ませて告白を強い、その不身持ちに溜息を吐いて見せ、それがどんなに危険なことかを諄々と説いて聞かせた。娘は反論した。父親が老齢で働けないこと、母親の内職が切られたこと、彼女自身失業しているばかりか、婚約者が行方を晦ましたせいで父なし子を抱えていること、母が払う手当は少なくはないが、家族三人を養って行くには到底足りないこと、などをだ。

赤の他人なら気が付く筈もないことに、私は気が付いた。母はこの娘を罠に掛けようとしている。「仕方ないねえ」と母は言った。「どうしても客を取らなきゃ駄目なのかい」

そうして母は、その娘の天才的な創意――ロシア人＋彼女の「生産手段」＝金、という図式を、庇護の名の下に我がものにしたのだ。

早速大工が入って工場の二階を数室に仕切り、階下から上がれるように階段を付けた。言い訳がましく階段の下には手洗いを付けた。ロシア人という奴はおそろしく手洗いを汚すから、と言うのである。我が家は女郎屋に早変わりだ。母は、表立って女郎屋の看板を上げることは避けた。家に機械を置いて女工を働かせるのが搾取なら、家に女郎を置いて売春をさせるのも搾取である。だが、生産手段を私有する女たちに場所を貸して礼金を貰うのは搾取ではない。

何とも奇妙な生活だった。授業が終ると、私は家に飛んで帰った。酒場を開けるのは五時からだったが、午後には既に下士官連が乗り込んで来ていることもある。奥地と彼らが呼んでいた山への偵察行から帰って来ると、兵隊たちは真っ先に我が家にやって来た。その時は真夜中だろうと早朝だろうとおかまいなしである。彼らは濁声を張り上げて酒を要求し、いつの間にか階段の脇に設置された巨大な風呂桶に女の子たちと浸かり、二階に上がってお楽しみに耽った。私は彼らにまめまめしく従って、女の子たちとの会話を通訳したり、酔った挙句の果てしなく続く繰り言の相手になったりした。

モニウスコ大尉は駐屯地随一の堕落した男で、何故かS＊＊＊＊駐留軍では顔も広く、兵隊暮しには付き物の気の滅入る軍隊怪談の宝庫だった。たとえばこんな風だ――どこかの部隊が山の中をパトロールする。山の中と言っても、町から二十キロも離れていない辺りだ。散開して警戒しながら進むのが本当だが、藪の中は漆だらけだったので、彼らはお気楽に一列になって山道を進んでいた。そこで軍曹がふと振り向く。部下が一人足りない。お前ら何か気が付いたか、と尋ねると、兵隊たちはかぶりを振る。少尉殿に報告して更に先に進む。藪の中に風が吹いたような音がする。振り返るとまた一人足りない。ゲリラだ、気を付けろ、と少尉殿が言う。藪の中だ。彼らは振り返って辺りの藪を機関銃と手榴弾で粉砕する。が、溜息さえも返ってこない。何にもいませんぜ、少尉殿、と軍曹は報告する。だが、ふと見ると、その少尉殿さえ消滅しているのだ。「で、その少尉がどうなったか知ってるか」と風呂桶に浸かった大尉は言った。酒と風呂の効果でいやが上にも赤らんだ顔を、僅かに白ませながら。「別の隊がパトロール中に発見したんだと。ひと月も後の話だが、米の畑の脇に木が立ってるだろう、枝を全部落とした裸の木だ、その根元に縛り付けられて死んでたそうだ。膝をぶち抜いて歩けないようにしてな。百姓どもに訊いても何も知らんと言う。毎日そこを通ったが気が付かなかったと」大尉は禿げかかった頭まで顔を撫で上げる。その禿げ頭も今は再び真っ赤だ。「畜生、早く国に帰りてえ」

もう少し素面だったら、まかり間違ってもこんな感想は洩らさなかったに違いない。人間の虚栄心は意外に堅固なもので、堅固すぎたばかりに命を落す者も少なくないのである。しかしいかに頑なな虚栄心にも隙というものはある。この時も生憎、酒と安堵と、解るのか解らないのか判らない顔をしてタオルを差し出している子供しか聞いていない、その子供もロシア語は片言でおそらく彼の話の深遠さなど殆ど理解していないという気楽さが、彼の空威張りさえ潤ませてしまったのだ。私はそ知らぬふりで女の子に彼の友人たちの不幸を伝え、大いに慰めてやるように言った。

子供は寝る時間、が近付くと、私は二階の自室に上がった。大抵、千秋が来ていた。彼はいつも、豆電気しか点けていない部屋で、押入の上の段に座り込んで私を待っていた。私も寝入った様子を装って、押入の中の彼の隣に座り込み、下で聞いたゲリラの話をしてやった。千秋は絶対に下の酒場に足を踏み入れなかったのだ。千秋の母は春をひさいではいなかったが、ロシア人の酌をしているというだけでも十分に堪え難かったのだろう。隊から遅れたソ連兵が喉首を掻き切られたり、一個小隊が忽然と消え失せたり、行方不明になった将校がうしろ手に縛られて木からぶら下げられ、下半身を野犬に食い荒らされて発見されたりというような話が、千秋は大好きだった。その間中彼は、ここならまず発見されまいと言うので押入の天井にアンテナを張り巡らした鉱石ラジオのイヤホンを片方の耳に突っ込んでいた。学研の付録も思わぬところで役に立つものだ。

私たちは深夜放送も聞いていた。流行の酒落も言えたし歌を歌うこともできた。外の世界で何が起こっているのかも、皆知っていた。だが千秋のお気に入りは山を一つ隔てた所から米軍の流してくるニュース、私たちの全く与り知らない私たちに関するニュースだけだった。

どこかで今日も、無数にあるらしいゲリラの一派——八之瀬が例の大仰な言葉遣いで「かかる野盗の群れ」と呼んだゲリラの一派が赫々たる戦果を上げていた。私にとっては遠い話だ。本当にゲリラがラジオが讃えるほどの戦果を挙げているなら、ロシア人たちはもっと戦々兢々としていてもいい筈だし、将校の死体が発見された村など焼き討ちにされてしまいそうなものである。大尉からばかりではなく、おそろしい話は幾らでも聞かされたが、どれもこれも同じパターンの繰り返しで、それも伝聞が多く、火元は一つではないかと思えた。現状は国民総武装とは程遠い。千秋はその夢想を（無論、当時の私たちが国民総武装なる物騒な名のもとにその考えを玩んでいたなどとは考えて貰いたくない。子供の夢にはそれ相応の他愛もない名前があるものだ）頻りに私に説いて聞かせた。相槌を打ちながら、私は古雑誌から切り抜いて押入の内側に張ったアル・カポネの写真を眺めていた。冗談ではないと思いながら。階下には、それから今では塞がれてしまった廊下のむこうには、私が相続すべき王国が待っているのだ。事が国民総武装ともなれば、いかにロシア人が間抜けでも、私の小王国など吹き飛んでしまう。そうなれば、S****の暗黒街の帝王として、密造酒と売春を一手に取り仕切ろうという私の野望もおしまいではないか。

私たちはしばしばそのまま押入の中で寝入ってしまった。それぞれ物騒な考えを玩びながら眠りに就いた二人の子供の下では、女たちが夜中まで一銭でも多くのルーブリ、旧円、ドルを稼ごうと活動していた。新円はお断りだった。闇屋が受け取らないからだ。

月に二、三回だが、時々演習と称して通って行く戦車のキャタピラに踏み砕かれて砂利道と化した川端の道路の暗がりに、忽然と一台のトラックが現れた。幌の後を巻き上げ、小型発電機に繋いだアセチレン・ランプを灯せば闇屋の店開きである。今では入手し難くなった工業製品や贅沢品が、荷台には満載されていた。頼んでおけばどんな品物でも持って来てくれた。嫁入り箪笥ひと組と花嫁衣裳一式を運ばせた豪勢な例もあったと聞いている。ただし、値段は腹立たしくなるほど高い。酒場を開く際に母は、グラスやテーブルや玉突き台といった必需品を持って来て貰ったし、女郎屋を店開きする時には、何故かこの商売には付き物とされているビーズを列ねた安っぽい暖簾と、エキゾティシズムをくすぐる化繊のひらひらしたキモノを頼んだものだ。どちらにも一身代叩いた。うちの女の子たちは一般にしみずと称されたスリップ（おそらくシュミーズの訛であろう）の上からそれを着、扱きを前で結んでいた。一晩に何人も客を取るには脱ぎ着が楽な方がいい。スリップは、特に利口な女の子たちが使っていたピル同様、自己負担だった。質の悪いピルのせいで、彼女らは絶えず頭痛とにきびに悩まされ続けた。

闇屋が来ると行列ができる。私が身を潜めて父を見送った小路に、少ない時でも、二、三十人が人目を憚りながら並んだ。一人が買物を終えてトラックの荷台を立ち去ると、潜んでいた一人が駆け寄る。商売は真夜中過ぎまで続けられた。特に家電製品は人気があった。一人でラジオやカセットを三台、四台と買い求めることも多かった。自分で使うのではない。

ロシア人に高値で売り付けるのである。これまた定価からすれば馬鹿ばかしい程の値段になったが、ロシア人はそれでも欲しがった。おそらく、本国ではもっと高いのであろう。それにここでなら、金を稼ぐチャンスは幾らでもあるのだ。

後に私はもっと悪質な、殆ど裏切りと言っていいロシア人の副業を知ることになるのだが、この時知っていたまだましな例でも、常識からすれば十分な堕落である。

分離独立政府の下では、ある種の品物は所持が禁止されていた。ラジオや無線機、テープレコーダー、日本で出版された雑誌や図書、レコードや、録音されたテープである。図書館でも、翻訳物や純然たるハウツー以外の本は全部焼き捨てられた。鶴巻は、政府の命令をより徹底しようという八之瀬の意向を更に徹底すべく、一種冷たくぶよぶよした執念深さでメディア狩りを行い、それを陰気なお祭りに仕立て上げた。市役所前に本やレコードが積み上げられ、ガソリンをたっぷり振り掛けられた上、火を付けられた。勿論夜のことで、焚書の炎は役所の建物を越える高さにまで立ち昇り、その壮麗さはソ連軍駐屯地の弾薬係から苦情が来るくらいのものであった。子供たちは自宅から持ってきた物を投げ込んだ。私もやった。例のアル・カポネの写真は持って行くものを探している最中に見付けたものだ。事の是非とは何の関係もなく、子供も大人も、燃えるか燃えないかはおかまいなしに投げ込んだ。時々何かが破裂して、爆発音とともに火の粉を吹き上げた。

こうしたお祭りは簡単に熱狂を呼び覚まし、苦もなく自発的な協力が期待できる。嘘だと思うなら歴史の本を繙いてみればいい。サヴォナローラの下のフィレンツェ市民。カルヴァンの下のジュネーヴ市民。ヒトラーの下のドイツ人たち。それから八之瀬の下のS＊＊＊＊の住民。ただし、清教徒を除けばその熱狂が長続きした例はない。我々も御多分に漏れず、一週間もすると、御禁制の本やレコードを入手すべく血眼になり、闇屋の運ぶ品物の中ではそうしたものがかなりの比重を占めた。八之瀬は怒り狂って、S＊＊＊＊では憲兵のような役割も果たしていた義勇軍に摘発を命じさせた。義勇軍は一応志願制を取っていたが、どんな世の中でも身を潜めているだけで必ず一定数存在し、こうした御時世には嬉々として志願して出る軍隊好きだけではなく、何らかの理由で現体制下での安楽な生活や立身出世の望めない連中が吹き寄せられてできていたから、そうした治安維持活動にはあまり熱心ではなかった。恨まれるのが関の山で、およそ華々しいところも、戦功になりそうなところもないではないか。という訳で、折々の摘発は、二、三人の義勇軍にロシア人が数人加わるという奇怪な編成で行われ、そしてロシア人はこの任務にはことのほか熱心だった。

摘発は抜き打ちで実施される。突然、大抵は夕食時だが、一軒の家の戸が叩かれ、S＊＊＊＊では在宅中は勿論留守中さえ鍵を掛ける習慣はなかったから、義勇兵ロシア兵取り交ぜての部隊が土足で上がり込んでくる。一家でラジオでも聞いて食事をしていたりすれば、まず間違いなく没収である。雑誌の類は義勇軍が血眼で探した。ロシア人の目当ては専らテープレコーダーやラジオ、テープやレコードに限られた。没収すれば勿論自分のものにできる。さもなければ幾らかの金子で目を瞑ってやるのだ。何もない家というのはまずなかったから、数軒やれば結構な収入である。

だが、金など持っているだけでは何にもならない。ロシア人はこれを品物に、それもできれば国では手に入らず日本では手に入る品物に、ということは集中的に家電製品や衣料に替えたがった。今度は市民が逆襲する番だ。ロシア人が闇屋で買物ができないのをいいことに、高値で転売するのである。価格も、使用通貨の種類も指定した。ロシア人が何故かドルを持っていることが知れると、この取引はドル建てが一般化した。無論、ロシア人もこのメカニズムは知っていた。知って腹を立てていた。腹を立てていたから、例の摘発は一層激しくなった。時には何も見付からなくても脅して金を巻き上げた。しまいには殆ど自動的に一定の金額を収めることになり、こうしてロシア人の副収入が増えると、市民は言い値を吊り上げた。鼬ごっこである。我が家はいつでもモニゥスコ大尉の言い値を払ってお目こぼし願っていた。大尉は快くこれを受け取り、幾らかを付いて来た義勇軍に分けてやり、おれがここにいる限りあんたの家には指一本触れさせないと請け合って振舞い酒をがぶ飲みし、闇屋から買ってきたアメリカンヒットチャート・ベストテンとか言う類のテープの音楽に合わせてひょろりとした体を揺って踊って見せることさえあった。ロシア人がS＊＊＊にいた四年間、モニゥスコ大尉は、酔うと頻りに恐れていたように山に入ってゲリラの餌食になることも、頻りに祈っていたように国に帰ることもなく駐屯地に留まって、我が家の常連かつ庇護者であり続けた。

ただし、口さがない世間が言うように母の情人だったことはないと思う。

　人生で必要なことの、全てとは言わないまでも確実に半分を、私はここで学んだ。金で身を売る女たちとそんな女たちとでも寝たいという男たちの欲望と恐怖、期待と不満、滑稽、小賢しさとその限度を。とりわけ、乾草の山に夢中で掴み掛かりながら最後には何も手にしていない自分に気付いて呆然とする姿を、実際にそんな目に遇う前に、私は幾度となく目にした。残りの半分を私は伍長から学ぶことになる。そちらはまだ有益だったが、陰気なことは娼館の教えを上回った。あとは付け足しにすぎない。十六歳で戦争が終った時、私は事実上今の私だった。

　娼館時代に、私は良心を誤魔化して欲に奉仕させることを覚えた。確かに女たちを哀れみはした。彼女たちが体を売ったのはただただ金が欲しい一心で、それも食うに困ってというのは一握り、あとは、荒稼ぎして闇屋から何か買おうという訳で、どうしたって涙ながらの淫売稼業ではなかったのだが、それにしても、たかだか一枚のブラウス、一本の口紅、一枚の毛皮のコート（得意げにそんなものを着ている者さえいたのだ）の為に体を売るとは何という惨めさか。いや、厳密に言うなら、売るのは体ではなく自分の意思であり、それだけにここには何の救いもない。よくもそこまで身を落そうという気になったものだ。本人たちはまるで意識していなかったとしても。女というのは生まれながらに淫売であって、最初は父親に、次は亭主に、しまいには息子に、学校時代は教師や同級生に、勤めに出れば雇い主や同僚に、商売をすれば客に、何もしなくても隣近所や通りすがりの男たちに身を売らなければ何も手に入らないのだと、母は言い訳のように繰り返していた。今更堕落も何もあるものか、と言うのである。それはそれで一種穿った見解だということにしておこう。第一、けして身を落さない女などおよそ女とも言えないではないか。こんなことを書いたからと言って私が弱き性を軽蔑しているなどと思われては困るが、私が親に感謝すべきだと常々考えている唯一のことは、女に生まれずに済んだことだ。私は女たちを哀れむが、女に生まれた身の不運などどうしてやることもできない。当時もそうだった。こんな所で詰まらぬ飾り物欲しさに身を売っているよりは尼さんにでもなった方が――つまりは女なんかでいるよりも女でなくなった方が余程幸福だろうにと思いながら、私はロシア語が解るのをいいことにロシア人から密かに指名料を巻き上げて、女の子たちとの折衝に当った。あくまで密かにである。母は薄々勘付いていたが証拠は握れず仕舞で、せいぜい時に「世故い息子を持ったもんだよ」と言うだけだった。

一夜明けると、慢性的な寝不足でぼんやりした頭を抱えた私は、怒ったように口を一文字に結んだ千秋と並んで登校した。私にとって夜は建設的に稼げても、昼はそれさえ儘ならぬ強制労働の時間である。私と千秋が入って行っても挨拶する級友さえいなかった。いかに私が図々しく開き直っていても、この仕打ちが些か身に応えたことは明記しておかなければなるまい。私にだって神経はある。しかし、正直に胸に手を当てて考えてみたらいい、誰かを爪弾きにする時、あなたは一々その対象も痛みを感じるかもしれないと考えるか。考えたとしてもざまあみろと思うだけだろう。誰かに銃口を向けて引金を引く時と同じだ。別に誤魔化す必要もない。社会的動物としての人間の必然である。私たちの母親のいかがわしい経済活動はS＊＊＊＊の全市民の知るところだったし、親の言うところは必ず子供の実行するところだったから、私たちはあらわにするにも値しない軽蔑とともに無視された。中学校に入る頃には教師が私や千秋を名指すことさえ稀になった。事実上、私たちは教室にいないも同然である。ただ、少しでも義務を怠ろうものなら、教室は蜂の巣を突いたような騒ぎになり、立ち所に吊し上げが始まるのを予期していたから、私は逐一可能な限りの正確さで遂行するよう心がけた。千秋も私に倣っていた。と言うより、私は始終爆発しかける千秋を押し止めていたのである。

千秋は私より数段不利な立場にあった。父親がいないという不幸は、S＊＊＊＊では冷笑の対象ではあっても同情の対象ではあり得ない。何事も起こらない前から、首を括って果てた破産者の美人の後家さんは、町では下卑た冗談の種だった。そこにロシア人相手のいかがわしい飲み屋（私の家だ）で働いているという不利が加わる。おまけに千秋本人は華奢で色の白い、繊細な目鼻立ちの少年で、一見すると極めて大人しかったから、同年齢の子供たちの間では男女と言ってしばしば馬鹿にされた。彼の内側に潜んでいて、後に伍長のもとで極めて有効に引き出される暗い攻撃性に、私は既に薄々勘付いていたが、周りで気が付いている者は殆どなかった。本人さえ気付かなかったのではないだろうか。時々、愚かにも彼の中でうずくまって眠っている攻撃性を挑発する者がいると、彼の矢鱈に量の多い睫の陰で鳶色がかった瞳の色が黒く陰るのを、私は見て取った。黒い猛禽類の翼が過るように。私は、まだそれがいかなる形態に展開するのかも知らぬうちのことだが、何故かぞっとして、彼を相手から引き離した。照準の中に遥か離れた標的を捕えると、彼の目は同じように陰って見えたものだ。理解できる者はあまり多くないだろう。そんなものがこの世に存在することにさえ、一度も気付かずに暮して行く人も多い筈だ。文明には飼い慣らせないものがある。いや、私自身は推測するだけだから、あるらしいと言うに止めておこう。そうした攻撃性が必要な段になるといつも私は、恐怖をもって代えて来たということも。いずれにせよ、文明社会の組織的な無言の暴力に立ち向かうに役立つものではない。その場合は不感無覚、これが一番である。

その都度、私と千秋は、子供にだけ可能な類の決意を囁き合ってお互いを慰めた。いつか――それがいつとは決めなかった――二人で山に入ろう、と。そこにはゲリラの巣窟があって、私たちを迎えてくれる筈だった。銃を手にして、こんな胸糞悪い生よりは格段に爽快な死に赴こうというのである。笑う人の方が多いだろう。それは私も判っている。実際の死というのは目も当てられないくらい不様なものだ。爽快なところなど欠片もない。「その辺に死体を曝すような恥ずかしい真似をすんなよ」と伍長は言ったものだ。「私はどじを踏みました、って大声で触れて歩いているようなもんだ、あれは」

だが、およそ生存にも値しない生を生きているよりは、と思い込むのは、いざ死ぬという時まで、私たちがしばしば犯しがちな過ちである。

私たちに負けず劣らず哀れなのは鷹取嬢だった。

イェールジ・コジンスキーの小説に、田舎と戦争の気の滅入る結び付きを気の滅入るリアルさで描きだした小説があるが、そのタイトルに採用されている現象によれば、群居性の鳥を一羽捕まえてペンキで七色に塗りたくり、もとの群れに戻してやると、仲間からつつき殺されるそうである。だから私は非難しない——異質なものの排除は小鳥程度の下等動物にもある本能であって、人間がやったところで格別おかしなことではないのだ。私がこうやって断っておくのは読者諸氏の良心の慰めの為である。厳密に言えば、本件について無罪の者などどこにもいないのだが、生憎こうした下等な本能を克服するだけの意思も理性も、私たちには具わっていない。

鷹取嬢がエキセントリックな娘だったことは認めていいだろう。S＊＊＊の基準に照らしてのみならず、もっと広い世間一般の基準に照らしても、彼女はエキセントリックだった。授業中にいきなり二階の窓から飛び降りたこともある。幸い雪深い季節で無傷で済んだが、これなどはどこへ出してもおかしくない奇行だろう。中学校に入る頃には顔面痙攣に取り憑かれて、始終顔の右側をひくひくと引き攣らせ、これは見ていて気持いいものではなかった。

今にして思えばあれは崖っぷちの精神状態の身体的な表れだったに違いない。社会に最初に接触した瞬間から田舎町で否応なしに働く排除の原則に玩ばれ続け、十年経って精神状態がおかしくなかったら、それこそその方がおかしい。成人してから彼女に会った時、外見は全く常人と変わらなかったが、精神的には必ずしもそうではなかった。一生治らないと彼女は言っていたが、たぶん、その通りだろう。些細なことと言ってはいけない。詰まらぬ体験が人生を取り返しも付かぬほど損なうことは、十分にあり得る。

顔面痙攣はお世辞にも愛らしいものではなかった。むしろ不気味でさえあった。押えようとすればするだけ、その苦闘が顔を歪め、人間というよりは人間であったもの、何かおぞましい怪物に鷹取嬢を変えた。私と千秋は目をそむけて彼女を避けた。小鶴巻はそうではなかった。思えばあの運命的な学級編成——私と千秋、鷹取嬢、小鶴巻は、中学二年生の春に同じクラスになった——は、私たち全員の、しまいには小鶴巻の人生さえ一変させたのである。小鶴巻の悲惨な末路については、時間の流れに従って後で書くことにしよう。兎も角、それまでも散々に虐め付けられて来た鷹取嬢にとって、これは決定的な不幸の始まりだった。

鞄や靴がなくなる、逆に何かが入っている（鼠の死体とかだ）、上履きに硝子の破片が入っているなどは序の口である。前にも言った通り、こうした事態には十分用心した上、不感無覚で押し通すのが一番なのだが、鷹取嬢はもはやそれだけの分別を保てる状態ではなかった。彼女はヒステリーを起こしたように騒ぎ立て、泣き喚いた。二階の窓から飛び降りたのもそうした過剰反応の一つだったのだろう。彼女が泣き始めると、小鶴巻とその取り巻きが彼女を取り囲み、「気違い」と言って囃し立てた。他の生徒は彼らを遠巻きにして事態の展開を楽しんだ。私は知っているが、特に質の悪いのは女子生徒で、高処の見物を決め込むどころか小鶴巻に便乗し、靴を汚物の中に投げ込んだり、持ち物を盗んで騒ぎ立てさせては机の中から見付けたふりをしたりしていたのである。大体、女子生徒の協力がなければいかに小鶴巻でも次のような事件は引き起こせなかっただろう。

夏の水泳の授業の後で、脱いでおいた服がなくなったのである。彼女は、誰もいなくなり次の授業の生徒が入ってくるまで、更衣室でなくなった制服と上着を探し続けた。ないとなると教室に戻って来て――水着のままだ――これ見よがしに、狂ったように他の生徒の鞄と机の中を探し始めた。一人の女生徒が拒絶した。後はいつもの逆上と冷笑である。

そこに教師が入ってきた。入ってくるなりうんざりしているのが私にも判った。大体教師などという人種はこの手の悪戯（と考えているのが、手を汚したことのある証拠である）の常習者だったと見て、ほぼ間違いない。やられた方の心理状態、まして鷹取嬢のような異常な心理状態はおよそ理解の外にある。いつもともなれば、相手にするにも及ばない、やられて騒ぎ立てる方が悪いと考えるのは自明の理だ。彼は非道く面倒臭そうに、落ち着くまで教室の外にいるように言って授業を始めた。

鷹取嬢は帰ってこなかった。小鶴巻が手を上げて、様子を見て来てもいいかと尋ねた。教師も気が咎めたのだろう、許可を得ると小鶴巻は仲間を二、三人連れて出て行き、十分程で戻ってきた。家に帰ったのだと思います、と彼は言った。

実際にはその時既に、小鶴巻は鷹取嬢を校舎の裏手の鶏小屋に閉じ籠めおおせた後だったのである。発見されたのは放課後になってからだった。泣いても喚いても、声の届く所ではない。制服は発見された時は放心状態で、鶏小屋の金網を掻きむしったせいで両手とも血塗れだった。制服はいつの間にか更衣室に戻されていた。事が大きくなってしまったので、恐れをなして戻したのである。気の滅入るやり口だ。鷹取嬢は夏休みが明けても学校には出てこなかった。

そのまま二度と出てこなければよかったのだ。およそ学校など、それほどまでして通う値打ちのあるところではない。ましてあの当時は。ところがいつの世でも、どういう訳か、子供がきちんと学校に通うことには実際以上の価値が与えられている。或いは長じて後の無意味な勤めにも耐えられるようにと言う親心なのかもしれない。いずれにせよ、彼女は二学期の終りに姿を現した。顔面痙攣は収まっていた。良くなっていたというのではなく、何か生気の失せたような、不気味な大人しさだった。後で知ったことだが、彼女は精神安定剤を定時に飲まされていて、何が起ころうと殆ど認めることもできない状態にあったのだ。薬漬けの娘を学校にやるとは鷹取夫人も罪作りだが、一般的な学校信仰に加えて、彼女は夫が逃げ出した後、姑の下で暮しており、娘は病気なのだとは言い出しかねる状態だった。そんなことになれば、我が家にはそんな血筋はない、あんたみたいな嫁を余所から貰ってきた息子がいけないのだと言い出されかねないことは容易に想像が付く。

小鶴巻一味がどんなにからかおうと、どんなことをしようと、彼女はただじっと俯いているだけで何の反応も示さなかった。勿論それが唯一の正しい対処法ではあるのだが。小鶴巻はじきに彼女にはかまわなくなった。彼女の周辺に不気味な空白が発生した。虐めが収まったというのではない、緊張を胎んだ空白だ。もはやいかなる形でも彼女と接触する級友はいなかった。だが、私たちの場合と違って、彼女は無視されたのではなく、玩具ではなくなった玩具に対する憎悪で息が詰まるくらいに見詰められていたのだ。その通り、彼女はクラスの玩具だった。勝手に降りたりするのは到底許されないことである。

私には当時の当事者を告発しようなどという立派な意図は毛頭ない。この後もはや悪戯では済まないことをやってのける筈の小鶴巻をさえ、責めるつもりはない。事態がそこまで行き着くのを阻止できないどころか、する意志もなかった教師を非難しても始まるまい。クラスの外れ者など教師にはお荷物にすぎない。繰り返し書いている通り、これは人間が複数集まった場合、ほぼ必ず起こる普遍的な現象であって、社会的動物たる人間には不可欠の本能なのだ。まだ手を染めていない者は幸いだ。あくまで「まだ」と言うにすぎないが。

一月に大雪が降った。降雪は一晩一メートルにも及び、S＊＊＊の家々は、夜が明けると窓も戸も開かないという、知らない者は恐慌をきたすが知っている者には年中行事とも言うべき自然の猛威に脅かされた。屋根に積った雪の重みで窓枠が撓むのである。放置しておけば家が潰れる。そこで屋根の雪を下ろすことになる。

作業は大抵集中して行われる。あちらでもこちらでも、トタンやプラスティックの波板を列ねて作った滑り台を繋げて大屋根や小尾根に掛け、その上を滑らせて側溝に放り込み、側溝が融雪で溢れそうになったり融け切らない雪の固まりで塞がれたりすると道に落した。道具にも流行があって、私がごく幼い頃は先端が四角い昔のアイスクリームスプーンに似た木製のこしきと呼ぶ道具、下の方のがちがちに固まった雪を砕くのにはスコップを使ったが、その後、最初は鉄製、後には柄と先端を除けばプラスティックでできたスノーダンプが現れた。これが何か言葉で説明するのは困難だが、一メートル四方くらいの、先端を雪に食い込ませ、橇のように滑らせて雪を掬い、そのまま前方に押し出す、本来は平地で使う道具だと言っておこう。押し出したスノーダンプに引きずられて屋根から転落する事故は後を絶たなかったが、一度に処理できる雪の量はスコップやこしきとは比べものにならない。こうして通り一杯に下ろされた雪はしばしば小屋根の高さに及び、市民はその上に細い獣道を印して行き来した。まだ我が家の工場が工場であった頃には専用の橇があって、反物を積んで車の来られるところまで運んでいたものだ。二、三日するとラッセル車やブルドーザーがやって来て道路を除雪した。まずラッセル車が雪の堆積の真ん中に道を切り開く。ラッセル車の前面で回転する巨大な刃に切り崩された雪は、脇の煙突から吹き上げられ、路面に対して垂直にそそり立つ崖の上に積る。それを辺りの住人が人力で少しずつ道に落しに掛かり、道に落ちた雪を、後から来るブルドーザーが川まで押し出した。汚れた雪は春になってもしばらく川原に山を作っていた。

雪は降り続いた。吹雪いていたと言うべきかもしれない。一旦、路面が見えるまでに削り上げられた道には、一夜明けて再び自動車が通れない程の雪が積っていた。遠くからラッセル車の唸りが聞こえていたので、私と千秋は煙突と反対方向の崖の上を歩いていた。ラッセル車が迫っていた。その手前で、小鶴巻が誰かを突き飛ばすのが見えた。コートを着た人影が道に落ち、その上にラッセル車の刃が伸し掛かり、大仰な唸りを上げて回転が止まった。その間、僅か三秒ほどである。

煙突から血と肉片の交じった雪が吹き出してくるのを期待したむきには申し訳ないが、ラッセル車の刃は異物が挟まると自動的に停止することになっている。鷹取嬢が命を取り留めたのは、最初に学生鞄が巻き込まれたからだったが、無傷で済むには遅すぎた。野次馬に混じって覗き込むと、鷹取嬢は血に塗れてひくひく痙攣していた。足が半分ほど刃の下に潰されていた。小鶴巻は逃げ去った後だった。

それからの話を、私は千秋から聞いた。

鷹取嬢は病院に担ぎ込まれた。担ぎ込んだ通行人が医者に呼ばれて来た警官に、道に突き落とされたのだと証言した。突き落とした少年の風体も。鷹取嬢は意識を取り戻すと、それが同級生の小鶴巻であることを認めた。

仰天したのは鶴巻である。小鶴巻が「元気が良すぎ」「腕白すぎる」のは周知の事実だった。彼も彼なりに息子には手を焼いていて、小学校時代、プロレスごっこと称して同級生の女の子の顔面をパイプ椅子で殴り付け、五針も縫う怪我をさせた時には、十万円包んで見舞いに行かなければならなかった。女の子の両親は貧しかったから、表向きは口を噤んだ。こうして私がその話を知っているのは、彼らが口を噤んだのはあくまで表向きにすぎなかったからである。ただし、それ以上のことは鶴巻も期待していなかった。彼らが騒ぎ立てて息子の将来の差し障りにならなければそれでいいのだ。

今回はそうはいかなかった。椅子で顔を殴り付けるなど可愛い悪戯である。だが、道に突き落としてラッセル車に轢かせるというのは、親馬鹿な鶴巻にも由々しき事件と思えた。警察まで動き出している。鶴巻は、今度は旧円で百万、見舞金を包んで鷹取夫人を訪ね、娘をN＊＊＊＊市の病院に移して治療する為の金だと言って押し付けようとした。鷹取夫人は拒絶した。鶴巻は脅しに掛かった。一家を収容所に送ると言うのである。鷹取氏の件がある以上、確かにそれは簡単なことだった。もっとつまらない理由を付けて送られた者も多いのだ。鷹取夫人と鷹取嬢は特別に仕立てた救急車に乗せられてN＊＊＊＊市に去り、その後もS＊＊＊＊には戻ってこなかった。

一体何故そんな話を知っているのか、私が問い質しても千秋は答えなかった。千秋が毎日病院まで行って鷹取夫人に（鷹取嬢は面会謝絶だった）会っていたのを知ったのはずっと後のことだ。まさか鷹取嬢に仄かな恋情を抱いていた訳ではあるまい。何ら悪意を持たない私でさえ彼女を「気違い女」と言うのに躊躇しなかった。一見正常に見える十数年後の彼女もやはり「気違い女」だった。だが、そのことを問い質すと、千秋はおそろしく不機嫌になった。何も言わなくともそれが解るので、私は二度とそのことには触れなかった。

さすがに小鶴巻は親に折檻されたらしいが、それだけだった。彼は殆ど英雄気取りで、気違い女を町から追い出してやったと公言していた。その言い分はクラスのほぼ全員に受け入れられた。誰も同情はしなかった。小鶴巻が彼女を殺しかけたことを、今まで放置されてきた汚物を思い切って処分したかのように考えれば、良心の呵責から逃れられると思ったのだ——とでも書ければどんなにいいだろう。無論、全くそうでないとは言い切れないが、それでは事の半分も説明できない。教師はほっとしていた。私でさえ何故かほっとした。鷹取嬢がいる間のことが集団ヒステリーであったかのように思えて来て、私自身知らない間にそこに巻き込まれていたのだということがはっきりした。憑きものが落ちたのだ。その憑きものが鷹取嬢と共に去ったのだとすれば、原因はまさに彼女の方にあったことになる。良心の呵責などあろう筈がない。こうやって私たちはそれぞれの一番うしろ暗い部分を追放したつもりになるのだ。

おそろしいくらい平穏な日々が訪れた。学校へ行っても、教師も生徒も禊ぎを受けたと言わんばかりにさっぱりした顔で、何事もなく集まっているだけだった。モニウスコ大尉はN***の司令部に呼び出され、帰ってくるまでのことを（無論、軍の正式な活動に関するものではない）託された、韃靼人じみた巨漢の軍曹の口から二音節以上の言葉が出るのは稀だった。工場では相変らず夜毎の乱行が繰り返され、雪に降り籠められて駐屯地から出ることも少なくなったロシア人たちは市内での荒稼ぎに血道を上げていたが、どちらからもやや疲れが窺われた。鶴巻は息子の不始末を八之瀬に知れないよう手を尽くしていたが、その八之瀬も人民の現実にようよう気が付いて軽い抑鬱状態にあるらしく、回覧板に挟まれ教室で読み上げられる布告からは、文体においても内容においても例の調子の高さが薄れて、彼自身の文体模写に堕していた。千秋が幾らラジオに耳を傾けてもゲリラの情報は入ってこなかった。冬の間は彼らの活動も下火のようだ。

今や分離独立状態――或いは現在好んで言われるところの占領状態は、分離独立でも占領でもない、ただの散文的な状態と化していたが、その中にあって、ひとり私には落ち着かない春が巡ってきた。

女を知ったのである。私の家庭環境は、精神的にも肉体的にも、私を早熟にしていた。以前は工場の二階で男と女のすることが何なのか知っていても、階下で酒を飲みながら女たちが誘いを掛けた時兵隊の顔に浮かぶ軽蔑と渇望の入り交じった表情が何を意味するか了解していても、金を払ってまでするのは全く馬鹿げたことに思えたものだが。

ある日、厳しく凍てついた日曜日の朝のことだが、前の晩飲みすぎて泊っていた娼婦の一人が階下で、ストーブの前にうずくまってどくだみ酒を飲んでいた。やすこさんと呼ばれていた女だった。彼女はいつだって飲みすぎる。これでは商売にならない。私は彼女の隣にしゃがんだ。彼女は隈のできた目で私を一瞥した。

私は彼女が店の酒を飲みすぎること、飲みすぎてしばしば仕事にならないこと、仕事にならなければ辞めて貰わなければならないことを、なるべく親身に聞こえるよう努力しながら伝えた。彼女は知らんぷりで背の高いコップに注いだ緑の酒を飲み続けた。私は話し続けた。こんな風になる前、やすこさんは売れっ娘だったのだ。今だって彼女と寝たがる客は一杯いる。彼女は空になったコップを床に置くと、嗄れた声で言った。

「その売れっ娘を試してみる?」

彼女を? 私が? つまり二階で彼女や仲間たちがロシア兵とやっていること、あれをやってみろと言うのか。私は非道く困惑して立ち上がった。彼女は相変らずしゃがんだまま、私を見上げ、短く笑い声を上げた。からげたキモノの裾から出る脛は細く、腱は剃刀のようで、その上に載っている腰もほっそりしていた。ただ弛んではだけた打ち合せから覗く乳房は朝の光の中で真珠のように白く、うっすらと産毛に覆われていた。私はその場を立ち去った。

その日一日、私は彼女の申し出に心をかき乱された。実を言えば少し前から、私は明け方の曖昧な夢とそれに伴う生理現象をいかに母の目から誤魔化すかに腐心していたのだ。何故それが彼女に判ったのだろう——少なくとも私がまだ完全に子供であった頃には、あんな申し出はなかったではないか。ああいうことは額に書いてあるように読み取られてしまうものなのか。それとも母が言い触らしたのか。それもありそうなことだ。私が眉間に皺を寄せているので、母は歯痛と思い込んで、歯医者に行くように言った。別に歯痛に悩んでいた訳ではないように、彼女の申し出に思い悩んでいた訳でもない。彼女の申し出を思い悩んで引き起こされる生理的心理的現象に悩んでいたのである。私は一朝俄に思春期の悶々たる性欲を抱え込んでしまった。あれを何年も耐えるなど、殆ど人間業ではないと思う。私は昼間に、再び二階に上がって寝込んでしまったやすこさんを起こしに行った。何も言う必要はなかった。彼女は横になったまま私を上目遣いに見て、くすくすと笑っただけだった。

その後のことを思い出すと今でも恥ずかしさのあまり冷汗が出て来る。彼女は服を脱がせると、寒さと興奮で鳥肌だった私を横にし、指先であちこち撫で回した。痩せてるのね、と言った。肋骨が浮いてるわ。私は天井を睨んで耐えた。欲望で爆発しそうだった。しかしそういう現象を、仕事を終えた後の女たちはさも軽蔑した口調で笑いものにしていたではないか。モニュスコ大尉が放蕩の故に兵隊仲間で勝ち得た権威にも拘らず、女たちからは法螺吹きと言って軽んじられているのは理由はそれではないか。私は必死の思いで堪えた。その間、つまり私が耐えている間、彼女は私を散々に玩び、私はと言えば、あんなにも触れてみたかった彼女の乳房にちらりと目をやることもなく、机の抽斗の下に隠したドル札を、ドルから旧円に、旧円から新円に、新円からルーヴルに、ルーヴルからドルに換算し、最初と最後の金額が合わない、その差額がどこから出てくるのか考えているうちに彼女の手の中で果てた。深い失望とともに。

「気にすることはないのよ」と彼女は優しく慰めてくれた。「最初はみんなそうなんだから」

だが、そう言っている彼女の様子は全く別だった。今やあんたもあたしたちの仲間入りよ、と言わんばかりだった。こんなつまらないお遊戯をして貰う為に魂まで売り渡す羽目になるんだから、と。私は最初から、彼女が私を憎んでいるような気がしていたが、今やはっきりそうだということが判った。つまりこれは復讐なのだ。

それが分かっていても私は情欲の虜だった。他のことは全てどうでもよくなってしまった。学校から飛んで帰ると、母に気付かれないように彼女を探し回り、続きをせがんだ。滅多に応じてはくれなかった。応じようにも、あの日曜のように彼女が一人きりでいることは殆どなかった。いつも誰か女たちが一緒だった。千秋の母親が一緒だったこともある。まさか母親が息子にそんな話をするなどというグロテスクな事態はあり得ないだろうが、あんな情けない体たらくを千秋にだけは知られたくなかった。私を軽蔑するだろう。たとえ戦果赫々であっても。彼は潔癖なのだ。女たちが私を笑いものにしているような気がした。たぶん、していただろう。それでも私は彼女に付き纏い、懇願し、折々二階に上がることに成功したが、ついぞ彼女の肉体まで到達することはできなかった。そして屈辱の止めに、夜毎の稼ぎから少なからぬ額を巻き上げられた。

「新円はお断りよ」と彼女は言った。「スリッパも買えやしない」それから私の出した皺くちゃの緑のドルを数え、見下した口調で「出てきなさいよ」と言った。私は肩を窄め、我知らず両手をズボンの前で合わせて下に降りた。禁断の果実に手を出した報いにはまことに相応しい姿勢だったと言えよう。

私は孤独だった。女たちが笑いを堪えているように見えた。すっかりナイーヴになって阿漕さの薄れた私を、彼女らは前より馴々しく、殆ど仲間の一人のように扱ったが、それは私に向けられた軽蔑と憎しみを一層ひしひしと感じさせた。かつて母と私の間にはお互いの強欲に対する感嘆の念と、そこはかとないパートナーシップがあったものだが、それも今や消え失せたように思えた。私は見捨てられたのだ。部屋に戻っても救いはなかった。千秋の隣で一緒にラジオに耳を傾けていても、こいつはおれの恥をどこまで知っているのかしらんと、それればかり考えていた。全く何も知らないのか、知っていて黙っているのか。知っていて黙っているのだとすると、哀れんでか軽蔑してかその両方かが問題だ。千秋は下の女たちを忌み嫌っていたから、彼が何か耳にしたなどということは万が一にもあり得ない。だが、当時の頭の中身が煮詰まったような状態、鼠が車をからころと回し続けるような状態にあって、その可能性に気付くのは至難の業だった。

そうこうするうちに本当の春がやってきた。堅く締まった雪の堆積の表面は融け出して黒く汚れ、道路の轍に雪解け水が流れ込んで水溜まりを作った。水溜まりには、春、湖の水が融けて散りぢりになると湖水の青が現れるように、白い雲の間から覗く空が反映した。それも二月の気紛れな晴天の、刃のようにぎらつく青空ではなく、南風に流されて行くふんわりした雲を浮かべた青空だ。紛れもない春の香りが漂い出したが、一般に想像されるのと違って、これは一種の牧歌的な悪臭である。誰もが幾らか浮き浮きと軽はずみになる季節――大事故はしばしばこんな時に起こる。

またしても日曜の、これは午後のことだった。やすこさんはあの呪われた朝と同じようにストーブの前にしゃがみ込んでどくだみ酒を飲んでいた。午後の日差しが少し高いところから彼女の上に射していた。私は彼女の脇に椅子を引いて来て坐った。「堪忍してよ」と彼女は言った。「フビライが戻って来るのよ」

モニュスコ大尉の部下の、韃靼人じみた軍曹は俗にフビライと呼ばれていた。誰が言い始めたのか知らないが、その名は彼の吊り上がった目と平たい鼻、ジンギスカンの末裔に相応しい堂々たる巨軀にぴったりだった。ここに至って私は、前々からの謎に接近するチャンスを摑んだ訳だ。何故女たちはフビライの相手をするのをそんなに嫌がるのか。フビライ自身は選り好みしないが、女たちの中で相方を引き受けるのは彼女だけなのだ。

「切りがないのよ、あいつは」と彼女は言った。「商売じゃ済まないわ。真面目に相手してたらぶっ壊れちまう」それから例の横目、私をいたたまれないくらいに興奮させる、あの意地の悪い横目で睨んだ。「見たくない？」

「何の為に」と私はそっけなさを装って答えた。その手には乗らなかった。大方、私を玩んで私と母に対する溜飲を下げ、金を搾り取るのに飽きたのだろう。これは何か新手の悪巫山戯に違いなかった。

「お勉強よ、坊や。いっぺんくらいあたしをひいひいよがらせてみたいと思わない」

私は何も言わなかった。彼女は続けた。「フビライみたいな奴はちょっといないわよ。商売女にゃ不都合だけどね。あれが男なら、他の連中は何かしら。ちっぽけな塩鱈じみた白ん坊どもとは大違い。いっぺんくらい見といたって損はないんじゃない」

このアル中女め、と私は内心で彼女を罵った。お前の言いなりになんかなるもんか。

「酒浸りの公衆便所って言いたいんでしょ。因業な欲張り婆あってね。お生憎様、別に商売しているところを見せて金を取ろうなんて魂胆はないわ。ただ、先生としちゃね、お弟子にちょっぴり進歩して貰いたいだけよ」

「僕はあんたの弟子なのかい」

「早くあたしを抱いてよ」と彼女は、悩ましい口調に優越感を滲ませて言った。捕まえられるもんなら捕まえてごらん。「あんたには随分と手間を掛けてるのよ」

「それとフビライとどんな関係があるんだ」

「おおありよ」と言って彼女はコップを私に押し付けた。母が入って来たのだ。「どうすればいいかは分かってるわね」

馬鹿な、と私は呟いた。馬鹿な、馬鹿な、馬鹿な。そんな馬鹿なこと、何で私がするものか。私は立ち上がった。ところが出て行く私とすれ違いざまに、母はこっそり耳打ちしたのだ。「あばずれにいいようにされてるんじゃないよ、情けない」まるで私が嫌らしい出歯亀に成り下がるのは決まったことだと言わんばかりに。それから母は彼女の脇、先刻まで私が坐っていた椅子に腰を下ろして、適当な茶飲み話を始めた。

日の暮れる頃に、フビライがやって来た。

手間の掛からない客だった。黙々と凄まじい量のアルコールを流し込んで、上に上がるだけだった。女の子たちと風呂に入るとか、話をするとか言った子供じみた前戯は一切なしで、ただ、相方は彼女が務めることになっており、その都度、女の子たちが彼女に一定額を払うことになっていた。一種の見舞金だ。

フビライの下の兵隊たちは風呂場のお湯を散々っぱらはね飛ばし、女の子たちを抱え上げて悲鳴を上げさせ、踊り、床を踏み鳴らし、二階に上がっては戻って来、玉突きをやっては互いに罵り合い、トランプをやっては殴り合いになりかけた。この馬鹿騒ぎからすれば山から下りてきたところだろう。真夜中過ぎにはさすがに疲れて静かになり、何人かは大人しく兵営に戻って行った。フビライの姿が消えていた。奥の階段が体重に耐えかねてぎしぎしと鳴っていた。

私は一瞬ためらった。この瞬間、誰かが何か喚き出していたら、私の運命はまるで別なものになっていたに違いない。だが、後には女たちの囁き声と、酔い潰れた兵隊の鼾しか聞こえなかった。三十分もすれば洗面器が必要になりそうな類の鼾だ。しかも母はいなかった。私は手洗いに立つふりをして階段を上がった。

一番奥のドアが細く開いていたが、内側から閉め直された。私はしばらく階段の上に立っていた。それから、その隣の部屋に入って、音をたてないようにドアを閉めた。彼女が言う通り、どの部屋がどういう状態かは完全に把握していた。ベッドの上に膝を突いて、馬鹿な兵隊が肘打ちを食わせて間仕切りのベニヤ板に空けた穴からガムテープを剥ぎ取り、隣室を覗くくらい朝飯前だった。

彼女は既にシュミーズ一枚でベッドに腰掛けていた。その姿は半分しか見えなかった。妙な具合に肩を竦めて俯いたフビライが立ち塞がっていたのだ。どうやら上着のボタンを外していたらしい。寿命の尽きかけた蛍光灯がかりかり音を立てながら点滅していた。彼は肩を揺するようにして、垢染みたランニングシャツの上から上着を脱ぎ捨てた。私は思わず息を呑んだ。

フビライの左腕は、むっちりした脂肪の下に牡牛を思わせる筋肉の潜む肩口から手首まで、十数個の腕時計に覆われていたのだ。宝石のように輝くガラスをカットしたもの、黒い皮バンドの平凡なもの、盛り上がった自動巻き、金や銀の金属ベルト。それが、些か太り気味の腕に食い込むようにして、二の腕の上から手首まで、薮睨みの目玉のようにずらりと並んでいる。私は度胆を抜かれて目をそむけ、壁に背を付けて座り込んだ。隣室では性交が始まっていた。簡易ベッドが優に四人分の重さに相当する二人の体重に耐えかねてぎしぎし言っていた。彼女が声を上げるのが聞こえた。芝居とは思えぬ声だった。だが、ついぞ覗こうというところまで立ち直れぬまま、私は痴呆のように今見たものを反芻していた。彼女がひい、と言うような叫びを発するのが聞こえたが、ベッドのきしみは収まらなかった。肩口から手首まで。腕時計がずらり。私は膝を抱えて両手で顔を覆った。彼女は頻りに堪忍して、堪忍して、と繰り返していた。それもあの腕。よく時計のベルトが回ったものだ。きんきらきんの。カットしたガラスの。黒いバンドの。

私が顔を上げた時には既に何時間も経っていたに違いない。隣室は静まり返っていた。私は一つのことしか考えていなかった。あの時計が欲しかった。一つでいいから。隣室を覗いてみると、フビライも彼女も、死んだように動かなかった。眠っているのだ。自分でも思いがけない図々しさが、びくりと身震いして目を覚ました。何故盗らない。フビライだって誰かから盗ったんだ。盗って悪い理由がどこにある。

私は足音を忍ばせて廊下から隣室に忍び込んだ。フビライの腕の下で彼女が目を開けた。目を開けたところで、声も出せなければ動くこともできなかった。そんなことをすればフビライが目を覚ましてしまう。私は嬉しくなった。これは素敵な復讐じゃないか。彼女は怯え切って必死に目で私を追い払おうとしたが、私はベッドの脇に屈み込み、フビライの手首を辛うじて回っている時計の金バンドの留め金を外した。他の時計は金具に紐を通して結んであったのだ。フビライは身じろぎもしなかった。私は手の甲の側からバンドの垂れ下った時計を引き剥がした。

翌朝、彼女は顔に非道い痣を作っていたが、そんなことはもう私には何の関係もなかった。いかなる理由からか、彼女を見ても何の欲望も湧いてこなかった。憑きものが落ちたようだった。私は解放されたのだ。

そうなれば、フビライの時計など何の値打ちもない。やばいだけである。フェティシズムは今日に至るまで私に無縁な欲望の一つだ。おまけにそれはとうの昔に螺子を巻こうと振回そうとこちりとも音を立てなくなっていた。私は千秋に時計を譲った。フビライが酔っ払った隙にくすねたものだから、くれぐれも見付からないように、と釘を刺して。千秋は心配いらないと言うように頷いた。彼が何を考えていたのかなど、例によって見当も付かなかった。だが、千秋は時として、私など及びも付かない狡知を発揮することがある。その後のいきさつはこうだ。

彼はフビライの腕時計を巻いて、これ見よがしに小鶴巻の前にちらつかせたのである。香港メイドという可能性もあるが、私は今でもその時計の文字盤にＲＯＬＥＸと書いてあったのを思い出す。成金時計の有難味は当時の私たちには少しも分からなかったが、いかにもきんきらきんで高そうには見えた。そんなものを小鶴巻が放っておく筈がない。千秋は体育用具室に連れ込まれ、時計を巻き上げられた。何も知らない私は大いに憤慨したが、千秋は平然としていた。何故か。千秋の仕掛けた地獄の機械の歯車は確実に嚙み合いながら、小鶴巻を、ついで不本意ながら私たちを引きずり込みつつあったのだ。

私が殆ど忘れていて、千秋が、おそらく故意に、無視したのは、フビライが軍のお偉いさんのお供でしばしば鶴巻の家を訪れていたという事実である。小鶴巻の腕に燦然と輝く腕時計が発見されるのは時間の問題だった。しかもフビライには、鶴巻の愛息だからと言って手加減する理由はない。図々しい餓鬼には体に道徳を叩き込んでやらねばなるまい。お偉いさんが鶴巻の家から出てきた時には既に、外に立って待っていたフビライは小鶴巻を死なない程度にぶちのめして吊し上げた後だった。ここまでは、千秋の計略通りである。

事件には第二部があった。フビライの腕には腕時計が戻っていた。小鶴巻は目を膨れ上がらせ鼻血を流しながら泣いていた。お偉いさんと、お偉いさんを送って出て来た鶴巻はその形相に仰天して、フビライに、何が起こったのか尋ねた。妥協を知らないフビライは小鶴巻が盗人であると言い張り、これには鶴巻が腰を抜かして息子を問い詰めた。小鶴巻は時計を千秋に売り付けられたのだと泣くなく打ち明けた。鶴巻は、息子は無実であり、真犯人は時計を息子に売り付けた者だと伝えたが、そんなことはお偉いさんは勿論、時計を取り戻したフビライにもどうでもいい話だった。彼らは和解して別れた。

だが、鶴巻にとって事はこれでは済まなかった。誰かが陥れようとしているのだ。自分の権力基盤が脅かされているのを感じた。ありもしない陰謀に取り巻かれている気がした。そうでなければ、義勇軍を動員して千秋を逮捕させようなどという馬鹿げた思い付きは、幾ら子煩悩な鶴巻でも出て来なかっただろう。

その夜、私が幾らか早めに、心安らかに商売を終えて部屋に戻ってくると、千秋は真っ暗な私の部屋に潜んでいた。私が明かりを点けようとすると低い声で制止した。家に義勇軍が来たのだ、と言った。私は別に驚かなかった。いつもの摘発だと思ったのだ。そうではなかった。彼らの借り間にまっすぐ上がる階段のところで、千秋の名前を呼んで出て来るように言ったからだ。彼がためらっていると、ドアを蹴破ろうとし始めた。実際に蹴破られる前に、彼は窓から屋根伝いに逃げ出し、ここに潜んでいたのだ。

今夜は泊ったらいい、と私は言った。うちには乗り込んで来ないよ。だが私の部屋は我が家の玄関の真上にあり、私がそう言い終えたか終えないかのうちに、引き戸を開ける音がした。畳に耳を付けていると、母と複数の男たちの話す声が聞こえた。私は真っ青になった。こういう晩に限ってロシア人たちが早々に引き上げてしまったとは。いつもなら義勇軍もおざなりな調べ方しかできないだろうが、これでは日頃の鬱憤晴らしとばかりに徹底的にやられてしまう。

私は机の抽斗を引き抜いて、底に隠してあった金を全部、ポケットに突っ込んだ。母はまだ義勇軍ととぼけた押し問答をしていたが、相手は次第に苛立ち始めていた。私と千秋は押入れから屋根裏に上がり、工場の二階に下りて、裏階段から更に階下におりた。山を越えよう、と私は言った。今夜は闇屋が来ている筈だった。運が良ければまだいるだろう。

家の裏には誰もいなかった。私たちは暗がりの中を川端に走った。丁度トラックが出るところだった。荷台に追い縋るようにしてして飛び乗り、売れ残った商品の間で息を切らしながら、私たちは分離独立下のS****を永遠に離れた。

＊　＊　＊

それでも別段、感傷になど耽りはしなかった。私たちは不安のうちに、いつの間にか寝込んでしまったからだ。自動車は眠り込んだ私たちをごとごとと揺り返しながら、山の奥へと進んで行った。

気が付くと、トラックは停まっていた。目を覚ました私は荷台のシートの間から外を窺った。それは県境地帯の山中だった。他に軍用トラックが見え、ロシア人の兵隊が数人、生真面目な様子で自動小銃の引金に指を掛けて立っていた。千秋が唸って目を覚ました。停められた、と私は囁いた。山越えを試みたことがばれれば収容所行きだ。彼は無言で坐り直した。私は再び外を窺った。

白い平凡なライトバンが見えた。福島ナンバーだ。将校と思しきロシア人が、後ろのドアをはね上げたところに立ち、中を覗いていた。その脇で、ぞろりとしたコートの上から猟銃を背負った男がぷかぷか煙草をふかしていた。眼鏡が尾灯で赤く光っている。犬が尻尾を振り立てて、こっちにむかってひと吠えしたが、男はしっと言って黙らせた。ジロだ――するとあれは親父だ。パトロールに捕まっているなら知らんぷりが得策だろう。だが、どうやらそうではないらしい。父は将校にむかってオーチンハラショー、と言って見せたからだ。将校は顔を上げ、頷いた。私は幌の後のシートをまくり上げた。

ロシア人たちが――それから父の後で小さいが凶悪そうな短機関銃を構えていた男が、こちらに銃口を向けた。私は父を何と呼んでいただろう。父さん、だったか。親父、だったか。だが、私の口から出たのは、パパ、という情けない呼称だった。蜂の巣にされたりしないように、私は両手を上げて、そっと荷台から下りた。近眼の父が私をそれと見分けるまでの五メートル程というもの、私は銃口に曝され続けた。

「パパなんて言うから、誰かと思ったじゃねえか」と父は至って柄悪く答えた。それから合図して私を銃口から解放してくれた。「ありゃ友達か」

「千秋だよ」

とりあえず父の私に対する関心はそれだけだった。取り込み中だったのだ。父はジロを引いて将校と一緒に軍用トラックの後に近付いた。用心棒も移動した。私はその男について行った。男は嫌な顔をしたが、文句は言わなかった。

トラックの荷台には、木箱に詰めた武器類が満載されていた。将校は父に紙切れを渡した。不器用な金釘流のアルファベットで書いた、ほぼ万国共通の武器の名と数字が並べてあり、その下に$4,000としてアンダーラインが引いてあった。

父は顔を顰めた。「何だこの四千ドルってのは」

「通訳しようか」と私は言った。

父はちらりと私に目をくれたが、何も言わなかった。私はロシア人の方と交渉することにした。

「ロシア語で話せば僕が通訳するよ」

「少し余計に持って来た。差額をドルで払って欲しい。四千ドルだ」

私が伝えると、父は二千まで値切れと言った。

「半分は無理だよ」

「ごちゃごちゃ言わずに二千でやれ。無理なのは判ってる。三千で妥協する」

私は交渉に取り掛かった。ロシア人は実に粘り強かった。どうしても三千二百以下には負けようとしなかった。私がそう言うと、父はポケットからドル札を掴み出し、器用に数えてロシア人に渡した。ロシア人は一枚ずつポケットに入れながら数え、部下に頷いて見せた。

彼らは軍用トラックの積荷を私と千秋が乗ってきたトラックに移し、父はライトバンの後から紙袋を取って来て将校に渡した。取引はそれで終りだった。

私と千秋はライトバンに乗り込んだ。用心棒がトラックの荷台に移り、将校がジープに乗って国境まで先導した。検問を越えるまで父は口を利かなかった。日本側の検問はなかった。政府見解では、ここは国境ではなかったからである。

「母さんは元気か」と父は訊いた。「荒稼ぎしてるんだろ」

「まあね」と私は答えた。「あれは何」

「あれ？」

「ロシア人に渡したものだよ」

父は意地悪く笑って「T＊＊＊の連隊は薬漬けだ。戦争どころじゃない」と言った。「ま、こっちの軍隊もあんまり違いはないな。平和なこった。やる気のある軍隊なんぞ糞くらえだ」

つまりはそれが父の戦略という訳だ。全世界の軍隊をあまねく堕落させて平和の到来を待とうというのである。

「お前、ロシア語できるのか」

「できるよ」と私は言った。

「仕事を手伝うなら置いてやる」

「僕たちは山に入るんですよ」と千秋が言った。「ゲリラになるんです」

「ゲリラ」父は呆れ果てたというように言った。「お前ら幾つだ」

「十四だよ」と私は臍を曲げた千秋の代わりに答えた。

「餓鬼じゃあるまいし、よく考えろ、ゲリラなんて堅気の商売じゃねえぞ」と父は言った。「一文にもなりゃしねえ」

「儲かるなんて思ってないよ」

「儲からねえ商売なんぞ屑だ」と父は言った。「一緒にやれば稼がせてやる」

「だろうね」と私は答えた。実のところまだよく判っていなかった。父はどうしてしまったのだろう。武器と麻薬。しかもS＊＊＊の闇屋まで取り仕切っている。女の子たちが母のところで体を売って稼いだお金を父の闇屋に貢いでいるとしたら、これはもうまるっきりの詐欺ではないか。それとも母は知らないのだろうか。私が覚えている限りの昔、父にはこんな頭も度胸も非情さもなかった筈だ。

「よおく考えてみろ。どうしてもと言うなら、仕事で行く時に連れてってやる」

「ゲリラの所へ？　何しに」

「商売だよ。決まってるだろうが。他に何があるんだ」

　どうやらこの世には、私の哲学など思いも及ばぬことがあるらしい、と私は考えた。ゲリラと父とロシア人。千秋はジロと折り重なるようにして眠っていた。

「父さん」と私はしばらくしてから訊いた。「今のの分け前は幾ら」

「普通、国境を越えさせてやるのに幾ら取ると思う」

取り付く島もないとはこのことである。「実の親子だろ」と私は肉親の情に訴えかけたが返答はそっけなかった。

「山に入っちまう息子なんぞ願い下げだ」

「いつ、ゲリラの所へ行くの」

「まだ判らん。来月に入ってからだな」

「それまでなら手伝うから」と私は言った。「手付けで百ドルおくれ」

「国境を越えさせてやって、泊めてやって、飯を食わせてやって、二週間で百ドルか。実の息子でもなきゃ、そんな厚かましいことは言わせておかん」

「来月なら三週間だ。それに二人だよ」

「左のポケットを見てみろ」

　私は父のポケットに手を突っ込んだ。皺くちゃの五十ドル札が出てきた。「人生のお勉強だ」と父は言った。私は諦めた。他の奴はともあれ、父から金を巻き上げるのは至難の業だ。

　車は街道を下りて砂利道に入った。ライトに照らし出されるのは、トタンの波板でまちまちな色に彩られたバラックの壁だった。壁と壁の間にできた入り組んだ道を抜け、少し離れた一軒のバラックの前に、父は車を横付けにした。

「そこの玄関を叩いて入れて貰え」と父は言い、私たちを下ろして走り去った。闇屋のトラックが後に続いた。

私たちはそのバラックの前に立った。玄関の上に、汚い字で酒々井商会と書いた看板があるのが、白々とした街灯の光で読み取れた。まだ寝呆けている千秋と一緒に硝子をがたつかせながら戸を叩くと、中で蛍光灯が点いて錠を開けるのが見えた。出てきた女は目のやり場に困るような薄桃色のすべすべしたネグリジェを着ていた。

「何、あんたたち」と女は言った。

実のところ、再会してからここに到着するまでの間に、私は父に密かな感嘆の念さえ覚えるに至っていたのだ。見事な再起ではないか。為せばなるとはこのことだ。あの、家の女子供を殴り付ける以外は一日中ごろごろしていただけの親父が、今や、何やら胡散臭い商売の基盤を見事に築き上げたとは。女がいることだって想像していた。おそらく水商売の女で、それだけに美人で気風がいい、小股の切れあがった女が——確かに、それは女だった。だがその女の姿形は父に対する尊敬の念を著しく損ねた。

「お母さんにそっくりだね」と千秋が言った。その通り、彼女は母にそっくりだった。私は両親が好き添い、即ち恋愛結婚だったことを思い出した。父はこういう女が好きなのだ。進歩も発展もあったものではない。

「酒々井の息子です」と私は名乗った。「父もじきに来るでしょう」

「裏の倉庫でしょ」と彼女はそっけなく言った。「風呂に入る？」

私は遠慮しておいた。千秋も草臥れて風呂どころではなかった。ひと組みしかないからと言って彼女が敷いてくれた布団に入って、私と千秋はすぐに眠りに就いた。

翌日の朝食は極めて気まずいものになった。父はとうに起きていたが、寝不足で不機嫌らしく、ネグリジェの女は——勿論もうネグリジェ一枚で目のやり場に困るというようなことはなかったが——無言で、ただひたすら粗相のないように扱っていた。よく解っている。花丸と言っていい。だがそれが余計、父がいた頃の母の態度を思い起こさせた。彼女は私とも口を利こうとしなかった。どう扱っていいのか分からなかったのであろう。いかに母に似ているとは言っても、彼女はずっと若い。所帯やつれを考慮すればまだ三十にもなっていないだろう。本妻の子と馴々しく話すのも変だし、そっけなくし過ぎては後で父の顰蹙を買わないとも限らない。案外そういうところに敏感な男ではあるのだ。そこで、私に対する態度も無言だが丁重と言うに尽きた。千秋に対する態度はずっと自然だった。千秋は幾分恥ずかしそうだったが、まんざらでもない様子なのは見て取れた。皿を片付けがてら何か手伝いを頼まれると、千秋は従順に台所に去り、後に残された私と父はぶすっとした顔で番茶を啜り続けた。そのうち、父は何も言わずに懐手で外に出た。私も後に続いた。

バラックは町外れに建っていた。遠くに見える山並みからずっと水田が続き、その途中を金網と鉄条網が仕切っていた。場所によってはもう一重、フェンスが過り、蒲鉾型の建物が見えた。ただし、それは随分と遠くである。鉄塔が建っていて、その上で人が動くのが見えた。

「アメリカさんだよ」と父は説明した。

裏手というよりは横合いに、青いトタンでできた倉庫があった。入口の脇で二人の男がしゃがみ込んで花札をやっていたが、顔だけ上げると何か中途半端な挨拶をした。父は横柄に顎で挨拶を返し、倉庫の扉の下に穿たれた小さな戸の鍵を外して中に入った。すぐ内側にトラックが二台、並んでいた。ライトバンはなかった。その裏側に回りこむと、二階屋吹き抜けくらいの高さの天井まで、段ボールやら木箱やらが積み上げられていた。

大振りな釘抜きを芝居がかりに振り回しながら、父は木箱や段ボールを開けて、鰯の缶詰のように詰まったロシア製のＡＫＭやアメリカ製のＭ16、どこのとも知れない手榴弾を見せ、私が狙撃銃を教練の時の要領で弄ると手際がいいと言って誉めてくれた。私が父に誉められたのは生涯でこの時ただ一度きりだっただろう。彼はご機嫌で、ある種の経済哲学まで披露に及んだ。

父の見解では、戦争前に彼が悩まされていた商売などまるっきりの詐欺のようなものだったと言う。紡績会社と糸商と織物工場と布問屋、布問屋と既製服会社と小売店――儲けは、前段階から受け取った物を加工することではなく、次の段階に回すことで発生する。商品はいわばばば抜きのばばみたいなものだ。出来るだけ早く手放して金に替えれば万々歳、危なくなれば「返品」と称して逆に流し、さもなければ在庫を抱えて倒産に至る。父がこの原理を発見したのはＳ＊＊＊＊から亡命するずっと前のことで、彼の明敏すぎるくらい明敏な頭脳は（それがどの程度のものかは、遺伝の法則の影響を真っ向から被った実の息子たる私の方がよく知っているが）、事の虚しさに耐え切れなかったらしいのだ。

「ところが夜逃げで第二の大発見をしたって訳だ」と父は言った。「地図の上に一本線を引く。するとこの線の右と左じゃ、すっかり様子が違ってくる。ある場所じゃ食物がだぶつき、別な所じゃ着るものがだぶつく。これを右から左に運んでりゃ、右の奴も満足、左の奴も満足、中に立つおれも大満足って訳だ。もっと儲けたければどうするか――引いてやる線の数を増やしてやればいい。おれはT＊＊＊＊には薬を流してやるが、S＊＊＊＊には流さない。S＊＊＊＊にはラジオを流してやるが、T＊＊＊＊には流さない。T＊＊＊＊の奴はラジオを欲しがり、S＊＊＊＊の奴らは薬を欲しがる。そこで勝手にやったり取ったりが成立してくれればこちらのものさ。S＊＊＊＊の奴らは自分たちで必要な以上のラジオを、T＊＊＊＊の奴らは必要以上の薬を欲しがってくれるからな。おまけに高値も気にしなくなる――さてこいつは取っておきの目玉商品だ」

倉庫の一番奥に、天井から糸で吊したように見えるオレンジ色のシートを掛けた塊が置いてあった。父は眼鏡の奥で自慢そうに笑うと、釘抜きでその布を引き剥がした。下から出てきたのは対空機関砲だった。

「ロシア人から買った」と父は言った。

私はさすがに逃げ腰になった。「こんなもの誰に売るんだよ」

「ゲリラが欲しがってる。値段は交渉中だ。馬鹿な連中だ。直に取引すればずっと安く手に入るのにな」無論、そんなことは無理な話だ。「いっぺん国境のこっちに持って来てやってから、むこうに持ち込む。するとお値段は二倍になる」

よく警察が何も言わないものだ。だが、ゲリラに対する武器援助は国策であり、地方警察ごときが口を挟む問題ではない。父の商売は公認の無法状態のもとで行われていたのだ。

スペクタクルの残りは、ずっと見ごたえのない商品で占められていた。衣類とか家電製品とか洋酒とかである。パリ祭の軍事パレードの最後を消防車が占めるようなものだ。無論父はこうした堅気な商品に対する愛情も忘れずに強調したが、二十数年に亘る火器に対する情熱には、所詮太刀打ちすべくもなかった。

「麻薬はないの」と私は訊いた。

「あれはただの粉だ」と父はそっけなく答えた。「あまり考えない方がいい。うちの連中にもそう言ってる。好奇心が命取りになりかねないからな。ミイラ取りがミイラになってのは、何としても拙い」

実に賢明かつ慎重なやり方だ。私もそれに倣うことにした。使う側に身を落としさえしなければ、確かにただの粉にすぎない。

倉庫を出る時、ふいに父は、私が先刻弄ったSVDを肩から提げているのに気が付いた。実のところ、弾丸もひと包みくすねていた。「おい待て、それを持って行く気じゃなかろうな」

「もちろんだよ」と私はいい加減な返事をした。

「後で千ドル払え」

私は相場を知らなかったし、父を相手に値切るのが容易でないのは確かだった。だが千ドルはいかにも高い。いいよ、と答えたが、その実、家に戻って払わずに済む方法を考えようと思っていた。

父を倉庫の事務所に残して一人で戻ると、千秋は昨日の座敷で毛布を被って寝ていた。薄目を開けて私を見てもぼんやりしていた。私は彼にSVDを示して試し撃ちに誘ったが、彼は曖昧な返事をして目を閉じてしまった。教練で使って珍しくもなかったのは事実だし、実弾を撃たされたことも、一度だけだが、あった。死ぬほど眠いのも事実である。

私は拍子抜けして、押入から掛け布団を引きずりだして被り、父に千ドル払ったら幾ら残るか考え、それから俄に、畳の下に隠して行った私の金のことを思い出して心配になった。大丈夫な筈だ。ここには千秋がいた。だが、隅の畳を捲ってみると、その下に入れて行った六千数百ドルと幾許かのルーブリは綺麗に消えていた。

私があまりがさがさするので、ついに千秋もぼんやりした怒り顔で起き上がった。

「ここに入れて行ったものがないんだ」と私が言うと、無言で部屋の隅を指差した。鴨居が走っていた。手探りしてみると、確かに金はそこにあった。全額手付かずで。

千秋に対する疑念が私の心を過らなかったと言えば嘘になる。だが私は努めてさり気なく呟いた。「何でこんな所に」

「のりこさん」とだけ彼は答えた。それが父の情婦の名前らしかった。好意的に取れば、畳の下に金なんか隠してはいけない事情があるのだろう。悪意に取れば――一体、何を考えているのか。私は金をそのままにしておいた。事の成り行きを見極めねばならない。

その昼間はもう眠れなかった。頭上を、高度を下げてくるヘリコプターの音が響き続けたからだ。時折遠くからジェット機の音と思しき姦しい金属音が入り交じり、窓硝子をびりびりと震わせた。昼食時にのりこさんと父の顔を窺ったが、彼らにはまるで何も聞こえていないようだった。

その日から毎日、午後の間中、私と千秋は倉庫の見張りに立った。「只飯は食わしておけねえ」という父の方針だったが、無論、大事なお宝を子供二人に委ねる気があった訳ではなく、他に父の部下が二人、一緒だった。わが子に温情を施すにも、父の場合、何かしらの口実を必要としたのだ。例のＳＶＤは支給品のような格好になり、代わりに小口径の拳銃を売り付けられた。弾が装填されているっきりしか手に入らないと言うのだから殆ど詐欺みたいなものである。父は「外に持って出るなよ。しょっぴかれるぞ」と釘を刺し、私たちは原則的にはその勧めに従った。

うらうらとした、時折雲が掛かって肌寒い午後一杯を、私たちと父の手下二人は花札をやったり交互に昼寝したりして過ごした。折々頭上に米軍のヘリが飛来しては、倉庫をかすめ、フェンスを越えて着陸した。ジェット機のエンジン音も聞こえたが、飛んでいる姿は一度も見なかった。エンジンを吹かしているだけなのだろう。初めの頃こそ耳を劈く騒音だったが、それもいつしか穏やかな午後の風物詩と化した。人間何にでも慣れるものだ。

それにも飽きると、空缶を並べて撃って遊んだ。手下たちの一人がねじ回しを持って来て照準を調整してくれた上、射撃の指導に当った。私は全然駄目だった。距離が二、三十メートルになれば盲撃ちに等しい。標的に狙いを付けると二重三重に見え始め、それでも頑張っているとめまいがして来るのである。今ほど近視は進んでいなかったが、乱視の気は相当にあったらしい。ちなみに現在の私は水平線を見分けることが全くできない。便箋の横罫さえ十度ばかり傾いで見える。世界は私にとって常に微妙に左傾するか右傾するかしているのだ。

千秋の視力は少なくとも一・五以上あった。正確な数字が分からないのは、身体測定の際もそれ以上は計らなかったからである。彼は私と違って、活字との無益な交流で目を酷使してはいなかったのだ。千秋が適当に離れた空缶を撃ち抜いて見せると、手下たちは筋がいいと言って喜んだ。百メートル程になると驚嘆した。それが三百メートルになり、五百メートルになると何も言わなくなり、最終的に八百メートルの距離でも撃ち損じのないことを知ると気味悪がった。お遊戯はそれで終りだった。一発も失敗《しくじ》らなければ、もはや遊びではない。私も一々往復一キロ半以上を走って、遥か彼方まで缶を立てに行くのはうんざりだった。おまけに百姓が出て来て田圃の畦を練り始めた。

初めて銃を手にしてから、どこでかは知らないが、最後に別れた時持っていた残弾を撃ち尽くす瞬間まで、彼に無駄弾は一発もなかったと私は確信している。何か矜持のようなものが介在したのだろうが、ここで自分の才能に目覚めて以来、彼は絶対に盲撃ちをやらなかった。必要に迫られてもやらなかった。彼が狙撃する時には援護が必要で、私はその役を務めるのを誇りにしていた。伍長の言う通り、彼は虐殺者ではなく殺戮の芸術家だったのだ。絹糸で銃口を引っ張られているような感じだと、千秋は言っていた。火薬の爆発する力で弾丸を撃ち出すのではなく、鳩か何かを離してやるとむこうの木の枝にとまるような感じで当るのだと。何事にも天才にも様々なタイプがあって、中には飛び抜けて軽やかな天才というものはあり得る。その天才にも様々なタイプがあって、中には飛び抜けて軽やかな天才というのが存在するのだ。伍長は常々千秋の射撃をモーツァルト的だと言って誉めていた。それが何を意味するのか、当時の私には理解すべくもなく、おそらくモーツァルトなる人物の才能は千秋的だったのだろうと想像していた。今にしてみれば格別誤った理解ではなかったと思う。千秋の天才がおよそ不朽なる形容詞とは程遠い、まともな御時世では何の役にも立たない代物だったとしても。

その男がやって来たのは、ヘリコプターの発着の下で百姓が田植えを始めたある日のことだった。父の部下の一人は椅子に腰を下ろしたまま、ぐっすりと寝入っており、もう一人は手洗いに立ったまま戻って来ず、私と千秋は午後の平和を痴呆のように茫然と味わっていた。男は、急いで歩いて来たらしく汗でてかてか光る額の生え際をハンカチで拭いながら、私にむかって「お父さんはいるかい」と訊いた。

前にも書いたように、私は必ずしも父を好いてはいない。父に似ていることを知ってはいるが、それも好きではない。見も知らぬ男からいきなり「お父さんはいるかい」などと訊かれるのは堪らなかった。「誰？」と私は聞き返した。

「酒々井さんだよ。坊っちゃんだろ」と、この図々しい田舎者は答えた。千秋が代わりに事務所の窓を指差した。

「お邪魔するよ」と彼は言って、開け放してあった倉庫の戸を入った。椅子で寝ていた見張りは驚いて目を覚ましたが、男が敬礼でもするように軽く手を上げて二、三度振ると「何だ、日和見さんか」と言った。

「あの人、誰です」日和見と呼ばれた男が事務所に消えてから、私は訊いた。

「お内儀の所の日和見って人だ——ゲリラだよ」

幾らか草臥れた灰色のスーツ、ひび割れた古めかしい革のベルト、安っぽい光沢ですぐに合皮と知れる靴の、温厚で純重な中年男。それが日和見の最初の印象だった。実際には彼は中年と言うほどの年ではなかったし、この第一印象には他にも訂正すべき所があったが、それには追いおいに触れることになろう。兎も角、見張りが「お内儀の所」と言ったゲリラ集団の一員、ラジオが頻りにその勇猛果敢を讃えていた「自由の戦士」の実物にお目にかかったのは、これが初めてだった。好奇心に駆られた私は、生まれて初めて、実の息子としての権利を乱用してみようという気になった。傍にいられては困ると言うなら追い払えばいいのだ。

　私と千秋が入って行くと、日和見と呼ばれた男は事務所のスチール机の上にビニールに包んだ白い煉瓦様の塊を七つ、ふた山に分けて積み上げたところだった。八つ目をその隣に積み上げようとしたところで私に気が付いて手を止め、父の意向を伺うように視線を戻した。見掛けより遥かに素早く、かつ表現力豊かな視線だった。「悴だよ」と父は言った。中断する必要はないという意味だった。私たちは事務所の隅に置かれた長椅子に腰を下ろした。日和見は塊を更に二つ積み上げ、それから折り畳んだ便箋を一枚、内ポケットから取り出して父に渡した。

「随分な量じゃないか」と父は便箋を見て感嘆した。「まさかN＊＊＊中の戦車を全部潰そうってんじゃないだろうね」

「困りますか」

「商売あがったりだ」父は便箋を脇において、部屋の隅の金庫に袋をしまい込みながら言った。厚さ二メートルのコンクリートの下に埋め込んだ鉄板に四本の鉄螺子で留め付けた御自慢の金庫で、底の鉄板には螺子頭を溶接した跡が見えた。中を覗いたのはこれが最初で最後だった。手提げ金庫が一つ入っている以外は全く空っぽで、私は少しく失望した。父はむこうを向いてろと言わんばかりに私と千秋に顎をしゃくった。目を伏せていると、地下二メートルの底にある鉄板まで震えているような殷々たる響きとともに扉が閉まり、無造作にダイヤルの数字をずらす音が溜息のように聞こえて来た。

「伍長は血に飢えてますんでね」日和見は金庫などどこにあるんだと言わんばかりに続けた。「この冬は運悪く、と言うか、一匹の露助も山に迷い込んでこない。仕方がないってんで、訓練がてら、冬になって上がってきた百姓どもを連れて下りて行って、さんざっぱら義勇軍を突き回したんですよ。打ち明けたところ、あれは素人の寄り合いですね。連中、滅茶滅茶にやられた後、T***に逃げ込んで露助の救援を求めた。春先からは戦車が走り回ってますよ」

「解禁日って訳か」

「伍長はやり過ぎだと言うんでお内儀にこってり油を絞られたらしい。だからって、ご存じの通り、大人しくなるような人じゃありません。で、対戦車ミサイルが幾らか余計に要り用になった。どっちも夏には落ち着くでしょうが」

「少々ね——これがね」

「揃わない数じゃないでしょう」

父が煙草を勧めると、日和見は俯き加減に咥えて、熱烈な接吻よろしく二、三度煙を吸っては不承不承吐き出した。この男の方はニコチンに飢えているらしい。

「忘れて貰っちゃ困る。あれが来てる」

日和見は無心に煙草を吸いながら、外国映画の俳優がやるように片眉を上げた。見掛けより若いな、と私は考えた。「とりあえずは見せて貰いましょう」

父は倉庫に出ようとして、突然、妙な具合に唇の前で指を振った。日和見は怪訝な顔をした——或いはして見せた。波の愛する煙草はフィルターの付け根まであとたっぷり五センチは残っていたからである。「煙草だよ、たばこ」と父は言った。仕方なく、日和見は机の上に置かれた巨大な硝子の灰皿に煙草の先端をとんとんと押し付けて消した。

私たちが、命知らずと噂されていたゲリラの後について、むしろおずおずと足を踏み入れた時には、床にコンクリートを流しトタンの波板で張った倉庫の中には父の自慢そうな声だけが響き渡っていた。巨大な対空機関砲が天井を差してそそり立っていた。日和見は腰の後に手を組んで、むしろ冷淡に父の話を聞いていた。父は唐突に声を張り上げるのを止めてこう続けた。「さて、十キロでリストプラスこれは、こちらとしてはちと安すぎる」

日和見が何と言ったのかは聞き取れなかった。今の私には大方の想像は付く。父は頭を振った。日和見はまた何か言った。父は言い返した。日和見は更に言い、父はお話にならないと言わんばかりに大声を出し、日和見は宥めたが、相変らず折れた様子はなかった。息詰まる商談だったと言っていい。父も強欲だが、日和見も実にタフな交渉家だった。父を値切り倒すのは難しいが、日和見を押し切るのも困難だ。私ならどちらもお断りである。二人は見かけ倒しな交渉決裂の気配を漂わせてこちらにむかって歩いてきた。そこで日和見は言った。「県境のむこうじゃ最近はヘリコプターが二機編隊で飛び回ってます。戦闘ヘリですよ。こんなもの運び込んだら間違いなく襲われる。幸い、うちはこっち側です」

「露助と組んでおれの足を引っ張ろうってのか」

日和見はだんまりを決め込んだ。父も答えなかった。長い間、二人は倉庫の真ん中にただつっ立っていた。

「もう一キロ付けます」日和見はぽつりと口の端に乗せた。

私はよく知っている。これは日和見の手なのだ。とことんまで意地を張るふりをして、突然、妥協して見せる。妥協の内容自体はさしておいしいものではないのだが、相手は実際以上に大変な譲歩をさせたような気になるという寸法だった。

「よし、売った——来週、揃えて持ってく。木曜の午後にな」

来週木曜の午後、と私は覚えておいた。来週木曜の午後、父が止めようと止めまいと、私と千秋はゲリラの群れに身を投じることになる。

翌日、私たちは父に言われて、第一級警戒態勢で見張りに立った。指示は極めて変わっていた。父の用心深さというのは、金庫の一件でも知れる通り、時として偏執狂じみている。

午後二時にジープが来る。三人乗っている。一人は運転手だ。他の二人はジープを降りる。見張りの四人のうち、一人は父と一緒に事務所に待機する。一人はジープの後に乗り込んで、両手を首の後で組ませた運転手を見張る。一人は戸口で歩哨に立ち、最後の一人はお客二人の後に付いて来て事務所の入口に立つ。「おれが撃てと言ったら撃て。何にも考えなくていい」

それが私のお役目だった。私は更に、市街地や屋内で撃ちまくることを前提に設計されたとか言う短機関銃を与えられ、弾倉三個分、掃射の練習をさせられた。両手の間で野良猫のように暴れ回る機関銃をじっとさせておくのは難しかったが、父は十分だと言った。私はこう確かめずにはいられなかった。

「で、どっちになりそうなの、撃つのと撃たないのと」無邪気なものだ。何を今更と言われるだろうが、当時の私はまだ、手を血で汚したことはなかった。美しい時代だ。その終りは近付いていた。

「撃つつもりでいなけりゃ役に立たん」と父は至極当然のことを言った。「撃たずに済めばいいがな」

二時にやってきたのは鷹取氏だった。

家の脇を回って、カーラジオをがんがんに掛けながら米車のジープが走ってきた。水溜まりに前輪を突っ込んで止まると、ジープの尻が跳ね上がったように見え、運転していた軍服の東洋人が何か喚いた。おそらく糞とか畜生とか言う類の、ただしもっと下品な間投句だったのだろうが、今日に至るまで私は英語に対する生理的な違和感を克服できずにいるから、適切な語を当てることができない。私たちと一緒に見張りに立っていた男がすっとジープに近付いた。鷹取氏は、着ているものこそ普通のスーツだが明らかに将校、それもそこそこに高い地位にいると思われる将校と降りて来た。将校は大きなトランクを下げていた。見張りは後部座席に乗り込み、運転手は投げ遣りな口調で何か言いながら両手を首の後で組んだ。この手順に慣れているのだろう。カーラジオはけたたましいお喋りに続いてけたたましい音楽をがなり始めた。

鷹取氏が私と千秋に気が付いたのは、倉庫に入ろうという時になってだった。私たちは引金に指を掛けておくよう言われていた。たぶん、引き攣った顔をしていたからだろう、彼は話し掛けるのを諦めた。私は彼らに付いて中に入り、事務所の外に立って入口を塞いだ。

父は入口の脇のソファに腰を下ろしているらしく、死角に入って見えなかった。いかに私が下手糞でも、これで撃ったら当るのは可哀相な将校さんと鷹取氏だけである。何とも進駐軍的な雰囲気を漂わせた将校さんはトランクを鷹取氏に渡し、鷹取氏はそれを父に渡した。長い間、何も起こらなかった。父のことだ。中身をよくよく確認していたのだろう。一度だけ、将校さんはじろりと私を一瞥した。露骨な嫌悪の籠った表情だった。この日以来、私はどうもアメリカ人という奴が好きになれずにいる。理由は色々あるが、それがみんな後になって付いて来たことは私も承知している。本当の理由はこうだ。私はその一瞥で深く傷付いたのである。

「確かに受け取りました」と父は、音節を無闇にはっきり区切って言ったが、そうしたからと言ってこのアメリカ人に通じるとは思えなかった。鷹取氏が英語で将校さんに話し掛け、彼は頷いた。父の手が安っぽいナイロンのボストンバッグを鷹取氏に渡すのが見えた。鷹取氏はそれを開けもせずに将校に渡し、将校は中を確認した。取引は終りだった。

ジープに乗ろうとして、鷹取氏は戻って来た。将校さんは振り返って大声で何か言った。

その横柄な口調が非道く私の気に障った。鷹取氏は慌ててポケットを探り、マッチを一つ見付けた。「酒々井君、夕方、会って話ができないかな。少しでいい」と彼は早口に言ってマッチを握らせた。「六時に待っている」

将校さんは苛ついたように手を振り回し、鷹取氏は急いで乗り込んだ。乗り込んだか乗り込まないかのうちにジープは後向きに走り出し、後向きに家のむこうに消えた。

マッチは町の喫茶店のものだった。娘の話だよ、と千秋が言った。それなら千秋が行った方がいい。だが千秋は暗い顔をして行かないと言い張り、行きたくないのは同じだとしても、私が行って成り行きを報告することになった。あんな話を実の父親に聞かせるのは誰だって気が進まない。だが、聞かせなければ尚更気の毒というものだ。

私が事務所に戻ると、父は見張りを追い払って一人で金を金庫に入れているところだった。入って行くと身を強ばらせたが、私だと判ったのか振り返りもせずに金を収め、無愛想に「むこうを向いてろ」と言って金庫を閉めた。私は長椅子に腰を下ろした。

「いい商売だろ、ええ」と父は言った。「戦争が終ったら孫の代まで遊んで暮せる」

正直な話、私が父に何か金銭的な期待を掛けたことは一度もない。この時もそうだった。かつて父は私にとって頼りない父だった。今や単にいかがわしいだけである。その父の金は、金庫に山積みされていようと口座に唸っていようと、やはり何ともいかがわしく頼りない。「お前の金だぞ」と父は言いながら、輪ゴムで束ねた札束を私の顔の前でばたつかせ、そのまま自分のポケットに突っ込んだ。「今すぐって訳じゃないがな。今日はよくやった。いい度胸だ。お前さえその気なら酒々井親子商会の看板を上げてやらんでもない。すぐは無理でもな。ものには手順ってものがある」

こんな誘惑がこの世に存在するとは、誰だって夢想だにしまい。酒々井親子商会。正直に言おう、私は父の財力という奴をついこの間までかなり甘く見ていた。それが判ったのは父にとっては何とも不幸な成り行きからだったが、密かに連絡を受け、税務署の目を盗んで隠し金を運んでやる間も——確かに、戦争も恐慌もインフレもなければ孫の代まで暮せないことはないかもしれない額ではあったが、それがどんなに非現実的な想定かは骨身に染みて知っている——私は殆ど心を動かされなかった。何とも言えない非現実感が付き纏って離れなかったのだ。さもなければ私は父を裏切っていただろう。言われた通り金を移してやって、それより遥かに少ない報酬を手にした後も、私はさして惜しいとは思わなかった。つまりはこの金もあの「酒々井親子商会」の金であり、あの非現実的な戦時中に、父が言うところの「ただの粉」と、戦争が終ると同時に自衛隊のトラックに山積みされて運び去られ、或いは山中で錆びて土に還った武器とを回転させて発生したものだ。私が時々、戦火の中で虚しく失われた幼年期の終りの現実性を怪しむとすれば、自分の手でアルミトランクに詰め込んだ札束の実在もまた怪しむべきではないだろうか。

父が私に示して見せたのは、このおよそ実感に乏しい富の、父が死ぬまで延期されかねない折半という、何とも現実性希薄な条件だった。当時既にそうだった。こんな誘惑に屈する愚か者がどこにいるだろう。私は時々考えてみる。これは茨の小道と桜草の咲く小道との岐路で迷う若者に対する金銭ずくの誘惑などというものではそもそもなく、父はただ単に威張って見せたかっただけなのではないか、と。だが私はまさに前者のように反応した。ここではそのように書いておくことにしよう。

「でも僕は山に入ってゲリラになるんだよ、父さん」

「馬鹿な餓鬼だ」と父は答えた。「鉄砲なら幾らでも撃たしてやっただろうが」

「そういう問題じゃないよ」

「じゃ何だ、言ってみろ」

そう言われて私はぐっと詰まった。ラジオは何と言っていただろう。「愛国心だよ」

「本気か」と父は虚を突かれたらしく阿呆のような声で言った。それから笑い出した。げらげらあたりかまわず笑って、それからひいひい言うような声で何回もその愛国心という言葉を繰り返し、その度に爆笑した。これは失敗だった。そんな言葉は、自分でも少しも信じていない以上、口にすべきではなかったのだ。

しばらくして父はようやく口が利けるようになった。「愛国心なんてもんはな、おれが子供の時に死んじまった言葉だ。それから後はオリンピックが来たって生き返りゃしない。お前がそんな言葉を知ってたってだけで驚きだよ」そう言った後もまだ、唇の端を笑いで引き攣らせていた。「本当のこと言ってみろ、何を期待してるんだ、お前は」

　そこで私は自分が空っぽになったような気がした。この性悪な悪魔の手代の誘惑を前にしての最大の危機は、たぶん、この時だっただろう。何を期待しているのか——何も期待してはいなかった。悪魔は相変らずくすくす笑いながら、日和見さんに聞かせてやりたいもんだ、涙を流して喜ぶだろうよと言った。勿論皮肉である。彼も笑うだろう。この話はしばらくの間、私の十八番だったのだ。誰も彼もが笑い転げた。笑わないのは千秋だけだったが、おかしかろうとなかろうと、彼は滅多に笑って見せなかった。

「少しはましだろうと思ったんだよ」と私はしばらくしてから答えた。それ以外に何と答えようがあるだろう。

「ましになっただろうが」と父は憮然と答えた。

「ゲリラになればもっとましかもしれない」

「何が気に入らない」

「気に入らなくなんかないさ」と私は答えた。それから初めて、家のことを思い出した。押入の襖の裏に張ったアル・カポネの写真のこと、密かに張り廻らしたダイオード・ラジオのアンテナのこと、仏壇の上の祖父の脂ぎった遺影のこと、何がおかしいのかけらけら笑っている母と、馬鹿騒ぎするロシア人たちのことを。自分が本当は何をしたいのか、そこでようやく悟ったのだが、今や家に帰る訳にもいかなかった。となれば進むだけではないか。

「何のかんの言っても連中は人殺しさ」と父は言った。「少なくともおれはまだ人殺しを仕事にしちゃいない。それだけでもずっとましだ」

「来週の木曜だよね」と私は念を押した。結論は出てしまったのだ。

「よく考えとけ」と父は答えた。

道徳的な問題に関して言えば、父は文句なく正しかった。美辞麗句は所詮美辞麗句であり、兵隊であろうとなかろうと、人を殺す理由にはちっともならない。正規軍の兵士が戦闘中の殺人（とは言わないだろうが）をどう考えるものかは知らないが、少なくとも私は、それにそう公言していたからには伍長は、おそらく千秋も、別に美辞麗句の為に義勇軍やロシア兵を襲ったりはしなかった。必要に迫られてさえいないこともあった。むしろ必要に迫られた場合は速やかに逃げることが肝要である。私たちがやっていたのはゲリラ戦なのだ。好んで血を流したのは、こちらさえ寛大なら幾らでも流血を避けられる筈の事態においてだった。圧倒的な優くらいさえ確保できれば、私たちは喜びに満ちて殺した。これが罪でなくしてなんであろう。

今でも時々、ふと蘇った記憶に密かな興奮を味わうことがある。何とも鮮明に蘇る喜び。その実体は何だろう。優越感だ。たとえ紙一重なりとも、それも偶々今日だけのことだとしても、こちらの方が上手だったという優越感。それから——幸か不幸か、殺しそのものは好きになれなかった。だから私は身震いしてそそくさと、記憶を脳髄の奥の小部屋に追い込んで鍵を掛けてしまうのだ。

のりこさんと私の見えない死闘は、その数日前に終結していた。

数日いるうちに、色々なことが判ってきた。一つにはそれが漠たる居心地の悪さの原因だったのだが、全てはのりこさんが私を好きになれない、と言うより薄気味悪く感じていることに起因しているらしかった。ある日の夕食の時に、私は気が付いた。私と父が無心に卵と韮の炒めものを食べる(父も私もこれには目がなかった)、それからなめこの味噌汁に口を付け、うるいのお浸しを摘み、再び卵と韮の炒めものに専念するが、そこにあった風呂吹き大根には見向きもしない――ふと気が付くと、のりこさんは何とも言えない顔で私と父を見比べていた。余程似ていたのだろう。それに、僅かな遅い早いの差こそあれ、私と父の動作は完全にシンクロしていたのである。

まがりなりにも普通の家の体裁を整えようとはしていたが、そこはバラックの悲しさで、隣室の物音は筒抜けだった。私はよく知っている。のりこさんはその晩、父を拒んだ。甘えても脅しても駄目だった。いや、一応言うことを聞かせるには成功したらしく、しばらくごそごそしていたが、五分もしないうちに父は舌打ちして「何でえ」と捨て台詞を吐き、それきり静かになった。

翌日から少し気を付けることにした。食事を取りながら、父のローテーションを見極めて、ずらすように試みたのである。これは苦しかった。何を食べているのか分からなかったくらいだ。おそろしいことだが、油断するとすぐ父のペースに引きずり込まれそうになった。或いは父が私の方に引きずり込まれて来るのかもしれないが、兎も角、食欲は激減した。のりこさんはそれを嫌味に感じたらしいが、何も言わなかった。何も言わないで、よそってくれる量を減らした。私はさすがに腹を立てたが——誰のせいで落ち着いて食事もできなくなったと思っているのか——やはり何も言わなかった。何も言わずに買い食いという最後の手段に訴えた。

ところで鴨居の金は、あれ以降も転々と場所を変え続けた。鴨居の上にあったかと思えば、また畳の下に潜り、畳の下から押入の夏掛け布団の間に入り込み、と思うと扉の裏に鏡を張った古めかしい洋服ダンスの、内側の抽斗の下に隠してあったりした。この時は見付けだすのが大変だった。さすがに堪り兼ねた私は、のりこさんの隠した場所から別な場所に隠すという消極的な抵抗に出たが、彼女はそれを見付けだして更に別な場所に隠した。しかも金そのものは一銭も盗らない。

気の毒なのは千秋だった。年嵩の女たちが大抵そうするように、のりこさんは千秋を猫可愛がりした。私と違って彼は女たちの愛情に何らの疑念も持たない。可愛がられるのが普通だと思い込んでいるのだ。だからこそ、私とのりこさんの険悪な関係は彼には理解できなかった。金の移動という怪現象は彼も知っていて、捜索にはできる限り手を貸してくれていたが、何故私が直接のりこさんに聞かないのかはとんと呑み込めなかった。私にしてからが、何故直接訊かないと言われると説明に困る。これを書いていても、その辺が読者諸氏に伝わるかどうかには自信がない。しかし、それはそういうものとして勘弁して貰うしかないだろう。さて、その朝、朝食が終った後で私が牛肉の大和煮の缶を開けてささやかな朝食のやり直しを楽しんでいると、千秋は珍しく非難がましい口調で、そういうことをするとのりこさんが悲しむ、と指摘したのだった。私は思わず聞き返した。千秋がこの種のお節介を焼くのは甚だ珍しいだけではなく、危険でもある。彼はもう一度、忍耐強く、一字一句違わずに繰り返した。そういうことをするとのりこさんが悲しむ、と。

どうやら怒っているらしいと私は考えた。信じ難いことだ。私は根掘り葉掘り、のりこさんがどういう風に悲しんでいるのか聞き出した。何とも判然としない話だったが、彼女は千秋にむかって頻りに、私が彼女に懐かないと愚痴ったらしかった。それは一目瞭然だし、千秋は事実に反することを言って慰めるほど図々しくはない。彼に言わせれば、のりこさんはとても優しいいし、私とも仲良くしたがっているというのである。それは千秋にとっては全くの事実だ。とすれば悪いのは私ではないか。その朝千秋はのりこさんから、食事が私の口に合わないのではないかと洩らされ、その直後、私が何の遠慮もなく牛肉の大和煮の缶詰を食べているところを発見した訳だ。

その日の昼食で、歴然とご飯のよそい方が少ないのを確かめた私は、部屋に戻って金を見付けだし、自分のポケットに入れた。一体何だって私はのりこさんの感情を慮って、食べる順序を変えたり、彼女が人の金を勝手な所に隠し直すのに気が付かないふりをしたりしてきたのか。夕方、私は久しぶりにゆっくりと食事をした。彼女は見て見ぬふりをした。その晩、彼女と父がどうだったのか私は知らない。何日かぶりに、布団に入ると同時に熟睡したし、熟睡していないとしても、何も聞こえぬふりをするつもりだった。よくよく考えてみれば、それが礼儀というものではないか。

という訳で、その数日というもの、私は有り金全部を持ち歩いていた。さすがにそれは危ないと思ったので、町で胴巻きを買い出して来て身につけていた。ナイロンメッシュとタオルでできた、我らが同胞が海外旅行の際しばしば巻いて行く、あの胴巻きである。それがここで災いの種になるとは思ってても見なかった。

夕刻、私は鷹取氏に会いに、マッチの喫茶店に出掛けた。

バラックの立ち並ぶ避難民の村は、本来の町の外側に、俄造りの米軍基地と隣り合って出来上がっていた。もともとは田圃を不法占拠して建てたバラックで、いつしか畦道が道路となり、昔の農協の倉庫が立ち腐れていたりした。我が家はその外れにある。町に行くには街道を通って行くか、村を抜けて行くかしかない。

村が一種の治外法権と化しているという認識は警察も持っているらしかった。空間的には依然として日本である町に隣接していながら、公式見解では相変らず日本であるものの実際にはその法から外れてどうなっているのかよく分からないN＊＊＊の延長として、村は存在している。父のような商売はそういう場所でしか成立しない。私は知らないが、大小の類似した業者が巣くっているのは間違いなかったし、そうした治外法権状態に惹かれてやって来る連中もあった。素人ばかりだが、お世辞にも安全な連中ではない。以前どうだったかに拘らず、ここに長居すればまず普通の法から外れた感覚の持ち主になってしまうのは、父の実例でも知れる通りだ。

村の中で何が起ころうと、警察は放置しておくことにしていた。だが、村の無法状態が外に広がるのは困る。特に警察は、父が扱う類の品物が玄人、即ち「これもん」の皆さんの手に渡るのを極度に恐れていた。村が事実上鉄条網で封鎖され、幾つかの出入口で、見慣れない者に対しては特に集中的な検問が行われていた理由はこれである。

私は警官が好きではなかったし、警官に身体検査をされるのはもっと好きではなかった。まして今は胴巻きを巻いている身の上である。となれば検問を潜るしかない。町と村とを仕切るフェンスに穴が開いている場所を、私は知っていた。農協のサイロのある傍、スーパーマーケットの裏に出る、昼間は人通りも多い穴だった。私はそこを潜ってスーパーの裏手を回り、しばらく歩いて駅前に出、目抜き通りから横に抜けるアーケードの中の喫茶店に入った。鷹取氏はとうに来ていたらしく灰皿に吸い殻を山積みしていて、私にメロンパフェを取ってくれた。それが一番高かったからだ。この会見に掛ける鷹取氏の期待で私は窒息しそうだった。パフェが来ると、鷹取氏はいやに親切に言った。「遠慮することはないんだよ」

私は身じろぎもできなかった。何とも気まずい沈黙が続いた。それから、紙ナプキンを解いてフォークを取り出し、上に載っているがりがりしたメロンを全部食べた。生クリームに埋もれているアイスクリームとメロンシロップに手を付けたところで、鷹取氏は当り障りのない話から始めることにしたようだった。

「正直に答えて貰えるかな。撃つように言われていたのかどうか」

当り障りのない話でこれだ。相当に微妙な質問だな、とは私にも解った。「練習はさせられましたよ――撃つ練習です。で、ああいう風にしろと言われたんで、父に訊きました。これはふりだけか、本当に撃つのかって」

「お父さんは何と言ってた」

「撃つつもりでなけりゃ役に立たない、と」

鷹取氏は溜息を吐いた。「私たちは仲間だったんだよ――最初は一緒に始めたんだ。私はここに来てから、米軍の通訳の仕事に有り付いた。将校の一人がゲリラに武器を送る計画を立てた。ただ、米軍のトラックで運ぶ訳にはいかない。捕まった時に問題になる。衝突は避けたいというのが彼らの考えでね。お父さんはS＊＊＊＊からトラックを持って来ていた。私たちは計画を練ったよ。弾薬を積んで弾の雨を潜るのは御免だったから慎重な計画を立てた。県境の検問を買収して何度も民生用の品物を運んで見せる。それからようやく武器だ。米軍からの謝礼も良かったが、運んだ品物を売り捌くのもいい儲けになった。私がお父さんの仕事を手伝えたのはそこまでだ。ちょっとした事故があってね」鷹取氏は言葉を切った。「間違いない、あれは事故なんだが――一緒にやっていたアメリカ人が死んだ。野犬に食い殺されたんだ。多くてね。君も気を付けた方がいい。それで私は降りた。お父さんとは方針が食い違って来ていたし」

「まさかと思いますけど」ふと不安になって、私は口を挟んだ。「それって父がやったんじゃないでしょうね」

「そんなことを言われても気にするんじゃないよ」と鷹取氏は言った。「兎も角、私は今やただの通訳だ。ただ、お父さんに私からだとは言わずに伝えて貰えないか、あれはやり過ぎだ、私たちは敵味方じゃない、と」

「伝えます――でも、僕もあいつは好きじゃないな」と私は答え、それから、この発言は拙かったかもしれないと思って言い足した。「僕は全体に外人は嫌いです」

「味噌も糞も一緒はよくない。アメリカは味方だ。私たちを守ってくれている。ソ連は違う」

何故鷹取氏がそんなことを言ったのか、理解に苦しむ。或いはただの習慣なのかもしれない。私たちがむこうでロシア人を食いものにしていたように、鷹取氏はアメリカ人を食いものにしている。そういう状況では容易に染み付く習慣だ。だが、県境のむこうでは逆に言っていることを、鷹取氏は知っている筈だった。それを更に裏返して答えるなど馬鹿にしているとしか思えない。「それって本気ですか」と私は言っていた。

今なら言わないだろう。言っても無駄だからだ。相手はあくまで本気だと言い張り、本気とは呆れたものだと私が言い返して終りになるのは目に見えている。だが当時私はまだ子供であり、鷹取氏には子供を相手に国際政治の複雑怪奇を論ずるつもりなど毛ほどもなかった。「まあ、大人には色々あるんだよ」と彼は苦笑した。色々惨めなことがね。「最近だろう、君が町を出たのは」と鷹取氏は続けた。

切り出したと言った方がいいかもしれない。私は二週間ほど前だと答えた。彼は頷いた。「家族と連絡が取れないんだ。何か知っているかと思ってね」

いよいよ来た、と私は思って、半分くらいまで行ったパフェの中にスプーンを放した。「全然、何も知らないんですか」

「何も知らない。夏に娘が病気をしたようだが、大丈夫だという手紙をお父さんが持って来てくれた。それきりだ」

「N＊＊＊にいる筈です」と私は答えた。「N＊＊＊に行ったのは知っています。今年の一月に」

「病気が重いのかね」と鷹取氏は急き込んで尋ねてきた。「それで入院したとか」

「病気じゃありません」他に何と答えてみようがあるだろう。「怪我をしたんです」

「大怪我か」

メロンパフェは溶け始めた。私は大いに甘いものを必要としていた。だが、状況がそれを許さない。「ラッセル車に轢かれたんです」

鷹取氏は絶句した。私は言ったことを後悔した。ラッセル車に轢かれたというのは、事実以上に凄まじい印象を与えたのではなかろうか。「そんなじゃないんです」と私は言った。「怪我しただけです。死んだりした訳じゃないし、怪我だってそんなに非道い怪我じゃ……」あれが非道くなければ、どんな怪我が非道いと言うのだろう。「いえ、確かに非道い怪我ではあるんですが……」千秋は何と言っていたか。後々どうかなるような怪我ではない——そんなこと、言える訳がない。鷹取氏は俯いてわなわなと震えていた。「兎も角、無事です」と私は言った。「治る筈です」

「N＊＊＊の病院に入院しなけりゃならなかったんだろう」

「それは」私は少し考えた。この時ほど言葉を選んだことはなかったと言っていい。今なら政治的理由とでも答えるところだ。馬鹿ばかしいほど精確な一語で、しかも解釈は相手の勝手である。だが当時の私にはそんな気の利いた言葉を思い付きく術もなかった。それなら黙っていればよかったと私は思っている。少なくともこう言った所為で、後々の不幸の種を一つ播いたのだ。「鶴巻君が道に突き落としたから」

「鶴巻というのは、あの鶴巻の息子かね」鷹取氏はふいに顔を上げて言った。「あの鶴巻の」

私は頷くしかなかった。

「噂が広まらないように町から追い払ったと」

とんでもないことを言ってしまった、と私は思った。鷹取氏は怒りに震えていた。確かに私が言ったことは全て事実だ。しかしこんなことは、こちら側で知っても如何ともし難い事実ではないか。苦しむだけだ。

「帰ります」と私は言った。鷹取氏は答えなかった。

　フェンスに辿り着いた時、私は疲れていた。肉体的には何ともなかったが、精神的には相当に参っていた。そこで待っていたような災難に遭遇するには最悪の状態だったと言えよう。

　フェンスの穴を潜ると、暗がりに男が四、五人、立っているのに気が付いた。ペーパーは開いていたが、看板の派手な照明はこちらに背を向けていたから、フェンスの辺りは、遠くに小さな街灯が見える以外、殆ど真っ暗だった。誰かいたからと言って見えるものではない。だがよくしたもので人には気配というものがある。しかもこの気配は濃厚だった。暴力的な予感を胎んでいたし、そこにいた連中は明らかにしばらく風呂に入っていなかったからだ。

　私は穴から半分体を出したまま、凍り付いた。一人が私の腕を摑んで引きずりだした。

　読者諸氏には心からお勧めしておきたいが、こういう時に抵抗してはいけない。連中のしたいようにさせておくのが一番である。右の頰と言われれば右の頰を、左と言うなら左を、財布が欲しいと言うなら財布を差し出してやれば、むこうが完全にいかれてでもいない限り、殺されることはまずない。だが、この時私は全財産を胴巻きに入れて巻いていた。家が淫売宿に早変わりしたのに不平を洩らすでもなく、ぽん引き擬いの真似をして貯めた六十ドルである。殺されるかもしれないとか何とかより、金を奪われるという恐怖が私を突き動かし、私は腕を振り払って逃げようとした。捕まれば蹴り上げ、拳を振り回し、襟首を摑まれれば嚙み付いた。嚙み付かれた男は聞き覚えのない訛で悪態を吐くと、私の顎を右の方から拳骨で殴り付けた。顎や頬が痛む前に、足の力が抜けて気が遠くなった。完全に意識を失いはしなかったが、その後どのくらい袋叩きにされたのか私はよく覚えていない。

しばらく嬲りものにした後で、連中は私を地面に放り出した。死んだふりをしていれば金は助かるかもしれないな、と目を開けたまま考えていると、一人が屈み込んで私のジャンパーのポケットに手を入れて来た。私は身をよじったが、これは腹をしたたか蹴飛ばされる結果に終った。

今度こそ、私は観念して大人しくしていた。連中は私のジャンパーとズボンのポケットを探って頻りに何も持っていないのを惜しんだ。関西人らしかった。半ば祈るような気持で、これは助かるかもしれないと（無論金のことだ）思った時、ひやりとした感触と共に手がズボンの中に入ってきた。私は二度と過ちを犯さなかった。ここで暴れても金は守れない。連中は無抵抗な私のズボンを腰まで下ろして胴巻きを奪い、その厚さに勝どきを上げながらどこかに消えた。

私はそこに横たわっていた。身も心も凍り付かせるような惨めさがしみ込んでくるまで動かなかった。打身が冷えて痛んでくるのを味わい、どうやら口の中が切れて血塗れになっていることも薄々感じていたが、それも心に刻み込んだ。自分の執念深さというやつをこれほど生々しく感じたことはない。私は無限とも思える間、その場に倒れていたが、動けないからではなく――それも間違いないが――殴られた所や蹴飛ばされた所を数え上げる為だった。

ようやく這うようにして身を起こした時には、スーパーの明かりは消えていた。泣き言は言わなかった。袋叩きにされれば痛いのは当り前だし、それもとっくりと検討済みで、新しいことは何もない。私は無理しないだけ歩いては倒れて休むのを、ごく当り前のように繰り返しながら少しずつ家に接近して行った。

とはいえ、家の明かりが見えた時、泣きたい気持にならなかったと言えば嘘になる。私は手前で少し休み、それから、できる限りしゃんと立ち上がって、家の前の道を横切り、戸を開けた。ただいまとは言なかった。声が出なかったのである。

戸が開いた途端に飛び出してきたのはのりこさんだった。殆ど悲鳴のような声で何か言いながら彼女はこちらの都合などおかまいなしに私を抱きかかえて靴を脱がし、引きずるようにして茶の間に連れ込んだ。千秋が仰天して、強ばった顔で私を見下ろしていた。父は胡坐をかいたまま、テレビから私に視線を移した。

「やられたのか」珍しくもないという口調だった。「盗られたか」

のりこさんがむきになって何か言い返したが、私は抗議もせずに頷いた。

「情けない奴だ。医者を呼んでやれ」

のりこさんは散々に父の不人情を批判しながら、更に私を座敷まで引きずって行った。私はもう自力で動く気がなかったから、多少あちこちが痛もうと引きずられるに任せた。千秋は為す術もなく回りをうろつくだけだ。彼女は布団を敷いておくように言い置いて医者を呼びに行き、千秋はおろおろと布団を敷いた。私はそこに這い込んだ。

じきに医者がやって来て、殊に非道い打身に湿布を当て、切れたところを消毒し、どこの骨も折れていないと保証して帰って行った。口の中が切れて傷口がごろごろしていたが、それはどうしてみようもなかった。第一、舌が腫れて探ってみることもできない。のりこさんは私の顔に絞った冷たいタオルを当てた。ずきずきする上に途方もない大きさに腫れ上がったような気がしてならない右頬と顎のタオルを押えて、私は目を瞑った。

情けない奴だ、と父は言った。私には当り前のことだった。ショックは受けなかった。連帯感さえ感じた。生まれて初めて父との間に持つ連帯感だった。どうやら私と父の間には共通のモラルがあるらしい。

盗られたら盗り返せ。

単純にして明快な目標設定だ。

時として、人はちょっと殴られただけで死に至ることがある。私は運が良かったのだ。とはいえ続く二、三日というもの、私は寝たきりだった。口の中が切れたせいで吸い飲みから水や重湯、オレンジジュースやぬるい味噌汁を飲む以外は何も食べられなかった。味噌汁はいただけなかった。傷口に沁みる。だがのりこさんは感動的なまでの情熱を傾けて、様々なものを私の胃袋に流し込もうと努め、私は喜んでその努力に応えた。起きられるようになった時、栄養不良でふらふらしていては話にならない。迅速な行動が必要だった。父はこの事故のせいでお流れになったと思っているらしいが、私は木曜までに恢復し、それどころか復讐も終えてトラックに乗り込むつもりでいたのだ。

千秋は何も言わなかった。時々、紫色のファンタを買って来て吸い飲みに入れて手渡し、残りは自分で飲んでいたが、それでも何も言わなかった。天井を睨んで計画を練っている私を、のりこさんは打ち所が悪かったのではないかと頻りに案じたが、父と千秋は放っておいてくれた。少なくとも彼らは私がどんな人間かよく知っていたのだ。気が済むまで仕返しをしない限り、私はけしてこの一件から解放されない。

三日目の午後に、私は自分で床を畳んだ。ずっと寝ていたせいでふらふらしたが、縁側でしばらくジロと遊んでいると、それも収まってきた。目が据わっていると言ってのりこさんは私を床に戻らせようとしたが、それは打身とは何の関係もない。

ジロは私のことを覚えていた。もう何年も会っていないのに、小さなゴム鞠を投げてやると、咥えて戻って来る。のりこさんが真似をしても遊ばなかった。些細だが嬉しい忠義立てだ。ゴム鞠を指で挟んで凹ませ、ジロに見せてやりながら、私は密かにジロに尋ねた。で、そのアメ公をやったのはお前かい。ジロは無心に尻尾を振っていた。狡い犬だ。ぽんと鞠を放ると、ブロック塀まで小走りに飛んで行って、咥えて来てはおすわりをし、尻尾を振りながら待っている。私はジロを一味に加えるのはやめにした。相手が四、五人ではジロの方が撲殺されるのが落ちだ。

それから出掛けた。千秋も一緒だった。道々何が起こったのか、どうするつもりなのかをざっと説明した。千秋は呑み込みが良かった。大いに乗り気でもあった。それから別れて聞き込みをした。

若い男たちが四、五人で屯しているのを見たことはないか。どこかにそういう連中が巣くっているのを知らないか。的は女に絞った。一般に女たちはそういう野犬化した男たちの存在に神経を尖らすものだ。野犬狩りには協力的である。真っ先に連中の犠牲になるのは自分たちだと知っているからだ。買物籠を下げたバラック住まいのおばさんが連中の情婦である可能性は、考えられなくはなかったがまずあり得ないと判断した。少なくとも、男たちに訊くよりは安全だ。

探し回っていることが連中に知れないとも限らなかった。だが床に着いているうちに、私はその危険を無視することに決めていた。笑うと言うなら笑えばいいのだ。むしろ今は笑っていて貰った方が、こちらとしては嬉しい。遭遇しても這っていなければ逃げきれる。逃げ足には自信があった。後には伍長のお墨付きも頂戴することになる逃げ足だ。

この時も、御婦人方の愛顧は千秋の方にあった。彼は、例の立ち腐れの農協の倉庫に関西から来たミリタリーマニアの高校生が住み付いているという噂を聞き出してきた。元高校生と言うべきだろう。千秋が聞いてきたところでは、路銀はとっくの昔に尽きて、今では私にやったような追剥ぎ行為で食べているのだ。それでも国に帰る気がないのは追剥ぎ生活が性に合っているからに他ならない。N＊＊＊ではそういう連中は収容所か義勇軍行きと相場が決まっていた。実のところ私は、あれはなかなかいい社会システムだったのではないかと考えている。

千秋は更に危険を冒して、連中がそこに住み付いているのを確認して来てくれた。夕方まで待って、連中が引き上げてくるのを確かめたのである。銃は持ってない、と千秋は言った。でかいナイフは下げてるけど、銃は持っていないよ。

私は四日ぶりに笑った。結構なことだ。待ち伏せさえ食わなければ野犬どころか兎の群れだ。

翌日の夕方、私は自分で農協の倉庫に出向いた。

倉庫の前には街灯が立っていて、シャッターの一部に掛かりながら、スポットライトのようにその前の空間を照らし出していた。絶好の舞台だ。私はその光の輪の中に上手から登場し、街灯に寄り掛かった。程なく、迷彩模様の矢鱈ポケットの付いたベストや、緑色の裾の窄まったズボンを穿いた、米兵を剥いだベトコンと言った風体の男たちが現れた。これが高校生というのは驚きである。だが、私を襲ったのはこの連中に違いなかった。彼らが登場するのを見計らって、私はかねて用意の台詞を口にした。

で来た。

「身ぐるみ脱いで置いて行って貰おうか」

連中は驚いた。それから笑った。それから相手が私だと気が付いて、いきなり襟首を摑んで来た。

私は狼狽した。こんな角度で揉み合うのはいかにも拙い。更に狼狽したのは、耳元でびりという音がして、私ではなく私を引きずり上げていた男の耳がふっ飛んだことだった。男は手を離して耳を押さえ、血がだらだら流れ出したのを知って目を丸くした。私が起こったことに咄嗟に対応できずに立ち尽くしていると、今度はその隣にいた男のサングラスがふっ飛んだ。つるの付け根が綺麗に折れていた。

幾ら何でもこれはやり過ぎだ。腕に溺れるにも程がある。だが連中は完全に戦意を喪失していた。私は彼らをシャッターにむかって一列に並ばせ、両手を突かせ、ナイフを持っている奴からはナイフを、ピストルを持っている奴からはピストルを奪った。実のところ、一人が本物を持っていたのには肝を冷やした。知っていたらこんなことはできなかっただろう。それから一人ずつ身体検査をした。財布は全部盗った。シャツの中に袋を下げている奴からは、ナイフで紐を切って頂いた。一人残らずズボンを下げて、その中も検査した。ふいにシャッターが、舞台で使う雷鳴のような音を立てた。一人の首の脇すれすれに穴が開いていた。どうやら動いたらしい。それで後の仕事はずっと楽になった。耳をなくした男は首領格だったらしく、首の貴重品袋の他に私の胴巻きを巻いていた。銀行に預金するなどという習慣とは縁遠い連中であったことに、私は感謝した。いかに金を取り戻す為とは言え、銀行に押し入る訳にはいかない。

一切合財を持参した手提げに詰め込んで、私は連中に千まで数えるように言い、その場を離れた。連中は忠実に数え始めた。五十まで行った所で、街灯が砕けた。予定済みの暗転だ。私は走って逃げた。

途中から銃を背負った千秋が従いて来た。私はほっとした。狙撃手をどうやって逃がすかはいつでも頭痛の種だ。彼は走りながらけらけら笑っていた。私も満足だった。

家に帰ると、父は茶の間でステテコとランニング一枚で横になり、テレビのニュースを見ていた。私たちはただいまと言ってその後に陣取り、戦利品を店開きした。狩猟用のナイフ。小口径のピストル。それから財布と袋の山だ。私は袋と財布を開け、金を出して数えた。全部旧円で五十万円以上あった。胴巻きには六千ドルが殆ど手付かずで入っていた。私は六千ドルをポケットに入れ、二十万だけ取って残りを千秋に渡した。

私たちが分け前をやったり取ったりしていると、父がのっそり立ち上がった。手洗いに立つつもりだったらしいが、ちらりと私たちを見下ろして、口をへの字に曲げた。この戦果がなにがしかの感銘を与えたらしい。見上げると、曖昧にその辺を指差しながら「せこいピストルだな。何だそりゃあ」と言った。

私は答えなかった。答を要求するような質問ではあるまい。それにピストルが何だろうと、そんなことは私には何の関係もない。実のところ、金だってどうでもよかった。大切なのは、盗られたから盗り返した、その事実だけだ。

II　野盗の群れ

今し方私は、「国民総武装」の概念を再検討すべくクラウゼヴィッツを読み返していた。戦争論第六篇第二十六章。が、途中で止めた。いかんせん文章が晦渋過ぎる。その晦渋な文章を解明すべく頭を捻っているうちに浮かんだのは、私はこの内容を知っている、少なくともこの文章が意味する可能性のあった事柄を教えられたことがある、という事実だった。

結局はクラウゼヴィッツも制服（私たちは敵であれ味方であれ職業軍人を軽蔑を込めてそう呼んでいた）で、民間人が武装すること——武装蜂起することに、いかにも制服らしい嫌悪と不信の念を抱いていたようだ。その辺の農民や職人が、彼が言うところの「旧来の人為的囲壁を突破した」「激烈な性格を持つ」「現代の戦争」、即ち総力戦の一端を担って大人しく自分の畑を耕している代わりに、鍬を捨て、と言って正規軍に身を投じるでもなく、勝手に武器を取ることを想像して怖気を震わない制服はいないだろう。たとえ襲われるのが敵であっても、ヴェストファーレンの武装農民などというものは制服にとっておぞましい限りだ。そこで彼は国民総武装を正規軍の反撃を援ける為の補助的手段と規定して、制服の本能たる無秩序への恐怖を紛らわせようと努めたのだった。どの武装農民もみんな制服の偽装だったならもっと安心できただろう。近代における戦争法は全て、いかにも戦時下の無秩序を飼い慣らすかという一点に係っている。不正規兵は戦争法の保護の外に置かれるだろう。ある種の兵器や残虐行為ともども、てんでに得物を手にして立ち上がった百姓などというものは、戦争をただの際限ない殺し合いに変えてしまいかねない。それだけは避けたいというのが、世界中のあらゆる制服の心からの願いに違いない。人道的な見地からでは勿論なく、自分たちのコントロールを越えて暴走する無秩序な暴力に対する恐怖からだ。かくて彼らは全てのパルチザンに、偽装した制服のごとく振舞うことを期待するのである。

職業軍人にとっていかに利用価値があるかという観点からすれば、ここでの彼の見解は正しい。後半の戦略的・戦術的助言も、まずは常識といったところだが、概ね正しい。ただ彼は制服の本能である無秩序への恐怖に目隠しされて、制服の視点を離れた場合、いかなる可能性が開けるかにあえて目を瞑ったのだ。

国民総武装の枠は、クラウゼヴィッツが民間人の武装蜂起の副次的側面であるかのごとく片付けた無政府状態にある。無政府状態をもって占領体制を脅かすことがポイントなのだ。武装と攻撃はむしろ無政府状態に付随する現象である。或いは武装蜂起は無政府状態の宣言なのだと言うこともできる。

伍長は制服ではなく、当然制服特有の恐怖に囚われることもなく、容易にこう考えることができた——肝要なのは不断の無政府状態を保つことであって、蜂起によって体制を転覆することではない。体制の転覆、ないし「解放」は不断の無政府状態のなりゆきとして、もしかすると、惹き起こされるであろう。自国政府であろうと外国の占領体制であろうと同様に。だから国民総武装の目標は勝利ではない。敗北しないことである。

　伍長は言ったものだ。負けなきゃいいんだ。別に勝たなくたってな。十五歳の子供に理解できる理屈ではなかった。私は戦争をもっとパセティックなものとして考えていたのだ——文字通り相手が屈伏するまで続く決闘のようなものだと。そう言うと、伍長は押し殺したしゃくり上げるような声を立て笑った。お前さんは多少おつむがいい。だから教えてやろう。ロシア人に勝てると思うか。相手は何人いる。三万か、四万か。それに義勇軍がくっ付く。素人の集まりだがな。こっちはどうだ。山の中でごそごそ動き回っちゃロシア人のトラックを襲ってる連中は、これまた素人の集まりで、全部ひっ包めても一万はいない。農繁期なら五、六千いればいい方だ。賭けたっていいが勝てないね。

　毛布を被っていても震えが来るほど寒い十一月の真夜中で、翌朝には霜が降りているのは間違いなかった。私たちが身を潜めて野宿している木立の上に、月が冴々と照り付けていた。辛うじて生き残った虫が鳴いていた。他の連中は皆寝静まっていた。伍長には夜更かしの癖があり、私も付き合うようになっていたのだ。それに、どのみち誰かが起きていなければならない。

絶望的ですね。見込みなしってことじゃありませんか。

まあな、と伍長は答えた。これが戦争で、おれが兵隊だったら、とっくに脱営してるよ。幸いおれは兵隊じゃない。兵隊は後から銃でどつかれたら、どんなに戦況不利でも敵に向かって前進するしかないが、おれたちは拙いと思ったら尻尾を巻いて逃げられる。で、逃げている限り負けはないんだな、この勝負は。

逃げられなかったら。

そんなことにならないようにお祈りでもしてろ、と伍長は言った。それから希望的な楽観論を打った。ま、一つ慰めがあるとすればだな、どんな死に方をしようと、自分にゃ何の関りもないってことさ。多分死んだとも気が付かないだろうよ。

世の中そんないい死に方ばかりではない。

それはまだ私が、自分の血も他人の血も、一滴も流さないうちのことだった。最初の血を見るのはこの直後のことだ。一適の血も見ないうちに、伍長は私たちの戦争目標を——或いは戦争の流儀を教え込んだことになる。ある意味では役に立つ知識だった。しかし彼がいつもこの方針に則って行動していたかどうかは疑わしい。この理屈からすれば無人のトラックや兵舎を襲って火を掛けているだけで一戦も交えずして勝てる筈だが、実際にはそうもいかない。絶対戦争が理念型であるように、国民総武装もまた理念型なのだ。それに、そんな穏やかな作戦に甘んじているには余りに伍長は戦争が好きだった。極めて知的で、教育もあり、繊細な感性を備えた男であっただけに、戦争が好きだった。にもかかわらず、ではない。大部分の真面目な農民は、ゲリラに身を投じた後も、戦争そのものにはあまり熱心ではない。こんな非常識なゲームに熱狂するには良識があり過ぎるのだ。良識を足蹴にするにはある種の思弁能力と想像力がいる。思弁し想像したことが実際の行動に移されるには、知性と押え難い欲望とが癒着していなければならない。知性と欲望とが結び付くには、生来ごく繊細で、かつ、良く組織された感性を必要とするだろう。理性で欲望の尻を叩く悪逆の哲学者の誕生である。

という訳で一般に、知的で、教育があり、繊細な感性を備えた男などろくな者ではないのだ。私が教えを受けたのは、まさにこの種の男からだった。この一章は事実上、彼に捧げられることになろう。散発的な戦闘の中を引きずり回して御託宣を述べながら、彼が私に期待していたのは、こうした役割だった害だ。私は彼の伝記作者に任じられたのである。とりあえずは忠実にその任めを果たすことにしよう。

打身の跡が黄色く変色し始めた私と大戦果に満足した千秋は、その木曜の午後、弾薬と銃砲類を満載したトラックの荷台に乗ってゲリラの集落に向かった。もう一台の方には例の対空機関砲が載っていた。のりこさんは私たちにお弁当を作ってくれ、しつこいくらいに無茶をしないでねと言って送り出した。弟が県境を越えたきり帰ってこないのだと父が教えてくれた。

空はぼんやりした花曇りだった。あの辺のあの時期の花曇りのもの憂さというのは、雪さえ凍り付く二月の天上的晴天と同様、知らない人にはちょっと説明し難い。空はどんよりと低いがそう暗くはなく、空気はしっとりと重く水気を含む、やや肌寒いが快い曇天だ。時折雲が薄れるとそこだけ明るむが、光は地上まで届かない。私と千秋は手榴弾の箱に寄り掛かって弁当を食べ、家の近くの自動販売機で買ってきた缶ジュースを飲んだ。筋子のおにぎりと林檎味のファンタは到底合うとは言えなかったが、それでも私たちは大満足だった。まだ食べ合わせの良否を気に掛けるような退廃とは縁遠かったのである。トラックは幾らも行かないうちに両側を雑木林で閉ざされた山道に入った。

トラックが停まった。私は運転席に通じる割れた硝子窓から父に、何故停まったのか訊いた。

「真っすぐ行くと撃たれるからな」と父はぶっきらぼうに答えた。

やがて藪を掻き分けて日和見が現れた。この日は何か工事現場の監督のような格好をしていたし、現れる瞬間までその辺に誰かいた気配さえない、何やら幽霊のような現れ方は薄気味悪くさえあったが、人当たりの良さは相変らずで、いいお天気ですねと陳腐な上に欠片なりとも真実ではないことを口にしながら父の隣に乗り込み、窓を全開してそこに肘を載せた。父に煙草をせがんだ。火を点けながら、津々たる興味で見守る私を一瞥したが、この時も何も言わなかった。トラックはそのまま真っすぐに、それからやや右に折れて、更に山の中に入って行った。

別に塀が巡らしてある訳でも、鐘楼にライフルを抱えた見張りがいる訳でもなかった。私たちが着いたのはメキシコの山賊の村ではない。しかし雰囲気は酷似していた。後にアメリカ製の西部劇を見ていて、私は度胆を抜かれた――つまりこれはあれではないか。弾薬帯をぶっ違いに二本掛けた男たちが、立ち話をしながらちらりとこちらを見る。地面に何か書きながら交互に酒壜を回し飲みしている連中がいる。ドラム缶の上に腰掛けて煙草を吸って空を見ている者がいる。鶏が走り回る。どこかで怒鳴り合う声がして、銃を乱射する音が聞こえた。誰かがげらげらと笑い転げながら隣にいた男の背中を咳き込むほど叩いた。

私たちは共同の洗濯場と思しき辺りにトラックを停めた。日和見が手を振ると、怪しい風体の男たちが走り寄ってきた。日和見はポケットから出した紙を渡して、数を確認しておくように言った。一人が荷台の対空機関砲を覗き込んで感嘆の声を上げた。全てが何とも野蛮だった。大変な所に来てしまったというのが私の感想だった。洗濯場の横を通ると、老若取り混ぜた女たちが大きな盥で何か洗っていたが、私たちを――おそらくは千秋を見て卑猥な軽口を飛ばした。千秋は真っ赤になって俯いた。中で一番綺麗な若い娘が、その様子を見てのけぞって笑った。千秋は唇を噛んだ。日和見が倍くらいいかがわしいことを言い返し、千秋の様子はもう、穴があったら入りたいと言わんばかりだった。私たちはぞろぞろと父と日和見の後について一軒の小屋に入った。

「酒々井さんです」と日和見は中に声を掛けた。

奥の長椅子に五十がらみの中年女が座っていた。昔は随分美人だったに違いない。髪を短く切り、オレンジ色の口紅を差した顔は今も美しかったが、そこにはもはや単に美人では済まないものが漂っていた。何とも言えない迫力である。「確認させてるかい」と彼女はやや嗄れた声で日和見に訊いた。やらせてます、と答えた日和見の様子は実に神妙だった。

ずっと後に、私はお内儀の口紅について軽口を叩いたことがある。中身がお内儀に関することだと知った途端、伍長は私に口を噤ませた。神をも恐れぬ伍長が。私は何故かと訊いた。伍長は答えた。次にお前がお内儀に会うとしよう、お内儀はお前に、口紅が似合ってるかどうか訊くぞ。それが何故それほど恐ろしいことなのか、私には判らなかった。その時になりゃ判るさ、と伍長は言った。あの女、おれたちがどこで何を言ってるのか全部知ってるのさ。

幸い私はお内儀と直接口を利くほど偉くはならなかった。だが、お内儀を恐いと思うのにさほど時間は掛からなかった。伍長ほど迷信深くはなかったが、お内儀が私たちの考えそうなことなど全てお見通しなのは知っていた。そこから「悪魔的叡知」という伍長の大仰な修辞まではさして遠くはない。県境を越えた向こうで私たちがどれだけ馬鹿をしでかそうと、上手くやろうと失敗《しくじ》ろうと、彼女の予測の範囲を超えるのは容易ではなかった。伍長がしばしばその突破を計っては挫折していたのは周知の事実である。お内儀はそれを大層面白がり、かくて伍長は、本人の意思とは裏腹に、お内儀のお気に入りだった。私たちはみんな鵜飼いの鵜のようなものだった。腹がパンクするまで魚を詰め込んだつもりでも、彼女は首の紐の端を握っており、飲み込んだ魚を吐き出させることも心得ていたのだ。

だが父は私同様の無神論者であり、おまけにお内儀の部下という訳ではなかった。何も言われぬ先に父は彼女の前に座り、テーブルの上に葉巻の箱を置いた。

「嬉しいねえ、酒々井さん」と彼女は言った。「ちゃんと覚えててくれるなんてねえ」

それから彼女は爪で葉巻の箱を包むセロファンを破りに掛かり、更に紙の封を切って蓋をこじ開け、中の薄紙に包まれた葉巻を取り出して笑った。童女のような笑いで、それはそれで恐いものがあった。彼女が葉巻の端を切って咥えると、父はすかさずライターで火を点けた。男にであれ女にであれ父がこんなことをしたのを見たことはないから、これは一種の敬意の表明だったのかもしれない。その間ずっと、日和見は神経質そうに外を窺っていた。積み荷の確認を済ませた男が報告に来るのを待っていたのだ。

お内儀は赤ん坊のような口元で葉巻を吸うと、尖らせた唇の先から煙を漂わせ、日を細めた。

「悪い人だよ、ほんと。日和見から一キロ余計に巻き上げたんだって」

「人聞きの悪い」と父は言った。「商談ですよ」

「いいよ、持って行きな。この葉巻はほんとに上物だもの。例の品物も持ってきてくれたんだろう。その代わりにね……」と言って、ふいに私と千秋に目を留めた。

私たちは銃を持っていた。千秋はＳＶＤを、私は短機関銃と戦利品の拳銃を。

「孝行な息子さんをお持ちだね」とお内儀は言った。

「出てろ、お前ら」と父は言った。日和見が戸を開けた。否応なしに私たちは外に出された。正直言って、外の空気を吸った時はほっとした。

私と千秋はしばらく、お内儀の小屋の前に立って、細長い広場を見下ろしていた。混じるのにやや決意が必要な光景だった。それから下りて行った。広場の反対側に、所在なさそうな男が二人立っていたからだ。

「ゲリラになりたいんだけど」と私は言った。

男たちはお互いに顔を見合わせた。それから笑った。笑っていることをはっきり判らせる為に笑っているような笑いだった。私は少し気を腐らせた。

「餓鬼は帰んな」と一人が言った。

「ままごとじゃねえんだよ」ともう一人が言った。

「下っ端と話してもしようがないか」と私は答えた。「行こうぜ。別の奴を探そう」

「何だと」と一方が気色ばんだ。「生意気言うじゃねえか」

「僕たちを餓鬼扱いして後悔するのはあんたたちの方だよ」

「随分大きく出たな」ともう一方が言った。「後悔する？　俺たちが」

私たちは自信たっぷりに頷いた。その男は吸っていた煙草を地面に捨てて踏み消した。おい、何だよ、ともう一人が聞いた。伍長のとこに連れてく、と男は宣言した。よせよ、朝から恐ろしく機嫌が悪いんだぜ。退屈してるんだよ、と男は言い返した。お調子もんの餓鬼が二人。いい暇つぶしじゃねえか。

二人の後に付いて私たちは歩いて行った。男たちは煙草を吸う為に広場に出ていたらしい。一つ裏手の小屋の前で、三人の男が所在なさそうに屯していた。二人はラジオを交互に耳に当てながらひそひそ話し合っていた。明らかに背後のもう一人を気にしてだ。その細面の男は椅子の前脚を浮かせて背もたれを壁に付け、まだほんの春先なのにレイバン型のサングラスを掛けて天を睨んでいた。眠っていたのでないことは、不自然極まるその格好からも一目瞭然だった。もうひとつ一目瞭然のことがあった。胸ポケットにハトロン紙色の文庫本を丸めて突っ込んだ上着は、ソ連軍の伍長の制服だった。

男たちが近付くと、伍長は椅子を戻した。

「伍長、こいつらゲリラになりたいって言ってます」と一人が声を掛けた。ラジオの二人組が機械を耳から離して此方を見た。面白いことが始まったと言わんばかりだった。伍長と呼ばれた男が何と思ったかは、サングラスに邪魔されて判らなかった。ただ、それをちょっと弄る動作で、度が入っていることが判った。彼は手のひらを上に向けて手招きした。

伍長は恐ろしく大柄な男だった。大抵の男より頭一つ分背が高く、それは椅子に掛けていてさえ見て取れた。私たちを散々じろじろ眺め回した。ふと口元が弛んだ。私は彼が関心を失ったのではないかと恐れたが、彼はそのまま言った。

「幾つだって」

私は答えなかった。答えろよ、と後から男たちの一人が声を掛けた。十六です、と私は答えた。

「嘘吐け。十四か十五だ」それからふいにまた椅子を後に寄り掛からせ、器用にサングラスを外して、空いた手で両目を押えた。「馬鹿だな、お前ら。酒々井の倅じゃねえか。一目で判りそうなもんだ。そうだろ」

私と男たちは、何故かほぼ同時に、口々にその通りだと答えた。伍長は更に、眉間に皺を寄せ顎をしゃくるような状態で、私と千秋を観察し続けた。

「ゲリラになりたい——保険もなけりゃ年金も付かないぞ。親父の手伝いでもしてたらどうだ」

「親父なんぞ幾ら手伝ったって、保険もないし年金も付きません」と私は答えた。

伍長はにやっと笑った。私の答えが気に入ったのだ。それからまたしばらく、無言で私と千秋を見比べた。今にして思えば、彼は猛然と想像力を刺激されていたのではあるまいか——十四か十五の子供を連れ歩くという思い付きに。

「いい物持ってるな」と彼は私の短機関銃に顎をしゃくった。「撃ったことはあるのか」

「あります」と私は答えた。本当とは言えないが、嘘でもない。

「伍長、よしましょうよ、馬鹿ばかしい」と一人が言つた。つまり伍長は傍目にもはっきりとこの思い付きに夢中になり始めて見えたのだ。「こんな餓鬼、足手纏いなだけだ」

「でもこいつは射撃の天才ですよ」と私は千秋を指した。「千メートル向こうの空缶だって撃ち抜きますからね」

「本当か」と伍長は千秋に訊いた。千秋は素直に頷いた。伍長はやにわに立ち上がった。「じゃ、やって見せて貰おうか——おい、その辺にビールの缶があっただろう」

男たちの一人が小屋の中からビールの缶を取って来た。伍長はそれを私に押しつけた。「でかい口叩いた罰だ。的になって貰う」

それから、私と千秋を押し出すようにして広場に連れて行った。四人組はてんでに言い争いながら付いて来た。屯っていた連中が尋ねると、私がどんな大口を叩いたか大袈裟に言い立てた。噂は立ち所に辺りを席捲した。伍長が細長い広場の一番奥に、立ち木を背にして私を立たせた時には、広場の人数は倍近くに膨れ上がっていた。伍長は手ずから缶を私の頭の上に載せ、広場の反対の端にゆっくりと歩いて行った。人の波が引いて、反対側まで見通せた。千秋が、四人組に押さえ付けられるようにして立っていた。向こうの小屋から父が出て来て訊いた。

「何やってるんだ」

「試験だって言ってます」

伍長は軽く手を上げて、ごく愛想良く父に挨拶した。父は伍長を——それから木の下で缶を頭に載せて立っている私を見て舌打ちした。「あの馬鹿、また何か詰まらんことを言ったな」

距離は百五十メートル足らずだった。殆どお遊びと言っていい距離だ——千秋は私が言っただけのことをやってくれるだろう。何なら頭に載せたりせず、手で持っていてもいいくらいだ。千秋なら私の指を吹き飛ばしたりはしない。だが、百五十メートル向こうで、色めき立つ大人たちに囲まれている千秋の顔は一際白く、小さく見えた。手が震えているのではないかと思えた。おまけに伍長は、必要以上に勿体を付けて百五十メートルを歩き切ると、後に立って、千秋が下ろして構えようとしていたSVDを取り上げ、自分のズボンのベルトに突っ込んでいた自動拳銃を握らせたのだ。

冗談ではない。とんでもない男だ。

千秋は少し困った顔をして、左手に拳銃を握り、横向きに立って顔だけ斜にこちらに向けた。片目で狙う癖が付いているのだ。

「手首を挫くぞ」と伍長が言った。

大丈夫です、と千秋が答えた。伍長は千秋の両足を肩幅に開かせた。彼が腕を水平に上げた時、私は危機が去ったことを知った。彼ならやるだろう。大丈夫だ。父は日和見に一万円札を見せていた。賭けているのだ。非道い親もあったものだ。その途端に、私の注意が逸れて撃ちやすくなったのだろう、千秋が引き金を引いた。

銃声より、缶を銃弾が貫通する音の方が大きかった。首を竦めた私の頭上で、初弾にふっ飛ばされた缶が、ぱん、ともう一度音を立てた。それから静かになった。沈黙の中で私は足元に落ちた缶を拾った。膝ががくがくしていた。ひしゃげた缶は千切れてぼろぼろになっていたが、確かに二箇所、撃ち抜かれた跡が見て取れた。

誰かが私の手から缶の残骸を取り上げた。それをまた誰かが取り、手から手へと渡って行くうちに、広場は蜂の巣をつついたような騒ぎになった。千秋は人込みのどこかで揉みくちゃにされているらしかった。父が得々とした顔で財布に札を二枚しまい込むのが見えた。私はふらふらと千秋の方に向かって歩きだした。伍長が途中で私を捕まえて、頭を気やすく叩いた。

「そうか、恐かったか」

「五百メートルの位置で、手で持ってたってよかったですよ。やってみますか」

伍長はげらげらと笑った。それから真顔に返って言った。「おれにくっ付いて来たいなら、まずその減らず口を直せ。長生きできないぞ」

しばらくの間、千秋はこっそりと手首を擦っていた。気の毒なことをさせたと思った。だが彼は何とはなしに嬉しそうだった。多分、嬉しかったのだろう。自慢だったのかもしれない。それならそれでいい。私は彼の手首のことには触れなかったし、彼も何も言わなかった。

それから時間はゆっくりと流れ、何があったのかも定かに記憶に残らぬまま、気が付くと蟬の鳴く季節を迎えることになる。私たちはまだ山にいた。朝から晩まで辺りの山中で射撃やら匍匐前進やら待ち伏せやらと言った訓練に明け暮れた。単調な上に草臥れる日々だ。最初のうちは学校の教練を受けた強みで、他の幾らか年の行った新入りより器用にこなすことができたが、それも二、三週間を過ぎれば一緒だった。それに私の乱視は最初の射撃練習で白日に曝されてしまったのである。戦争が終るまで私は「がちゃ目のたかし」で通っていた。終れば後は服を着たまま行水して、濡れたまま食事して、乾くのを待って寝るだけだった。私はものも言えないくらい疲れていた。しかもここで一つ、到底眠れない事態が生じる。

信じ難い話だが、お内儀の所に軍隊式の組織というものがあったようにはどうも思えない。適当な連中を呼んで、必要な情報と一緒に用事を言い付け、悪いねと言って山を越えさせる。呼ばれた連中は必要な人数を集めて行く。自ずと決まった顔触れはあったが、特殊な技術——爆破とか狙撃とか——がいる時は、余所から借りて行くことになる。そうした貸借関係の網目が、ある意味では山の向こうでの行動の成否を決めていた。特殊な技術を持つ人員の確保は死活問題だった。

伍長は千秋を手放さなかった。

私たちは伍長や他の連中と一緒に、あの小屋で寝起きした。無論そんなに広い小屋ではない。おまけに夏で、小屋は風通しが極度に悪かった。朝になると蚊取線香の煙で小屋の中が煙って見える程で、顔を洗うついでに頭まで洗っても、煙でいぶされた匂いが抜けなかった。例の四人組は夜になるとどこかに消えるようになった。すると日和見が戻ってきて、明け方まで伍長と囲碁に耽った。

日和見の立場は独特のものだった。伍長の副官といったところなのだが、何と言っても並はずれて数字に強い。おまけにあの交渉力である。お内儀は始終彼を呼び出して、商売の手伝いをさせていた。専従にしようかという話もあった。実現したら困ったことになっていただろう。伍長は恐ろしく数字に弱い。常日頃平然と、おれにとって二十より多い数はただの「いっぱい」だと公言して憚らなかった。私は信じなかった。それでは一体、二十円以上の買物をする時にはどうするのか。

「馬鹿だな、硬貨と札で数えるんだよ」と伍長は答えた。「一万掛ける二、千掛ける五、百掛ける六と。それより多くなっても、十万、百万、千万を単位にするまでだ。場合によっちゃ二分の一、三分の一とやる。二十以上の数なんていらないね」

百万掛ける四分の三プラス十万掛ける五分の二、などという数字を瞬時に思い描くことが可能なものだろうか。少なくとも私にはできない。どうかすると普通の十進法より遥かに複雑なシステムを駆使するだけあって、伍長の頭は相当複雑にできていた。ただ、数字に対する感覚はすっぽりと脱落していたのである。お内儀の一年分の帳簿をまるまる頭に収めて何の苦も覚えない日和見は脇で苦笑していた。伍長の強気の発言にも拘らず、しばしば人生には三十、五十という数が出現する。日和見がそれを教えてやらなかったら伍長はどうなってしまうことやら。

日和見はそんな立場を大いに楽しんでいた。

彼は彼一流のエピキュリアンであり、小屋の暑さと風通しの悪さに辟易した連中が外に寝に行くようになるまでは帰ってこなかった。後に私は彼が小屋に戻ってこない晩をどこで過ごしているのか突き止めようと試みたが、ついぞ発見はできなかった。そう言うと彼はにやにやしていた。

兎も角、日和見は戻ってくる。戻ってきて、伍長と碁の勝負をやる。大体日和見があっけなく敗退し、本日の第二試合となる。伍長は打ちながらかなり熱くなる。日和見は冷やかだ。伍長は殆ど考えているとも思えない即決で石を置き、日和見は伍長が苛つくほど長考する――それでも日和見は勝てなかった。こうなれば伍長が迂闊な打ち間違いをするのを待つしかないが、何故か石が完全に置かれてしまう前に、日和見はそれを指摘した。呪われた習慣の為せる業である。彼らは真夜中を過ぎて、さすがの小屋の中も涼しくなるまで、飽きもせずに碁を打っていた。

そうなると、私と千秋は眠れなかった。仕方なく適当なものを被って小屋の前のテラスで横になった。私はランプと蚊取線香と、伍長が読み捨てた本を持って出て、眠くなるまで読んでから寝た。時々、日和見が出て来て煙草を吸った。私が伍長の本を読んでいるのを見ると「忠義なお弟子だな」と言った。褒めているというよりは呆れていたようだ。

「そんな面倒臭いもの、とてもじゃないがおれは読む気になれない」

面倒臭いも何もなかった。私は生まれて初めての文学作品に感動していたのである。

ちなみに私が最初に伍長のポケットにねじ込んであるのを見たのはアルチュール・ラン

ボーの「地獄の季節」だった。悪名高き小林秀雄訳だ。私がそれを持ち去ったのを知ると、伍長は脅し付けて取り返した。幾らかの羞恥も感じられた。誰も中身を知らなければ「伍長は学があるから」で済む。私は読んで、彼の正体を見抜いた。疾風怒濤のロマンチストだ。伍長は堪らなかっただろう。彼は蔵書を隠し、私はくすねて読んだ。彼は定期的に、持って行ったものを返せと迫り、私は大人しく返した――全部読んだ上で。伍長が思うより読むのは早かった。必要に迫られて余計早くなった。

私と伍長は言葉で描かれた絵空事に心を動かすという弱みを共有することになった。ある晩、私がミルトンのサタンの独白に陰鬱な共感を覚えていると、ふいに出てきた伍長が私の手から本を取り上げ、ちらりと頁に目を落とし、そのまま投げ返してきた。彼はしばらく私の顔に目を据えていた。こんな子供と自分とが本当に魂の秘密を共有できるものか考えていたのだろう。だが、そんな結論は容易に出るものではない。伍長はさっさと小屋に入ってしまったが、私が何を読もうと、それ以降は放っておくことにしたようだ。

その冬、伍長は二重の勝利を収めていた。義勇軍に対する勝利と、お内儀に対する勝利である。お内儀が「ちょっとやり過ぎ」と論評するまでやることに成功した訳で――しばらくの間は某かの満足を噛み締めて大人しく謹慎を食らっていた。それから不機嫌になった。人生最大のチャンスをみすみす見逃しているような気がしてきたのである。彼はけして命知らずの愚か者ではなかったが、それでも自分の鼻先をロシア人の戦車が無防備に尻を曝してぞろぞろ通り過ぎて行くと考えるのは気持ちのいいことではなかった。悪いことに県境の向こうで戦車に遭遇した連中は、不運な結果に終れば帰って来ないか、来ても口を噤んでいたし、偶々はぐれてエンコしたのを救援を待っていた四、五人のロシア兵ともども衆を頼みに粉砕でもすれば、事実の倍くらいには言い立てたから、えてして手柄話の類は信用できないことが判っていても、気は滅入るばかりだった。そうこうするうちにロシア人は県境付近の警戒態勢を解き、大部隊や戦車に遭遇したという話は殆ど聞かなくなった。伍長は軽い抑鬱状態に陥った。

頃合を見計らってお内儀は伍長を呼び付け、県境の向こうでの「徴税」を命じた。「禁猟期間中だからね」とお内儀は念を押した。「矢鱈にどんぱちやるんじゃないよ」「ブツを抱えている時に好きこのんでどんぱちなんかやりませんよ」と伍長は答えた。それが彼の理性的部分での判断だった。理性的でない部分はそういう事態が生じるのを待ちわびていないでもなかったが、望み薄なのは承知していた。徴税はいたって穏やかな任務なのである。

日和見はそれを「伍長の里帰り」と呼んでいた。

ロシア人の警戒は徹底して弛んでいた。N＊＊＊＊の夏の風物詩とも言うべきフェーン現象で気温が軽く四十度近くまで上がれば、誰だって戦争は一時お預けという気分になる。空は底が抜けたように青々と澄み渡り、風はそよとも吹かず、太陽だけが苛酷に照り付ける。勇気や愛国心でどうにかできる暑さではない。普通のペースで一日行軍すれば、必ず脱水症状を起こして倒れる者が出るだろう。軍用車両の装甲は目玉焼きができるくらいに焼ける。人も犬も日陰で舌を出して寝ているしかない――そういう話を、私もよくロシア人から聞いていた。日本の夏は結構苛酷なのである。地球上にはもっと暑い土地もあろう。だが、冬との差がこれほど激しい土地はそうはない。何、レニングラードの夏も非道いよ、と言っていた兵隊もいたが、彼は最初の年、暑気当りで寝込む羽目になった。中央アジア出身の兵隊さえげっそりしていた。夜になっても気温が下がらない。湿度が途轍もなく高い。二週間も熱帯夜が続けば誰でも半病人だ。

条件が悪いのはゲリラにとっても同じである。夏場は戦闘は沙汰止み、それは事実であった。だからといって警戒を弛めるのは間違いだ。何と言ってもこれは国民総武装なのだ。どんぱちだけが戦争ではない。

私たち――伍長とその一味、即ち日和見と四人組と千秋と私――は、夜陰に乗じて山を越え、明るくなることよりは暑くなることを恐れて歩を進め、とある集落の手前の林で一時休憩した。四人組の一人が偵察に出た。

「で、この後何があるんです」と私は訊いた。「戦争ですか」

「天国だよ」と日和見が言った。「正真正銘の天国さ」

「かき氷が食いたい」と四人組の一人、眼鏡を掛けた男がうっとりと言った。「メロン氷ですよ。たまんねえな。水風呂に入って、半分開けた風呂の蓋に載せてメロン氷を食う」

日和見は小馬鹿にしたように笑った。「そんなもん、どこでも食えるだろう」

眼鏡はいきり立った。「そりゃ日和見さんはいいですよ。でもおれはメロン氷だけだもの。上等ですよ。メロン氷。メロン氷のどこがいけないんです。おれは他は何にもいらない。風呂とメロン氷だけでいい」

「いい加減にしろよ」と伍長が言った。

「だって伍長は床屋でしょ」

「黙ってろ」

「女房だって」

「あそこでこれ以上女に手を付けるな」と伍長は草臥れた口調で言った。「頼む」

私には何も判らなかった。どうやら文明世界に戻れるらしいとは思ったが、それにしては伍長は不機嫌ではないか。この二ヶ月ほど不機嫌が常態だったにしても。

蟬がじりじりと鳴きだした。

小一時間して、偵察に出した男が戻ってきた。「大丈夫です。村長は倉に入れました」

伍長はそれを聞くと溜息を吐き、のろのろと立ち上がって、歩きだした。私たちは後に続いた。

林が終ると、一段低くなって、一面何やら背の高い草が茂っていた。草いきれで咽せそうだった。生えるに任せてある訳ではなく人が植えたものであることは、草が真っすぐ列を為して並んでいることと、中に細い道が作られていることでも知れた。何やら頭がぼうっとしてきて、私は尋ねた。

「これ何ですか」

「葉っぱだよ、葉っぱ」と眼鏡は、煙草でも吸うような手つきをしながら答えた。「利口な百姓がいたもんだ。ここなら誰も手を出せねえもんな」

「麻だよ」と日和見が言った。

「これを持って帰るんですか」

「嵩張り過ぎる」と日和見が言った。「おれたちが持って帰るのはあれさ」

麻畑を抜けると、軽薄な人間なら何々御殿とでも呼びそうな堂々たる屋敷が聳え立っていた。こうした類の純日本建築は、今日では馬鹿高い料金を取る温泉旅館くらいしか見られない。名古屋辺りなら屋根の両端に鯱でも載せかねない類の屋敷だ。ただ屋敷そのものが蒼然と古びているせいか、簡単には笑い飛ばせない風格があった。あの手の日本建築は言わばレプリカで、だからこそあそこまで下品になれる。これは本物だ。

日和見が示したのは屋敷ではなく、屋敷の向こうに広がっている背の低い植物の藪だった。それも畑だと言った。「五月くらいに来てみろ、すごいぞ、一面のお花畑だ。どこもここも雪がまた積もったみたいに真っ白だ」日和見は阿呆のようにそう繰り返した。彼がそれほど力説するなら、確かにそういうものだろうと私は思った。時として修辞は感動に反比例する。

「先生に、昼から行くと伝えとけ」と伍長は無感動に日和見に言った。日和見は破顔一笑して、じゃ、お先に、と言って集落の方に走り去った。

「いいよな、日和見さんは」と眼鏡がしつこく繰り返した。どこへ行ったのか私が聞いても、四人組はにやにやしながら目くばせを交わして教えてくれなかった。

伍長はその純日本建築の玄関に立って、一瞬ためらった。それから極めてわざとらしいやり方で、奥に向かって、ただいま、と叫んだ。

「ここ、伍長の家なんですか」と私は眼鏡に囁いた。

「ま、いいから見てろって」と眼鏡が囁き返した。私たちの噂話に伍長がぴりぴりしているのが背中からでも窺えた。

廊下の奥から出てきたのは、花柄の若やいだワンピースを着た女の人だった。ワンピースには折り皺ができていて、今袖を通したばかりであることが知れた。年は伍長と同じくらいだろう。千秋の母親を除けば、私がそれまでに見た一番の美人だと言ってよかったが、私の好みではやや大柄に過ぎた。それに伍長そっくりだった。

彼女が何か言おうとしているうちに、伍長はさっさと靴を脱いで上がり込んだ。私たちもお邪魔しますと言って卑屈に彼女の顔色を窺いながら後に続いた。彼女は小走りに伍長に追い縋りながら、「お風呂にしますか、それともお食事」と訊いた。彼は簡単に風呂、と答え、こいつらに何か食わせてやれと命令した。

広い屋敷だった。私たちくらい泊まり込んだところで平米当りの人口密度は幾らも変らないだろう。廊下の端にある、そこだけ完全に近代的に改装された台所で、甲斐甲斐しく立ち働く花柄ワンピースの女に給仕されて、私たちはカレーライスを食べた。痛々しい光景だった。私は女性に関して年に似合わぬ経験と洞察力を誇っていたが、察するに、私や千秋や四人組など彼女にとってはどうでもいいのである。問題は今風呂に入って誰にも理解不能な歌らしき代物を唸っている、彼女に瓜二つの男の方だ。恥らいか、義務感か、或いは私たちの点数を稼いでおこうと言う魂胆か――そんなことしないで、風呂場に行って飛び付けばいいのに、と私は思った。伍長だって喜ぶだろう。だが彼女は私の知っている女たちに比べると、余りにお上品にできていた。

「でも何でカレーライスなんだろう」と私は呟いた。まだ朝も早い。蟬も鳴き始めたばかりだ。

「よくよく、つまんないことにばっか気が付くな」と眼鏡が言った。「伍長は好きなんだよ

――不満か、お前」

そんなことはないと私は答えた。ただ、世の中にはもっと別な食物もあると言いたかっただけだ。世代の問題もある。私の世代はカレーライスに格別の執着を持っていない。久しぶりに文明社会に戻って来て、何か好きなものを作って貰うとしても、カレーライスと言うこ

とはまずあり得ない。

眼鏡は朝の九時だというのにカレーを二皿凄まじい速さで片付け、それからまだ私たちが食べているのに食器棚の奥から古いかき水の機械を引っ張りだし、メロンの蜜がないと一頻り騒いだ後で、村で一軒きりの食料品店に買い出しに行った。あるかな、と私は言った。必ずある、と眼鏡は答えた。この前来た時には奥の棚で七本ばかり埃を被っていた。こんな小さな村で、あれを全部使っちまうとは考えられない。

七本のメロン・シロップでは、せいぜい四、五十杯のメロン氷が作れるだけだ。小学校の教室を時折席捲する理不尽な流行の前では無に等しい。だが私は口に出してそうは言わなかったし、眼鏡は確かにメロン・シロップを手に入れてきた。それから自分が風呂に入っている間、脱衣所で私と千秋に氷をかかせた。風呂は沸かしっ放し、水は流しっ放しで、縁から滝のように流れ落ちていた。眼鏡はその風呂の縁に蓋を載せてテーブル代わりにし、水中で伸び上がるようにして、蓋の上に載せた硝子のボールからかき氷を食べていた。

「もっと作ろうか」と私は訊いた。

「もう駄目だ」と眼鏡は言った。「のぼせちまう。上げるよ」

硝子のボールの中にはみぞれ状に融けた氷が少し残っていた。眼鏡はそれを持って、腰にバスタオルを巻いて出て来た。次は私と千秋が入る番だった。

浴衣、置いときますからね、と外から声がした。いたれりつくせりだね、と私は千秋に言った。「どうもありがとう、おばさん」と千秋は答えた。

「おばさんはないだろう、あれは伍長の奥さんだぜ」

「違うね」と千秋は答えた。「絶対違う」

　結論から言えば、私も千秋も正しかった。その辺の複雑極まる事情が解明されるのは、もっと後のことだ。

　私たちは濡れた頭のまま屋敷の中を歩き回った。何回か建て増しを重ねられた屋敷は迷宮のようだった。玄関から伸びるのとはまた別の長い廊下からは、麻畑とその向こうの林と干涸び切った大気のせいで遮るものもなく迫ってくる県境の山脈が見えた。硝子戸は一枚残らず開け放たれていたが、黒々とした屋内の日陰は、家の歴史そのもののようにひんやりとして、古い木材の匂いがした。

　伍長は廊下の端に置かれた籐椅子に座ってカレーを食べていた。私たちに気が付くと、座敷の中に向かって顎をしゃくった。上品な床の間を塞いで、見たことがないくらい古めかしいステレオが置かれていた。色褪せた布張りのスピーカーは私の胸元くらいの高さがあり、同じ高さのキャビネットと並んでいた。

「蓋を開けてスイッチを入れておいてくれ。暖めてやらないと機嫌が悪いんでね」と伍長は言った。上の蓋を開けるとターンテーブルがはめこまれていた。スイッチはその脇にあった。小さな丸を刻み込まれた方に倒すと、低いぶーんという音がして、キャビネットのチューナーの目盛りをオレンジ色の豆電球が照らしだした。「摘みを弄るなよ」と伍長は付け加えた。

ターンテーブルの上には、プラスティックと言うよりはエボナイトでできているのではないかと思われる直径五センチくらいの黒い筒が立っていた。「この筒何ですか」と私は訊いた。「見たことないだろ」と伍長は言った。「ドーナツ盤を重ねて連続演奏できる。そんな昔のレコードは家にもないがね」

「鳴るんですか、これ」と私は訊いた。ステレオの周辺には古い電気器具特有の奇妙な匂いがし始めていた。

「鳴るさ」と伍長は自慢げに言った。「下開けてみろ、レコードが入ってる」

下の扉を開けると、端までぎっしりレコードが入っていた。半分くらいは箱に入った組のレコードだった。伍長に言われて黒い箱を引っ張りだすと、細かい瑕に覆われた滑らかな表面に、白ともピンクとも付かないドレスを着た黒髪の女が硝子の器で黄色っぽい飲み物を呷っている写真が印刷してあった。「床屋さんが見えました」と例の女の声がした。おはようございます、と言って、初老の白衣の男が鞄を提げて現れた。例の女は盥に張ったお湯と薬缶を置き、皿を下げて行った。床屋は鞄を開け、中から取り出したエプロンで伍長の首から下をすっぽりと覆った。

私は筒を外してレコードを載せ、針を下ろした。

ある意味では、知っているどんな瞬間より、この瞬間の記憶を私は大切にしている。ぶつんと乱暴な音が鳴ったきり、微かにしゅるしゅる言う針の音以外は、床屋がブラシで石鹼の泡を立てる音しか聞こえなかった。伍長は蒸しタオルを顔に載せて天井を仰いでいた。啜り泣くようなバイオリンの響きが、針の走る音の中から聞こえてきた。哀切を絵に描いたような旋律が高まり、それから管のやや通俗的な四拍子が始まる。バイオリンが転調して明るいが物悲しいメロディを辿り、低弦がフレーズの終で下から不吉な和音を響かせる。それから第二バイオリンが上昇する三つ組みの艶やかな音の玉を幾つも転がして行く。床屋は伍長の顔のタオルを取り除けた。

　私はずっとステレオの前に立っていた。伍長は退くように言った。千秋は反対側の壁の柱に寄り掛かって転寝を始めていた。一晩寝ていないのだ。私も彼の隣に腰を下ろした。床屋は伍長の顔の下半分に泡を塗りたくり、中途半端な開き方をした剃刀でその泡を削ぎ落とし始めた。曲が一段落した途端に、いきなり管と弦のトゥッティが上昇で始まる賑々しい音楽を始めても、床屋の手元は少しも動じなかった。慣れているのだ。それから、短い合唱に次いで女の声が入った。

「モンセラット・カバリエ」と伍長が言った。床屋は髭を当り終えて、別なタオルで剃り跡を拭い、髪の毛に取り掛かろうとしていた。「カルロ・ベルゴンツィ」

「何ですって」と私は聞き返した。

「歌手」と言った途端に、その女の歌い手は文字通り鈴を転がすような声で技巧的な笑いを発した。伍長は口を噤んだ。テノールが伸びのびとした気持ちのいい声で歌い始めた。私は言った。

「この歌、知ってますよ」

伍長は答えなかった。床屋に襟足を当らせる為に首を下げていたので、答えられなかったのかもしれないし、答える必要もないと思ったのかもしれない。次の瞬間を待って、獲物を狙う猫のように私の反応を待っていた可能性もある。何しろ伍長はこのレコードのどこに何があるか、自分の家の庭のように心得ていたのだ。

女の声が歌い始めた。

こんなごたごたの最中でなければ、それは私の人生を一変させた筈の声だった。一変こそさせなかったが、確かに多少、私の人生を変えたのは間違いない。

ソプラノにも色々ある。ワーグナー歌いのノートゥングそこのけに強く鋭い声、ドビュッシーの理想的な歌い手たちの水妖のように懶惰な声――だがこの比類なく豊かな声は、どこまでも余裕を残しながら無限に高まって行くかのような錯覚を与え、人間には不可能と思えるような高処で更に膨らみを加えて見せるのだ。音楽であれ何であれ、対象の再現に大仰で文学的過ぎる修辞を適用するのは私の好むところではないが、ここには全く嘘偽りはない。嘘だと思ったら実際に聞いてみたらいい。ジョルジュ・プレートル指揮、RCAイタリアーナ・オペラ・オーケストラと合唱団、カバリエのヴィオレッタとベルゴンツィのアルフレードによる一九六七年録音の「ラ・トラヴィアータ」。

床屋は仕事を終えた。伍長は少し短くなった髪を手櫛で後に撫で付けて立ち上がり「傷を付けるなよ」と言って私を残して行った。独りとり残されたカバリエとともに。十秋はぐっすりと眠っていた。どんな音の最中だろうと、彼は平気で眠れるのだ。幸福な孤独の中で私は心行くまで「ああ、そは彼の人か」と「花から花へ」を堪能した。もうくどくどとは言うまい。歌を言葉で再現するなど、そもそも不可能だ。それもこれほどの歌を。大人しく手を上げてしまうのが一番誠実な態度であることは、言葉と音楽との間にある埋め難い溝に気付いた人なら誰でも知っている。願わくは読者諸氏がこの幸福を共有されんことを。


昼前に台所へ水を飲みに行くと、伍長の細君、ないしそうではない女、はお盆二つに小鍋に取り分けた味噌汁や炒めもの、漬物と言ったまさに私が待ちこがれていた種類の昼食を載せているところだった。私の顔を見ると、着替えてきて手伝ってくれないかと言った。私がカバリエを聞き惚け、伍長も他の連中も屋敷のどこかに寝に行ってしまった午前中に、彼女は洗濯機をフル回転させて何もかも洗い上げてしまったのだ。美人で上品で働き者——おまけに伍長に惚れ込んでいるらしい。絵姿女房みたいだな、と私は思った。外に干してあった洗濯物は既に乾いていた。

こざっぱりした私は前より扱いやすく見えたに違いない。彼女は私をたかし君と呼び始めた。

おいおい堪忍してくれよ、と声に出しては言わなかった。そんな風に扱われるのが嬉しくさえあるというのは、一体どういう訳だろう。私は彼女の前ではよい子でいることに決めた。

盆を持って大人しく付いて行くと、彼女はつっかけを履いて外に出た。庭の脇に土蔵があった。その開け放した戸を入り、何がいつからそこに積み重ねられているのやら、疾うの昔に誰にも見当が付かなくなったと思しき物の堆積に埋もれ掛けた階段を上った。突き当たりに格子戸があって、閂が下りていた。ただ、錠は下りていなかった。開けようと思えば中からでも開けられる筈である。彼女は片手で器用に盆を支えて閂を外し、中に入った。

男が二人、光るほど磨き上げた床の真ん中に座って何か話をしていたが、彼女が入って行って、ご苦労様です、と言うと、いや奥さん、此方こそいつも済みませんねえというようなことを口籠もった。とんでもない、おかまいなく、自分でやりますから。だが彼女はちゃんと味噌汁をお椀によそってやったし、塗りの櫃のご飯も盛ってやった。それも三人分。というのも三番目の男が、高い窓の所に立って格子に片手を掛け、こちらを睨みつけていたからだ。

ずんぐりした男だった。誰も彼を誘わなかった。普通なら一声掛けそうなものだが、その三番目の男のいることは忘れようとしているかのようだったし、男もこちらには近付こうとさえしなかった。ただその視線は、ついぞ男の方に顔を上げない彼女に向けられたものも、私に向けられたものも、あまり気分のいいものではなかった。

どうぞ召し上がれ、と言って、彼女は部屋を出た。私が後に続いて階段を下りて行くと、背後で戸が閉まり、閂を掛ける音がした。三番目の男が背を向けて戻るのが、格子の間から窺えた。

「あれは誰です」と私は訊いた。

「村の三役よ」と彼女は答えた。「助役さんと収入役さん」

それに村長だ、倉に入れられてしまった——ずっと立っていた三番目の男だ。だが私は訊かなかった。彼女は何故、村長の名前を口にしないのか。何故声を掛けないのか。何故見ないのか。何か理由があるのだ。理由があるようなことは訊けない。伍長に訊いてもいい。だが、彼は答えないだろう。漠然と、私は千秋の勘が正しいことを認めた。おそらくあれは伍長の細君ではない。更に仮説を立ててもいい。彼女は村長の妻なのではあるまいか。

私と千秋は四人組と一緒に座敷で昼食を食べた。寝起きの千秋は不機嫌で、四人組ははしゃいでいた。

「伍長は」と私は訊いた。

「一家団欒だよ」と四人組は答えた。

「奥さんと」と私が言うと、彼らは大爆笑した。「娘もな」と眼鏡が言った。

「娘って、伍長の娘？」

「可愛いんだぜ、こんなちっちゃくってさ」と一人が座ったまま自分の肩くらいの高さを示した。

「手を出すなよ、伍長に殺されるぞ」

「村長もな」と誰かが言った。彼らはまた馬鹿笑いした。

　私は笑う気になれなかった。一旦、あの男を見てしまった今となっては、笑い事ではない。

少なくとも、あの男に笑い事で済ます気はなさそうだ。

　私たちが食事を続けていると、どこからか伍長の声が聞こえてきた。自棄を起こしたような、真面目くさった声だった。

「むかしむかしあるところに、おじいさんとおばあさんがすんでいました。おじいさんはや
まへしばかりに、おばあさんはかわにせんたくに……」

「パパも山へ柴刈りに行くの」と子供の声が半畳を入れた。四人組は声を殺して笑った。

「まあな」と伍長は答えた。

「ママは川に洗濯になんか行かないよ」

「洗濯機があるからな」と伍長は言った。

「柴刈り機はないの」

「ない」

「買えばいいのに。おとうさんは、家はお金持ちだって言ってたよ。そうすればパパとママ
とおとうさんと、みんなで一緒に暮らせるよ」

「泣かせる台詞じゃねえか」と眼鏡が囁いた。「理に落ち過ぎだがな。さすがは伍長の娘だ」

「パパとママはいいけどな、おとうさんは一生、倉の中だよな」

「お前、見てきたんだろ、どうだった」

「どうって、すごく怒ってましたよ」

　四人組は笑い転げた。ただし、声は立てずに。「そこちょっと開けて覗いてみろ」と眼鏡は私をそそのかした。

　伍長は続きを読み始めた。「おばあさんがかわでせんたくをしていると、おおきなももがどんぶらこどんぶらこととながれてきました」

　私は襖を細く開けた。

　隣の座敷は二間続きで、襖は全て開け放たれ、廊下に囲まれた坪庭まで見えた。伍長はその廊下に胡坐をかき、柱に背を凭せ、膝の上に絵本を広げていた。座敷には三歳くらいと思われる、まだ産毛に近い髪を頼りないお下げにした子供が、お腹に細く折ったバスタオルを掛け、二つ折りにした座布団に頭を載せて、行儀良く横になっていた。

「いつもあれなんだよ」と眼鏡が言った。「何でか分からないけど、いつも桃太郎なんだ」

「何か意味があるんだろう」

「考えてみろよ、娘が十八くらいになって、死んだおとうさんはいつも桃太郎を読んでくれたって、そりゃあんまりだ」

「何ならいいんだ、かちかち山か」

「伍長ならもっとバタ臭いのを知ってそうなもんじゃないか」

　話がまだ鬼退治に至らないうちに、子供は寝息を立て始めた。別に鬼退治の話が聞きたい訳ではないのだ。伍長はばたんと絵本を閉じ、それを子供の脇に置くと、腹に据えかねたと言った様子でこちらに歩いてきて、襖を開けた。

「うるさいぞ、お前ら」

「おれたち、何も言ってませんよ」眼鏡は平然と抗弁した。

「何も言わないのがうるさいんだよ」

　だが、その会話も囁き声で交わされた。子供は相変らず眠っているか、或いは眠ったふりを続けていた。伍長は後手に襖を閉めた。

「食い終ったら仕事だ」

「泳いでいいんでしょ」

「全部終って、餓鬼どもが泳いでなければな」

　私たちは伍長に連れられて出掛けた。屋敷から三分も歩かない所に学校が建っていた。伍長は堂々と教員用玄関から上げると、玄関の脇の教務室に入った。真夏の昼間だというのに、皓々と蛍光灯が点っていた。隅に置かれた応接セットで、トレパンとTシャツの男が一人、食後の煙草を一服していたが、伍長を見ると慌てて灰皿でもみ消した。

「お内儀から連絡を貰ってたんで」とその男は言った。「もうちゃあんとできてますよ」

「見せて貰う」

教師は私たちを理科室に案内すると、隅の扉の錠前を外した。「いや、この頃は子供がここに何かあることを勘付いたらしくてね、うっかり開けっぱなしにしようものなら、人り込んで非道い悪戯をやらかす。管理方法を考えないと」

それはもともと薬品をしまっておく為の小部屋だったに違いないが、今ではちょっとした精製工場に早変りしていた。教師は奥のロッカーを開けた。中には、父の所に日和見が持ち込んだビニール袋詰めの白い塊が積み上げられていた。伍長はひと包み引き抜いて袋の端を破り、ナイフで刮げ取った粉を指に取って舐めた。

「上手くなったんじゃないの」と彼は言った。

「お褒めいただくのは有難い。ただ、量は減りましたよ」

「どのくらい」

「三十キロ」

「そんなもんだろう」と彼は言った。「運び出せ」

私たちは持ってきた布袋にビニールの包みを詰めた。凄まじい量に見えたが、実際には重さも嵩もそれほどではなかった。教師は言った。

「ところで、ダイナマイトを作ってみたんですが、いりませんか」

「生憎うちには爆弾屋はいないんでね」

「こんな物もありますよ」教師は抽斗から小型のラジオのような物を二つ取り出した。「こっちをダイナマイトに取り付ける。こっちを持ってって、こう向けてスイッチを押す。二百メートル以内なら」背後でかちりという音がした。「爆弾屋の面目丸潰れの新兵器。どうです」

いやはや、世の中には才能溢れるご仁がいるものだ。

「二百メートルじゃ使いものにならんな」と伍長が言った。「四、五百はいる。だったら、時限発火装置の方が使えるね」

「四、五百ね」と教師は考えた。「距離の問題だけなら解決は早いですよ。で、時限発火装置。買いますか」

「何でもあるんだな」

「何でもあります」と教師は豪語した。「ない物は作りますよ」

「幾つ持ってる」

「当座は十個程。ダイナマイトも付けます。三十本ありますよ。どうです」

「幾ら」

「一個残して行って下さい」

伍長は先刻破いた袋の中の塊を半分に割って机の上の大振りなビーカーに押し込んだ。残りは自分のポケットに入れた。「あんまり欲を張ると後生が悪いぞ。使い方はこの餓鬼どもに教えてやってくれ」

教師はそこに至ってやっと、私たちの年齢に気が付いたらしかった。「中学生じゃないんですか」

「もうやめたよな、そうだろ」と伍長は言った。「この若さで町にいられなくなったんだ。大した連中だろ」

それはそんなに褒められたことではない。教師は非道く胡散臭いものでも見るように私たちを見た。

「帰りに日和見の様子を見てこいよ」と伍長は言い置いて立ち去った。四人組は荷物を担ぎ出した後だった。「寝首を搔かれていると困るからな」

「どこにいるんです」と私は訊いた。

「宿直室」

私と千秋と教師は小部屋に残された。しばらくしてから教師が言った。

「で、何だっけ」

「爆弾の話でしょう」

「どこから始めようか」

そこで私たちが聞くことになった物騒極まる理論と実践を、ここに書き記すつもりはない。世間に対する悪影響を慮ってのことだ。講義は殆ど夕方まで続いた。ニトログリセリンの製造法から目的に応じた効果的な使用法まで、彼が言った通りにやれれば爆弾のエキスパートになることができるだろう。後はこちらの練習次第だ。実際、私は彼の方法を応用して相当の成果を収めたのである。少なくとも、ただ池にダイナマイトを放り込んで魚を取るより遥かに芸の細かいことができた。私に爆弾屋を名乗る気さえあれば、その方面で名を馳せることもできたかもしれない。それだけに、これは伏せておかなければならない事柄に属する。ご理解頂けるだろうか。

私が二つ三つ質問をして、講義は終った。彼は私たちの理解力に大方満足したようだ。送り出し際に、彼は言った。「ところで一つ訊きたいんだが、町にいられなくなるようなことって、何をしたんだね」

私はちょっと考えた。「家がロシア人相手の淫売宿をやってまして、そこの客から腕時計を盗んだんです」

「それがばれたんです」と千秋が付け加えた。

「何もゲリラになることはないだろうに」

「先生は何でならないんです」

「私はね……」と言ってから、彼は頭を振った。運命論者ジャック曰く、全ては天の巨大な巻物に書いてある――私が言いたかったのは、つまりそういうことだ。「まあ、また来なさい――運の悪いことにならなければね。何か君を喜ばせる玩具の一つや二つ、作っておけるだろうよ」

天の巨大な巻物の存在自体、当時の私は知らなかった。イスラム教徒がそういう時に、神がお望みなら、と付け加えることも知らなかった。実に理にかなった習慣だ。その秋から冬に掛けて、三度、死に掛けることも、私はまだ知らなかった。

宿直室で、日和見はシュミーズ一枚の女と一緒に西瓜を食べていた。何があったのか一目瞭然の空気が、まだ漂っていた。つまりこれが眼鏡言うところの「日和見さんはいいよな」であり、伍長の言う「これ以上あそこで女に手を付けないでくれ」である訳だ。

微笑ましいというよりは生臭さで窒息しそうな光景だった。私は言葉に詰まったが、千秋は何も感じることなく――まさか女が暑いというだけの理由で半裸になっていると思った筈はないが――言った。

「伍長が、寝首を掻かれてないかどうか見てこいって言うから」

女はこちらに背を向けて、ごそごそとブラウスとスカートを身に付け、髪を纏めた。座卓の上から縁の黒い眼鏡を取って掛けた。先刻までの剥き出しの淫猥さは影を潜め、何ともお堅いオールドミスの出来上がりだった。百メートル先からでも、あれは女教師だと指させそうだ。

「西瓜、まだあっただろ。持って来いよ」と日和見は言った。女はそそくさと、廊下の向かい側の用務員室に入って行った。

「笑い事じゃない」と日和見は言った。どことなく自慢げでもあった。「あの女はとんでもない悋気持ちでね」しかも日和見は女にもてた。何故かは未だに判らない。「一遍、本当に寝首を掻かれそうになった。気持よくうとうとして、ふっと目を開けると、真っ青な顔で包丁を持ってわなわな震えててな、あたしと一緒に死んで、って言うのさ。冗談じゃない」

「よくそんな女と付き合えますね」

「いい女だぞ」と日和見は言った。「おれが知ってる中じゃピカ一だ。言ってる意味、判るか」

私は曖昧に頷いた。日和見の言う通りだ。私に任せてくれれば、少し磨きを掛けて家の売れっ娘にして見せる。「先生でしょ」

「町から来てる。村に下宿してるが、まさかそこでって訳にはいかないからな。ここで落ち合うのさ」

女が西瓜を切って持ってきた。「まだ冷たいと思うわ」と彼女は日和見に言った。私たちのことなど目に入る様子もなかった。お堅い外見で身を固めていても、例の露骨に淫猥な気配が微かに感じられた。達人はこういう気配を捉えるに敏感なのである。

私たち四人はしばらく無言で西瓜を食べていた。少し離れた所から、水の音と叫び声が聞こえてきた。眼鏡の声だった。多分、裏手にプールがあるのだ。

「あいつらは全く」日和見が溜息を吐いた。

幾らか日が傾いた頃合だ。昼間たっぷりと太陽に照らされて温んだ水に浸かったら気持ちいいだろう。だが眼鏡と一緒は御免だった。あの悪巫山戯で溺死するような目に遭わされかねない。それに私には訊くことがあった。

「あの人、伍長の奥さんじゃないでしょ」と私は切り出した。

日和見は口に溜まった種を手のひらに受け、眉根を寄せてじっと見詰めた。

「何か入ってた」と女が聞いた。

「いや」と日和見は答えた。「お前ら、種出せよ。盲腸になるぞ」

「種は出してるよ」

「まさかそれを伍長に訊いたりしてないだろうな」

私も千秋も頭を振った。雀蜂の巣を叩き落とすようなものだ。「あいつらに訊いたとか」

外に顎をしゃくった。

「茶化すだけだよ」

「その辺で訊いて回ったりはしてないな」

「やっぱり拙いんだ」

日和見の言うところでは、それは誰もが知ってはいるが口にしないことになっている話なのである。「教えてやってもいいが、ここだけの話だぞ――ま、分別があれば口にはしないだろうな」と言って、日和見は少し私たちの方に身を乗り出した。「そもそも伍長の親父が妙な欲を出したのが不幸の始まりだ」

日和見は根本的に良き趣味の人であった。身の上話ともなれば、きちんと順を追って、我らが主人公のそもそもの生い立ちから話す。今日では珍しくなった往年の英国小説調の語り口である。以下に私が記すのは必ずしも今日の私の趣味嗜好によって再編集したものではなく、ほぼ日和見が語った通りの構成と修辞だとお考えいただきたい。

日和見の話を続けよう。

「伍長の家はあの通り、村一番の土地持ちだ。戦前はもっとすごかった。事実上、近郷近在の地主様だ。ただ好悪の情が並はずれて激しいのがあそこの家の欠点でね。伍長の祖父さんは伍長の親父ではなく次男の方を依怙贔屓した。些かインテリ臭い、肺病やみの息子だったんだが、兵隊に取られずにずっと家にいたから、結局はそっちの方がお気に召したんだな。ただ、幾ら画策しても長男を廃嫡できなかったんで、結局、財産を二分して残すくらいしかなかった。伍長の親父は地団駄踏んだが、戦地にいちゃあどうにもならん。あいつは早晩死ぬだろう、そう思って必死に生き残って帰って来た訳だ。それから結婚した。間に戦争が挟まったんでいい年だったが、すぐに子供が二人生まれた。伍長が長男で、村長は次男だ。

自分があんなに父親の依怙贔屓に悩まされた癖に、先祖伝来の悪癖というやつは簡単に収まるもんじゃない。伍長の親父は伍長を依怙贔屓した。何しろ出来のいい息子だったからな。何やっても学校で一番だ。頭もいいし、運動もできるし、中学生と喧嘩やったって一歩も引かない。伍長はあの通り柄がでかいから。ところが次男だ。種が違うんじゃないかと言う噂があるくらいでね。おれはあの兄弟はよく似てると思うよ、何と言うか、性格がさ。ただ、外見は全然似てない。親父はどちらかと言えば伍長の方が自分に似ていると思いたがった。不幸せなのは次男坊さ。事毎に兄貴と比べられてたんじゃ、伸びるもんも潰れちまう。それをまた親父が言い立てるんですっかり腐って、年は二つしか違わないんだが、中学校に上げる頃には雲泥の差というやつが出来上がっちまったんだな。お前、兄弟いるか、たかし」

「僕は一人っ子だよ」

「ちあきは」

「僕も」

「おれもだ。兎も角、この話を聞いてつくづく兄弟なんかいなくてよかったと思ったよ。これはあの兄弟の、三十年に亘る兄弟喧嘩の話だからな。

　で、その頃、伍長の親父の弟が死んだ。例の肺病やみの弟だが、ちゃんと女房を貰って、娘までいた。それが加世さんだ。伍長の親父が強欲なのは知っていたから、亭主が死んで震え上がっていたんだが、出て来たのは思いも掛けないいい話だった。先々加世さんと伍長を一緒にさせることにして、加世さん母子を屋敷に引き取ると言うんだ。伍長の母親はちょっと前に死んでいたから、家に女手が必要だという理由もあった。母親は加世さんに相談し、娘の方は二つ返事。お前ら、加世さんに会っただろ——見たか、あの嬉しそうな様子。つまり昔からああだったんだ。伍長に惚れ込んでた。まあ伍長は男前だし、他にも色々取り柄はあった。若い娘なら惚れ込むしかないような取り柄がな。伍長の方はと言うとだな」日和見は困ったように頭を掻いた。「どうもおれは、何にも考えてなかったんじゃないかと思うんだ。今はどうか知らないよ。そういうことは伍長にとっちゃ当り前なんだ。親父に依怙贔屓されるのも当り前なら、家を継ぐのも当り前、美人で金持ちの従妹を許嫁にするのも当り前なら、その従妹が自分に惚れてるのも当り前。おれにはよく解らないがね、伍長にはどうもそういうところがある。でだ、ちょっと想像してみろよ、そういうのを全部取り上げられたらどんなに怒り狂うか。

伍長は何も考えてなかった。弟が何を企んでいようと恐くも何ともなかったし、加世さんが自分のことを好いているに越したことはないが、嫌ってたって別に構いやしない、親父さえ生きていれば、何でもかんでも全部、伍長のものだ。で、T＊＊＊の学校に行って下宿暮らしを始めた。T＊＊＊高って言や、お役人とお医者の学校だよ。親父は伍長に家を継がせる気でいたから、別に役人や医者になれとは言わなかったが、それでも鼻高々だ。中風で倒れても、帰ってこいとも言わなかった。当の息子の人生がそこで些かずっこけ始めたのも気が付かずにな。

知ってるだろ、伍長は数字に関しちゃ一と二も足せない阿呆だ。何か七面倒臭い手口で誤魔化しちゃいるが、高校の数学じゃ歯が立たないんだよ。で、田舎の秀才によくある道を辿った。つまりぐれちまった。ぐれちまったと、言ったって、昔の話だ、高は知れてる、学校をさぼって昼間から酒を飲んでただけだ。あの屋敷の二階にある、俺にはちんぷんかんぷんの本を片手にな。下宿でやってると色々うるさいから、寝袋背負って山に入って、試験の時くらいしか下りてこない。教師どもは困ったらしい。何しろ、どれもこれも及第点は取るからな。たまに行いを改めたふりをして満点でも取って見せれば、ま、退学にゃできない。親を呼び出したって加世さんの母親が来るだけだし、よく言って聞かせますったって、立場からしてちょっと伍長には言えないよな。寝たきりの親父に言って叱って貰うという訳にもいかない。親父は息子が東京の大学に行きますと報告したのを聞いただけさ。言いたがらないから、そんなにいい学校じゃなかったんだろう。そこでしっかり仕送りを貰って、好きなだけ好きなことができた」

伍長の専門が何だったのか、私はついぞ訊かず仕舞だった。何にしても真面目に勉強するには余りにも騒々しい時代の話だ。だが、実存趣味と似非革命の嵐は伍長の髪の毛一筋乱すことなく通り過ぎた。確かにアンガージュマンする伍長など想像もできないし、彼の趣味嗜好からすれば嬉々として反抗的人間の側に立ってもいい筈だが、そもそも彼は負け戦を好まない。先行きの見込みのない騒動に飛び込んで傭兵隊長を務めるには利口過ぎるのだ。

「で、学校に六年いた。最後の二年は大学の上の学校でな。この学費を出させた話が傑作だ。久方ぶりに帰省して、親父が来年は卒業だったかな、と訊くと、いいえお父さん、大学は六年です、と言ったんだそうだ。親父は長いこと床に着いていて、いい加減呆けが来てる。長男可愛さだけが募って、何でも分かったわかったただ。しかしな、これを聞いて弟がどう思ったと思う。何しろ自分は通える所へ行けと言われて隣町の高校に入って、それも農繁期には休まされて、結局それだけで終ったんだぜ。どんどん美人になって行く加世さんにも、将来の弟と言うんで気やすく扱われながら、指一本触れられないまんまだ。兄貴が二十過ぎれば何とやらを地で行ってるのを知っているのは家中で自分だけだが、それだって、家に帰って来たら誰が家長かは嫌というほど思い知っての上だ。これは生き地獄だよ。彼としてはただただ、兄貴が帰ってこないように、帰って来ないうちに親父の気を惹けるようにと祈るばかりだ。

当の伍長は教授に毛嫌いされてぱっとしない成績で学校を出たんだが、それでも田舎に帰って来る気はしなかった。ところがいざ職を探しても、二年余計に出てる奴を取ってくれるところなんぞ滅多にない。どうにか見付けた会社も社員が一人減り二人減り、何か妙だなと思ってると明日からここに行ってくれと言われ、行ってみると社長が妾にやらせてるスナックなんだ。馬鹿にするなと言って辞めても、もう本当に職がない。仕方ないから大事に集めたレコードの山も置けないちっぽけなアパートで、細々説明書の翻訳をやって暮す始末だ。とうとう田舎に帰るに帰れなくなっちまった。尾羽打ち枯らして帰るなんざ、断然、伍長の好みじゃない。そこにこの戦争だ。

持てる者と持たざる者ってね。アカどもは前からそう言っていたが、それが一番耳に快く響いたのは伍長の弟だろうね。で、奴は随分前から党員だった。村でたった一人の。親父の手前もあって、あんまり熱心な党員じゃなかったが、戦争が始まってすぐに村長に任命された。本当は何て言ったっけ。何か長々しい何とかかんとか委員長って肩書きだが、この辺じゃ誰もそんな肩書きは使わない。村長って言うだけだ。その村長は親父の枕元で毎晩懇々と教え諭した。ご時世が変った、今やおれが村長だ、兄貴はもう帰ってこない、ってね。加世さんは伝を頼って東京に手紙を書いた。ばれればスパイ行為で収容所に放り込まれかねない危険を冒して、お父さんが死にそうです、すぐに帰ってきて下さい、と。本当は、このままじゃ無理矢理弟さんと結婚させられます、早く救けに来て下さいって書きたかったんだろうが、何しろ加世さんは慎み深い人だし、世間からは行かず後家呼ばわりされる年まで放ったらかされて、さすがに自分が好かれてるかどうか分からなくなってたんだろうな。それに実際、親父殿はショックを受けて俄に悪くなってた。遺言書を全部書き直すくらいにだ。これで戦争がいつ終ろうと、村長は安泰って訳さ。

ところがそこに伍長が帰ってきた。

後の騒ぎは村中が見てる。村長は伍長を玄関から往来まで押し出した。今更何しに帰ってきた、ここはもうあんたの家じゃない、とっとと帰れって言いながらな。後はもう、途轍もない罵り合いだ」

「伍長と」と私は訊いた。彼の口の悪さは大抵のものではない。大の男が泣きだしたのさえ見たことがある。言葉数は少ないが、文字通り臓腑を抉るのである。

「あの村長はその点じゃ伍長より上手だよ。何しろ三十年がた腹の中に毒を貯め込んで来たんだからな。先に黙っちまったのは伍長の方だ。で、手が出た。放っておくと殺しちまいそうだってんで、若い連中が伍長を羽交い締めにして引き離した。村長はさっと冷静になった。似てるだろ、そういうところ。で、ごく手短に伍長の置かれた立場を説明したんだ。山を越えて来た者はスパイとして当局に突き出すことになっている、とね。伍長が抵抗するのをやめたんで、若いもんは手を離した。で、伍長は言ったのさ。あんまりいい気になるなよ、今度帰ってきた時にはお前が何様かたっぷり思い出させてやる、ってね。で、そのままどこかへ消えちまった――と村の連中は思ってた。村長もだ。山の中でロシア人か義勇軍のパトロールに出くわして殺されたんだろう、と。村長はすぐにT＊＊＊＊に電話して、山中をスパイが徘徊してると報告したって話だからな。

　怒り狂って山の中をほっつき歩いてたのは事実だね。お内儀の所へふらっと現れた時には、髪はぼさぼさだし、着てるものは泥だらけだし、瘦せこけて顔は真っ青、目だけぎらぎらさせて、戦争やってるのはここかって、それしか言わない。正気だと思った奴は一人もいなかった。お内儀だけだよ。一日休んだら話を訊いてやると言ったのは。で、一日死んだように眠りこけて、風呂に入って、さっぱりして出てきたら、ちょっとやつれてるが結構な好青年だ。それがお内儀の小屋に入って半日出てこない。お内儀も随分見る目があるってこそこそ陰口叩いてたら、これが資金調達計画を持ち込んでたのさ。で、おれが呼ばれた。正直言って舌を巻いたね。頭の中に何から何まで全部、きっちり納まってる。あの頃おれたちはアメリカさんから武器を貰って、アメリカさんの送ってきた軍事顧問と一緒にやってたんだが、こいつらが無理無体ばっかり言うんで、いい加減参ってたんだよ。そしたら、連中は間違ってる、勝つ戦争じゃなくて負けない戦争をしなけりゃ、犠牲ばっかり多くて、ロシア人が出てく前に全滅する羽目になるだろうって言うんだな。けどアメリカさんの言うことを聞かなきゃ武器は貰えない。そこで出てくるのがその資金計画なんだ。国境の向こうはほぼ完全な無法状態にある。兵隊さえ貰えりゃもっと完全な無法状態を作り出せる。そこで麻薬を作る。ロシア人を薬漬けにして武器を横流しさせ、アメリカ人に売り付けて武器と交換する、ってね。そんなんでアメリカ人が黙ってるかどうか疑問だと言ったら、麻薬がらみとなりゃ、連中も表向きは手を引かざるを得ない、裏で喜ぶ奴は簡単に見付かるだろうって。採算が合うかどうか計算するのがおれの仕事だ。で、どんなルートを作ったかは、お前らの方がよく知ってるだろ。ぴたりOKだ。それどころか国境の向こうにいる連中に武器を売り付けて上がりが出るくらいだもんな」

なるほど、と私は思った。鷹取氏は事実上伍長に追い落とされたことになる。

「伍長は二と二も足せないが、おつむの冴えは尋常じゃない。って言うよりな、二と二が足せないから冴えてんじゃないかと思う」日和見は銃弾にふっ飛ばされた左手の小指と薬指の跡を見せた。「昔、その筋の奴から聞いたんだがな、指を詰めるとその分女に強くなるんだと。その伝だな。人間にできることが三つあって、そのうち一つ捨てれば、残る二つが三つ分できるって訳だ――あんまりまともなことじゃない。言ったら、自分の一部を売って何か手に入れることだからな。それに、伍長は他にも何か売り渡してる。お前ら知らないだろ、伍長の下じゃまだ誰も死んだことがないんだ。殆ど誰もだな、アメリカ人が二人撃ち殺されてるから。そんなのってあるか。何時だったか、ロシア人と一戦交えた時にな、生き残った奴が一人投降してきた。あれは最初の頃だ。今はみんな殺しちまうからな。そいつは武器を捨てた筈なのに小さい拳銃を一丁、隠してた。頭目だけでも殺そうって腹だ。で、こっちが油断してる隙に伍長に突き付けて引き金を引いた。伍長も焦ったが、もっと焦ったのはロシア人の方よ。弾が出ないんだもんな。伍長がひったくって見てみると、哀れ、最後の一発だった。込め直して、嬲りものにもう一遍撃ったら、いきなりずどん、ロシア人は頭をぶち抜かれてあえなく昇天だ。あの時は驚いたね、本当に驚いた。それ以来恐いと思うことがある。ツいてるのはいいよ。けど、伍長には何か憑いてる。取り憑いてるんだ。いつかはあのお代を払わにゃならんだろうな。

その時も、つまりお内儀の所でだが、おれが、できないことじゃない、考えてみるだけの値打ちは十分だと言うと、伍長は息急き切ってな、じゃ武装した手下が五人ばかり欲しいと言うんだ。おれはまたちらりと、こいつ正気じゃないな、と思った。やっぱりおかしい、と。

何をやりたがってるのか解らなかった。さすがにお内儀は断った。あんたは素人たし、仲間になるにしても、あんたが人を使えるかどうか、あたしはまだ知らない、と。証明が必要ならお目に掛けましょう、と伍長は答えた。幾つくらいロシア人の死体が入り用です。三十？　四十？　何日で？　おれはますますこいつは気違いだと確信した。人を付けないとなれば、一人でやるしかないだろ。それを何日かの間で三十、四十ってのは正気の沙汰じゃない。伍長にゃ三十、四十なんて数は全然意味がないにしてもな。今考えたって無理だよ。そもそも数日じゃ、そんなに沢山のロシア人にはお目に掛かれない。ひと冬やってどうかって数だ。おれがそう言おうとすると、お内儀が猫撫で声で止めた。あんたの功績に報いて人を付けてやっても構わない、どのみちこれはあんたの計画なんだし、最初に手を付けるのはあんたの仕事だ、その時には何人でも使えばいいだろう。でも今はまだ、できるかどうか調査をする段階だ。それまでの間、ちょっと揉んで貰ってから国境の向こうで遊んで来たらどうかって。それで上手くいきゃもう誰も文句は言わないってな。お内儀にしてみりゃいい話だ。使いものになればよし、ならなくてもそれでくたばりゃ自業自得、計画は全部お内儀のものだ。

伍長はしばらく何も言わなかった。それから大人しく頷いた。何か子供みたいな頷き方で、しばらくの間、俺は伍長が狂人だと信じていたね。ごく頭脳明晰な狂人だと。正直なところ、今だってそう思ってる。少しはな。ま、兎も角伍長はアメリカさんに連れられて十人で国境を越えた。帰ってきたのは八人。前代未聞の死人の少なさで、死んだのはアメ公だけ。自分は分捕り品の戦車隊の伍長の上着を着て、ちゃっかり指揮官なしの一味の頭目に納まってる。お内儀が訊いたら、連中は後から撃たれましたとしゃあしゃあと答えた。さもなきゃ帰って来られなかったですよ、と。そりゃ半分くらいは事実だがな、幾ら何でも露骨な話だ。お内儀は後からしきりに、恐い人を入れちまったねえ、これじゃ後戻りできないじゃないかって口説くんだな。その通りだ。しかし何も後戻りする必要はありませんよと答えると、けらけら笑って、勿論後戻りする必要はないさ、ただ、あれじゃ大人しくさせとくのが大変だよ、お目付役を付けなけりゃって——そんなもん付けたらまた後から撃たれるのが落ちだと言ったんだが、あんたはそんな馬鹿じゃないだろうって逆に名指された。悪い思い付きじゃなかった。むしろ大いに気に入ったね。で、おれは伍長の所へ行って、今日に至るって訳さ。

伍長はこの辺には詳しかった。おれもお内儀もそう思ってたから、二、三百戸で、僻地で、ロシア軍も義勇軍も滅多に来ない国境近くの村って言った時、ここの名前を挙げて承知させるのは容易かった。拘る様子も見せずに、さらっと言ったのを聞くと、なるほどお誂え向きなんだな。当然だろ、そもそもあの計画自体、ここをどうにかしてやろうってところから出て来てるんだ。ま、他にも同じようなことをやらせてる村は沢山あるが、大体がこの辺はどこへ行っても似たり寄ったりなんだよ。この角曲がると学校があるな、よろず屋があるなって見当が付くくらいだ。こんな所で生まれて育ったら、確かに偏屈にもなるわな」

「そういう日和見さんはどこから来たの」

「おれはN＊＊＊だもの。田舎もんは恐いね、本当。で、ちょっと気の触れた若いのを四、五人連れて行ったんだな。伍長はそういう連中が好きでね、機嫌のいい時には連中が馬鹿やらかすの見てげらげら笑ってる。二、三百戸なら千人はいる、総勢七人じゃ足りないんじゃないかと思ったが、何、ミサイルの一、二発もぶち込んでやりゃ大人しく言うことを聞くって言うんだな。ミサイル担いでたのはおれだから、心底そんなことにならないように祈ったね。その辺をがらがら走り回ってる敵さんの車をふっ飛ばすのと違って、普通の家や車をやるのは、どうも疾しくていけない。

村に入ったのは夕方だった。人通りはそんなになかった。学校の前まで来ると、伍長はいきなり口が耳まで裂けたんじゃないかと思うくらいにたりと笑ってな、眼鏡に、学校へ行って拡声器を取ってこいと言った。眼鏡は嬉しそうに学校へ飛んでって、外で待ってるといきなりダダダダッとぶっぱなす音がした。伍長は声を殺して笑っててね、いや、奴ならやると思ったって――教員室に飛び込むなり天井に向けて撃ったんだな。生徒がいなかったからいいようなものの上は教室だぜ。誰かいたら死人が出てる。ちょっとすると選挙演説みたいな声でな、拡声器使ってだが、皆さんどうもありがとう、すぐに返すからねって叫んでるんだ。何か騒ぎになってるらしいって、その辺の家から覗いてる気配がする。で、見ると伍長が鉄砲背負って立ってる訳だ。村中騒然としたね。役場の前に着いた時には、恐ろしく遠巻きにだが、殆ど村中が集まってた。伍長はこれがやりたかった訳さ。役場の前で、何か歌をがなりたてた眼鏡から拡声器をひったくると、いきなり『おれだよ、孝之、出てきて顔見せてみろ』って言うんだな。何か個人的なことになってると思ったが止めなかった。『兄貴が帰ってきたのに挨拶もなしか。えらく冷たいじゃないか。この前はそんなじゃなかっただろ』

村の連中は皆、固唾を飲んでたね。いよいよ伍長が弟を殺しに戻って来たと思ったのさ。返事はない。役場は静まり返っている。伍長はいきなり拳銃を抜いて、役場の窓を一枚一枚丁寧に撃ち抜いた。中から女の悲鳴が聞こえて、玄関から肘カバー付けた事務員が二、三人出てきた。映画みたいに両手を上げてな。だが、伍長にはそんな連中どうでもいいんだ。ついにおれにお鉢が回ってきた。玄関の脇にライトバンが停まってたんだが、あれをやれって言うんだ。言われた通りにやったよ。この辺の連中はまずお目にかかったことのない大花火だ。役場に燃え移るんじゃないかと心配したくらいだった。途端に中から、何かずんぐりした、これが弟かよってくらいに老け込んだ男が、撃たないでくれって叫びながら転がりだしてきてね、伍長の前に恥も外聞もなく土下座して『兄さん、堪忍してくれ、おれが悪かった』って、小屋から引きずり出されてあえない最期を遂げようって豚みたいにひいひい言うんだ。おれはてっきり、伍長がそいつの頭を撃ち抜いて片を付けると思った。さっきまで車がぼんぼん燃えるのを見て嬉しそうな顔してたのに、急に真顔になってたからな。だが、伍長はもっと利口だし残忍だった。殺しちまえば、中央が何で殺されたのか詮索してくる。代わりを立てる。それじゃ武力制圧にならんのよ。で、いきなり襟首を摑まえると、屋敷まで四、五百メートルの道を引きずって帰った。あれは重かったと思うよ。村長は太ってるから。おまけにどこに連れて行かれてどんな目に遭わされるかと思ってるから、自分じゃ歩こうとしない。ずるずる引きずっているうちに、ズボンの膝が擦り切れて血塗れになったが、そんなこと伍長はおかまいなしだ。そのまま倉の階段も引きずって上がって、あの二階にぶち込んじまった。で、外から棒で出られないように戸を押さえ込んでな、非道く息を切らしていたが、懇々と長幼の序ってやつを説く訳だ。巫山戯てるんだが、到底巫山戯てるとは思えない執念深さでな。村長は何にも答えなかった。何を考えてたのかね。おれはずっと下に立っていたが、急に気になって、まさかそいつ、出てくる前に援軍を呼んだってことはないでしょうね、と言った。伍長はわざわざ中に聞こえるような声で、それで助かると思うような馬鹿なら、もう死んだも同然さ、と答えたが、そこで初めて弟が声を出した。呼んでたらどうする、三十分でロシア人がやってくるぞ。伍長は嬉しそうに笑った。やっぱりこいつはおかしいんじゃないかと思うような笑い方でね、相変らず毛が三本足りないな、ロシア人が来たら真っ先に始末されるのは誰だ、手前だぞ、阿呆、保科の家の面汚しがって、戸の格子の間からばんばん中に撃ち込んだ。明るけりゃいいが、倉の中は殆ど真っ暗だから当るか当らないかは伍長にも分からない。正直言って、村長が、呼んでません、兄さん、呼んでませんってわんわん泣き始める声がした時は安心したよ。二重にな。伍長もとりあえず溜飲を下げた。で、倉から出て来て屋敷の玄関でただいまとのたもうた訳だ。

最初に出てきたのは婆さんだった。加世さんのおかあさんだな。で、死ぬほど驚いて奥に駆け込もうとしたのを止めてな、加世さんを呼んでこさせた。おれはびっくりしたね。綺麗な人じゃないか。鄙には稀なとはこのことだ。些か薹は立ってるし、磨かれざる宝石ってとこはあるにしても、これは本物のお姫さまだ。彼女は伍長を見て泣き始めたが、伍長はおかまいなしに言った。お前、孝之の女房になったのか、って。加世さんは怯え切った顔をした。おれは止めに入りたかったね。そんな扱いをしていい人じゃない。だが、伍長はもう一遍、そっくりそのまま訊いた。彼女はそこで膝を突いて謝ろうとしたらしいが、伍長が二の腕を摑んでた。で、こう言ったんだ。孝之が俺から盗んだものは全部返して貰う。勿論お前もだ。お前が孝之の女房だったなら、今日からおれの女房になる訳だって。加世さんは狐につままれたようだった。それから、自分が伍長の女房なら何の心配もないどころか、かねて願った通りだってことに気が付いた。長い間、ひたぶるに伍長を待ってたんだ。それが帰ってきたならいいじゃないかってね。とんでもねえ王子さまだがな。

つまりこれが一切の今の所の顚末って訳さ。村を焼き討ちされたりしないように、連中は芥子を栽培しておれたちに税金を納める。何、好きな連中は昔っからこっそり山の中でやってたことだ。何程の苦労がある訳じゃない。それにここじゃ伍長は何故か村長より人望があるんだよ。選挙やったら楽勝だね。婆さんの方はもう寝たきりだが、加世さん母子も伍長が帰ってきたのを喜んでる。加世さんの娘も伍長に懐いてる。どっちの娘か判らないんだが、自分の娘じゃないとなると負けを認めることになると思ってるんだな、どっちも。世はなべてこともなしさ。

ただ、村長はこれじゃ収まってないね。お前見たか、あの毒気、すごいだろ。ああやって大人しく倉に入ってるがね、奴は全然自分の負けを認めてないね。伍長がいなくなるとまた全部、自分のところに取り返すのさ。家屋敷も、女房も、子供もな。とんでもない兄弟だよ。どっちかが死ぬまでこの争いは続くね。俺としちゃどっちにもせいぜい長生きして貰いたいと思うけどな。八十くらいの耄碌爺さんの兄弟が、往来でぽかぽか殴り合ってるとなりゃ、これは微笑ましいで済むさ。だが今、あいつらがどうしても相手を殺すってところまで思い詰めてみろ、とばっちり食うのは村の連中と俺たちなんだぜ」

＊　＊　＊

私の物語もそろそろ四百字詰め原稿用紙で三百枚を超えた頃だが、読者諸氏の中には些か失望しておられる向きも多いのではないだろうか。これは戦争の話だろう――セックスとヴァイオレンスの大盤振舞いはどこに行ったのか。無論、私にも提供すべき材料の幾許かがない訳ではない。例えば私が例の笑い上戸の娘と懇ろになるのに成功した話、ある晩彼女の部屋の前で日和見と遭遇し、紳士的にじゃんけんで権利を争った話など――しかしこれは読者の一部が期待するセックスの話ではあるまい。思い出していただきたい。私は既に当時ある種の悟りを開いていたのだ。あれはそんなにむきになってやるものではない。今だってそう思っている。まして手籠めなど、私の三十年近い人生にあって必要を感じたことは一度もない。何故か。ことセックスに限定するなら、明リヲ消シテシマエバ女ハ皆オナジ、選り好みせず、目敏く相手の欲求を見抜き、注意深く手段を選びさえすれば機会は幾らでもある。結局のところ、白星の数は賢い妥協と注意力と勤勉さに比例するのだ。私はその点において は日和見の弟子なのである。しかし、特に女性読者諸嬢には誤解して欲しくないのだが、私は男女関係の核心を必ずしも(全然とは言わないが) 肉体的なものに求めておらず、その点では甘くも切ない記憶と浅からぬ心の傷を秘めてもいる。それが私の生理的欲求の発生とその解消法に何ら影響を与えていないとしても。一体、逃げ去った女の面影を抱いて生涯不犯でいられるものだろうか。逃げ去った女の面影は面影、生理的欲求は生理的欲求である。大きな愛の悲劇的な記憶に悩まされながら日々の小さな愛に生きる。これが私の現状だ。

ヴァイオレンスについては、今少しお待ちいただけば幾らかましなものをお見せできる。ただこれも一部の読者の期待には背くことになろう。何となれば、私自身が華々しい暴力には不信感しか持っていないからである。目的の為には手段を選ばず——これが私が戦時中に得た教訓であり、しかるべき目的を達する為の暴力的手段なら、今尚否定はしない。しかし、例えば誰かを沈黙させたいなら、殴るより宥めるか、幾らか握らせた方がいい筈だ。それを忘れては、肝心かなめの暴力的手段の迫力が著しく薄れることになろう。暴力をも辞さない覚悟でいなければ脅しにはならないが、伝家の宝刀を抜きっ放しなのはいかにも間抜けである。酒場ですぐ腕を振り上げる酔っ払いを私は恐れない。大体が次に会った時は必要以上にびびって、ぺこぺこしながらお酌にやって来るのだ。一体何を吹き込まれたものやら。こうした野犬的暴力の実体は暴力の行使に対する陶酔であり、暴力に陶酔する者は暴力の効果的な使用法を知らないのが常だ。効果的に使用されない暴力など恐くも何ともない。彼我の兵力と物量が等しければ、結果を決めるのは暴力行使の方法であって、暴力そのものではないのだ。全てはおつむ次第。これが私が伍長から学んだ教訓の一つである。

お分かり頂けるだろうか。この物語は後日談込みであと三百枚ほど続く筈だが、華々しいセックスとヴァイオレンスなど今後もない。私はそういう点極めて良く躾けられているのだ。弾の雨は降るかもしれないし、死人だって一方ならず出るだろう。しかし所謂ヴァイオレンスは期待しても無駄である。

その種の失望は当時の私にもあった。私の四度目の遠征でのことだ。そのうち二度は武器を背負って山向こうの連中に売り付けに行ったから、無闇にどんぱちやる訳にもいかず、一度など頃合の小編成部隊を藪の中から指を咥えて見送らざるを得なかった。今回は、いるという情報にも拘らず、もう一週間も探し廻っているのに一人のロシア人にも遭遇しない。伍長は冷静を装っていたが、手ぶらで帰ることを考えると憂鬱なものがあったのは間違いない。何と彼にとっては八ヵ月ぶりの狩猟解禁なのである。「何、お前、撃ち合いやりたいのか」と伍長は気怠い声で言ったものだ。「馬鹿なこと考えるな。事を構えりゃ死人が出る――そりゃ出ないこともあるが、理屈から言えば必ず一定の確率で出る。そうだろ。おれはこれで三十二連勝してる。味方の戦死は皆無だ。確率は飛躍的に高まってるね。次辺りはどうなるか判らんぞ。それがお前でもいいのか、ああん？　とっくり考えてみるんだな。それでもって言うなら、露助どもの真ん中に放り込んでやる。頑張ってこいよ。おれは御免だ」

　そう言って伍長は溜息を吐いた。私も溜息を吐いた。千秋は寝ていた。暇さえあれば眠っている上に、この時は暇だけはあり余っていたのである。伍長は彼に眠り鼠という渾名を付けた。その的確さが当時理解できなかったのは惜しいことだ。寝呆けた千秋はまさに眠り鼠だった。日和見は賽子を振って四人組を負かし続けていたから、時間が経つのを苦にしてはいなかった。「確率なんていい加減なもんさね」と言うのが彼の見解だった。「一週間待ち惚けを食ったからって、その後二週間分のロシア人にお目に掛かれるなんて、おれは思わないね」

　何とも牧歌的なゲリラ行だ。この世のどこでは弾の雨が降り、血の川が流れ、死体の山が築かれているに違いなかったが、幸か不幸か我々はそこには居合わせない。無論伍長に訊けば幸せなことだと答えただろう。そうとでも考えなければ余りに惨めではないか。

　でも遠からず癇癪を起こすぞ、と私は考えた。自分から何か仕掛けて、その確実な結果を待っているのでもない限り、およそ伍長にそんな堪え性があった例はない。彼のような男にとって、自分もまた他の連中同様偶然の悪戯に翻弄されていると考えること程屈辱的なことはあるまい。だからこそ運命を確率の魔と言い換えるのだ。私が漠然とそんなことを考えていると、ふいにあのどろりとした無気力から身を起こした伍長が、しゅっと言うように息を鳴らし、控えめな動作で荒れた畑の真ん中を抜ける道を示した。間違いない、待ちに待ったロシア人が、向こうも完全にだれ切った様子で歩いて山から下りてくるところだった。「さては擦れ違いだったな」と伍長は囁いた。「やっちまうか」

「人数が多過ぎますよ、この場で取り掛かるには」と日和見が言った。

「十五人だ」と伍長は答えた。この位の数までは実に目敏く数えるのだ。彼はそれ以上何も言わなかったが、意味するところは明らかだった。

ロシア人は相変らずだれた様子で、息を潜めている私たちの鼻先三十メートル程の場所を、無防備に通り過ぎていった。彼らが畑を下り切って消えてしまうと、誰ともなしに息を吐いた。

伍長は眼鏡を呼んだ。「跡を尾けろ。たかしを連れてけ」

「人数が多過ぎますよ」と日和見は繰り返した。

「そんなこたあない。ちょうど二週間分じゃないか」

私と眼鏡はもう行く態勢を整えていた。日和見は「焦るなよ」と私たちに言って、伍長に向き直った。

ロシア人はとうに畑を抜け、別な小道に入った所だった。尾けるのは簡単だ。道は一本しかない。彼らが開けた谷間を横切るまで、私と眼鏡は木立に身を潜め、相手が更に反対側を覆う木立に入るのを見計らって下りた。その向こうの一段低い所を貧相な舗装道路が一本横切っているのを私たちは知っていた。

彼らはその道路を歩きだした。十五分ばかりで、かつては煙草の葉を乾燥するのに使っていたらしい小屋に行き当たった。眼鏡と私は木立の下生えの中から様子を窺った。小屋の前にトラックが停まっていた。トラックの前に七人程のロシア人が屯して、時々思い出したように、下に潜っている連中に話し掛けていたが、答を貰った様子はない。私たちが尾けてきた一行の一人――軍曹が戻ってきたのに気が付くと、彼らはのろのろと立ち上がって弁解した。軍曹は疲れた口調で何か言った。言われた男はむきになって反論した。二人はしばらく押し問答していたが、そのうち水掛け論となり、どちらともなく口を噤んだ。

「何言ってんだ」と眼鏡が訊いた。

「車が故障したんで帰れないんですよ」と私は説明した。「迎えも来ないし、今夜はここで泊まるって」

「ゲリラの徘徊する山の中でか」

「連中もそう言ってますよ――でもこれ、二十人以上いませんか」

「おれたちはツいてるんだ。伍長のおかげでな。それを信じろよ」

そこで私は眼鏡を残し、途中まではこっそりと、それから走って戻った。

「二十五人くらいいますよ。トラックが故障したんで今夜は戻れないんです。下の煙草小屋にいます」

「トラックだけか」

私は頷いた。伍長は伸びて浮いてきた髭を神経質に擦りながら言った。「もっと増えるな。将校さんがいる筈だ」

「見ませんでした」と私は答えた。正直な話、あの人数に恐れをなしていたのである。将校がいるとなれば、伍長はもう後には引くまい。

「車はどこにある」

私は地面に図を描いて見せた。「小屋の上か」と伍長は訊いた。

上かどうかは判らない。だが、そっちの方が高くなっている筈だと伍長は嬉々とした口調で断言した。「間抜けどもが嬉しいことをしてくれるじゃないか」

「やっちまうんですか」と四人組の残りの一人が恐いような嬉しいような口調で言った。

「火を掛けてやる」彼は手で私の描いた絵を消して、別の図を描いた。「よく見てろ、たかし、爆弾持ってるだろ」

「僕がやるんですか」

「随分嫌そうじゃないか、勲章ものだぞ、これは」

勿論、ゲリラに勲章などない。あるのは勲章ものという言葉だけだ。だが、伍長はどんどん図を書いては説明を進め、それが終った時には日和見さえ私の味方ではなくなっていた。

　仕方ない。見通しは明るいのだ。私はその場で爆弾の用意をした。ダイナマイトを三本ばかり針金で括り、鉛筆のように細長い時限信管を取り付け、スイッチをひと捻りすれば動きだすばかりにした。

「お前は本当に利口者だな。餓鬼は足手纏いだなんて言ったのはどこのどいつだ」

「眼鏡ですよ」と私は答えた。「痺れを切らして僕が戻ってくるのを待ってると思いますね」

「奴なら放っとけ。日が落ちるのを待つ」

　日が落ちて暗くなってから、私たちは煙草小屋を見下ろす木立に移動した。眼鏡は藪の中に伏せたままじっとしていた。トラックの脇に、どこからか徴発してきたらしい中古のカローラが来て停まっていた。外には誰もいなかった。小屋の分厚い半透明のプラスティック壁が、中のほの明かりでぼんやりと光って見えた。

「また増えましたよ」と眼鏡は伍長に報告した。「四人」

「ちょろいもんさ。将校さんがいただろ」

「少尉です」

　伍長の口から低い笑い声が洩れた。私は震え上がった。かつて日和見が、伍長は血に飢えていると言ったのを思い出したのだ。伍長は千秋に言った。「偉そうな奴から順に頭をぶち抜け」

そうこうするうちにとっぷり日は暮れた。ロシア人たちが明かりを消して寝てしまう迄は長かったが、伍長は今度は苦にもしていなかった。恐ろしく冷え込んできた。千秋は両手をジャンパーの中で暖めていた。やがて辺りは完全に闇に呑まれた。入口に立った歩哨がカンテラを下げて時折行き来したり、小屋の周りを回ったりしていたが、周囲一メートル程の外は殆ど何も見えなかっただろう。私は少し、伍長の主張する「上の方」に迂回して道に下り、二台の車に駆け寄った。

車の下に潜り込んで、私はしばらく息を殺していた。何の異変も起きなかった。見張りは小屋の前に立っていることにしたらしい。手で覆ったペンライトで車の腹を照らし、持っていた狩猟ナイフをガソリンタンクの継ぎ目に差し込んでこじった。ライトは消してしまった。幾らもしないうちにタンクの金属は僅かに変形し、パッキングが弛んでガソリンが音もなく流れ始めた。それからカローラだ。こちらは手慣れたせいでずっと楽だった。信管のスイッチを入れてダイナマイトをトラックの荷台に置き、合図にペンライトを一瞬点滅させ、私は少し迂回してその場を離れた。

伍長たちは相変らず先刻のままの格好で木立の中にいた。幾らか空気が張り詰めていた。私が戻ってくると一斉に、殆ど音も立てずいつでも撃てる態勢に入った。

爆弾はなかなか爆発しなかった。私は気分が悪くなりそうだった。「失敗《しくじ》ったらミサイルでふっ飛ばす。心配するな」と言って、伍長が私の頭を軽く叩いた。私も気を取りなおして構えた。だが、待てど暮らせど何事も起こらない。私が軽い失望と安堵を感じた途端、目の前が真っ白になり、熱風が顔を叩いた。眩んだ目が慣れると同時に、炎が小屋に向かって走り、爆発するのが見えた。中に持ち込んだ弾薬に燃え付いたらしい。爆風に吹き飛ばされるようにして開いた扉から人影が投げ出された。身を起こしたところを此方の一斉射撃が薙ぎ倒した。私も耳がおかしくなるのではないかと思いながら引き金を引いた。弾倉はすぐに空になった。

ほんの一瞬のことだ。私の最初の戦争は、相手に銃を取る暇さえない、全くの虐殺だったことになる。伍長は射撃をやめさせ、私たちは弾倉を替えて様子を窺った。小屋の残骸と車が炎上しているだけで、今となってはそれもあまり明るいとは思えなかった。伍長は立ち上がり、下りて小屋に近付いて行った。あまり賢明なこととは言えないが、私も後に続いた。

死体は爆風で吹き飛ばされてきたものを含めて十七体あった。残りは小超の残骸の中で火にあぶられているのだろう。嫌な死に方だ。幾つかは額の真ん中に綺麗に穴が開いていた。

「お前は芸術家だよ、ちあき」と伍長は惚れぼれした口調で言った。「殺戮の芸術家だ。だが、将校さんはどこへ行ったんだ」

そんなことを言われても、誰も答えてみようがなかった。

「小屋の中でしょう」落ち着かない様子で日和見が答えた。早くこの場を離れたいのだ。

伍長は面白くなさそうだった。四人組が興奮のあまりうっとりと燃え残りの炎を眺めているのとは正反対だった。千秋は自分の手に掛けた死体から嫌悪感で眉を顰めて目を逸らし、極めて事務的にＳＶＤを背負い直した。伍長は軽く肩を竦め、行くぞ、と言って歩き始めた。私は動かなかった。

それが音で分かったのか、何かしらもっと曖昧な気配だったのかは断言しかねる。だが、私と伍長のすぐ横、小屋の脇の草叢に誰かいた。見えたのではないことは確かだ。見てから撃っていたら私も伍長もそこでお仕舞いだっただろう。理由も判然としない恐怖に駆られて、私は引き金を引いていた。引いたまま、両手の間ではね回る短機関銃を押えている間に、撃って初めてそこに見えた男の首は再び消滅していた。これは比喩ではない。本当に消滅したのだ。

伍長は一瞬、明らかに肝を潰していたが、私が急に錯乱したのではないことはすぐに判ったらしい、草叢に踏み込んだ。私の乱射で綺麗さっぱり頭をなくした少尉殿の死体がそこにあった。一体こんな所で何をしていたのやら。

「でかした、たかし」と伍長は言った。少し声が上擦っていた。それから、ナイフを出して、少尉の制服から肩章を切り取った。

後で伍長は私に肩章の一方をくれた。私の最初の血の記念にである。今でもそれは私の部屋の簞笥の中にしまってある。だがその時はそれどころではなかった。後を追って歩きながら、足が震えてまるで自分の足ではないようだった。恐怖のあまりではない。私も興奮していたのだ。

こちらは髪の毛一筋危険に曝さずに、相手は綺麗さっぱり片付ける——伍長好みの作戦は大方こうだった。夜襲や待ち伏せは対戦車ミサイルや爆破工作による華々しい火柱か、非情なまでに正確な狙撃で鳴り物入りに始まり、相手が狼狽して反撃の態勢を取れないうちに片付けてしまう。伍長の署名入りの作戦だ。世の中には、例えば音もなく歩哨の喉を掻き切るところから始めて、消音器付の銃を使って沈黙と暗闇の中で仕事をするのを好む者もいるのだが。

日和見は伍長の作戦を厳しくチェックした。

例の伍長のツケというやつが、彼の頭を離れなかったのだ。伍長は運が良過ぎる、いずれ、それも途方もない偶然という形で、そのツケを払わざるを得まいというのが、日和見のオブセッションであった。そこまで迷信的にはならないとしても、今や私さえ、自分が伍長の強運の一部に組み込まれていると信じていたのだ。まして単純な四人組は伍長のツキを信じて疑わなかった。我々の運命は伍長と一蓮托生なのである。

だが日和見が恐れているのは飽くまで「偶然の魔」であって、運命とか何とかいう類のものではなかった。確かに世の中には途方もない偶然が起こり得る。その偶然も慎重を極めれば回避できるというのが彼の信念だった。一万分の一の事故でさえ、人知を傾ければ起こらずに済むだろう——日和見の世界観は健全な蓋然性の概念に支配されていた。要はその蓋然性を最大限高めてやることである。

伍長の世界観はまた全然別のものだった。私は前に、彼の運命に対する恐怖を「確率の魔」と呼んだ。あらゆる手を尽くしたにも拘らず降って湧く不運。伍長はそれを偶然とは考えなかった。死は何分の一かの確率で回避されているに過ぎない。彼の場合には何千分の一という場合が幾度もあった。一度回避される度、次の確率は高まって行き、最終的には一分の一に限りなく近付くだろう。人間としての当然の本能に基づいて、伍長は自分の頭脳と日和見の慎重さに大きな期待を掛けていたが、だからといって、銃が暴発するとか、不発だとか、待ち伏せを食うとか、いきなり爆弾の直撃を受けるとか、背後から予想もしていなかった戦車部隊が立ち木を薙ぎ倒して現れるとか、一個師団まるまるの空挺部隊がパラシュートで雲霞のごとく降下してくるとか――そこまで案じられては慰めてみようがない――を止める訳にはいかないだろうとも思っていた。慎重さがものを言うのも、砂時計の砂の最後の一粒が落ちるまでのことだ。その時には人間の努力など、およそ虚しいものになるだろう。

しかし結局のところ、伍長と日和見の考えはそう隔たっていなかったのではあるまいか。偶然とは宿命のもう一つの名である。要は、人間の悪足掻きがどのくらい通用するものか、に対する量的な認識の違いに過ぎない。

未来に対する陰鬱な確信にも拘らず、伍長はご機嫌な正月を迎えた。

「あのな」と伍長は、小屋に来て千秋を貸してくれと頼む連中に向かって、悪徳マネージャーか何かを思わせる口調で言ったものだ。「あいつは芸術家なんだよ。おれとしちゃ仕事を選んでやりたいねえ」

私は部屋の隅で笑いを堪えていた。芸術家とは随分なふっ掛けようだ。芸術家という肩書きの前で、大抵の者は思わずたじろぎ、幾らかいい条件を出さざるを得なくなった。例えば爆弾屋を貸してやるとか、である。

伍長は頭を振った。相手はうんと考えて、こう持ち出した。「対空ミサイルがある。あれを二本やるよ」

「対空ミサイル？」と伍長は聞き返した。

「ソ連製のだ。酒々井のおっさんによればT＊＊＊の師団が、どのみち空襲なんかあり得ないって、一本当りマリファナ一キロと交換したんだとさ」

「そんな話、聞いてないぞ」

「お内儀は去年のあんたの手口に懲りてるから教えなかったんだろ。で、六本のうち二本はおれが手に入れた」

伍長が低く罵ったのはお内儀ではなく日和見だった。何故それをおれに言わないんだ？

「おれだって言わないね」と相手も答えた。「無茶苦茶するに決まってるからさ。日和見も肝を冷やしたんだろ」

「それを譲るのか」

「譲る。使ってみようがないからな」

そこでその男が話したのは、国境の向こうにいる戦闘ヘリコプターの話だった。「落とすったって一筋縄じゃいかない。何しろ二機で編隊を組んでるからな。ただの編隊じゃない。一機は二、三百メートルの高さを飛んでくるから目に見える。地上の目標を探すのさ。で、もう一機は遥か上空を、連絡取りながら飛んでいる。馬鹿が下のを撃つだろ、それは誰だってできる。落ちるかもしれん。赤外線で付いてくようになってるからな。だがもう一機は至難の業だ。何しろ高さが高い。見えない。そうこうするうちに、攻撃で居所の知れたこっちの頭の上に爆弾を降らせて来るって訳だ」

私はこの人物が伍長に何か悪意を抱いていたのではないかと考えている。いかにも伍長好みの挑発だ。罠と知っていても喜んで乗るだろう。伍長は腕を頭の後で組み、いつものように椅子の前脚を上げて後に寄り掛かった。

「そりゃ話だけか」

「いや、死人が出てるよ。生きて帰ってきた奴から直に話を聞いたんだ」

「二機やった奴はまだいないんだな」

「無理だよ」と男は言った。「そいつに話を訊いてみろ。誰でもぞっとして手を出そうって気にはならないね」

伍長は、とん、と音を立て椅子を戻した。「よし、ちあきを連れてけ。無事に連れて帰ってこいよ——それからこいつも一緒だ」私に顎をしゃくった。

「目の前の空缶にも当てられん奴をか」

「お前なんぞ想像も付かないくらい役に立つ」伍長は言った。私は幾らか誇らしかった。

男が帰ってから、伍長は言った。「ちあきに怪我させるなよ。帰ってきたらとんでもないものを撃ちに行くからな」つまり私の役目は連中の手伝いではなく、千秋の護衛だった。彼は別に体が弱い訳ではなかったが、ひ弱に見えた。大事の前に何かあったら困るという訳だ。

頭がお内儀の帳簿で一杯になっていた日和見は、伍長がストーブを消して対空ミサイルを弄り回しているところに戻ってきた。ぎょっとして入口で立ち竦んだ日和見に、伍長は上機嫌で「よう」と声を掛けた。「向こうでヘリに襲われて生き残って帰ってきた奴って誰だか知ってるか」

「……長居だろ」

伍長はミサイルを壁際に立て掛け、お気に入りの丈の長いコートを羽織って出ていった。

「何だ、これは」日和見は血相を変えて私に訊いた。

「さっき横田さんが持ってきた——ちあきと僕を貸すのと交換でね」

日和見も慌てて伍長の後を追って行った。その後のやり取りは実に気の利いたものになった筈だ。日和見はひたすら詫びながら、伍長の気を変えようとした。伍長は巫山戯た台詞で上機嫌に受け流して、その実どちらも受け入れようとはしなかった。

「横田は連中の末路って話をしてってただろ」と日和見は言い募った。「馬鹿なことを考えるのはやめろ、な」

「思うに、一機しか落とさなかったのが連中の間違いだな」と伍長は答えた。「おれなら両方落とす」

　日和見はそこでぴたりと止まって先に行けなくなった。伍長はどんどん進んで、長居という男のいる小屋に入り、扉を閉めた。

　その後の話がどう進んだのか私は知らない。私と千秋は例の男に付いて死ぬほど寒い山の中を歩き回り、何の収穫もなしに非道い鼻風邪に悩まされながら帰ってきた。撃ったものと言えば兎だけだ。千秋は元気なものだった。大抵こうなる――外見とは逆に、本当にひ弱なのは私の方なのである。

「立場ってもんがなあ」と日和見は小声で愚痴っていた。「おれが例の対空ミサイルの話をせずにみすみす人手に渡しちまったことを、伍長は怒ってるんだよ。きっとそうだ。とてもじゃないがよそうなんて言えないね。いや、言うことは言うが、何と言うか、そこにはほら、自ずと遠慮ってもんが」

「いいんじゃないかな」と私は鼻をかんでから答えた。「勝算があるんだろ」

「後で聞いてみろ、驚くぞ。確かにあの通り行けば、ヘリコプターなんてちょろいもんだって話になる。ただなあ」それには条件が一つあるのだ。天候である。「二機落とすなんて、言うのは簡単だ。実際二機並んで来てくれればこれは狙い撃ちだよ。恐ろしく利口なミサイルで、自分で目標に向かって飛んでくんだから、撃ち洩らしもない——見えりゃな。飽くまで見えりゃだよ。で、嫌でも見えるようにしてやるってんだ。朝のうちはお天気でも、後で雲が出て上からは何も見えないようになりゃ、下りて来るしかないって訳さ。事が済んだ後で吹雪いてでもくれればそれこそ万々歳だ。しかしそんなお誂え向きの天気の日なんて、頃合にあるのかね」

それはそうだ。日和見の信条からすれば、お天気任せなどおぞましい限りに違いない。一つ気休めがあるとすれば、それは山の二月にはよくある天気だということである。私はそう言って町育ちの日和見を慰めたが、彼は弱々しく溜息を吐いただけだった。伍長は眼鏡から巻き上げたラジオに一日中釘付けで、殆ど口さえ利かなかった。終始手帳に何か書き込んでいて、私たちが戻ってきたのも気が付かないかのようだった。「な、たかし、天気予報なんか当てになるか。ならないよ。おれは傘を持って出るんだって信用しなかったね。それが朝のうちは晴れますが昼には崩れ、午後からは雪に変るでしょうなんて言ったのを真に受けてられるか。一日中かんかん照りだったら、どうするんだ」

「心配するなって」と伍長はこちらに背を向けたまま、心ここにあらずといった平板な口調で答えた。聞いていたのだ。「おれは気象庁より信用して貰っていい」

実際、日和見が案じるようなことは何もないような気がした。伍長が口を利かないとしても、それは自分の計画に夢中になっているからで、別に日和見に腹を立てていたからだとは思えない。余程のことでもあれば別だが、人に腹を立て続けたりするには伍長は余りにエゴイストだった。それに、夏場や秋口の天候の安定した時にそんなものを貰っても、どうしようもないではないか。

「大体がこの季節にゃヘリコプターもそう高い所は飛べない。気流が悪過ぎる。当てが外れても何とかできるかもしれん」

「うまい天候じゃなけりゃ延期って約束だぞ」

「勿論」と伍長は答えた。「二、三日中にそうなる。風邪は治しとけよ、連れてってやらねえぞ」

その話が耳に入っても、お内儀は笑っただけだった。「運動会じゃあるまいし」

「ま、似たようなものです。一種のオリンピックですから」と伍長は真面目に答えた。「人死にの出るオリンピックです」

お内儀はT＊＊＊＊近辺のソ連軍の配備を仔細に教えてくれた。問題のヘリコプターはT＊＊＊＊の司令部に二機配備されているだけだ。馬鹿高い代物を夏冬なく気流の荒れる山岳部に配備して、つまらない損失を被りたくないという訳である。まして冬ともなれば出撃するかどうかが第一の問題になるだろう。

「ただまあ、そうも言ってられないだろ。使ってないと余所に回されちまうからね。それで演習には出てくる筈だ。一月の二十日からだったかしらん」

「一月の二十日からですよ」と奥の台所から女の声がした。

「何日やるんだっけ」

「三日」

お内儀は頷いた。「一月の二十日から三日間。その時だけ、ここに持ってくる。いつでも飛べる態勢で、完全武装してね」お内儀は地図上の集落をくるっと指でなぞった。そこには幾つか、彼らの野営予定地の印さえあった。「ひと騒動起こせば出てくるよ。あんたは本当に運がいい」

その言葉は、伍長には些か引っ掛かるものであったことは言うまでもない。

私たちは県境を越え、例の集落からかなり山に入り込んだ、小高い尾根の上の山小屋に陣取った。伍長には馴染みの場所だったらしい。戦争になってこの方、誰も面倒を見ていなかったから荒れようは凄まじく、二階は積雪でほぼ完全に潰れていたが、階下はダルマストーブに薪をくべて暖めると、まず人の住める場所になった。全くの晴天続きだった。昼間うっすらと融けた雪は夜の間にがりがりに凍り付き、午前中は足跡も残さずに歩くことができた。

「演習にはいい日和だ」と日和見は憂鬱そうに言っていた。私と千秋は辺りを滑り回って、雪の反映に目を細めながら兎を撃った。伍長は午前中に、四人組を連れ、土木工事の為と称してどこへともなく下りて行った。四人組はいつも何とはなしにふらふらして上機嫌だった。小屋で「葉っぱ」を回し吸いしていたからである。伍長は放っておいた。ラジオの気象情報を聞くのに忙しかったのだ。

　それから、四人組の「葉っぱ」を取り上げた。

「こんなにお天気なのに」と眼鏡は抗議した。

「お天気も今日限りだ」と伍長は宣言した。「明日から大荒れになる。今夜中に始める」

　その夜、山を下りた。野営しているロシア人を襲う為である。冬の山は砂漠のように綺麗さっぱり見通しのいい場所になる。彼らはそれで安全だと考えていたのだが、夜間暗視装置を付けて尾根から狙撃してくる千秋に対しては打つ手がなかった。曲射砲を撃ち込んでも上がって追撃してきても、私たちはもうそこにはいなかったからだ。その晩、寝もやらずに転々と場所を変えて、それを繰り返し、所々では派手な花火も上げて引き上げた。眠れないのはロシア人も一緒だ。演習が本物の戦争と化した司令部の混乱を想像して、伍長は声を殺して笑っていた。

　時間は朝の五時だったが、辺りは真夜中のように暗かった。出る時より暗かった。その時はまだ細い月も見えたし、空も澄んでいたのだ。時折、雪片がちらほらと空中に漂っているような気がしたが、降り始めとは程遠かった。それも直にやんだ。

　途中から代わるがわる凍った雪の表面を踏み抜くように歩いて、私たちは例の土木工事現場に辿り着いた。足跡はちょうど、眼鏡たちが掘った二つの雪洞の間を通っている。そのまま一旦尾根を越え、スキーを隠し、薄氷の上を足跡を付けないようにして戻ってきた。あたかも尾根を越えてどこに去ったかのように。四人組はじゃんけんを始め、勝った眼鏡は対空ミサイルを抱えて一方の穴に入り込んだ。私も後に続いた。

厳密に言えば、それは掘った穴ではなかった。遥か底を小川が流れていた。水音が聞こえてくるのだ。

「ま、何かあってもおれたちは生きて帰れるさ」と眼鏡は言った。「この下に潜るとトンネルになってるんだよ。まんま山の下まで続いてるんだろうな。百メートルくらいは行って見てきたが、切りがない」

「何かあったらって」

「撃ち洩らしたらさ」

私は両手両足で雪洞の斜めになった床にしがみ付いた。底まで三、四メートルはある。落ちて濡れるのは御免だ。眼鏡は対空ミサイルをしばらく弄っていたが、手で床に段を刻んでそこに立て掛けた。

「向こうもこんな?」と私は訊いた。

「居心地はいいよ。床が平らだから。ただまあ、背に腹は替えられないでしょ」

私たちはそのまま待った。恐ろしく寒くなってきた。言わば氷室の中にいるようなものだ。寒くない訳はない。私は時々眼鏡を揺すって起こした。寝たら凍死するかもしれないと思ったのだ。彼は口汚く罵りながら、私にポケットからウィスキーの小瓶を出させ、一口呷った。

私にもくれた。

そのまま、私は寝入ってしまった。気が付くと、外は明るくなっていた。真綿を薄く引き伸ばしたような雲が、うっすらと薔薇色に染まっていた。厚い雲が押し寄せつつあるのか、太陽の輝きは雲の上で光っているだけで、それも直に消えた。平凡な曇天になった。

「来なかったらどうなるのかな」と私は訊いた。眼鏡は答えなかった。低い唸りが空気を震わせ始めた。よく耳を澄ませば二重に聞こえた筈だ。眼鏡は対空ミサイルを構えた。

音が耳を劈くばかりになった時、山の斜面を這う様にして飛んできたヘリコプターが穴の入口を過った。眼鏡が引き金を絞ると、突然、雪洞の天井がふっ飛んだ。急に開けた視野の中で、ヘリコプターが火を噴きながら尾根の向こうに落ちて行くのが見えた。しばらくして、遠くで火柱が立った。私はぽかんと口を開けたままだった。

「馬鹿野郎」と眼鏡が喚いてずり落ちてきた。一緒に雪洞の底に転げ落ちる一瞬、背後に現れたもう一台のヘリコプターが見えた。蛇が毒を吐くような音が聞こえた。谷川の底に落ち、眼鏡の下敷きになって這いつくばった瞬間、雪が雪崩になって押し寄せてきた。衝撃というよりは雪の鳴動がトンネルを粉砕した。

無限とも思える間、私は眼鏡の尻に敷かれる格好で氷水の中に寝ていた。眼鏡は身動ぎもしなかった。死んだかな、と私が考えた途端、上の方から眼鏡の声がした。

「生きてるか」

私は生きていると答えた。

「じゃ、ちょっとずれろ。足が痺れた」

私は更に川下の方へ這った。眼鏡が雪を掘って私を起こしてくれたが、それも上体だけだった。尻は相変らず川の中だ。

「もう一機はどうなったの」

「落ちた」と眼鏡は無愛想に答えた。「多分落ちたと思う。向こうの穴が潰れてなけりゃ、そのうち誰かが掘り出してくれるさ」

「そこから見える？」

「次の攻撃がないだろ」

「みんな死んだと思ったのかも」

「死んだと思ったって、行き掛けの駄賃にもう二、三発放って行きそうなもんだ。おれならそうするね」

私たちが掘り出されたのは一時間後のことだった。

「設計ミスだったな」と伍長は嘯いた。

私も眼鏡も抗議する気さえ失せていた。外は吹雪いていた。ヘリコプターの残骸はまだ煙を上げていた。一つは尾根の向こうで、もう一つは遥か彼方で。

「あれ、何人乗り？」と私は訊いた。

「そういうこと考えるなよ」と日和見は答えた。

凄まじい吹雪の為に、私たちは山小屋に足止めを食った。

興奮が冷めるのは早い。大物を落とした後ほど、冷めるのは堪え難いまでに早い。非道くなる一方の吹雪を突いて小屋に戻り、火を焚いて、どうにか人心地付いた時には、一同、ものも言えないくらいの虚脱状態に陥っていた。そのまま、まる三日というもの、虚脱しっ放しだった。

私は毛布を二重に被って、ストーブの近くの柱に寄り掛かった。眼鏡が時々「葉っぱ」を回してきた。千秋は吸わなかった。彼は薬物には弱いのである。私たちの吸う煙だけで十分だ。私はといえば、眼鏡が言う通り吸って息を止めても、一向に効いて来たようには思えなかった。鼻が通って、少し嗅覚が敏感になったかなと思う程度だ。

小屋の中は一面、麻畑の匂いがした。それから古い座敷の畳の匂い、洗って糊まで付けた浴衣の清潔な匂い、古いステレオの放つ静電気の匂い――秋にも二度も行っているのに、私が思い出すのは夏のことだけだった。窓ががたがた揺れる度に、むっとするくらいに立ち籠めた草いきれは吹き流され、鼻孔がぴりぴりするくらい冷たい隙間風が吹き込んできた。窓枠に溜まった雪は床までこぼれ落ちて来た。私はぼんやりと、早く夏が来ればいいのにと考えた。

「これはやばいよ」と日和見が言った。「こんな所で愚図ぐずしてたら、追っ手が掛かる」

もうラジオを聞かなくなった伍長は、ストーブに足を突っ張って、どこからか出してきた椅子の前脚を浮かせて答えた。「今出たら遭難間違いなしだ。それは連中も同じだよ」

「いつまで続く」

「二、三日かねえ」

かくして今度は日和見がラジオに齧り付く仕儀と相成った。見通しは限りなく暗かった。食料も直に底を突くだろう。

三日目の午後に、雪は一時小止みになった。

「午後まで様子を見た方がいいな」と伍長はにべもなく答えた。「それで降らなきゃ本物だが」

私と千秋は兎撃ちに出掛けた。この辺のことはもうよく判ったつもりでいたのだ。三日ぶりで外に出ると手足がかじかむくらいに寒かったが、僅かに流れて来る雪の中を十分か十五分滑り回っていると汗が出てきた。少し下りた所で、千秋が二匹仕留めた。私が猟犬代わりに拾いに行った。まだひくひくしている兎の喉を裂いて、血を抜き、針金で手足を束ねて背負う。血を撒いた所には雪をかぶせて隠した。

「背中が血塗れだよ」と千秋が眉を顰めて指摘した。

千秋がもう一匹撃ちたいと言うので、私たちはひと山越えようとした。小屋の屋根はまだ見えていた。そこで私たちは立ち止まり、雪の中に伏せた。

峰の向こうを雪上車が二台、上がってくるところだった。兎を背負ったまま、私と千秋は慌てて小屋に戻った。急に目が覚めたような感じだった。私は頭の中であれこれ考えていた。また吹雪き始めていた。

「ロシア人が来る」と私は小屋の戸を開けるなり言った。

「どこに」と伍長が訊いた。

「ひと山向こうだよ。雪上車二台に乗ってる」

伍長は恐ろしい悪罵を連発しながら身仕度をした。「間に合わねえじゃねえか、畜生、もう五分もすればここまで来るぞ」それからふいに黙り込んで、何故かストーブの燃えている薪を引っ張りだし、水の入ったバケツに突っ込んで消した。皆が引き上げに掛かっている間、伍長は消えたストーブの前に立って、考えていた。それからちらっと私を一瞥した。

「小屋に罠を掛けろ。できるか」

できる、と私は答えた。

「五分でやれ。手伝うか」

「先に行ってて下さい」と私は答えた。日和見が何か言い掛けたが、私は一字一句同じ答を返した。別にいい格好がしたかった訳ではない。それこそ先刻から、私がしなければならないと考えていたことだった。

彼らが小屋を出てから、私は納戸に収めてあったポリタンク半分のガソリンを床に撒き、手榴弾を柱にくくり付け、ピンに針金を通して戸の把手に繋げた。それから斧で床に穴を開け、導火線を延ばしたダイナマイトを数本、床下に入れた。

窓を割って裏から外に出た時には、雪上車のエンジン音はすぐ傍まで迫っていた。伍長らの姿は見えなかったが、スキーの跡が向こうの峰まで続いていた。殆ど絶望的な距離に思えた。奴らが小屋をふっ飛ばしてくれなければ、辿り着けずに終るだろう。無論、こうなればそういうことだってあり得る――無人と見越して小屋には見向きもしないという可能性が。私は自分の失策に真っ青になった。時限信管でふっ飛ばせばよかったのだ。だから、ここで私が死んでも誰の落ち度でもない。綺麗なものだ。爆弾に生きる者は爆弾に死す。

私が半分程下りたところで後からロシア語で叫ぶ声がした。無視して滑り続けると射撃が始まった。途端にバランスを崩して、私はごろごろと下まで転げ落ちた。

この期に及んでなお、私は小屋が爆発炎上するのを待っていた。雪溜まりに俯せに倒れ、懐の中で短機関銃を握り、薄目を開いて睫の陰からロシア人たちの様子を窺いながら。何てことだ、僕は親ソ少年だったんだぞ――それがこうやって、連中が下りてくるのを待って、せめて一殺と考えているとは。三、四人のロシア人、それも一人は大尉、が下りて来て、死んだふりをしている私を見下ろした。

「死んでますよ」と彼の部下は言った。そうそう、思い出した――私の背中は兎の血で塗れている。このまま死んだふりを続けよう。小屋は諦めた方がいい。大尉が私に近付いて、靴で蹴転がそうとした。途端に、鈍い音がして、彼は額を撃ち抜かれていた。撃ち合いが始まった。私は懐から盲撃ちしながら飛び起き、スキーを引っ掛けて斜面を駆け上がった。上の方でちらりと伍長の顔が見え、伏せてろと言うように手を動かしたが、すぐに消えた。私はもう一度伏せた。雪上車が唸りを上げて尾根を越えてきた。その時だ。ああ、世にも妙なる調べ、爆発の音が、歓喜の大合唱のように一際低い天と地の間に響き渡った。

掩蔽物を求めた愚かなロシア人が、この期に及んでやっと扉を開けてくれたのだ。土台をふっ飛ばされた小屋は燃え上がりながら斜面を滑り落ちて来た。雪上車は直前まで落下物に気が付かず、ほぼ真後ろからのし掛かられ、横転した。第二の爆発が続いた。

呆気に取られて敵味方とも射撃を止めた。私は悠然と反対側の尾根に駆け上がった。

伍長は襟巻を額に巻いて、片目を覆っていた。血が滲んでいた。私が訊こうとすると、ずり落ちてきた襟巻をもち上げた。目をやられた訳ではないらしい。私はほっとした。

「何てことするんだよ、この馬鹿」と彼は炎上している小屋を指した。弾に頭を掠られて怒り狂っていたのだ。「お前にゃ仁義ってもんはないのか」

もう一台の雪上車が尾根から顔を出したが、事実上、勝負は付いていた。「さ、これで引き上げだ」日和見は面倒臭そうに、伏せたまま対戦車ミサイルで撃ち抜いた。

尾根の上にはまだ四、五人のロシア人が残っていたが、追ってくる気はなさそうだった。雪上車が二台とも潰されてしまった今となっては、もう少し人数が多くとも、追ってくる気にはなれないだろう。天候が悪化するのは目に見えているからだ。県境も近い。

私たちはその場を離れつつあった。いつもとは違って堂々たるものだ。いきなり向こうの一人が空に向けて銃を撃ち、何か叫んだ。

「何言ってるんだ」と伍長がしきりに襟巻をずり上げながら訊いた。

私は訳す気になれなかった。あんまり馬鹿ばかし過ぎる。「戻って来いって。決着を付けたいって」

「冗談じゃねえ」と伍長は答えた。「どこにでも馬鹿はいるもんだな」

怒り狂った尾根の男は、今度はこちらに向かって撃ってきたが、射程外の上、風が横殴りに吹き付けていたので、一発も当らなかった。

＊　＊　＊

正直な話、私は今、自己嫌悪に陥っている。

もしかすると私はただの愚かしい戦争好きに過ぎないのかもしれず、その愚かさがこの前の一節のように無反省な戦争喜劇を書かせるのではないか。何なら指折り数えてみたらいいのだ。私がここまでで何人手に掛けて来たか——いや、今日の今日まで、私はその数を数えるのを避けて来た。おまけに、数えようとしても数えてみようのない場合が多過ぎる。例えばあの山小屋に足を踏み入れた不運な連中は何人いたのか。小屋に潰された雪上車には何人乗っていたのか、私が盲撃ちした短機関銃の犠牲になったのは何人か。

　少なくとも私は、殺した人数を記録しておくという悪習は免れた。例えば千秋のように。彼は狙撃の犠牲者を銃の台尻に刻んでいた。その冬中に彼の犠牲者は、ロシア人二十一人、義勇軍十八人、兎五十四匹に上った。代わりに一言弁明しておけば、彼は自閉的な殺人狂でも何でもなく、大人しいが人好きのする少年で、自分の殺した死体には心底からの嫌悪を抱いていたのである。彼が興味を持っていたのは命中率だけだった。さもなければ兎の数まで刻む必要はない。一種極めて繊細な感受性の主だった伍長は、その手の野蛮な悪習を心の底から忌み嫌っていたが、千秋の場合に限って容認した。ただ、自分の見える所では決してしないようにと申し渡してはいたが。

　兎も角、些か弁解じみるが、こうも平然と自分の悪業の数々を書き立ててきた理由は、別に戦争が好きだからではない。少なくともそう望んではいる。幾らかぐらつく確信とともに宣言するが、当時はさておき、今の私は平和主義者である。それも体験に基づいた反戦平和主義者だ。反戦平和で平和は守れるか。勿論守れる、と私は確信している。自分の心の平和くらいなら。武力による世界平和の維持など、どこか余所の戦争好きがやればいいことだ。どんぱちやりたくてうずうずしている愚か者というのは、いつでもどこでも、必ず一定数は存在する。その連中が山に入って何を始めようと、海を渡って余所にちょっかいを出そうと、生きようと死のうと、私が口を挟むことではないが、感謝する謂れもなかろう。それは彼らの趣味なのだ。私の趣味ではない。次に占領されるようなことになったら、占領軍相手に何か上手い商売でもして大人しく解放を待とうと、私は心に誓っている。また何か馬鹿をしでかすのではないかという不安はあるが、その時には心を励まさねばなるまい。賢明で堅固な利己主義者たれ。これが教訓だ。結局のところ恒久平和は個々人の利己主義の堅固さに掛かっているのだ。

ちなみにこうやって雑談を挟むのは、迂闊に熱が入って感動的な代物など断じて書かないようにと考えてのことだ。実の所、前の部分では些か熱狂に引きずられ気味だった。今度はそうはなるまい。以下の事件の顚末は、冷静に語られるべきものである。

伍長は私にしばしば斥候や後方攪乱をやらせるようになった。ぶつぶつ言いながらも、私はその命に従った。何と言ってもそれはそれで一種の信頼ではある。彼は私が比較的冷静で度を失い難いことを知っていた。私は彼の言うようにしていれば、おそらくは死なずに済むだろうと思っていた。別に彼の強運を信じていたからではなく（実の所、伍長が側頭部を挟る長い弾傷を貰ったことで、例の伝説に対する信仰は著しく薄れていた）彼の算段は正しかろうと思えたからである。そういう関係というのがあるのだ。

かくてその七月、例の穏やかな徴税任務で村まで偵察に出たのも私だった。私でよかったと思っている。他の連中だったら、話はこうはいかなかった筈だ。

真夜中の一時頃だった。月がないので少し早めに出たのと、迂回の必要がなかったのとで、その晩のうちに着いてしまった。私は林を抜け、麻畑に入った。夜の麻畑の匂いは一際強烈だった。

これを冬から待っていた。確かに春の芥子畑もすごかったが、この匂いは堪らない。私は歩きながらその匂いを深く吸い込み、その都度少し息を止めた。夏の夜に相応しい、軽い酔いが頭を一杯にした。

途端に、何かが足を挟んだ。

声を立てないのは幸いだった。その場で蜂の巣にされていた可能性もある。だが私は伍長に、どんなに驚いても声を立てないよう躾けられていたから、声を殺したままその場に蹲り、ポケットからペンライトを出し、手で覆って足元を照らして驚いた。とらばさみが左足に食い付いていたのだ。昔、金物屋の店先にぶらぶら下がって売られていたのと同じ、ただ狸や兎や穴熊を取るには大きい、直径三十センチくらいのとらばさみである。私は息だけで喘ぎながらポケットから大判のハンカチを出して三角に折り、口に咥えてからとらばさみの発条を外した。途端に、予期した通り、深々と歯の食い込んだ痕から血が吹き上がってきた。気が遠くなりそうだった。

遠退き掛ける意識をどうにか現実に引き戻しながらズボンの上から傷口を縛りおおせた後、私はそのままじっと横たわっていた。麻の匂いはまだ私の鼻孔を擽っていたが、夢見心地は一転して悪夢に変っていた。夜は飽くまで暗く、先刻までそれは安全を意味していたのだが、今や心細さで泣きたくなるだけだった。死ぬかもしれない、と私は情けないことを考えた。それから、幸いまだ生きている、と考え直した。後どのくらいかは知らないが。覚悟を決めて持ち物を全部脇に放り出し、屋敷に向かって這い始めた。何もかも妙なのは承知の上だ。こんな所にとらばさみが仕掛けてあるのも妙なら、客が泊まる時しか使わない筈の座敷に、それもこんな時間に、明かりが点っているのも妙だった。それでも構わなかった。早く、安全な場所に潜り込んで、心行くまで気を失いたかった。何なら縁の下でもいい。

屋敷に這い着くと、座敷の濡れ縁に縋ってしばらく休んだ。もう痛みはあまり感じなかった。中からは煙草の煙と酒の匂いと人の声が洩れて来たが、幾ら意識を集中しても、一語一句理解できなかった。言葉が頭を素通りして行くのだ。私は濡れ縁に頭を載せたまま、開け放った硝子戸には手が届かなかったので、声を絞り出して加世さんの名前を呼んだ。

廊下に出て来たのは村長だった。

それは別に驚くようなことではない。彼は曲がりなりにもこの家の主人だ。いつもの無表情のまま、しばらく無言で私を見下ろしていた。それから急ににやりと笑った。悪意に満ちた喜色満面の笑いだった。

ああ、なるほど、と私はその顔を見て考えた。確かに村長は伍長にそっくりだ。無論、外見は少しも似ていない。伍長は長身だが、村長は短軀だ。伍長は強いて言えば痩せ形だが、村長は太っている。伍長は一種の美男子だが、村長はおよそいかにも美男の類型にも属さない。だが、この時ばかりはよく似ていた。つまりその表情がだ。群れを離れて誘い出されたロシア人や義勇軍を見た時の、伍長の「血に飢えた」表情に。

これはもう助からない。伍長があんな風に笑って、助かった獲物はいない。

村長は座敷に声を掛けた。「大河原さん、大河原さん、引っ掛かりましたよ、来て下さい」

私はその名前をよく知っていた。村長はいよいよ一生涯被り続けた屈辱の意趣返しに出たのだ——おそらくは伍長の死をもって贖われる意趣返しに。村長はくすくす笑い始めた。その笑い方がまた伍長にそっくりだった。私は目を閉じた。中で雷鳴でも轟いているかのように頭が痛んだ。

その日こそは怒りの日、世界を灰に帰せしめん——私の意識はそこでふっつりと絶えている。

義勇軍の大河原大尉と言えば、誇張でも何でもなく、全N＊＊＊＊に悪名の轟く「皆殺しの帝王」で、その名はS＊＊＊においてさえ、何かおぞましい響きをもって囁かれていた。私が知っている限り、占領下の五年間というのは——そのうち一年半は私自身が山に入ってしまった——およそ社会的話題のない時代だったが、大尉の指揮下に行われた北のW＊＊＊＊市一帯におけるゲリラ討伐こそは、文字通りN＊＊＊＊中を震え上がらせた唯一の大事件だったのである。

概してやる気のない義勇軍の中にあって、大河原大尉の治安維持に賭ける情熱は常軌を逸していたと言ってもいい。彼はゲリラやそのシンパが潜んでいると見做した村を悉く焼き討ちにし、生き残った住民を端から「尋問」に掛け、それでもまだ息があれば収容所に放り込んだ。都市ゲリラが徘徊すると信じられていたW＊＊＊＊市の三分の一は瓦礫の山と化し、被害を免れた住民も逃げだして、文字通り無人の町となった。これは噂でもなんでもない。S＊＊＊＊の八之瀬も、布告の中で具体的な数字を上げて、その徹底した処置を誉め上げていた。確かに徹底した、効果的な処置だった。W＊＊＊＊市一帯は特にゲリラの活動の激しい地域で、幾許もせずして解放されるのではと噂されていたのだが、この徹底した処置の結果、この地域における「国家と人民に対する敵対行為」その他あらゆる非合法活動は、以後一年ばかり、完全に沈黙させられたのである。

　では大河原は英雄になれたか。なれる筈がない。市民は、同胞に対してかくも徹底した処置を取った男に対して、体制に対する不満とは無関係に、何とはない嫌悪を覚えた。義勇軍内部でさえ、彼のやり過ぎは不信感を招いた。ロシア人はロシア人で、N＊＊＊＊全体を効果的に押えるには少な過ぎる動員しかできない為、融和政策を取らざるを得なかったのだが、彼らにできないことをあえてやってのけた男を誉める理由はなかった。かくて、大河原大尉の名は憎悪と恐怖を血の跡のように長く引きずりながら伝説の中に消滅し、当の本人は万年大尉としてW＊＊＊＊からT＊＊＊＊に転属させられたのである。

　村長が村に引き入れたのは、この大河原本人だった。

何とも付かない脱力感の中で目を覚ますと、外は明るかったが、中に日は射してこなかった。私は座敷の真ん中に布団を敷いて寝かされていた。足が鈍く痛んで、喉が渇いていた。

縁側で煙草を吸っていた男が振り返った。ひょろりとした男で、四つポケットのぺらぺらした上着を着ていた。私はもう一度、目を瞑った。やはり義勇軍だ。男が畳の上を裸足で歩いてくる、妙に湿っぽい音が聞こえた。

「気が付いたんだろう」と男は言った。「喉が渇いてると思うが」

「飲ませて貰えるんですか」と私は尋ねた。

「そりゃ勿論だとも」と男は答えた。「非道く出血してたからね。喉が渇くのは当り前だよ」

そう言って、枕元の魔法瓶から冷たい水を注いでくれた。私は少しずつ飲んだ。飲みながら男の様子を窺った。男も、薄い目蓋を半ば開いた間から私を窺っていた。鳥のような目蓋だな、と私は思った。

「もう一杯飲むか」

「尋問するんでしょう」と私は言った。「水を飲ませないで」

「遅過ぎるよ」と男は答えた。「君はまる半日、気絶してたんだ。もう、ろくなことは知らないだろう。仲間だって行方を晦ました頃だ」

「随分親切ですね」

「君は怪我人だし、私は医者だ」

ではこれは大河原ではない訳だ。私はほっとした。「何とお呼びしたらいいですか」

「何とでも。名前は神崎だが、そんな風に呼ばれたことはあんまりないな。単に軍医で通っている」

「じゃ、軍医殿、大河原大尉は」それから考えた。痛め付ける？ 嬲る？ 半死半生の目に遭わせる？ 私の頭に浮かんだのはそんな言葉だけだった。外交用にはどれも不適当だ。「大河原大尉はいつ僕に協力を求めるんでしょう」

　制服向けの言葉を選んだつもりだったが、これは失笑を買うだけに終った。神崎は笑った。しゃっくりをするような奇妙な笑い方だった。「それはいい――協力を求める、か。今度試しに使ってみるかな。大尉は昨日のうちに君の協力を求めたがったが、私が止めた。麻酔を射ったから気が付かないと言ったんだ」

「射ったんですか」

「射ってない。それほどの怪我じゃない。横からがっぷりいったんで出血はすごかったが、骨も筋もやられてないよ。痛いならそうしてもいいが、あんまりお薦めはしないね」男は立ち上がった。「さて、引き延ばすにも限度があるし、君はもう覚悟を固めてるようだ。大丈夫、ロシア人が一緒だし、君はまだ子供だ。そんなに手荒いことはしない」

「僕、ロシア語、話せますよ」

「みんな学校で習うからな。大河原大尉の前ではやめといた方がいい。何を答えたのかが彼にはっきり解らないと、非道い目に遭わされるぞ」

軍医の神崎が行ってしまってから、私は今のうちにと、立て続けに水を二杯飲んだ。彼はああ言っていたが、結論からすればこれは正しかった。それに、微熱と貧血のせいで少しも感じなかったが、この日はかなり暑い日だったのである。

廊下を通って、二人のロシア人と大河原を連れ、軍医が戻ってきた。後から村長が付いて来て、廊下の椅子に陣取った。大河原は顎の張った、怒り肩の、一種剣呑な猫背の主で、一目瞭然ある種の武道家と判る、つまり私が話を聞いて以来想像してきた通りの男だった。

彼らは四人で私の生体解剖に掛かった。名前、年齢、出身地、両親の名前、経歴――それだけで夕方近くまで掛かった。母がロシア人相手の淫売宿をしていたこと、父が夜逃げして闇屋になったことまで聞き出された。父とロシア人との取引に関しては何とか躱せたが、それも今だけのことだろうと思われた。大河原は「まあ、いいだろう」と言っただけだったからである。また後で、という訳だ。本気で突っ込まれたら、おそらくは話す羽目になろう。

その時まで、私は何も知らないつもりだった。今は、私が一言口を滑らすだけで身を滅ぼす者もいるだろうということがはっきりした。私は震え上がった。これ以上一言も言ってはならない。

それから、私が山に入った経緯と、その後の活動を訊かれた。私はごく当たり障りのないことだけを答えた。大河原の顔が険しくなり、通訳に徹していた軍医が私に目くばせした。

私は泣きたくなった。私のような下っ端が捕まっただけで、お内儀がN＊＊＊でやっている活動が丸ごと危機に瀕しかねないのだ。例えば例のヘリコプター事件の時の野営地の話だ。一体どうやって、ロシア人が野営している場所が判ったのか。前に書いた通り、お内儀は全部知っていた。つまり軍の内部にスパイがいるのだ。お内儀がどんな情報を摑んでいたのか私が洩らしただけで、場合によっては情報提供者が突き止められてしまう。私は出来る限り、自分たちの活動が行き当たりばったりのものと思わせるように誤魔化した。山の中をふらついて、出会い頭にやるだけだと。村長が後から声を掛けた。

「その子供はしたたか者だよ。気を付けた方がいい。何を言ったらどうなるか、全部解っているようだ」

村長の毛が三本足りないなどと言ったのはどこの誰だろう。大した頭脳ではないか。大河原は静かに、何か言うことがあるなら痛い目に遭わないうちに言った方がいい、と告げた。隠し立てしたって、しかるべき方法を使えば吐かない者はいない。専門家だってそうだ。

私は泣いた。今度こそ本当に泣いた。否も応もなく私を裏切者にしようと言うのだ。彼らは私が泣き止むのを待っていた。それから全く同じ質問を繰り返した。村長は愉快そうに籐椅子を軋ませた。

それが夜の十一時まで続いた。私の主張はこうだった。私は全くの下っ端で、どこへ行って何をしたかは言えるが、どんな情報に基づいてどう行動を決めるかは言えない。それは指揮官だけが知っていることだ。その、どこへ行って何をしたかさえ、ひた隠しに隠し、洩らす時には口惜し涙を忘れなかった。半ばは芝居ではなかった。このまま押されたら全部吐くことになる。大河原は押すだけなら幾らでも押せる。つまりは最初から負けが決まった勝負なのだ。大河原は上機嫌に私の芝居を楽しんだ。それから押した。それこそ幾らでも。

結局、私は負けた。

終った時には空っぽだった。中身を空けられて空っぽ。守り通せたものはごく僅かで、そのごく僅かを抱いて、私は眠りに就いた。それだけはどうしても必要だ——自分を裏切者と思わない為に。大河原は明日からの行動を取るに必要な情報の全てを私から絞り取ったのだから、既に事実上裏切者なのは解っていた。それに彼が私に残しておいたのは、伍長一味を片付けた後でも間に合うと思ったものだけだ。

だが今は、自分を裏切者だと考えてはならなかった。そんなことになれば到底生きてはいられない。片足で籐椅子の上に立って、鴨居に浴衣の紐を通し、首を吊って果てることになる。帯取り裸で。そんな惨めな死にざまは御免だった。何としても生き延びなければならない。

それにしても、私の胴巻きはどこへ行ったのだろう。

翌朝八時頃、加世さんが雨戸を開けに来た。見張りの兵隊と一緒に彼女は雨戸を開け、私がそれで目を覚ましたのを見て、おはようと言った。重ねた盥にお湯を運んで来て、一つで歯磨きをさせ、もう一つでタオルを絞って顔と体を拭いた。朝食は何故かお粥で、醤油を掛けた削節と梅干しが付いていた。つまり彼女は私を、泊まりに来て怪我をした親戚の子か何かのように扱ったのである。

それはそれでいい待遇だった。見張りは別に邪魔もしなかった。私が布団から一歩も離れられないと高を括っているのだ。

お粥はちゃんと米から炊いてあり、まる一日以上何も食べていない私には、その仄かな甘味が嬉しかった。削節と梅干しにはあまり手を付けなかった。

「お昼、何が食べたい」と彼女は訊いた。

「胡瓜の漬物」と私は答えた。

加世さんは笑った。昨日漬けたばかりで浅漬けだが、胡瓜の漬物くらいは何時でもある。

「もっと別なものはいいの。ハンバーグとかスパゲティとか」

私は基本的に和食党である。これには台所を担当していた祖母の影響が大きい。晩年呆けが来てからの味付けは滅茶苦茶になったが、それまでの祖母の手料理は絶品だった。特に胡瓜漬けが。だが私はハンバーグと答えた。その方がずっと子供らしい。実際には私はその六月で十六になっており、あんなことさえなければ義勇軍に志願入隊していた筈なのだ。だが、今はせめてもの慰めに子供に戻りたかった。ハンバーグ。結構ではないか。

「元気出しなさい」と彼女は言った。それからちらりと見張りを振り返り、私に囁いた。「胴巻きは預かってるわ」

私は頷いた。だが今は金のことなど考えたくもなかった。

食事を下げてしばらくすると、部屋の掃除に戻ってきた。本を山ほど抱えていた。

「どんなのが好きか分からないから、適当に下ろして来たの――何かあれば探して来るわ」

私は礼を言って枕元に置いて貰った。古い本ばかりだった。それから彼女はステレオのスイッチを入れ、布団の周りをひと渡り掃き、何を掛けるか訊いた。私は一番端の黒い箱のレコードを頼んだ。ラ・トラヴィアータだ。後で掛け替えに来る、と彼女は言って去った。私は枕を頭に凭せて深々と溜息を吐いた。

多分、そこで軍医の神崎が現れなければ泣いていただろう。

「うんうん、いいじゃないか」と神崎は廊下に姿を現すなり言った。「古い機械なのにいい音だね」

それから布団をはぐって私の怪我をした足の下に小さい枕を当て、包帯を解き始めた。時々、ふんふんと得体の知れない鼻歌を歌ったが、レコードとは何の関係もないように聞こえた。傷口に当てたガーゼを剝がれる瞬間、私は目を背けた。糸がガーゼに癒着して幾らか引っ張られた。それだけだった。

「おやおや」と彼は言った。「こりゃ一週間しないで抜糸できるね」

それから不気味な色の液体を浸した綿で縫合の跡を消毒し、新しいガーゼを当てて包帯を巻き直した。

「跛になったりはしないでしょうね」と私は訊いた。無論、今ならこんな語が気やすく文中に放り出されている不快さには十分配慮するところだが、当時はまだ、そんな痛みとも、そこに気を回す繊細さとも、私は縁がなかったのだ。お許しいただきたい。

「無意味だね」と神崎は答えた。彼が興味を持っていたのは傷であって私ではないと言わんばかりの冷淡な口調だった。「そんな質問はおよそ意味がない。この一件が片付けば収容所行きだ。跛を引こうと引くまいと、関係ないじゃないか」

「出た時に困ります」

「出られればね」

私は黙り込んだ。神崎は声を落として続けた。「君はもっと利口かと思ってたよ」

「僕は庇って貰えるものと思ってました」

「庇う値打ちがあればの話だ。昨日のあれには失望した。君は捕虜なんだぞ。大河原を怒らせるのは利口なことじゃない。あれは単純な男でね、捕虜が卑屈にならないと面白くないのさ」

あれが卑屈でなかったとしたら、何が卑屈なのだろう。

「頭が高過ぎる。平身低頭して命乞いすべきだった。そうすれば大河原も機嫌を損ねたりはしない。私はみんなにそう言うんだ。それで済めば安いものだよ、とね」彼は頭を振った。「全く、単純な男だよ」

私は答えなかった。神崎はふいに声を張り上げて「骨までやられてる訳じゃない。大丈夫」

と言った。見張りがこちらを見ていたのだ。

「大河原の機嫌を損ねたらどうだと言うんです」と私は暗い怒りと共に囁いた。「どのみち収容所行きでしょう」

　ばん、と神崎は言った。あまり淡々と言われたので、擬音とは思えないくらいだった。

「ばん」と私は繰り返した。声が高くなった。「そりゃあんまりです。僕が何をしたって言うんです」

「何もしてないなんてもんじゃないだろ」と神崎は答えた。「あの短い鉄パイプ、あれは何だね、螺旋形に旋盤が入れてある。あれを何に使うのか教えて貰おうか」

「まだ使ったことはありません」と私は答えた。脳裏に蘇る光景を懸命に打ち消しながら。トラックの幌を裂いて飛び散った破片の行方など考えたくもない。

「恐ろしいもんだ。その年で」

「僕はそんなんじゃありませんよ」

「謙遜することはないさ」と軍医は意地悪く言った。「ご立派な愛国少年の物語だ」

　加世さんが、とうに終っていたレコードを裏返しに来た。軍医は道具を纏めて去った。

　村は飽くまで静かだった。兵隊は出払ってしまったのだ。居残り組が草刈り機で麻を切り払いに掛かった。午前中一杯掛けて、麻畑は一掃された。

　麻の断末魔の吐息が座敷まで漂って来て、私は胸が悪くなった。

大河原の部隊は百人程で、県境を封鎖し、山狩りに掛かった。彼が私から聞き出した県外への脱出路は五箇所だった。彼はその五箇所に無線を持った部下を配置し、村の本部と連絡を取らせた。T****からは軽飛行機を持って来ていた。脇腹の、昔は中部日本航空とでも書いてあったであろう文字を、色の合わないペンキで塗り潰した飛行機だ。この飛行機は日が暮れるまで、座敷の脇で発着を繰り返した。偵察に出ているらしい。残る部隊は、村を守備する為に中尉でもある軍医殿の指揮下で残る十人程以外、大河原の下で山狩りを続けた。

伍長なら鼻で笑ったかもしれない。下手糞、と言って。ただそれも人数が三分の一ならの話だ。差し引きすれば、大河原の下で直接伍長を追っている人数だけでも六十人を下らないことになる。事を構えれば無傷では済まない。

幸い、数日を経ても伍長は捕まらなかった。私が言ったルート沿いに、点々と、確かにいた痕跡は発見された。私が嘘を吐いていないということが証明された訳だ。だが、五箇所の国境封鎖組からは、遭遇したという報告はなかった。大河原は伍長がまだ県内を逃げ回っているると考えていた。或いは別な一派と合流したのではないかと。私はこの辺にそんなものはいないことを知っていたが、指摘はしなかった。とっくに県外へ脱出したのだ。私の知らないルートを通って。無論大河原もその可能性に思い至らない訳ではなかった。

村長は楽観的だった。「確かに兄貴は利口者さ。だが、自尊心の化けものでもある。今は出てたって、この餓鬼を押えてる限り、必ず取り返しに来るね。まあ、見てろって」

大河原は頷いた。私は不安に苛まれた。それから本の続きに戻った。シャルル・スワン氏は相変らず無益な愚行の限りを尽くしていた。

何故マルセル・プルーストなのか、と問うのは当然のことであろう。こんな時に、こんな場所で、マルセル・プルーストとは。しかし療養中にマルセル・プルーストというのはむしろ妥当な選択ではなかろうか。それに、当時私が置かれていたような状況下でヘミングウェイでは悪趣味の誹りを免れまい。やはりここはこういう悠長な小説であるべきだろう。サッカレー、メレディス、フローベール。しかし他にマルセル・プルーストを読破するチャンスなど滅多にあるものではない。私のように、一時それを専門にしていたことでもない限り。

私の論文「『失われた時を求めて』におけるスノビズムの社会学的考察」の教授受けは散々で、学者になろうという無謀な野心を微塵に打ち砕いた上、学界から追放される原因となったが、そのアイデアはこの当時既に芽生えていた。信じられない？　まともな文化的環境から隔絶された田舎で、しかも戦争中に、昨日まで銃を背負って蛮行の限りを尽くしていた、中学さえ終えていない少年が、あの大著を読了し、あまつさえ某かの理解と省察さえ得ていたとは。私だって信じられない。だがそれは事実なのだ。

無論、何とも浮き世離れした話だ、とは思った。誰も彼もえらく呑気だ。色に狂っていなければ、社交界での栄誉栄達に奔走するばかり。実に瑣末なことで死活を決する問題であるかのごとく大騒ぎする。だが「政治」とはそういうものだ。硝子でできた小さなコップの中では、一朝そのコップが割れてしまったが最後、無よりもはかなく消えてしまう瑣末な事柄が象徴的な意味を担い、象徴的な意味は象徴的な死活に結び付いている。そこでの浮沈は全て、象徴の行使次第なのだ。ヴァトー、ベートーベン、バルザック。アンリ四世時代の階段や（いや、実際、そういうアパートに住んだこともあるが、大したものではない）、最上のポルト酒。私たちならもっと俗な、もっと直接身に迫ったものを使うだろう。私たちの暮らす社会がスノビズムの表現を別様に規定するからだ。だが、人間の欲望自体が緯度経度の影響を被る訳ではない。

五日目に父が見舞いに来た。昼食の後、私がうとうとしていると、廊下を早足に近付いてくる足音がした。目を覚ますとそこに、片手に硝子の灰皿を下げた父がいた。見張りの男が追い返そうとしたが、メモ用紙を千切ったようなものを見せると引き下がった。父は私の布団の脇に胡坐をかき、灰皿を置いて煙草を吸い始めた。

「えらく金に汚い男だな、何だ、あいつは」

私は混乱した。夢かと思った。だが、煙いところを見ると夢ではない。しかし、いきなり現れて、いきなりこんなことを言うのはよくよく唐突である。「誰」と私は訊いた。

「玄関の脇の座敷にいる男だ。鶴みたいに痩せて、殆ど瞬きもしない」

神崎だ。私は説明した。「軍医殿だよ」

「何で軍医があんなに威張ってるんだ。変な軍隊だな。通行証をお求め下さい、と来たもんだ。一万円で一筆お書きします。見張りに見せれば面会させてくれるでしょう、だとさ」

私は口を噤んだ。想像してみた。軍医殿が父に賄賂を要求するところを。――通行証をお求め下さい。しっくりいく。居残りの部下たちの陣頭に立って草刈りを指揮しているよりはずっといい。

「元気そうだな」と父は言った。

「足を怪我しただけだから」と私は答えた。もう痛みはなかった。むしろむずむずして、時々包帯の上から擦るくらいだった。掻く訳にはいかない。「直に抜糸だよ――でも何で判ったの」

「日和見さんが電話してきた」

私は心臓の中でもやもやしていたものが、すとんと体の一番底まで落ちて音を立てるのを聞いた。失望、と言おうか、安堵、と言おうか。「やっぱり」

「何が」

「もう県内にはいないんだね」

「どうかね」と父は言った。「県内から掛けてるのかも知れんな。前にも一度、そういうことがあった。えらく自慢そうだったがね」

それはそうだ。そんな方法があったら誰だって知りたい。「こんな所を昼間うろついて大丈夫なの」

「お偉いさんと友達だからな、ロシア人の。軍の通行証だって持ってる」

「僕、喋っちゃったよ」

「何を。誰に」

「大河原に、父さんがロシア人と武器の取引をしてるって」

大河原、と父は冷笑した。「おれのお友達は大河原なんかからすれば雲上人だよ。手なんか出せるもんか。下手すりゃ手前の首が飛ぶ」

私は父の顔をまじまじと見直した。最後に会って以来、変ったところはなかった。変ったのは自分の方だ、と私は気が付いた。「何とかしてよ」と私は言った。爆破の仕方など何通り知っていたって、ここでは役に立たない。ゲリラなぞ堅気の商売ではないと、かつて父は言った。その、堅気ではない商売のやり口に関しては私もかなり進歩したつもりだが、今や何の役にも立たないのだ。必要なのは父の言う「堅気な商売」のやり口だ。

「何とかしろって、何を」

「収容所に入れられちゃうよ」

「後悔先に立たずってやつだ」と父は尤もらしく言った。「諦めるんだな。ぶち込まれた後の面倒は見てやる。個室をあてがって、面会と差し入れの許可を取るくらいは何とかなるだろう。上に話が付いてさえいれば悪い所じゃないって話だぞ。要領さえ良ければ、日本で懲役食らうよりましだそうだ」

「誰の話」

　父は手下の一人の名を上げた。「奴は脱走してきたんだが、これが傑作でな——ちっとも出たくなかったんだが、囚人同士の話を逐一、上に報告してたのがばれて、仲間に殺され掛けて逃げて来たのさ」

「僕はそんなこと、したくない」

「どうかねえ」父はそう言って立ち上がった。「誰だってやることだ。別に気に病むことじゃない」

「父さん」と私は悲鳴に近い声で頼んだ。「お願いだから連れてって。頼むよ。何でもするから」

　見張りが飛んで来掛けたが、父はそれを制止して、振り返った。「いい子にしてろ」と低い、どすの利いた声で言って、私をじっと見詰めた。見詰めたのだろうが、眼鏡が光っているだけだった。それからまた廊下を歩いて去った。

　私は黙っていた。体を起こしたまま、父の置いていった灰皿に目を落として。二本目の吸い殻がまだ燻っていた。一体、父は私に何を言いに来たのか。何が目的だったのか。

　軍医は買収が効く。

　日和見が電話して来た。

　密告くらい誰でもすることだ。

「いい子にしてろ」

私は興奮で震えながら、それを気取られないようゆっくりと横になった。間違いない。この訪問の裏には伍長がいる。ことこの一件に関して伍長と父の利害は一致しているのだ。徴税前に伍長一味が掃討でもされようものなら、父は大損する。それに、曲がりなりにも私は息子だ。嬲り殺されたりしたくはあるまい。私を見舞う。村の様子を探る。密かに指示を伝える――知っていることは吐いても構わない。それより身を庇って待っていろ、と。

読み違いでないことを祈りつつ、私は策を練った。今や戦争呆けをかなぐり捨て、断固として平時の保身本能を発揮すべき時だ。

翌朝、加世さんは茶碗の下に隠して壱万円札を一枚、持って来てくれた。

「全部持ってたら、全部巻き上げられます」と私は答えた。「当面必要なのはこれだけです」

「全部はいらないの」

「無茶しないで」と彼女は言った。

私は「セヴィリアの理髪師」を掛けて貰った。大した録音ではなかったが(伍長はロッシーニが好きではなかった)、軽はずみに浮きうきした気分になるには一番である。いつも通り朝食を食べ終え、一段落する頃合を見てやって来た神崎は、私の顔とステレオを見比べた。

「随分と嬉しそうだね」

「だって、抜糸するんでしょう」

神崎は包帯を解き、傷口の上から消毒した。消毒薬の匂いが序曲と入り混じった。

「喜ぶようなことじゃない。怪我人じゃないとなれば、ここに置く訳にはいかないからね」

「何故」

「逃げると困る。君は人質だ。倉の二階に引っ越しだな」

「誰も僕を救けになんか来ませんよ」

「それはどうかな」と神崎は言った。「いきなりぱっと縁側から飛び降りて逃げだすという手もある。言っておくが、そういう真似をすると撃たれるよ」

「僕はそこまで馬鹿じゃありません。大体、こんな足じゃ逃げ切る見込みもない」

「いやいや」と神崎は言った。「逃げ足には自信を持っていたと聞いてる。それに医者として保証するが、二週間もすれば君は元通り走ってるね」

それは有難い、と私は思った。二週間して状況が改善されなければ、是非そうさせて貰おう。だが、今ではない。

軍医が鋏とピンセットを出したので、私は彼に頼んだ。「ステレオの音上げて下さい」

軍医は塞がった手を示して困った顔をして見せ、見張りを呼んだ。私はどれがどの摘みか教えてやった。見張りは恐るおそる音量を上げた。窓硝子がびりびり言う程になったので、私は満足した。軍医は眉を顰めたが、私がこれ見よがしに顔を背けているのを見て納得したらしい。ピンセットで糸を摘んで切り、引き抜いた。皮膚の中を糸が滑る嫌な感覚が数回、続いた。

　それから反対側に掛かった。足の内側、即ち見張りから見えない側だ。

「僕がどうしてもここにいると言い張ったらどうします」

　軍医殿は顔を上げた。私の顔を見詰め、それから私の手を見た。指の間に畳んだ壱万円札が挟まっていた。

「僕はここにいたいんです」

「馬鹿な真似はやめ給え」と軍医は言い、抜糸に戻った。だが、その手際は前ほど鮮やかとは言い兼ねた。当時旧円で一万円といえば、結構な大金だったのである。今からは想像も付くまい。「呆れたもんだ。私を買収しようなんて」

「これでお仕舞いじゃありませんよ。一泊一万円です。僕は多少金を持ってますからね」

　彼は無言で糸を切って抜き続け、それが終ると傷跡の両側に残った、芋虫の気門を思わせる糸の穴を消毒し、ガーゼを当てて絆創膏を張った。もう包帯はなしだった。

　最後に、半袖から覗く筋ばった腕を伸ばして、指の間の壱万円を毟り取った。道具を片付けながら、薄い目蓋の下から私を睨め付けた。文字通り、頭の先から足の先まで。更に布団と枕、寝乱れて脇に放り出されたタオルケットをじろじろと眺めた。

「身体検査しても無駄です。出て来ませんよ」と私は言った。「今あるのはこれだけです。あなたさえその気なら、明日、もう一万円湧いて出ます」

「どこから」

「さあ、どこからでしょう」私は笑った。「よく考えて下さい。二週間なら十五万円です。ちょっとしたもんでしょう」

軍医は無言で鞄を持って去った。私は立って、ステレオの音量を戻しに行った。

結局、私は座敷から動かされなかった。どんな理屈で大河原を言い包めたのかは知らない。だが、傷が治り、私が普通の服を着て、縁側の籐椅子で一日過ごすようになっても、彼は毎朝やって来て、壱万円札を持って行った。

伍長がその先を予想していたのかどうかは知らない。だが、私から金を受け取ることで神崎の心にちらりと兆したものがあった。こんな子供がこんな大金を持っているとしたら、伍長クラスのゲリラというのは、どのくらいの額を自由にできるのか。

それは伍長の行方が杳として知れない以上、ふと心を過った疑問に過ぎなかった。少なくとも彼自身はそう信じていた筈だ。ただ、裏切りというものは、ちらりと心に兆しただけでも十分致命的なのである。

相変らず、大河原の作戦は何の成果も収めていなかった。六十人は十日間に亘って虚しく山の中を歩き回っただけだった。士気にも影響が出始めた。見張りは生真面目な男だったが、他に人がいなければ花札や将棋をやりたがったし、愚痴もこぼした。私はそれで初めて、例の麻薬精製教師が彼らが到着したその晩のうちに、数十キロのヘロインを持って行方を晦ましたことを知った。肝心かなめのヘロインさえ押えられず、ゲリラにも遭遇せずでは、大河原はT＊＊＊には戻れない。おれたちは盆もここで過ごすんだろうな、と彼は言った。

「休暇を取って家に帰らないの」

「それも良し悪しでなあ。帰ったって、親類や近所が陰でこそこそ言ってるのは判ってる。居心地悪いよ」

「どうして」

「何しろ大河原の部下だもの。あの大河原大尉の」と言って彼は溜息を吐いた。「ちっとも捕まらないなんて、村の中にスパイがいるんだ。よく判ってる。みんな判ってるよ。徹底してやっちまえば、お仲間は一網打尽さ。だがなあ、ここを焼き討ちなんてしたら、もう家には帰れないよ。戦争が終ってからも後ろ指をさされる。堪らないね」

　状況が変りつつある、と私は考えた。具体的には言えないが、何か変りつつある。村長は時折やって来ては、複雑な顔をして何十分も私の顔を眺めて行った。自分の手で捕えた獲物を手放したくないと考えているのだ。私は彼の伍長に対する数少ない勝利の証、真紅の大優勝旗みたいなものだ。それをみすみす収容所に送って手放すとは。

　村長さえ、伍長が戻って来るとは信じられなくなっていた。私も信じなかった。多分、連中が諦めて引き上げるのを待っているのだ。仕返しならその後で幾らでもできる。引き上げの前に私を収容所に送ろうとするだろうが、その時には既に私の有用性は著しく薄れているから、それこそ、縁側から飛び出して逃げても、追ってはこないかもしれない。

九月には戻れるだろう、と私は考えていた。或いは盆明けに。

ある夜更け、私が息抜きに「ゼンダ城の虜」を読んでいると――私がどのくらい当初のショックから立直っていたか、これでもお判りだろう――いきなり、雨戸ががたん、と鳴った。本から目を上げて何事か起きるのを待ったが、それきりだった。私は縁側の方に布団を敷いて寝ていた見張りを揺り起こした。

見張りは起きなかった。私はなおも揺すった。体が強ばっていたので、目を覚ましているのは判っていたのだ。

「今何か音がしたよ」

見張りは必死で目を瞑っていた。

「今、何か音がしたってば」

起きたくないのだ。私が名前を呼ぶと、目を瞑って寝たふりをしたまま、囁いた。

「知ってるよ。黙って寝てろ」

「見なくていいの」

「馬鹿か」と見張りは言った。「おれが雨戸を開けて外を見る。外からすれば、雨戸から首だけ出してる訳だ。その辺にお前のお仲間が隠れてたら、ずどん、あの世行きだ。冗談じゃない」

私は布団に戻った。明かりを消した。暗闇の中で目を凝らしていると、いきなり爆発音がして、雨戸の上の小さい硝子窓が真っ赤になった。

それだけだった。外では騒ぎが始まったが、銃声も何も聞こえてこなかった。遠くからミサイルでやったか、時限爆弾を仕掛けたかだろう。私は少し恐くなった。休暇は終りだ。戦争が始まった——血みどろの戦争になるだろう。

伍長の宣戦布告の具体的な形を知ったのは翌朝のことだ。加世さんが雨戸を開けると、外には例のセスナ機の残骸が黒く焦げ、冷たくなって残っていた。

食事が終っても軍医殿は来なかった。朝早くにT＊＊＊から例のロシア人たち——連絡将校が二人来たのを知っていたから、通訳にでも呼ばれたのだろうと思った。私は加世さんが二階から下ろして来てくれたレコードの中でもお気に入りの「リゴレット」の第二幕を掛けた。——それは違う、ご老台、貴殿の復讐は果たされますぞ。それから私が第三幕の四重唱と共にこのオペラで最も甘美だと考えている部分が始まった。

そう《シ》、復讐《ヴェンデッタ》だ苛烈《トレメンダ》な復讐《ヴェンデッタ》こそ
我《ディ》が心《クエスターニマ》の唯《エ》一《ソロ》の望《デジーオ》み

いつ聞いてもここは血が騒ぐ。この時もそうだった。私は堪え切れなくなって小声で一緒に歌っていた。終ると見当を付けて戻し、もう一度聞いた。伍長が知ったら悲鳴を上げるだろう。三度目か四度目、今度は声を張り上げて歌っている最中に、大河原が軍医とロシア人を連れてやって来た。

困ったことになったのはすぐに判った——大河原は赤鬼のような顔をし、軍医はそっぽを向いていた。ロシア人は私の待遇に目を剝いた。大河原はステレオの前で立ち上がった私の所にやってくると、いきなり握り締めた拳で私を殴り飛ばした。私はよろめいてステレオにぶつかった。針は不吉な音を立ててレコードの中央まで飛んだ。

口の中が生暖かい血で一杯になった。手で覆っても押えられなかった。歯が二本、手のひらに残った。それを見た途端に私は大河原に組みついていた。神崎が止める暇もなかった。大河原は私に鮮やかな足払いを食わせてでんぐり返し、私は強か背中を打って息もままならない状態に陥った。

喘いでいる私の目の前に、大河原は手帳から千切った紙を突き付けた。上にナイフを突き通した穴が開いていた。私は昨日の雨戸の音を覚えていた。これを留め付けて行ったのだ。それは伍長の手帳の紙で、伍長の筆跡でこう書いてあった。

祖国防衛義勇軍大尉大河原殿

小生保護下の未成年を貰い受けに
近日中に再度参上する。
首を洗って待っておられよ。

私は頭を抱えた。こんな悪巫山戯の為に、前歯を二本なくしたのか。

「伍長だな」と大河原が訊いた。私は頷いた。

彼らは後も見ずに立ち去った。歯科は軍医殿の管轄外という訳だ。私は見張りに頼んで洗面所まで行き、口を漱いだ。漱いでも漱いでも血が混じった。それから歯のあった所に古いハンカチの切れ端を丸めて詰め、嚙み締めた。

歯は外に捨てた。

戻ってから、私はレコードを聞き直した。手が震えていたので、一度止めて針を載せてから回した。貴殿の復讐は果たされますぞ……。

だが、レコードには傷が付いていた。針は傷の所で飛んで、何度も同じ言葉を繰り返した。シ、ヴェンデッタ——そう、復讐だ。

大河原大尉の部下は惨憺たる有様で戻って来た。途中まで乗って行ったトラックから死体が下ろされるのは初めてだった。どれも血塗れで、中には見分けが付かないほどやられているものもあり、数は十五ばかり、その他に負傷者もいた。

地雷にやられたのだ、と聞いた。下生えの中にワイヤーを張っておき、引っ掛かると鋼鉄の小さな球が無数に飛び出る地雷だと。この手の罠はゲリラ戦の初歩の初歩だ。無防備に山に踏み込んだ大河原の見識にはどうかと思うようなところがある。何にしてもW＊＊＊市は平野部の町だったし、大河原は山間部のゲリラ戦には不慣れだと考えざるを得なかった。

それにしても無惨なことになってきたものだ。

怒り狂った大河原は残る部隊を纏めて、その日のうちにもう一度山に入ったが、無数の罠を発見し、部隊の一部は再度地雷にやられて引き上げて来た。その晩の大河原は失意のどん底にあった。

負傷者の手当てに奔走していた神崎は、血走った目と土気色の顔で、それでも疲れた様子など欠片も見せずに戻って来て、大河原に闇のウィスキーを飲ませた。――明日からの行動は速度を落とさざるを得まい。地雷を除去するところから始めなければならない。それからT＊＊＊の司令部に電話して、爆破された軽飛行機の代わりに、偵察と兵員輸送に使うヘリコプターを回して貰わなければ。大河原は返事もしなかった。神崎が代わりに電話をした。

村長は無言で彼らの様子を窺っていた。例によってちらりとも本心を覗かせなかったが、その実、恐慌をきたしていた。正規の軍隊まで引き入れたのに、その軍隊さえあのやくざ者にてこずっている始末だ。戦争にかこつけて兄を片付けるなど、所詮は見果てぬ夢だったのではないか。迂闊に口を滑らせたのは、彼もまた失意のどん底にいたからだろう。

「頑張って下さいよ、大河原さん、何しろこっちは十倍がたいるんですからね」

大河原は村長の髪を摑んで引きずり起こし、平手打ちを食わせてから壁まで突き飛ばした。神崎が止めに入らなければ、こんなことでは済まなかった筈だ。村長は顔を冷やしに行ったまま寝てしまい、大河原と神崎は一本空けるまで寝なかった。

翌朝五時に、ヘリコプターがやってきた。

それは音というより、大気の振動だった。どろどろと打ち鳴らされるティンパニの中に閉じ籠められたような気がして、私は目を覚まし、見張りより素早く雨戸を開けた。大気の振動は屋敷の、殊に硝子や屋根瓦の耳障りな共鳴に変り、エンジンの唸りが加わった。大型の軍用輸送ヘリコプターで、両脇にミサイルが付いている。二人組のパイロットの片方は、下りてくると、私に向かって大河原大尉はどこかと訊いた。

「玄関に回って訊いたら」と私は答えた。「僕は捕虜だから」

パイロットの耳には玄関の一語しか聞こえなかったようだ。私は身振りで座敷の周りをぐるっと迂回して行くように言った。

そこには既に服を着て身形を整えた神崎が待っていた。「大尉殿はすぐに来る」と言った。その通り、幾らか酒気の残る大河原はすぐに制服を着て現れ、一緒にヘリコプターの前に戻ってきた。まだゆっくりとローターを動かしているヘリコプターを見て、大河原は笑った。大笑いした。パイロットは狐に摘まれたような顔をしていた。

「よくやった、神崎」と大河原は言った。

神崎は薄く苦笑いした。

大河原大尉は、部下に数人単位の班を組ませ、山狩りと同時に地雷の発見と撤去に当らせることにした。多人数で移動するより行動は慎重になり、ワイヤーに引っ掛かって地雷が爆発しても、犠牲者はその数人で済む。

各班は山裾から奥へと進んでいった。同時に、今や無用になったと思しい県境封鎖を解き、代わりにヘリコプターを使ってピストン輸送で県境付近に兵隊を下ろし、こちらは里に向けて前進した。双方の部隊で夾撃を目論んだのである。

大河原の部下が千人もいれば、結果はまるで違っていただろう。だがそもそも、それほどの兵力をもってなお七、八人のゲリラを掃討しないには余程の努力を必要とする。本当は百人でも多過ぎるくらいだ。組織的に、かつ気長に山の中を百人で歩き回って、運よく遭遇すれば、赤子の手を捻るように勝てる。ただ、飽くまで運が良ければ、そして運が向いて来るまで待てればの話である。大河原は気長と言える精神状態には程遠かった。そこで一刻も早い結論を期して兵力を分散したのだが、個々の班は孤立するだけで終った。

運よく地雷にやられなくとも、地雷除去に手間取っている兵士は絶好の狙撃の対象だった。藪の中で屈み込んだり、中腰になったりしてがさがさやっていた者が、ふいに声も立てずに倒れる。綺麗に頭が撃ち抜かれている。銃声も聞こえない距離から気味が悪いくらい正確に撃ってくる狙撃者は、程なく、全部隊の迷信的恐怖の的となった。方向を推測して追撃した班はしばしば不意討ちに遭い、皆殺しの憂き目を見た。途中で別な地雷の餌食になる者もいた。中にはその死の天使を目撃しながら生きて帰った幸せ者もいたが、不思議なことに何故かそれが若い娘だと思い込んでいた。藪の中から不意討ちに一斉射撃を受け、一発も当らずに済んで戦友の死体の下で息を潜める。と、向こうの木の上に、白い、小さい顔がちらりと見えて消える。

「あれは女だよ。間違いない」とその男は蒼褪めた顔で言った。私は首を捻った。私という生きた見本がいる以上、女と考えるよりは子供だと考える方がずっと自然ではないか。ところが何故か、私にとっても、女だと考えた方がずっと恐いのだ。それが少年なら、ただの美談だ。女だと怪談になってしまう。

災難はまだまだ続いた。狙撃されて倒れる拍子に地雷のワイヤーを引きでもしたら、目も当てられないことになる。時には作業に熱中しているうちに背後から襲われた。慎重な連中は見張りを立てたが、それも真っ先に狙撃されるか、藪の中から撃ちまくられる掃射の餌食になるだけだった。

かくて夾撃の為のラインはずたずたに分断されたが、依然、大河原は方針を変えなかった。一度に失われる人員が少ないだけでもましだと思ったのかもしれない。それでもまだ、彼の部隊は圧倒的な多数を誇っていたのだ。

引き上げや交替の際、トラックに死体が載って来ない日はなかった。ヘリコプターが運んでくることもあった。トラックが戻って来ると、或いはばらばらと音を立ててヘリコプターが下りて来ると、私は座敷の中に身を潜めた。幾ら何でも縁側に立って見物するほど無神経ではない。そんなことをしていたらおかしくなってしまう。

その日に限って、大河原はヘリコプターで戻って来た。まだ三時過ぎだった。普段なら山の中で陣頭指揮を執っている時間である。彼は外から大声で私を呼んだ。いないふりをしていると何度もしつこく呼んだ。私は嫌な気がした。そんなにしてまで大河原が私に話したいことなど、ろくなことではあるまい。

だが、大河原は話がしたかったのではない。見せたかったのである。

制服が血塗れになるのも構わずに、彼は死体を抱えていた。死体の両足はヘリコプターの所からずっと引きずっていた。血はもう流れていなかった。彼は私の顔を見ると、それを縁側の下に投げ出し、俯せになったのを靴で仰向けに蹴った。

反応を示さずにいるのに苦労した。

「これは誰だ」と大河原は尋ねた。

「眼鏡」とだけ、私は答えた。

「声が小さい」

私はもう一度繰り返した。「それは名前じゃないな」と大河原は言った。だが、私はそれ以上のことは何も知らないのだ。

もう眼鏡を掛けていない眼鏡は午後の空に呆然と目を向けていた。腹部が血で染まっていた。絶命するには少し掛かったに違いない。

大河原は死体を置いて山に戻った。私は縁側から下りて彼の目を閉じてやった。まだ暖かいくらいの死体は大人しく目を閉じた。誰かが私を中に押し込み、死体を片付けた。

その午後中、私は障子を立て中に籠もっていた。

神崎は大河原の作戦を全くのナンセンスだと考えていた。いかにも単純な男の発想だ、と言うのだ。兵力を分散するのはゲリラを追い詰める為ではない、ゲリラの居所を突き止める為だ、というのが神崎の血も涙もない見解であった。彼は自分で地図上に、兵士が伍長たちに襲われた地点の印を時間入りで付けて行った。それを順に結べば、現在どの辺にいるのかが絞れてくる。いかに神崎を信頼していたとは言え、越権を許さない大河原に知れたらただでは済まなかっただろうが、兵士たちは出来る限り迅速に神崎に報告を行った。こんな戦争はもううんざりだった。さっさと片を付けてしまいたい。それを誰が指揮しようと構いはしない。

その午後、神崎は最新の報告を受け、印を付けるとしばらく地図を睨んでいた。それからすっと立って、足だけサンダルではなくちゃんとした靴に履き替え、地図を持ったままヘリに乗り込んだ。他は全くの手ぶらだった。私は彼が規定通り拳銃を身に付けていたのさえ見たことがない。

そのまま、ヘリも神崎も帰ってこなかった。

彼が発見されたのは翌日遅く、県境近くに配備されていた部隊によってである。泥と血に塗れていたが大した怪我はなく、ただ矢鱈に疲れたを連発し、村まで送るジープの後部座席では何が起こっても気が付かないくらいに眠りこけていた。例の地図だけはしっかり胸ポケットに入れて蓋のボタンまで掛けた上、腕で押えるようにしていた。これで一件落着さ、とポケットの上から地図を叩いて見せたのを、数人の兵士が覚えている。それから、何の憂いもなく、幸せそうに寝入ってしまった。

幸せそうな神崎など殆ど想像も付かないが、まあ、いい——おそらくこの際はそんなこともあったのだろう。何しろ彼は彼なりの大事業を終えてきたところだったのだ。話を続けよう。

ヘリコプターがやられたと、戻ってきた神崎は説明した。着陸地点にワイヤーが張られていたのである。地雷はなかった。必要ないのだ。ワイヤーにつまずいたヘリコプターはそのまま前のめりに沢に転げ落ち、炎上した。神崎は放り出されて奇跡的に助かった。それでも当初の目的は果たした、と。

「当初の目的？」と大河原は訊いた。

「連中の潜んでいる場所です」

大河原は色めき立った。「見付けたのか」

「意外な盲点でしてね。向こうもそれで高を括っている。急襲すれば一網打尽です」そう言って彼は例の地図の一点を差した。地図上はダムの水底になっていたが、工事は分離独立で中断されているから、実際にはそのまま残っている廃村である。包囲網からは僅かに外れていた。神崎は珍しいくらいよく喋った。些か喋り過ぎるくらいだった。「この村にはスパイがいますよ、連中にこちらの行動を洩らしているスパイが。いずれそれも狩り出す必要があるでしょうが、連絡をどうやって取っているのか――電話しかないでしょう。まさか山から下りて来て公衆電話を使う訳にはいかない。となれば、どこか電話のある場所にいる筈です。それと連中の襲撃のあった場所を……」

「そんなことはどうでもいい」と大河原は言った。彼は理由になど何の興味もない男だった。神崎の大当りの理由にも、俄な饒舌の理由にも。「部下を移動させよう」

神崎はかぶりを振った。「一旦、村に戻らせた方がいいでしょう。方針を徹底しないと」

「方針?」

「生け捕りは難しいですからねえ」

大河原は激怒し掛けた――が、考えた。普通ならこんなことは言わせておけない。しかし生け捕りというのはいかにも魅力的だ。彼の悪名高き伍長を生け捕りにする。二十日間に亘って翻弄され続け、しおしおと引き上げる代わりに。実際、ここで伍長と大河原がやりあって二十日経っても決着しないという噂は、既に村から洩れてあちこちで囁かれ始めていた。何しろ、一方はあの大河原大尉である。「じゃあ、今晩、村に集結させて、明日襲撃か」

「そういうことになります」

「情報が洩れるぞ。気付いて逃げるかもしれん」

「逃げやしませんよ」神崎はいらぬ心配だと言わんばかりに欠伸を噛み殺した。「今夜は村中の電話を切らせますよ。そうなれば向こうもこちらの出方を待つしかない。引き上げるつもりなのか、作戦を変えるのか。連中は見張らせてあります。移動してもどこへ行ったかは分かります。後は明朝まで何も洩らさないことです」

大河原は全部隊に一時引き上げを命じた。兵士たちは敗残兵同様の姿で、ぶつぶつ言いながら戻って来た。県境配備組には翌朝まで待った後、正午に例の廃村で合流するよう指示した。それから得意満面で「露助」に連絡を取った。

神崎はその夜一晩眠らずに兵隊の間を歩き回った。それが何を意味するのかは、直に明らかになるだろう。

翌朝、少し遅目の時間に例の麻畑跡に兵士が集結した時、私は気が滅入って中に入り、障子を閉めてしまった。県境配備の兵隊を入れれば優に五十人は残っている。それでも半分は潰した訳だが、残り半分を潰すまで伍長のツキが続くとはとても思えなかった。それに眼鏡は死んだのだ。そろそろ年貢の納め時かもしれない。

おまけに兵士諸君の士気はすこぶる高かった。明るい顔つきでさえあった。六人対五十人では、暗い顔をしろと言う方が無理だ。

そこでおもむろに大河原は、既に士官には伝えてあった命令、つまり生け捕りにしろという命令を伝えた。難しいことではない。少しでも伍長に理性が残っていれば、五十人に包囲されたら万が一にも勝ち目のないことくらい、すぐに判る筈だ。日和見はそう言うだろう。命あっての物種だ。だがその時、弟のことがちらりとでも伍長の頭に浮かべば、日和見の説得も虚しくなる。日和見が言っていた通り、彼らは骨肉の争いのとんだとばっちりを受けて死ぬ訳だ。

私はステレオのスイッチを入れた。それから「イル・トロヴァトーレ」を掛けたが、気分にしっくり来ないので止めた。止めて、ワーグナーにした。トラックがエンジンを掛けて出る音が聞こえたので、音量を上げた。

そうやって一日、閉じ籠もっていた。

大河原は神崎を連れ、軍用車で先頭を切った。ロシア人の連絡将校二人がT＊＊＊＊から乗って来た車で後に続き、更にトラック二台が追った。昼前に車を乗り捨てた。道路はそこで終っている。後は、分離独立の五年間に獣道と化した草叢を掻き分け掻き分け進まなければならない。

薄曇りの蒸し暑い日だった。じっとりと湿り気を含んだ空気はそよとも動こうとはせず、谷間に溜まり、尾根を沈めた。彼らは草叢ばかりではなく、この空気をも掻き分けなければならなかった。暑気と日差しにはロシア人が真っ先に音を上げた。雲があるのに少しも日差しが和らいだようには思えなかったのだ。黄ばんだ太陽は雲の向こうで、南に回りながらじりじりと高度を上げた。

途中で県境組と合流した。彼らはとうに着いて、暑さにうだり切った様子で草叢の中に腰を下ろしていた。

平気なのは大河原だけだった。もとより暑さなど苦にするひ弱さは欠片も持ち合わせていなかった上、終始、ぴりぴりと神経を張り詰めて暑さどころではなかったのだ。ここで待ち伏せされて、即座に対応できるのは大河原一人だっただろう。伍長の恐さは身に染みていたが、恐れているのが地雷と待ち伏せだけでは、まだよく判っていなかったとも言える。

村を眼下に納める所まで来た時、太陽は南中したところだった。一日で影が一番短くなる時間だ――これで決着する。大河原は村を見張っている部隊まで伝令を出し、じりじりしながら待っていた。程なく伝令が駆け上がってくる姿が見えた。

「誰もいません」と伝令は答えた。「敵も味方も。村は空っぽです」

「何だと」と大河原は言った。

「まさかそんな」と神崎は言った。言ってから、ロシア人に向き直って伝令の言葉を正確に通訳した。彼らも彼らなりの反応を示した。失望と冷笑である。

「前進」と大河原は号令を掛けた。「村に入る」

それは村というより、四、五軒の民家の集まりに過ぎなかった。奇跡的に保存のいい藁葺き屋根の民家の集まりと言っていいだろう。硝子は無惨に割れていたが、手を入れればまだ十分住めそうだった。尤も、近くまで行くと冬の雪に押されて幾らか傾いでいるのが見て取れた。

大河原は民家の内部と周辺の捜索を命じた。

その途端に甲高い銃声が立て続けに響いて、ロシア人二人を撃ち倒した。遠くはなかった。屋根の上からなのはすぐに判った。大河原は撃てと言ったが、誰も銃を上げなかった。五十人のうち、誰も。

「何してる」と大河原は金切り声を上げた。返答はなかった。沈黙が辺りに淀んだ。

「遅いよ、神崎さん」と言う声がした。

民家の陰から、背の高い男が無防備にふらりと現れた。ズボンのベルトに馬鹿でかい自動拳銃を突っ込んでいる以外は何も持たず、しかもポケットに両手を入れていた。言わずと知れた伍長である。「もう十二時半だ。正午って約束だろ」

「これは申し訳ない」と神崎は詫びた。

大河原は神崎の顔をまじまじと見た。何も思い浮かばなかった。日向で蠟細工が融けるように、太陽が目に入るものを端からひと撫でしてリアルな凹凸を奪ってしまったかのようだった。足元にはロシア人の死体が二つ転がっている。向こうでは何やら態度の人きい男が、待ち合わせに遅れた知り合いを咎めるような口を利き、この作戦の立案者でもある軍医は親しげにその男に謝っている。兵隊たちは彼の命令にも拘らず、阿呆のように突っ立っているだけだ。悪夢だ、と大河原は呟いた。神崎がこう説明しなければ、大声で言っていただろう。「こういう次第です、大尉。私とこの方とはもう話が付いておりまして――お分かりと思いますが、村長の兄上です」

「撃て」と大河原は叫んだが、予想した通り、誰も従わなかった。彼は瘧のように震えだした。舌が縺れた。「お前らみんな」と言った。それから訊いた。「投降するのか。五十人が、六人に」

神崎はうっすらと笑った。何か溜飲を下げるところがあったのだろう。「私たちはしませんよ。あなたがするんです。私たちは今夜中にT＊＊＊＊に報告します。あなたがゲリラに捕えられた次第をね。多分、引き上げ命令が出るでしょう」

大河原がそれで何と言ったかは知らない。そもそも言葉になっていなかったという可能性もある。兎も角、彼は何か言うというよりは吠えながら神崎に摑み掛かった。神崎は後じさりながら首に掛かった手を解こうともがいたが、ふいに銃声がして、大河原の頬と顎から血が噴き出した。屋根の上から一撃で貫通されたのである。大河原はその場にばったり倒れた。失神していた。

弾に掠められたショックから、神崎はしばらく立直れなかった。

「今注意しようと思ったんだが」と伍長は愉快そうに言った。

彼らは合流して、車を置いた所まで戻った。千秋たちは一番後から付いて行ったが、伍長は神崎と並んで先頭を歩いていた。念のため縛り上げた大河原は相変らず失神していたので、四人掛かりで担いで行かなければならなかった。

「いやはや、困ったな」と神崎は言った。「もう大河原を担ぎ直す訳にはいかない」

「そんなことされたら堪らないよ」と伍長は答えた。


雨が降り始めた。

音楽と音楽の合間が一瞬、沈黙に満たされる時がある。そこに雷が鳴った。俄に起こった風が障子を鳴らし、加世さんがばたばたと外に駆け出して洗濯物を取り込んだ。雨足が近付いて来て、やがて屋根を叩き始めた。ティンパニが摺り打ちに鳴り、低弦が不吉な和音を奏で、管が一斉に叫んだ。外で車が戻ってきた騒ぎが始まった。私は柱に背を凭せたまま顔を覆った。

障子ががらりと開いた。

「辛気臭いもの聞いてるな」と伍長は言い、露骨に眉根を寄せて音を小さくした。ずぶ濡れもいいところだった。それから傍に寄って来て、私の頬を平手で軽く叩いた。「お前って奴は、全く、可愛くて涙が出るぜ。よくもべらべら何でも喋ってくれたもんさ。お見通しだけどな。おかげさんで、この通りだよ」

私は外を見た。兵隊がトラックから下りて来ていた。「伍長も捕虜になったの」

「馬鹿言え、大勝利だ」と彼は答えた。「戻ってくるまではこれでいいけどな、後はカバリエだぞ」

私は頷いた。伍長は廊下を歌いながら歩いて行ったが、これだけ修練を積んだ後も、相変らず何なのか判らなかった。縁側で外の様子を見ていると、日和見がやって来た。

「歩いてるじゃないか」と彼は言った。「親父さんは跛になると言ってたぞ」

やっぱり、と私は思った。それから訊いた。「本当に勝ったの」

日和見は後を振り返った。それからにやっと笑った。「前代未聞だ。歴史に残る」

私は頷いた。それから「眼鏡は」と言った。後は言葉が出てこなかった。

「見たのか」

「見せられた」

「まさか伍長に言わなかっただろうな」

「言ってないよ」

「言うなよ。あれでも非道く傷付いてるからな」

それから眼鏡を亡くした四人組が来て、死人と怪我人の安楽な戦争に関する当て擦りを一頻り言って去った。

最後に、千秋だけが、雨の中に一人で残っていた。

私は外に駆け出して彼を抱き締めた。涙が出て来た。彼は濡れたまま、遠慮しいしい座敷に上がった。加世さんが密輸のカルピスを作り、タオルを持って来てくれた。伍長はああ言っておきながら、なかなか戻ってこなかった。

千秋は私の横に腰を下ろして、一緒にレコードを聞いた。一言も口を利かなかった。その午後中、彼は私の傍を離れなかった。


雨足は弱まる気配もなく、一晩中降り続けた。空の底が抜けたようだった。

倉の二階には七人の人物が揃っていた。村長、助役、収入役、伍長と日和見、それに神崎と大河原である。神崎がたっぷりと射った麻酔の為に、大河原は依然意識不明だった。その周到な射ち方を一同はとっくりと眺めさせられた後だった。肛門の中なら、検死されてもまず針の跡は見付からない。

村長は能面のような無表情に閉じ籠もり、口を開こうともしなかった。助役は正座し、額を床に摺り付けて言った。

「今回のことはこちらの不心得でした。それは村長も認めております。佐野先生と薬の方はこちらが押えておりますので、一つそれでご勘弁を」

「あなた方が隠しておられたとはね」と神崎は言った。

「保険って訳さ。周到なもんだな、え、孝之。万が一おれが帰ってきても、それで助かると思ったか」伍長は嘲笑った。「大したもんだ。こいつは人に逆らう時も後あとってやつを忘れない――で、ものはどこだ」

村長は答えなかった。伍長の存在さえ目に入っていないかのようだった。

「農協の倉庫にございます」と助役が代わりに言った。

伍長が頷くと、日和見は席を立って三人組を呼びに行った。

「申し訳ないが、あんたたちには明日までここにいて貰う。おれたちがここを発つまでだ。後で加世が出してくれるだろう。悪いが鍵を掛けるよ。今夜くらいは枕を高くして寝たいんでね」と言って伍長は立ち上がった。「今後はせいぜい忠勤に励んでくれ。妙な気は起こさずにな」

伍長は神崎を出して、格子戸の外側に閂を下ろし、巨大な南京錠を留め、軽く押したり引いたりして納得すると階下におりた。

暗くなり始めた階段の下では神崎が待っていた。伍長は上着の中からハトロン紙の包みを取り出し、神崎に渡した。手を伸ばして裸電球のスイッチを捻った。神崎は包みを開け、中から札束を取り出し、紙の帯で纏められた束を一つずつ、きちんと百枚まで数えた。

神崎の数えようを見て、伍長は押し殺した笑い声を立てた。「大河原が見たら泣くぞ、全く」

神崎はものも言わず、銀行の集金人のように無心に事務的に数え上げた。束は全部で三つあった。それを再びハトロン紙に包み、制服の内側に入れると言った。「明日、引き上げですね」

「あんたがまた寝返らないうちにな」

「大河原を殺していただく訳にはいきませんか」

伍長は驚いた。それから露骨な嫌悪の色を顕にした。これは奇妙な心理だが、理解するのは容易であろう。クレイモア地雷で一度に十人かそこらをぼろぼろにするのと、意識不明で無抵抗な一人を撃ち殺すのとは全然違う。理詰めでいけばまだしも後者の方がましな筈だが、殊に伍長のようにナイーヴな男の場合、理屈が突然何も言わなくなる瞬間があるのだ。或いはこう言っても構わないだろう——彼は狩りを好んだが、動かなくなった獲物には何の興味も持たなかった。彼にとって大河原の問題は、千秋に頰から顎までを撃ち抜かせることで終っていたのだ。まだ息があったとしても、麻酔を射たれてぐったりしているのを改めて撃ち殺そうという気にはなれない。それではまるで……。

「行く前に、大河原に止めを刺していただきたいんです」と神崎は繰り返した。

「薬殺すればいいだろう」と伍長は言って立ち去ろうとした。「薬はしこたまある。分けてやるよ」

「私が困ります」と神崎は言い募った。「査問会があるのをお忘れなく」

ああ、と伍長は頷いた。「あんたはT***に戻るんだったな。銃を貸してやる。自分で撃ち殺せ」

「あなたが撃ち殺したのと私が撃ち殺したのとでは全然違う。吐く嘘は少なければ少ないほどいい――殊にこういう問題ではね。私が無事に査問会を乗り切れるかどうかは、あなたにとっても重要だと思っていましたが」

伍長はしばらく苦り切った様子で立っていた。彼が相手にしていたのは、神崎というより、自分の生理的嫌悪感だった。神崎は続けた。

「言いたくはありませんがあなた方は七人、私たちは五十人です。ここで拒否されても、犠牲さえ恐れなければ、他にも乗り切る術は……」

「おれを脅すのはやめた方がいいな、神崎さん」と伍長は遮った。「外に何人いようと、あんたはおれとここで二人きりだ。しかも丸腰と来てる。おれにも乗り切る術はあるさ。その気になればね」

「勿論そうでしょう。あなたは確かに切れる方だが、時々は算術に従い切れなくなることがあるようだ」神崎は薄く笑った。「でも、何が重要で何がそうでないかはよくご存じの筈ですよ」

「嫌な奴だな」

「始終そう言われます。ただ、丸腰で歩き回って平気なのはそのおかげですよ」

伍長は溜息を吐いて二階に戻った。

村長は何とか大河原を揺り起こそうとしている最中だった。虚しいことは重々承知していた。ただ他に手立てがなかっただけである。伍長が入って行くと、顎から頬までべったりとガーゼを張りつけた大河原の肩から、急ぐ様子もなく手を引いた。

生理的嫌悪感は雲散霧消した。体が自然に動いた。伍長はどけとも言わずに弟の脇に立って拳銃を抜き、大河原の額を撃ち抜いた。大河原はぴくりと身を震わせたが、それだけだった。血が床に流れた。

「人殺し」と村長は言った。

その一言で、何とも言えない後味の悪さが蘇って来た。やつあたりのように伍長は村長に向かって銃口を上げた。

村長はそこに座ったまま、兄を見上げた。よく判っていたのだ。一世一代の大博打に負けたことは。もう生きていたいとは思わなかった。役場の前でやった命乞いが懐かしいくらいだった。どうも兄は死にそうにない。となれば、戦争が続く限り兄に牛耳られ続け、終っても、三十三年目にして漸く手に入れた全てを奪われる運命なのだ。家屋敷も、財産も、妻も子も。今度は永遠に。それは堪え難かった。彼にも彼なりの誇りというものはある。

だが、伍長は拳銃を戻した。

村長は奇妙な発見をした――これは二度目だ。二度とも助かった。「兄さんはおれを殺せない」と彼は、些かの驚きを籠めて指摘した。「殺さないいんじゃない。殺せないんだ」

「黙れ」と伍長は忌々しげに答えた。「畜生め、もうひと勝負だ」

それから助役に向き直った。「明日からあんたがここを取り仕切れ。できるか」

「私がですか」と助役は部屋の反対の隅から答えた。「でも村長は」

「考えてみりゃ、こいつはA級戦犯じゃないか。見逃してやる訳にはいかんな。ただ、今、手を下すのは勘弁してやる。代わりに明日、大河原の死体を持ってT＊＊＊の義勇軍司令部に出頭させせろ。おれが送って寄越したと言わせるんだ」

村長は大河原の頭から流れた血の中に座り込んでいた。助役は口を濁した。伍長は弟に向かって繰り返した。「明日、その死体を持ってT＊＊＊の義勇軍司令部に出頭しろ。おれの命令だと言ってな。判ったか」

そのまま伍長は立って、格子戸を閉め、外から閂を掛け、錠前を下ろした。助役が駆け寄ってきた。

「そんなことしたら、殺されます」

「天罰だ」と伍長は嘯いた。「無事帰って来られたら、何もかもくれてやる。家屋敷も加世も好きにすりゃいい。だが、死体をその辺に埋めて、行ってまいりましたなんてほざいたら」

「村を焼き討ちですか」と助役が恐々尋ねた。

「よく判ってるじゃないか」と伍長は言った。それから奥の付長に声を掛けた。「いいか、もうひと勝負だ、判ったな」

という訳で、伍長は戻ってきた時には極めて奇妙な心理状態にあった。一風呂浴びる間も取り留めなくあれこれ考え込み、物思いに耽りながら夕食を取り、床屋に掛かっている間中、心ここにあらずといった様子でマリア・カラスの悪口を言っていた。その癖、「トスカ」を掛けろと言ったのは彼だったのだ。

「大体プッチーニなんざオペラじゃねえや」と彼は言った。「何てあざとさだ。ハリウッド映画そこのけだよ」

神崎はほんの形ばかり責任を問われて一週間営倉入りし、終戦直前に健康上の理由から除隊を申し出て許可された。何とも賢明な身の処し方だ。戦争が終ってからはT ＊＊＊＊の某総合病院の外科主任を務め、最近は病院長まで出世したという。地元医師会でも幅を利かせ、代議士選に立つのではないかとも噂されているが、これは多分デマだ。政治家風情に身を落とすには、神崎は余りにも利口過ぎるのである。

巻き込まれた事件が事件だっただけに弁解の必要を感じたのだろう、彼は本を一冊ものした。「I ＊＊＊＊郡攻防戦従軍記」は、ここで私が書いたのと同じ事件を冷静で客観的な筆致で描いた、分離独立時代に関する記録文学の傑作とされている。私白身、傑作だと折紙を付けたっていいのだ。ただ、あれがあの一件だとさえ思わなければ。

冷静で客観的な筆致などというものに騙されてはいけない。それでも物語は無限に物語たり得る。そこでの彼は職務と良心の相克に悩む反戦医師であり、大河原でさえ職務遂行に熱心なあまり非人間的になることを自らに課している模範的軍人として、自ずと軍隊の非人間性を告発する仕掛けになっている。これに対する伍長というのは、際限ない自由を求めるあまり社会から脱落してしまったロマンチックな反抗者、体制から受けた屈辱を犯罪によって晴らそうというロマンチックな復讐者、溢れる才能を戦争という大量破壊に注ぎ込んで破滅に向かってひた走るロマンチックな天才であり、一口で言うならマリオ・プラーツが泣いて喜ぶロマン主義的悪漢の集大成のごとく描き出されている。N＊＊＊県の山の中よりはシチリアの山の中に、弟に家督と婚約者を奪われた怒りに燃え、暇つぶしにプルタルコスでも読みながら潜んでいそうなタイプだ。その伍長の山塞に（本当にそう書いてあるのだから呆れたものだ。神崎さえ武勇談を誇張する誘惑には勝てないのか）乗り込んで、これ以上の流血を避ける為大河原を引き渡すと交渉するくだりは、これはもう、伍長が読んだら腹を抱えて笑っただろう。私も笑った。というのも、そこでの私は無垢ゆえに戦争に引き込まれ、順応せざるを得なかった犠牲者として描かれているからだ。神崎に教え諭されて、自分のやったことの恐ろしさに気が付く辺りなど、人は感動するかもしれないが、私としてはただもう笑うしかない。

しかし彼を責めるのはやめようと思う。それはいかにも神崎流の読み物であり、当然つまらなくはない。その点は保証できる――神崎にとって読者の感情を玩ぶくらい易々たるものだ。そこに、あたかも冷静で客観的であるかのごとき文体を添える辺り、心憎い配慮と言えないことはない。少なくともこれで気難しい読者を捉えることには成功している。それより何より感心なのは、自分の裏切りを全て認めるようなふりをしておきながら、実際には何も認めていないことだ。勿論彼は、伍長から旧円で三百万巻き上げて大河原を売った話になど触れもしない。

それはそれで壮挙だった。伍長は義勇軍百人に山中を追い回されながら約半数を潰し、残り半数を札束で横面を張って寝返らせたことで不滅の名声を勝ち得、その伍長が身の代金で三百万円を（ということになってしまったのは何時からだろう）払ったからにはというので、私まで一目置かれるようになった。義勇軍との渡りを付けて後の仕事を容易くしたというので、お内儀のお褒めも頂戴した。

情けも容赦もないのは父だけだった。父はクレイモア地雷の代金と立て替えた買収費用の請求書を送り付けてきた。日和見が何回電話を掛けても二百五十万までしか負けなかった。現地までの配達だけでも破格のサーヴィスだと言うのである。仕方なく、日和見はそれを「交際費」の名目で落とした。

Ⅲ　この世の栄光の終り

「そうですか、酒々井さんはこういう本が好きなんですか」と高校の桜井教諭は鬼の首でも取ったかのように言った。「ふうん。やっぱりねえ」

私は温厚な人物ということになっている。いや、あの恐ろしいスキャンダルがあるから、町の人間は誰も、元より温厚だったとは考えてくれないが、温厚になった人物だとは見てくれているようだ。私もそのように心掛けている。それでも時々かっとしかけることはある。つまりこういう時だ。

「こういう本てどういう本です」と私は訊いた。

桜井教諭はカウンターの中に私物と一緒に置き放してあったクラウゼヴィッツを指差した。

「やっぱりね、とは？」

「だってそうでしょう、こんなものを読むなんて、やはり戦争が好きでないと」

私は論争はしない。少なくとも町で論争はしない。N****まで行って飲んだ時にはしないとも限らないが、町では慎んでいるのだ。まして教師とはしない。世の中には批判的な読み方などというものがあることを、どうやって高校の教師に納得させせようというのか。そんな読み方ができる人間はそもそも教師になどならない。なったら、生徒の方が混乱するだろう。「あれ、を取りに来たんでしょう」と私は淡々と言った。あれ、を強調するのは精一杯の嫌味である。「ヴァイオレンス・コップ、血の復讐Ⅱですよね」

桜井教諭は恥かしげもなく喜色満面に「入りましたか」と言った。これほど読者に愛される作家は幸せである。たとえそれが桜井教諭であっても。自腹を切って買ってくれたらもっと幸せだろう。

それにしても日本の国語教育はどうなっているのか。

桜井教諭のお気に入り「ヴァイオレンス・コップ」シリーズの主人公は交番のお巡りさんだが、実は地獄のベトナム帰りである。ベトナムから帰って来る時、密かに武器弾薬の類を持ち帰って、自分の部屋に隠している。と、毎度のことだが、何故か交番の斜め前の（裏手、と言うこともあったし、この交番警官の住む些か分不相応なマンションの隣室、と言うこともあった）学生向け六軒長屋で殺人事件が起こる。前の日に調査票の記入を頼みに行った時、お茶まで出してくれた美人の女子大生が殺されてしまったのだ。勿論彼は復讐を誓い、署の刑事と協力して独自に地道な捜査を続けていくが、ほぼ犯人が特定できたという段になって刑事は消され、捜査を中断するよう圧力が掛かる。容疑者は政界財界の有力者を客にする人身売買組織の親玉の息子だったのである。お馴染み「巨悪」の登場だ。このうつけた息子は攫って売り飛ばす筈だった娘に惚れ込んでしまい、迫ったのに拒絶され、かっとして強姦殺人に至ってしまった。当然父親は困る。困るから「このうつけが」と言って息子を張り倒すが、可愛いは可愛いので、事件の揉み消しに掛かった訳だ。主人公の怒ることか怒るまいことか。後は殴り込みしかない。

　問題はこの殴り込んでからだ。頁中央に水平線を引くと、そこから下まで行が続いている部分はほぼない。ない筈である。主人公が機関銃を撃ちまくれば、撃ちまくる擬音に続いて、撃たれたのが何人だろうと一人ずつ奇怪な叫び声を上げて倒れるのだ。それも、一々改行して。かつて原稿の枚数を稼ぐには兵隊を出して番号を掛ければいいという洒落があったのを思い出した。

　この情けないアクション巨篇を、私は全巻読んでいる。図書館に入った本は料理の本から哲学書まで端から読む主義だ。それにこの程度の本なら、神経さえもてばだが、日に四、五冊は軽い。司書としてのささやかな義務、と私は考えている。どのみち、ここの予算では私が読み切れないほどの本は買えないのだ。

　しかしこの交番警官の設定は、幾らかこちらの疾しい部分を刺激する。私がその辺で日々「巨悪」に挑んでいる等と邪推するのはやめて欲しい。何しろ最近この辺では、お目に掛かる「微悪」にさえ事欠く有様だ。分離独立とそれに続くパージの時代の荒っぽいスポーツに倦み果てて、市民一同おとなしく室内競技を専らとしているこの頃では、飲んだ挙句の喧嘩やひき逃げ以上の犯罪といえば、十四歳になる妻の連れ子をモデルにしたポルノビデオを金を取って見せていた男が捕まるのが精々だ。私も見たが、大したものではなかった。義理のとはいえ親の情が邪魔したに違いない。肝心かなめの部分は完全に切れていて、少女の結構達者な一人芝居を適当に編集したとしか思えなかった。勿論、十四歳の娘にそんな芝居を仕込むのは十分不道徳なことではあるし、これとて独自に地道な調査を続けていけば中悪くらいには行き着くのかもしれないが、義憤に燃えるようなことがあったとしても、生憎私は脚が悪い。杖なしでは歩くのも大儀であり、もう十五年近く走っていない。後始末は官憲に任せる方が無難だろう。

問題は武器の隠匿にある。私はまだ短機関銃を持っているのだ。鍵を掛けたトランクに入れてベッドの下に。それなりの弾薬と共に。寝る前には鍵を開けて蓋を半開きにする。そうすると何故か寝付きがいいのである。ある種の典型的な戦争神経症の症例であろう。

その昼下がり、広場で煙草を吸っていたのは私と千秋だった。千秋は殆ど吸わなかった。ニコチンさえ、千秋には劇的な効果を現すのである。彼はただ、私の煙草を受け取って、ふかして、返す。友情の象徴的な表明である。私はと言えば、煙草は欠くべからざる生活の一部になっていて、遂には伍長の顰蹙を買うに至った。何でお前まで、と言うのである。「まだ子供だろうが。煙草だの葉っぱだの吸いたい放題に吸ってると背が伸びないぞ」

実際、止むを得ない事情によってどちらも止めてから、私の身長は急速に伸びた。ただ、私が知りたいのは逆に、誰も彼もがむきになって吸っているのに何故伍長は吸わないのかであった。何もない時には、酒は強いという以上に飲むのだ。大河原の一件があった後は前より深酒をするようになった。健康のためという理由は成り立たない。

「喉が弱いって言ってるけどな」と日和見は答えた。「まあ、吸うより吸わない方がいいよ。お前も止めろ。おれも止める」

日和見は私が知っている限りの昔から煙草を止めようとしていた。だから自分では持ち歩かないのである。結果があの貰い煙草で、それでも止められないまま今日に至っていた。私は煙草の入手法も日和見に倣っていた。確かに本数は増えない。何より只である。

三人組は町まで女を買いに下りていた。私は彼らの悪徳には毒されずに済んだ。大体、身を売る女というものを信用していない。「間夫がなければ女郎は闇」だって？　真に受ける男に災いあれ、あれは商売用の文句だ。誰にだって言う。男がそれを本気にすれば、固定客が一人付くことになる。私が家の女の子たちに教えてやった唯一のロシア語がそれだった。私はあなただけを愛しています。彼女らは実に賢明に、この一言を活用していたものだ。そんなものを抱く気になるか。断じて否だ。少なくとも、十六の時には否だった。だから彼らに誘われても、私は残って日和見言うところの自由恋愛に専念した。それで十分事足りるなら、何も金を払ってすることはない。

そこに一台のライトバンが勢いよく入って来て、ちょうど一年前、父のトラックが横付けした洗濯場の脇に停まった。見張りに付き添われた外人が二人降りてきた。見張りはカメラマンバッグを提げていたが、おそらくはその外人の持ち物だろうと思われた。

さして珍しいことではない。父は二、三カ月に一回はやって来たし、例の横柄なアメリカ人をビジネス絡みで連れて来たことも一度あった。その時は鷹取氏も一緒だった。二人とも目隠しされ、何も見えないまま歓迎の印に耳元で空砲をぶっ放されて悲鳴を上げ、散々に笑いものにされた。彼らはお内儀の小屋に入って長い間出てこなかった。手荒い歓迎を詫びるのに些か時間が掛かったという訳だ。それにお内儀には彼らの絶対的な安全を保障する気などなかった。

「ここの連中は外人嫌いだからねえ」とお内儀は溜息を吐いて見せたそうだ。「でも県境を越えたら、これでなきゃ使いものにならない。そうでしょう、鷹取さん」

鷹取氏はごもっともと答えたが、わざわざ訳して聞かせはしなかった。一言も通訳しなくとも、いやむしろ、一言も通訳できなかっただけに、お内儀の言わんとするところは十分だった。鷹取氏とアメリカ人はごく政治的な妥協を強いられ、父とお内儀はその成果に大いに満足した。

「連中にはあれが一番効くのさ」と父は言ったものだ。「さもないと途方もなく高飛車に出やがるからな」

今度の外人は違っていた。片方は女だったのである。「金髪だぜ」と私は言った。だが、遠目でもそれが年の行ったあまり器量の良くない金髪女であることが判った。私は興味を失った。千秋は最初から何の関心も示さなかった。

その辺に屯していた連中の反応も同じだった。些か違うのは、お内儀の小屋で帳尻の確認をやっていて、呼ばれて出て来た日和見だけだった。彼は外人二人連れと二言三言交わすと、血相を変えて此方に飛んで来たのだ。

「伍長は起きたか」と彼は訊いた。

「何で」

「外人だ」と彼は言った。「それも通訳なしで来やがった」

「起きてることは起きてるけど」と私は言った。迎え酒をしていたからだ。あれでは納まるまい。そのままとことん行ってしまうだろう。「でも何で伍長なの」

日和見の理由は涙が出るほど貧弱だった。「ここじゃ伍長が一番学があるんだよ」

だが学があるのと話せるのとは全然違う。私は最初から、伍長は一言も話さないだろうと睨んでいた。彼が昔、翻訳で食べていたのは事実としても、話すというのはまた別種の訓練を要する。そして伍長というのは、完璧に話す自信がない限りは口も開かず、それで何の不満も感じない人種に属するのである。

「それ、アメリカ人」と千秋が訊いた。

「知るか」と日和見は答えた。「おれには何にもわからん」

「僕が話してみようか」

日和見は千秋に、それから私に疑わしい目を向けた。常日頃、伍長がやや過剰にそれなりの知性の存在を評価していた私なら兎も角、ある種の精緻極まる狙撃機械と考えられていた千秋にそんな能力があるとは夢想だにしなかったのだろう。だが確かに、千秋なら話せる。

「ちあきはできるよ」と私は答えた。千秋は力強く頷いた。

日和見は半信半疑と言った様子で、千秋を金髪女とその連れの所まで連れて行った。私は当然のように後に付いて行った。千秋は何か訊き、彼らは何か話した。

「記者だって」と彼は解説した。「取材したいって」

日和見は度胆を抜かれたようだ。「どこで覚えたんだ」

「ラジオ」と千秋は答えた。S＊＊＊にいた頃、私たちは優秀な鉱石検波装置を持っていたのである。もう少し熱心に聞いておけばよかった。考えてみれば、千秋は私が女郎度で荒稼ぎしている間中、米軍の放送に耳を傾けていたのだ。家の物置で見付けた昔の英語の教科書と字引で基礎の独学もやった。それだけで兎も角も話せてしまうというのは専門家にはいかにも虚しい話だろうが、この際はそれで上手く行ったのである。

日和見は千秋と記者たちをお内儀の所に連れて行った。女の方は早口で何事か捲し立て、困惑した見張りからカメラだけは取り返したが、その時には私と二人で戸口にとり残されていた。私が戸を開けて後に続こうとすると、女は私を押し退けるようにして中に入り込み、フラッシュを焚いた。

「取り上げてフィルムを抜け」と日和見は言った。私は手を突き出してカメラを要求した。女がカメラを庇ってきゃあきゃあ言い始めたので狩猟ナイフでストラップを切ってやらなければならなかった。

「こういうのは困ると言ってやれよ」と日和見が言った。千秋は女にではなく、小柄な巻き毛の男の方に言った。男は女に何か言い、女はヒステリックに言い返した。

「ちゃんと脅したか」と日和見は千秋に言った。千秋はまた何事か言った。女はようやく口を噤んで、まだ握り締めていたストラップの端を離した。私は裏蓋を開けてフィルムを抜き、カメラを返してやった。

　お内儀は騒ぎの片が付くのを待っていた。

　男は至極簡単に、ここに行けば国境を越えさせてくれると父から聞いて来たと言った。

「酒々井さんも困ったことしてくれるね」とお内儀は日和見に愚痴った。「何であたしたちがジャーナリストの面倒なんか見なきゃいけないのさ」

「まあ、いいんじゃないでしょうか」と日和見は答えた。

「よくないね」とお内儀は言った。「酒々井さんの所に電話掛けて確かめなさい」

　県境のむこうに無数のスパイを配しているらしいだけに、お内儀はこの点実に用心深かった。日和見は立って、電話を掛けた。日和見も苦り切っていたが、電話のむこうの父も言い訳がましかった。二人連れは不安そうだった。私は千秋に言った。

「スパイかもしれないって思われてる。教えてやりなよ」

千秋はお伺いを立てるようにお内儀を見遣った。お内儀は頷いた。千秋が何か言うと、男は肩を竦め、女はお内儀にむかって何か捲し立て始めた。日和見が電話を切った。

「例のアメリカ人のコネですよ」と彼は言った。「あいつが鷹取に回して、鷹取が酒々井のおっさんに回して、それでここまで来たって訳で」

「しょうがないね」とお内儀は言った。「もう一遍訊いてごらん、何をしたいのか」

つまり彼らは戦争の取材をしたかったのである。銃後の生活は難民村でたっぷり撮った。次は実戦である。だから、県境を越えての作戦行動に同行したい、と。

お内儀はしばらくむっつり黙り込んでいた。それから言った。「あんた、あたしの可愛い手下たちが露助とどんぱちやって、もしかすると死ぬところを写真に撮って、雑誌に売って、金を儲けようってのかい。冗談じゃない。よくそんなこと平気で言えたもんだね」

千秋は何も言わなかった。お内儀は訳しやすいように言い直した。「戦争で人死にが出る所の写真を撮って売るのは、死体を売るのと同じだ。あたしはそんなこと許さない」

千秋はしぶしぶその通り伝えた。女は言い返した。真実を伝える義務とか何とか、そんなことだったが、そもそも写真など真実とは何の関係もない。事実とさえ関係ないかもしれない。見る側にはやらせでないと判断する根拠など何もないのだ。男の方は、このルポルタージュが国際世論に対して持ち得る影響力について論じたが、そんなものが怒り狂うお内儀に通じる筈もなかった。

恐るべきは女の理屈である。殆ど伝説的とも言うべき狡知にも拘らず、お内儀は女の理屈を恐れなかった。男どもの失笑を買うなら買うで構わないのである。国際世論に対するアピールの必要性は認めても、自分の手下の死体が曝しものになるのは絶対に許せないのだ。実の所、私は少しばかり感動した。いかに女の理屈だ、感情論だと言っても、自分が彼女の将棋の駒以上の存在であるのは有難い。私がちらりと、伍長が常々言っていたような、ただ単に間抜けで不様なだけの死以上のものを考えたのは、後にも先にもこの時だけだった。

「撮りたいなら兵隊になってどんぱちやりながら撮るんだね。銃背負って、うちの連中の下でさ。さもなきゃ、県境のむこうまで送ってってやるから、勝手に撮ればいい。ただ、露助や義勇軍に見付かれば間違いなく殺されるよ。県境を越える手助けをしてやれるのはそのどっちかだけ」

結局、二人はそのどちらも呑めなかった。

お内儀はそれ見たことかと言わんばかりだった。「ここで写真を撮って、話を聞いていくのは構わないよ」と彼女は寛大な許可を与えた。

男は何か言った。かなり控えめに聞こえた。お内儀の話を聞きたいのだ、と千秋は訳した。

「ノーコメント」とお内儀は直接申し渡した。これはそのまま語調ごと通じた。会見は終りだった。

私と日和見は部屋を出損ねた。

「多少は協力してやっても良かったんじゃないでしょうか」日和見は言った。

「あんな連中、烏と一緒だよ。死体があれば群がって来るんだ。冗談じゃない」それから私にむかって言った。「行って、思いっ切り気の毒な身の上話をしておやり――得意だろ、そういうの」

「こいつにやらせると切りがありませんよ」と帳簿に戻りながら日和見は言った。

その通り。私は彼らの後を追った。頭の中で共産主義者の暴虐と戦争の悲惨を練り回して、一大身の上話をでっちあげながら。彼らは脳天気な若い連中が、どこから持ってきたのか判らない迷彩塗装のヘルメットを斜にかぶり、ピースマークを作って銃に寄り掛かっている写真を撮っていた。三人組がこのチャンスを逃したことを知ったら、地団駄踏んで悔しがるだろう。

「これは使えないね」と私は言った。「この人たちが欲しがってるのは、こういう絵じゃないと思うよ」

千秋は律儀にもその通り訳した。男は興味を引かれたらしかった。こういう物言いを、私は伍長から学んだ。ある種の知性の存在を匂わせようという訳だ。

「君は一体幾つだね」と男は訊いた。

「十四」と私は答えた、どのみち彼らに私の正確な年齢など推察してみようはない。千秋は驚いて私の顔を見た。「十四」と私はもう一度繰り返した。千秋はしばらくじっと考えた。それから、おそらく何か意図があってのことと思ったのだろう、その通り訳して聞かせた。

「随分大人びて見えるね」

「まあ、色々あったから」と私は笑った。大河原にへし折られた歯がすきっ歯になって見えた筈だ。

「いつからこうしているんだい」

「二年くらいかな」単純に十四から二を引く。すると十二になる。十四でゲリラになるのと十二でなるのとは悲惨の度合いがまるで違う。私は十分その辺を計算していた。千秋は眉を顰めた。顰めたが、ちゃんと訳したようだった。


それから私は、問われるままにぽつりぽつりと、のスタイルで、出鱈目な身の上話をしてやった。つまり、今私がやっているのは必ずしも最初の身の上話ではないのだ。最後のでもあるまい。ただ私はどんな話をするにもスタイルを重視することにしている。この時は殊にスタイルに注意した。アメリカン・ジャーナリズムがどっぷり陳腐な紋切型に侵されている以上、スタイルさえそこに合わせてやれば真贋など分かろう筈がない。たぶん、真贋など全然問題ではないのだろう。

戦争前の私と両親との平和な生活。やがて戦争が始まって、父は東京から帰って来られなくなる。家は接収され、母は女工として働いて私を育てようとするが、分離独立下で剥き出しになった地方政治のメカニズムの割りを食って自宅待機を命じられ、それでは食うに食えなくて、ロシア人相手に春をひさぐうち、街娼狩りに捕まって帰ってこなかった。そこで私は浮浪児の群れに身を投じる。ちなみにこの物語の舞台はS＊＊＊＊ではなくN＊＊＊＊だったが、そこにそんなものがあったかどうか、私は全然知らない。少なくともS＊＊＊＊にはなかった。兎も角、街ではロシア人にいたぶられ、乞食をしても盗んでも、端からボスに巻き上げられるのに嫌気が差して……。

千秋は前以上に顰蹙して、そんなのを訳すのは嫌だと言い始めた。私と千秋が押問答していると、後から声が掛かった。

「ひでえ嘘八百だな」伍長だった。かなり酒気を帯びていたが、上機嫌だった。

「お内儀が喜ばせてやれって言うんです」

伍長はけらけら笑った。「続き行けよ、続き。ディケンズにならんようにな」

千秋は仕方なく前の所を訳した。私は伍長の入れ知恵の宜しきを得て、前より非道い話を続けた。嫌がらせにも負けず、公平な分け前を要求した結果、業を煮やしたボスに陥れられて収容所に入れられる話。そこでの悲惨な生活。話には遂に千秋も引きずり込まれ、私と一緒に収容所を脱走することになる。こうなっては彼の良心も一言も口を挟めない。アメリカ人は千秋に内容の確認を求め、千秋としては、欣然としている伍長の手前もあって、嘘話だとは言い出しかねることになってしまった。私はますます興に乗った。伍長は適当に手綱を締めて、私の話がリアリズムを踏み外さないよう注意した。

脱走の後、ロシア人や義勇軍を掻い潜り、農民の悪意や善意に曝されながら山中を彷徨っているうちに伍長一行に会ってゲリラになるまでを、私は語った。こんな話くらい、その気になれば二十でも三十でもひねり出せる。日和見の言う通り、私にそれをやらせると切りがないのだ。

伍長は密かに拍手喝采してくれた。「ヴェルディ調の締めだな」と言うのが彼の感想だった。「第二幕第二場だ」私たちはむしろ厳粛な面持ちでこの冗談を楽しんでいたので、アメリカ人は何も気が付かなかった。

「で、君らは実戦に参加したことがあるのか」とアメリカ人は訊いた。

何たる愚問。でなければ私たちがここで何をしていると言うのか。見せてやれよ、と私が言うと、千秋はＳＶＤの台尻に刻んだ印をものも言わずに見せた。例の刻みの数は、ロシア人三十一、義勇軍四十二、兎七十六匹に上っていた。兎の数の伸びが今一つなのは、夏場は禁猟だからである。

総計百五十近い刻みを見て、アメリカ人の顔はひきつった。その小さくて数の多いのは兎だと言ってやっても何の慰めにもならなかった。

「いいんですか、あんな嘘を吐いても」と千秋は後で伍長に訊いていた。

「構うもんか、連中も駆け込み乗車だ」と伍長は答えた。何か妙な具合に肩の力の抜けた返事だった。「ロシア人もいよいよ引き上げに掛かるからな。その前にって訳さ。土産話の一つや二つ、聞かせてやらなきゃ気の毒だ」

「戦争が終るんですか」と私は訊いた。

「終る」と伍長は答えた。「ロシア人とアメリカ人が話を付けた。後はいつかってだけだ。在日米軍司令官は我々の勝利だとのたもうた――我々のな。手一つ汚さずに、よく言ってくれたもんさ」

勿論、そこで言う我々に我々は含まれていなかった。司令官が讃えていたのは、あくまで力で対決する姿勢を崩さなかったアメリカ政府の方針だったのである。

「姿勢だけで助かったよ」と伍長は言った。「本当に対決されてみろ、後は焼け野原だ。焼け野原に放り出されて、解放してやったと恩を着せられるのも嫌だからな」

だが、そんなことは私には何の関係もなかった。突然、世界の底が抜けたような気がして私は立ち竦んだ。

「どうした」と伍長が訊いた。

私は散々迷ってから、こう言った。「戦争が終ったら、僕はどうすればいいんでしょう」

伍長は呆れたような顔をして私の顔を見詰めた。「家に帰って、学校へ行けよ」

「無理ですよ」と私は答えた。考えただけでぞっとした。家へ帰って、学校へ。「できません」伍長は驚くほどまじまじと私の顔を見直した。それから深々と溜息を吐いた。「重症だな。意外な奴が一番の重症だ」

「重症って」

「いいか」と伍長はふいに居住いを正して言った。「これは命令だ。よく聞いとけ。戦争が終ったら持ってる武器は全部手放す。ナイフも駄目だ。それでおとなしく家に帰って、全部忘れろ」

私は伍長の言い付けを必ずしも全部は守らなかった。

例のアメリカ人は、後に本を出すことに成功した。私は大学に入ってから、それを古本屋で買った。

驚いたことに、二人連れのボスはあのヒステリー女の方だったらしい。ルポではなく、写真集なのだ。おまけに私がフィルムを抜いた筈なのに、お内儀の顔はちゃんと写っている。私はそのプロ根性に称賛の念を惜しまない。もっとも、隠し撮りのせいで些かピンボケ気味ではあるが。私と千秋も並んで写っている。例のＳＶＤを持って。伍長はうしろ姿で隅に半分だけ入っている。お内儀以上に徹底した写真嫌いなのである。

フィルムはコダックで、これは有色人種が一層有色人種らしく写ることで悪名高い。どこが違うと言われてしまえばそれまでだが、写っている当人としては、あまりベトコンじみて写るのも気分のいいものではない。私は日焼けして矢鱈に痩せこけて見え、歯だけが無闇に白く、左側の二本が欠けている。千秋はさすがに顔立ちこそ整ってはいるが、この写真から、義勇軍の兵士を戦慄させた死の天使を思い浮かべることは難しい。もっとも、千秋がどんな顔をしていたのか、私はもう定かに思い出せないのだが。

彼らは私の身の上話を本気にしたらしい。写真のキャプションでは恐ろしく短く切り詰められているので、一層それらしく見える。それを見て、私はようやく幾らかの満足を覚える。あの後彼らは、北の方からN****に潜入して、遅ればせながらW****市一帯の惨状を取材し、N****の攻囲戦とそれに続く解放の様子も撮影した。ここではまるで間抜け扱いだが、彼らは彼らなりに肝の据わったジャーナリストだったのだと言い添えておこう。ただこの賛辞にジャーナリズムに対する私の不信感を帳消しにするようなところは何もない。N****の攻囲戦の写真を見る度、私は思うのだ――いかに肝が据わっていたとしても、彼らはやっぱり禿鷹である、と。

N****市攻囲軍は最悪の政治的妥協の産物だった。一説に十五派とも十八派とも言う県内のゲリラのうち、特に政治色の強い三派は、ソ連軍が引き上げを決めた頃から密かに会合を重ねて、生き残りを狙う諏訪政権を打倒すべく協力を取り決めたが、三派それぞれの立場はまるで違っていた。N****防共隊を名乗る一派はごりごりの右翼で、ところがこの右翼は全く日本的な右翼とは何の関係もない、反日反米反ソの民族主義者だった。彼らにとって許せないのは、N＊＊＊＊市に居座る諏訪政権が左翼政権だということくらいである。対するN＊＊＊＊解放戦線は、これまた分離独立を支持する左翼集団で、ただ、ソ連の傀儡たる諏訪政権の存続は認め難いという一点に拘っていた。更に、俗にLAと呼ばれていたリベレーション・アーミーは、例のW＊＊＊＊市のゲリラ狩りで大打撃を受けた一派だが、全くのリベラルで、分離独立にも右翼左翼にも拘っておらず、むしろ一日も早い日本への復帰を願っていた。ただ、W＊＊＊＊の惨劇の責任を巡って米軍の軍事顧問とも自衛隊の顧問とも不仲になっていたので、彼らを解放軍として迎えるのは嬉しくなかったらしい。

結局のところ、後方の認識は最前線の連中とは大きく隔たっていたので、ソ連軍の引き上げの頃には米国にも日本政府にも、ゲリラ各派に対する直接の影響力はないに等しかったのだ。そんな連中を沿道に立って旗を振って迎えるのは御免だ、とは、おそらく県内で銃を取ってどんぱちやっていた者に共通の、至極感傷的な認識だったと言える。

お内儀の見解は否定的だった。「そんなの、ただの面子じゃないか」と言うのだ。「あたしはソ連軍が引き上げてくれれば何の文句もないね。諏訪政権だけじゃ何週間も保ちゃしないよ。あたしは最初っから、ロシア人が引き上げたら手を引くつもりだった。それに考えてもごらん、義勇軍の残党を日本から追っ払った後、連中がどうなるか。何しろ端から反りの合わない連中なんだよ——うかうか出掛けて行って、お互いに寝首を掻き合う仲間に入るのなんか御免だね」

そうして、日和見に武器の在庫の半額大バーゲンを命じた。後方支援の名目で。ソ連軍が引き上げ始め、義勇軍がN＊＊＊に集結している状況では、県境を越えて武器を運び込むのはかつて想像が付かなかったくらい簡単だった。トラックが日に数往復してT＊＊＊に武器を輸送した。私は試しに父の所に電話を掛けてみたが、いつ掛けても留守だった。倉庫に山積みされていた商品を一掃すべく走り回っていたのだ。本当に戦争が終ってしまえば一文の値打ちもない品物ばかりである。

伍長はお内儀に辞表を出した。

ラジオはすっかり終戦気分で、益体もない娯楽番組ばかり流していた。実の所、在日米軍と自衛隊は密かに動き出していたのだが、その辺は報道規制で巧みに隠されていたのである。時々入ってくるニュースはと言えば、T＊＊＊に何千人集結しているとか、トラックでN＊＊＊郊外に移動しつつあるとか言う景気のいい話ばかりだった。伍長はぼんやりそれを聞いていた。それから立ってお内儀の所へ行き、攻囲戦に参加するので辞めたいと言ったのだった。

「本気なの、憲之さん」とお内儀は言った。彼女が伍長を名前で呼んだのは、後にも先にもこの時一度きりである。「だってね、あんたもよく知ってると思うけど」

「よく知ってます。どいつもこいつも馬鹿揃いだし、後の仲間割れを考えるとぞっとしますけどね――ま、何とかなるでしょう」

お内儀は溜息を吐いた。「それにね」

「今までとはちと要領が違うのも分かってますよ。何しろ攻囲戦だ」

　こうなるとお内儀も反論のしてみようがなかった。「馬鹿だね、あんたは」と彼女は言った。「折角ここまで生き延びて来たのにさ」

　それは伍長には少しく嫌な感じのする言い方だった。お内儀はよくそういう言い方をする。いつもならさらりと受け流す所だが、今日という今日はきっちり聞いておきたかった。お内儀は一体何を知っていると言うのか。単なる蓋然性の問題か、それとも彼女には次に出る目が判るとでも言うのか。

　実の所、それは極めて危険な質問だった。世の中にはけして口にしてはならないことがある。だが彼は努めて気軽な口調で言った。「死ぬとでも?」

「死ぬね」とお内儀は答えた。行けば死ぬ、でも、行かなければ死なない、でもない。ただ単に、死ぬ、と。

　伍長は長い間身じろぎもせずにその場に立っていた。それから軽く頭を下げて小屋を出た。戻って来た伍長は私と千秋に、S＊＊＊＊まで送って行ってやると言った。

「何でS＊＊＊＊へ」

「解放戦線の七名《ななめ》の所に行くのさ」

　全くの寝耳に水だった。この間の忠告からして、伍長も村に帰ってあの屋敷の工人に納まるつもりだと思っていたからである。三人組は派手にブーイングした。日和見は不人情だと言って責めた。千秋は涙ぐんだ。

結局、伍長は彼らを連れて行くと答えざるを得なかった。かなり苦り切っていた。ただ、その理由は一言も洩らさなかった。聞いたのは私だけだ。

十一月の肌寒い晩だった。他の連中は最後の馬鹿騒ぎが過ぎて、疲れて寝ていた。辺りもいつになく静かだった。伍長がお内儀に宣言する前から、相当の人数が山を越えて攻囲軍に加わっていたからだ。

私はテラスで毛布に包まってカンテラで本を読んでいた。伍長が中から出て来て、私の横に腰を下ろした。彼は習慣のように私が読んでいる本を取り上げて、内容を確かめた。だが、返してはくれなかった。

「お前は何にも言わなかったな」と伍長は訊いた。「どうするつもりだ」

「どうするって——帰りますよ。帰って、学校へ行きます」何故なら伍長がそう言ったからだ。家に帰って、学校へ行けよ、と。

「利口な奴だな」と伍長は溜息混じりに言った。「おれはずっと思ってたんだが、うちの連中の中じゃ、お前が一番利口だ。おれより余程利口だよ」

「僕はずっと馬鹿をしでかすのが怖かったんです。馬鹿をしでかして死ぬのが。伍長はそんなの怖くも何ともないでしょ」

「何でだ」

「時々やるからですよ」

　伍長は鼻白んだようだった。おつむが自慢の伍長にむかってそんなことを言ったのは後にも先にも、もう一人しかいない。「神崎を覚えてるか。大河原の手下の。あいつがやっぱり言ったな」

「何て」

「算段に従い切れない、と」

　逆に神崎は算段でしか動かない。不幸せな男だ。「神崎は算盤勘定のミイラですよ。あれもどうかと思うけど」

　伍長はけらけら笑った。私は続けた。「だからたぶん、伍長の方が賢いんです」

「妙な理屈だな、それは」

「伍長が気紛れを起こしたおかげで、僕は前歯を二本無くしてますからね――でも、面白かったでしょ、あれは」

「ああ、あれはな」と伍長は微笑した。「あれは面白かった」

　それから彼は、お内儀が彼の死を予言したと言った。冗談めかしてはいたが、彼自身は本気にしていた。私にはすぐに判った。伍長は迷信深い。お内儀に関しては特に迷信深い。S＊＊＊＊まで連れて行くと言った伍長の顔が蒼かったのに、私は気が付いていた。

「ツキにツキまくったツケを払うって訳ですか」と私は軽口を叩いた。

「誰だ、そんなことを言った奴は」

「日和見さんですよ。伍長があんまりツいているんで怖いって。何時あのツケを払うのかと思うと気が気じゃないって。でも僕は全然信じてませんでしたね。途中までは信じていたけど、信じなくなった」

「何時から」

「その傷を貰った時からです」私は伍長のこめかみから側頭部に走る長い弾傷を差した。「ツキならとうの昔に落ちてますよ。だから、問題はツいてるツいてないじゃないんです。千秋は一緒にN****まで行くつもりらしいけど、僕は何にも心配してませんよ」

「口の巧い奴だな、お前は」と伍長は私の頭をぽんと叩いた。「御褒美だ。明日行く時、ここにある本を全部持ってっていいぞ」

「本当ですか」と私は言った。「本当にいいんですか」ここにある本とは、全部で三、四十冊、伍長選りすぐりの蔵書である。

「どうせトラックで行くんだ。持ってけるだろう」

私はひたすらに感謝した。伍長はふいに意地悪く笑って、私から取り上げた本をポケットに入れた。「これは駄目だ。おれが読むから」

私はよく覚えている。それはヴィリエ・ド・リラダンの短篇集だった。同じ本に再会するには、それから十年掛かった。ただ、どんなに努力しても、その晩途中までしか読まなかったのがどの短篇なのか、私には思い出せない。

一年半ぶりに、私は町に帰って来た。

それにしても何という変わり様か。まだ町に入る前、川伝いに走るトラックで、山を徒歩で下りて来た連中を追い越した時から、私は何とはない落着かなさを感じていた。彼らは私たちを見ると空に向けて銃を撃った。三人組もやり返した。日和見は嬉しそうに笑った。こんなことは私たちにとっては日常茶飯事だった。雨が降ったと言ってはぶっ放し、晴れたと言ってはぶっ放す。ただこの時は背景が、私が生まれてから十四年間住んでいて、よく知っている場所だっただけである。

町は人で溢れていた。てんでに雁木に立ったり、座ったり、ぶらついたり、よじ登って小屋根の上に陣取ったり――縁日を思わせる光景だ。だが、商店は殆どシャッターを下ろし、女子供の姿はなかった。トラックは道に屯する連中を避けながらのろのろと進んだ。大抵は酒を飲んでいた。葉っぱの匂いもした。必ずしも山から下りて来た連中ばかりではなく、町の住民も混じっていたが、それももう見分けが付かないくらいに荒れていた。

市役所の前を通った時に落ち着きの悪さは頂点に達した。消火栓の標識から死体がぶら下がっていたのだ。私は身を乗り出した。八之瀬の死体だった。誰かが八之瀬を吊したのだ。荷台から落ちそうになった私を、伍長が引っ張り込んだ。

「あれ、地区委員長ですよ」と私は言った。

三人組はいやっほう、と言うような叫びを上げた。「やってくれるじゃないの」誰かが、どこで覚えたのか、八之瀬の死体にむかって中指を立てて見せた。

伍長は嫌なものを見たと思ったらしい。「おれたちは一体どこにいるんだ」と、憮然とした面持ちで眩いた。「日本だよな、ここは」

間違いないと答える自信はなかった。S＊＊＊は確かに日本であると、私は思っていた。しかしこれを見ては、住民の気質にさして日本的とは言えない部分があったことを認めない訳にはいかない。その「日本的」なる基準が、そもそもS＊＊＊とは何の共通点もない風土と社会環境の下で勝手に規定されたものだとしても。そこでは気候も人間もずっと穏やかで、とっくに死んでいる人間であっても、誰かを消火栓の標識から吊したりはしないのだ。

弁解じみるが、八之瀬は別に生きながら吊された訳ではなかった。必死の嘆願にも拘らず義勇軍がN＊＊＊への引き上げを決めた直後、執務室で首を括ったのだ。ドアノブにベルトを掛け、床に膝を突いて果てたのである。鶴巻がそれを発見した。八之瀬と一蓮托生の運命を辿る気など毛頭なかった鶴巻は、渡りに船とばかり鳴り物入りで八之瀬の死体を外に引きずり出し、消火栓の標識から下げさせた。かくて当面、彼の政治生命は保たれたのである。後は解放軍を迎えるタイミングを逃さないだけだ。

それだって十分非道い話ではないか。

「夜は家に帰るからって」と千秋は言った。トラックは我が家に近付きつつあったのだ。私は頷いた。伍長は家の前でトラックを止めさせ、私が下りた後で、本を詰めた段ボールとリュックサックを下ろさせた。トラックが角を曲がって見えなくなるまで、私はそこに立っていた。それから、家の戸に手を掛けた。

鍵が掛かっていた。私は戸を叩いた。返事はなかった。かなり乱暴に揺すった。磨り硝子の塡まった桟の間から、人影が見えたからだ。

「千秋のお母さんでしょ」と私は呼んだ。何となくそんな様子だったからである。「たかしです。開けて下さい」

返答はなかった。中で鳩首談合している囁き声が聞こえてくるだけだった。私は戸に寄り掛かって待った。千秋の母親と、母と、もう一人は誰だろう。結論は一向に出る気配がなかった。私は業を煮やして、裏庭から押し入ってやろうかと思った。

中でも誰か業を煮やしたようだった。「だからどうだって言うのさ」と、いきなり大声がした。「ゲリラなんて、あたしは怖くも何ともないわ」がらり、と戸が開いた。私は危うく中に転げ込んで頭を打つところだった。

「たかし君じゃない」とやすこさんは言った。私を玩んで家にいられなくした、あの女である。

「声変りしてたんで分からなかったわ」

だが、私の声変りは山に入る前からの話である。

母は泣き出した。千秋の母親と抱き合って。やすこさんは肩を竦めて、戸を閉じようとした。私は慌てて取って返して、段ボール箱とリュックを中に入れた。

「何、それ」と彼女は訊いた。

「本」

「変わってるわね、あんた。戦争から本を持って帰って来る人なんていないわよ」

「ちあきも来ますから」と私は千秋の母親に言った。「夜になったら帰ると言ってました」

千秋の母親は一層激しく泣き始めた。母は鼻を啜りながら千秋の母親を慰め、どうでもいいことのように私に訊いた。

「どっちにするの、風呂とご飯と」

「風呂」と私は答えた。昼食にはまだ少し早かった。

母は千秋の母親を支えるようにして奥に入りながら「ああ、嫌だいやだ」とこれ見よがしに言った。「何で男の子なんか持ったんだろう。ふいっと消えて、ふいっと戻ってきて、昼間っから風呂だって」

「母さん」と私が言っても振り向く様子もなかった。

「ちあき君が悪いんじゃないよ。ろくでなしはたかしの方だ。あたしにはよぉく判ってる。親父も親父なら、息子も息子だよ。あんたは幸せだねえ。ちゃんとこうやって知らせてから帰って来る息子がいて」

私はしばらく呆然と佇んでいた。これではまるで、帰って来たのが悪いようではないか。

「上がりなさいよ、お茶でも淹れるわ」とやすこさんが言った。

「僕が何か悪いことでもした？」と私は訊いた。

「しなかったとは言えないわねえ」と彼女は答えた。「あんな消え方するなんて、大体、親不孝よ、あんた」

そんなことはよく判っていた。ただ、うっかり忘れていただけだ。

母は風呂を沸かしてくれた。昼食も食べさせてくれた。残り物ではなく、ちゃんと作ってだ。祖母ほど旨くないのは致し方ない。食べている間母は何も言わずに脇に座っていた。まだ時々目頭を押さえていた。

「もう、どこにも行かない」と私は言った。「戦争は終ったから。父さんも帰ってくる」

「あんな男の話は止めとくれ」

「金持ちだよ。戦争で大儲けしたんだ。孫の代まで遊んで暮せるって威張ってた」

「親子揃ってやくざ者だよ、お前も父さんも」と言うのが母の感想だった。

私は食べ終って、自分で番茶を淹れた。旧式の魔法瓶と一緒に、お茶道具一式を卓袱台の脇に置いておくのが我が家の習慣だった。母にも淹れてやった。「僕が帰ってきてよかっただろ」と言って、茶碗を押し遣った。

母はそれで再び感極まってしまった。俯いたまま茶碗を取って口を付けたが、飲めなかった。

「泣くなよ」と私は言った。

　母は結局飲みもせずに茶碗を卓袱台に下ろし、器をお盆に載せた。その間もずっと顔を伏せたままだった。

「父さんが帰って来ても追い出すなよ」と私は言った。母は頷きながら、お盆を持って台所に消えた。

　それきり戻って来なかった。

　私は番茶を飲み上げて二階に上がった。二階の私の部屋はそのままにしてあった。もっとも、私が引き抜いて床に落とした抽斗はちゃんと戻っていたし、押入も閉めてあったが。布団の類も時々干していたようで、ふんわりと乾いていた。新しい枕カバーとシーツが入っていた。私は毛布と枕だけ出して畳の上で横になった。畳は前より焼けていたが、綺麗に掃除してあった。私も泣きたくなった。だが泣かずに目を閉じた。

　それから二時間ばかり眠った。

　目を覚ましたのは階下で男の声がし始めたからだ。店を開けたのだ。私は頭に手櫛を入れながら下りた。ロシア人はもういないから、客は日本人だった。それも山から下りて来たような連中ではなく、町の住民だった。解放の前祝いに、鶴巻が取り巻きを引き連れて、以前は敷居も跨げなかった我が家に乗り込んで来たのだ。

　工場は騒動の真っ最中だった。女たちが悲鳴を上げた。

「お願いですから、堪忍して下さいな」と母が愛想良く言うのが聞こえた。「それじゃ商売上がったりです。ね、あたしが代わりにやりますから、その娘たちを放してやって貰えませんか」

「本気かね」と誰かが言った。

「さ」と母が言った。「やっちまって下さい、ばっさりと」

「あんたはいい女だねえ」と鶴巻はいかにも唾の多いびしょびしょした口調で答えた。「ほんとに気風がいい。気に入ったよ。まあ、あんたに免じて他の女どもは許してやることにするかな」

「有難うございます」

それから、電動剃刀に似たモーター音がかすかに耳に入った。工場は期待に満ちた沈黙で静まり返った。何か抵抗のあるものを噛んで、モーターの音は少し甲高くなった。誰かがひきつったような笑い声を洩らした。じゃりっという音が聞こえた。男たちはくすくす笑い始めた。

何故そんなことをしたのか、今だに自分でも解らない。私は茶の間に取って返して、リュックの中から短機関銃と替えの弾倉を摑み出し、何の考えもないまま工場に飛び込んだ。飛び込んで、天井に向けて乱射した。

隅で怯えて抱き合っていた女たちは私を振り返ったまま動かなかった。鶴巻の取り巻きも凍り付いた。実の所、私自身もだ。居合わせた一同が何が起こったのかも判らず、ただ銃声に驚いてこちらを注視しているのを眺め渡してから、えらいことをしでかした、と初めて思った。失礼しましたと言って頭を下げて引き下がって済むことではない。後は行き着く所まで行くより他に、どうしてみようがあるだろう。

一息吸って、空いた弾倉を捨て、差し替えた。女たちは悲鳴を上げた。私は拳銃を構えるように片手で短機関銃を構えて奥に進んだ。

私が近付くと、鶴巻の取り巻きは壁まで逃げた。後には鶴巻と、鶴巻の前の椅子に座らされた母だけが残った。母の髪はあらかた剃り落とされた後だった。鶴巻の小さな黒目は、今や白目の中の一点でぴたりと止まり、右手には今だに唸りを上げている電動バリカンを握り締めていた。

もう何の躊躇もなかった。私は腕を伸ばして銃口を鶴巻に向けた。

「たかしっ」と母が叫んだ。

条件反射とは恐ろしいものだ。母親に叱責口調で名前を呼ばれては、大の男でも怯まない者はいない。私も怯んだ。一瞬、銃口が逸れた途端に、母は私に平手打ちを食わせた。

鶴巻はまだ強ばった唇から笑い声を洩らした。笑いは徐々に伝染していき、仕舞には全員が大爆笑した。

「この馬鹿息子」と母は言った。それから、鶴巻の手からバリカンをもぎ取って、自分で自分の髪の残りを剃り落とした。

今や女の子たちさえ笑い転げていた。残酷なものだ。走らずにその場を離れるには鉄の自制心が必要だった。私はできるかぎりゆっくりと、前を向いて工場を出、茶の間のリュックに銃を元通り収めて背負い、玄関で靴を履き直した。鶴巻が大声で何か言っているのが聞こえた。

「ちょっと待ちなさいよ」奥からやすこさんが出て来た。「どこへ行くつもり」

私は彼女の顔を見上げた。それから答えずに外に出た。

目抜き通りに出て、最初にぶつかった連中に酒をせびった。彼らは散々に私の年をからかったが、結局、何か得体の知れないアルコールの入った壜を回してくれた。私は口を付けて一息に呷った。飲みっぷりの良さに感心して、後は幾らでも飲ませてくれた。意識が朦朧としてくるには幾らも掛からなかった。

気が付くと、三人組が屈み込んで私の顔を覗き込んでいた。

「何してんだ、こんな所で」

もう恥も外聞もなかった。私はこの午後に起こったことを全てぶちまけた。彼らは大笑いしながらも大いに同情してくれ、代表者を走らせて、俄に店開きした密造酒屋から酒を買って来てくれた。私は更に飲んだ。意識が完全に消滅するまで。

気が付くと、畳の上に横にされていた。伍長が私の頬をぴしゃぴしゃ叩いた。

「何飲ませたんだ」と伍長は三人組に言った。「白目剝いてるぞ」

三人組は私の午後の悲劇を面白おかしく話して聞かせた。伍長は笑った。笑った後で済まんな、と言った。

背中がぞくぞくしたので身震いすると、三人組は慌てて洗面器を捜しに出て行った。

「大丈夫か」と伍長が訊いた。

「僕も連れてって下さい」と私は回らぬ呂律で囁いた。「もう家には帰れないんです。連れてって下さい」

伍長は溜息を吐いた。

三人組はじきに、洗濯桶のような盥を捜して来て、無理矢理私を抱き起こし、その上に屈み込ませた。吐かないと、指を入れて吐かせようとした。「吐けよ、ほら、吐かないと楽にならないぞ」私は首を振った。頭が割れそうだった。

「便所に連れて行こうか」

これは救急車ものだ、と私は気が付いた。彼らは私を手洗いに連れて行った。私は一人で中に閉じ籠もり、胃の中を空にした。ふらふらと外に出てくると、彼らは私を部屋に連れて帰って寝かし付けた。

「僕はもう帰れないんです」と私は繰り返した。「僕には家はないんです」

解ったわかった、と三人組は言った。「一緒に行くんだろ、な。もう寝ろよ」

私は頷いた。何度も何度も。それからしつこく一緒に連れて行ってくれるよう念を押した。

翌日、N＊＊＊に行くトラックの中で、三人組は私のために風通しのいい一番外側の席を確保してくれた。「お母さん、心配してたよ」と、戻って来た千秋は私の隣に座って囁いた。後にも先にもこれ一度きりという最悪の宿酔いに悩まされながら、私はN＊＊＊への峠を越えた。

私たちは解放戦線の七名大佐の指揮下に入った。

「随分偉い人だね」と私は皮肉った。今でこそ七名大佐の下には連隊相応の人数がいたが、もともとの部下など二十人もいない。

「解放戦線は肩書きが好きでな」と日和見は答えた。「どいつもこいつも将校だ。半分くらいはそうじゃないか」

ただ、七名大佐は常々伍長を高く買っていた。彼は解放戦線がお内儀から武器を買う時の窓口を務めていたが、国境を越えて武器を運び込んでくる伍長の手際に惚れ込んでいたのである。賢明にも、伍長は正式の志願届など出さず、大佐の個人的なコネを頼って転がり込み、事実上の副官に成り上がった。その直属の部下たる私たちの待遇も、外様とは言い難いくらい良かった。

攻囲軍の総数はおよそ一万二千人程で、ここには防共隊・解放戦線・LAおよびそれ以外のゲリラの他に、興奮して志願してきた素人が相当数含まれていた。農繁期で五、六千という伍長の計算が正しかったとしたら、三分の一程がそうだったことになる。更に反乱を起こした義勇軍が加わっていた。捕虜として扱おうという意見が圧倒的だったにも拘らず、反乱部隊は持参した重火器の威力で指導部を魅了し、指揮権の一部を握った。N＊＊＊＊市に籠城する義勇軍は前線に砲を並べて容赦なく撃って来たから、この重火器は有難かった。四派連合軍は市の北東部の平野に塹壕を掘り、反乱部隊が砲撃を加えた。砲撃の間を縫って、俄仕立ての工兵隊が市にむかってジグザグに塹壕を掘り進んだ。

辺りは一面真っ平らで、双方の行動は一目瞭然だった。義勇軍と攻囲軍は田圃を隔てて対峙していたのである。塹壕のふちから終日、双眼鏡を構えて戦況を眺めていた伍長は、日没に至って深い深い溜息を吐いた。

「妙だと思わないか」と彼は言った。「今時塹壕戦だぞ。ヴェルダン要塞の攻囲戦じゃあるまいし」

私はヴェルダン要塞がどこにあるのか知らなかった。伍長も教えてくれなかった。ただ、当時の我々と第一次世界大戦とを結ぶ一つの要素があった。有効な航空戦力の欠如である。義勇軍も此方も、爆撃機を持っていなかった。それどころか飛行機さえ持っていなかった。ソ連軍は引き上げの際、航空基地を全て爆破し、一機の飛行機もヘリコプターも置いて行かなかったのである。追撃を恐れたのだ。本来ならここで制服が——在日米軍か自衛隊が大きな顔をしてN＊＊＊＊市に徹底した爆撃を加え、義勇軍を粉砕すべきところだが、N＊＊＊＊市の西部にある丘陵地帯にはまだソ連軍の殿が撤退を援護すべく残っていた。N＊＊＊＊の問題は米ソ間では一応外交的に解決済みだったから、ソ連軍を誤爆する危険は冒せない。

情報統制で何も判らなかったが、米軍と自衛隊は攻囲軍のすぐ背後で息を潜めて陥落を待っていた。

ともあれ、当面の戦闘は砲の撃ち合いに限定されていた。最初の晩に夜襲を掛けた一団が砲陣に配置された重機関銃の餌食となって以来、兵力集中と中央突破という古典的戦術の支持者は一人もいなくなった。地形がこれでは、圧倒的な砲の援護なしに突入できると思う方が甘い。そもそもその砲撃にしてからがろくに当らないのである。敵の小型自走砲も情けないが、味方も迫撃砲に毛が生えた程度のものしか持っていなかった。どちらも射程ぎりぎりでの撃ち合いだった。それでも敵の方が幾分有利らしく、稀に、篠突く雨に混じって飛んできた砲弾が塹壕を直撃し、味方の兵士を粉砕した。射程内で狙い撃ちに砲撃された工兵の犠牲は更に大きかった。塹壕掘りは遅々として進まない。突撃ができる所まで掘り進む前に年が明けてしまうだろう。

それだけは絶対に拙い。

塹壕の途中に、私たちが将校クラブと呼んでいる場所があった。近所の農家から徴発してきたハウス用ビニールシートで屋根を渡してある以外は余所と変わらない塹壕だが、四派連合の大隊指揮官連中が集まって、持ち込んだコンロでお湯を沸かしてお茶を飲んでいたからである。伍長は例によって当然と言わんばかりの態度で、そこに居座っていた。仕舞には誰が副官か判らなくなるような有様だったが、それで誰も文句が言えないのは伍長の持つ族長的人徳の為せる業であろう。伍長が居座っている限り、我々も繁くそこに通って、暖を取り、お茶をご馳走になったものだ。人のいい七名大佐は概ね歓迎してくれた。

「これは拙いね」と伍長は言った。「致命的に拙い」

「何が拙いんだ」と将校連の一人が言った。

「早く片を付けないと、西山の露助が引き上げちまう。そうなれば制服が出て来て、爆撃で義勇軍を叩いてお仕舞だ」

　別に伍長にはどうでもいいことだった。彼の考えはこうだった。時間が無限にあるなら、道路を封鎖して兵糧攻めにすればいい。一番手の掛からない攻略法だ。早い方がいいなら爆撃すればいい。そのどちらもできないとすれば、顔を洗って出直すべきなのである。

「無責任な」と言って将校連は怒った。

「兎も角、今やってるのは最低のやり口だね。ヴェルダンで何人死んだか知ってるか。守備側三十六万、攻撃側三十二万だ。突撃を止めたのはよかったよ。あれを続けりゃそうなりかねない。だがいつまでもこれをやってると制服に油揚を攫われるぞ」

　そう言って、伍長は悠然とお茶を飲み続けた。何かしようという気配さえなかった。

「何にもしないんですか」と、私はぬかるみと化した塹壕に戻ってから伍長に訊いた。もう十二月近かった。そのうち雪だって降ってくる。既に冷え込みは厳しかった。

「待ってるんだ」と伍長は言った。

「何を」

「お天気になるのをさ。突破口を開いて突っ込むにしても、地面が乾かなけりゃどうしようもない。これは田圃だからな」

確かに地面はどろどろだった。地上には大穴が幾つも空いて池と化し、近くに砲弾が落ちただけで塹壕の壁が崩れてきた。

それから、十一月とは思えない金色の小春日和がやって来た。伍長は将校クラブには顔を出さず、一日双眼鏡を握り締め、手帳になにやら書き込んでいたが、いきなり日和見を呼んで双眼鏡を押しつけた。

「あれは何だ」と伍長は嬉しそうに言った。

日和見は伍長に合わせてある焦点をしばらく弄っていた。「あれって、あの穴だろ」

「何故あんな風に穴が空く」

日和見はしばらくじっとその穴を注視していた。それから双眼鏡を取り落とし掛けた。

「じゃあ、あれはあの……」

伍長は頷いて、散歩と称して私と千秋を連れ、ジグザグに延びた塹壕を辿って行った。工兵が雨で崩れた塹壕を掘り直していた。

「暗渠がある筈だ」と伍長は訊いた。水田の水を抜くための地下水路である。「地図に載ってないか」

工兵隊長は地図を出して調べてくれたが、捗々しい反応はなかった。地図上にそれらしきものは見当たらなかったのである。

「あります、確かに」と、私と幾つも年の違わない若い男が言った。一週間近く塹壕に潜って地面を掘り返していたにしてはこざっぱりした、至極感じのいい青年だった。

「直径一メートル五十くらいの土管でしょう。塹壕を掘っている最中に掘り当ったことがありますから」それから急に、あっ、と口を開けた。

「察しがいいな」と伍長はにこにこした。その気になればこの位愛想良くなれるという種類の笑顔だった。「気に入った。名前は」

「解放戦線の勝沼少尉です」

伍長は工兵隊長に、ちょっとこの男を借りてくよ、と言って、問題の土管へ案内させた。それきり返さなかった。伍長には、この若き技術将校をどう使うかの具体的な計画があったのである。

そのいかにも育ちの良さそうな外見にも拘らず、勝沼少尉は恐るべき前歴の持ち主だった。

「爆破なら、僕の技術はちょっとしたものですよ」彼は何の衒いもなく言ってのけたものだ。確かにその技量には感嘆せざるを得なかった。塹壕の後で暗渠を掘りだす作業中、私はずっと彼の手伝いをしたが、大爆発も小爆発も自由自在、私のように兎も角何でもふっ飛ばすのとは訳が違う。殆ど炎も煙も音もなく爆破するのである。中から仕掛けて土管を壊し、上の土を半分だけ落とすようにもできる、と少尉は言った。彼はこれを十五で放り込まれた収容所で、強制労働として坑道を掘らされて覚えたのである。

収容所と言ってもピンからキリまである。軽いのは、危ないことをやらかしそうな連中を隔離しておくための施設で、作業といっても農作業程度である。山口教諭がぶち込まれた蒲生原の収容所というのはこの類だ。その次に、実践的反政府分子のレッテルを貼られた者のための施設がある。私が大河原によって送り込まれかけた施設、S＊＊＊を逃げ出さなければもっと早く送り込まれていたかもしれない施設だ。それなりに苛められるが、死ぬような危険はない。死ぬようなことというのは、放り込まれる以前に、或いは放り込まれてから当局が知らないと主張する間に起きるのである。当局はそれを「事故」と称したが、父が言ったように要領が良ければ、或いは上と話が付いていれば避けられない事故は殆どなかった。しかし強制労働――それも坑道掘りをやらされるとは。

後で調べて、確かにそういう収容所もあったことを知った。苛酷な環境と重労働で生還率五十％以下の収容所というのが。しかしそれはテロリストとか強盗殺人犯とか言った、分離独立下のN＊＊＊でなくとも危険分子と見做されかねない危険分子を収容する所で、犯罪者を収容する重罪刑務所と言った方が適当な場所だった。私は当時も首を捻ったし、今でも捻っている。あの瀟洒な少尉と重大犯罪はどうにも結び付かない。一体何をやらかしたことやら。

あの若さで。

少尉はそれについて黙して語らなかった。「結局は壁を爆破して逃げたけどね」と言うのが、彼の受刑物語のおちだった。「こんな大穴が空いたのに誰も気が付かなかった。溜息ほどの音しかしなかったから。翌日見付けた時には驚いただろうね」

いかなる分野にも天才はいるものである。

伍長はこの天才を籠絡して、工兵隊から七名大佐の下に引っ張った。愛する塹壕掘りから彼を引き離すに当っての伍長のやり口は、見ていて首筋が総毛立つくらい巧妙なものだった。いかに得体の知れない経験を積んできたとは言え、少尉は若い。年経りた邪悪な伍長の誘惑には抗すべくもなかった。若い爆破技師は巧みにヒロイズムを煽られて伍長の手中に落ち、それどころか盲目的な服従を公言するまでに至ったのである。彼はそれを驚くほどナイーヴに「人生観が変わった」と表現していたが、私や日和見は些か呆れながら「伍長の毒牙に掛かった」と囁いた。伍長の得意満面たるや推して知るべし、である。

今回の伍長は日和見の助言もあって、作戦提案に当っては甚だ慎重だった。七名大佐の御贔屓は兎も角、もっと上の指導部に対する自分の立場が些か複雑なのはよく判っていたのである。

伍長の喜びはただひたすらの自己満足にあった。大事なのは計画が実行されて成果を収めることであって、やんやの喝采を浴びることではない。なるほど、人を驚かせるのは好きだったが、人のくれる名誉など気に掛けるには気位が高過ぎたのだ。そこで解放戦線子飼いの少尉を計画の立案者に仕立て上げた。しかも彼は期待以上に役に立つ男だった。

少尉は伍長の命で塹壕の後に三本の暗渠を掘り当て、三人組を連れて中に潜り込み、どこまで続いているか、中はどうなっているかを確かめた。次にはそこから夜中に義勇軍陣内に潜入し、反乱部隊から借りた制服を着て市内を歩き回り、砲の配置や弾薬の集積状況などを仔細に確認して来た。伍長は双眼鏡による観察であらましを摑んでいたが、土嚢に隠れた部分がどうなっているかまでは、そうしなければ判らない。

三人組は震え上がっていた。「挨拶するんだぜ、あいつは」と言うのだ。「歩哨に、敬礼して、挨拶するんだぜ」

一緒に行くんだったと思ったが、もう後の祭りだ。

少尉は平然たるものだった。それから伍長が手に入れて判っている部分だけを書き込んである地図を、三人組に確認しながら完成させた。

伍長にとって作戦は一種のパズルだった。実行に当っては幾らか腕ずくが利き、幾らか運がものを言うが、立案の段階では全くのパズルである。手持ちの条件をぴたりという位置に塡め込むことで完成する。

暗渠はその最初の一片だった。初冬の水田地帯を挟んで睨みあっている両軍の、その他の状況はざっと以下の通りだった。

・反乱部隊からの情報によれば、N＊＊＊市に立て籠もっている義勇軍は総勢四千程である。対する攻囲軍は約一万二千。余程のへまでもしでかさない限り、勝てない人数ではない。
・そこで義勇軍は守勢の利点を生かすことにした。攻囲軍正面にあたる町の北東側にずらりと砲を並べて要塞化したのである。砲陣の数は六、各砲陣には約六門の砲が据え付けてあり、これはソ連軍の教科書通りである。砲の中心はごく小型の自走砲を固定したものだが、数が足りない所から大型迫撃砲で補っている。自走砲は中央の砲陣では一門から二門。両端の二つは迫撃砲のみで構成されている。
・更に各砲陣は重機関銃二、三門、および数丁の軽機関銃で守られている。おそらくロケット弾もあるだろう。
・弾薬は全て、トラックに積んで各砲陣のすぐ後に置かれている。
・ここまでで推定される敵正面の具力は約二千、うち砲兵千二百、歩兵六百から八百程度である。
・偵察に出たLAの兵士の情報では、市の南東側に、迂回に備えて砲陣が築かれている。約十八門。支援の歩兵込みで一千。
・残る一千は市内にいる。勝沼少尉の報告では線路で列軍の車両が横倒しにされ、そのむこうに砲が据え付けてあるということだ。駅舎の前には土嚢が積まれている。線路を越えれば共和国政庁まではすぐだ。砲列からの距離は二キロ程度。

•という訳で、正面から近付けば直接砲撃と機関銃の餌食になるのがおちである。最悪の場合、全滅の憂き目を見ないとも限らない。良くても、屍の山を踏み越えてというような野蛮な勇気は、当方では誰も持ち合わせていないから、総崩れになるのは間違いない。

•義勇軍側は正面の砲列に全幅の信頼を寄せている。従って、市内の警備は手薄であり、お留守と言ってもいいくらいだ。

•砲陣の後方約七百メートルの位置に、幅五メートル程の用水路が流れている。暗渠はそこまで続いて、土手の中央に口を開けている。土手までの高さは二メートル弱。

•掘り当てた三本の暗渠のうち一本は東端の砲陣のやや外側を、一本は東端から二つ目の砲陣の真下を、最後の一本は同じく五つ目と六つ目の間を通っている。

•三本とも砲撃の被害は少ない。伍長が発見した二箇所の穴以外は砲撃を受けていない。その穴も通過に差し障るようなことはない。


伍長は手持ちの断片を頭の中で何回か並べ変えた。それから、ぴたりという配置が決まると、少尉を呼んできっちり頭に入れさせた。頭のいい男だった。伍長の計画を完全に自分のものにするのに、ものの一時間と掛からなかった。

七名大佐の前に地図を広げ、以上のような状況をざっと説明してから、少尉は暗渠を使って敵の後方に兵を送り込み、背後を襲わせるというアイデアを開陳したのだった。

「それはもう楽勝です」と彼は言った。伍長は後で何も言わず、興味もないと言った様子でお茶を飲んでいた。「何しろここ数日好天ですから、水はちょろちょろとしか流れていない。言わばトンネルです」

七名大佐は一声唸っただけだったが、目は地図に釘付けになっていた。

「ここに――敵陣の後に用水路があるでしょう、ここまで続いているんです。計三本。これ伝いに背後を突けます」

「敵の真ん中に出たってしょうがないだろう」

「敵は砲列と線路に集中しています。真ん中はがらがらでした。三段構えで攻勢を掛けましょう。味方を送り込んでおいて背後から中央の強力な砲陣を襲わせる。敵前面にも砲兵部隊を送り込んで、両側の迫撃砲陣地を潰す。弾薬を集積していますから、マッチを投げ込めば燃え上がります。それで砲はほぼ潰せるでしょう。間髪を容れずに総攻撃です。数ではこっちが圧倒的ですから、砲列さえ抜ければ勝てます」

ＬＡの士官が地図を覗き込んだ。「本当に背後まで行けるのか」

「偵察をしてきました。大丈夫です」

「砲兵が危険だな」

「敵前二キロ程の所に、暗渠から上がれるようにしておきます」

七名大佐は伍長を見遣った。伍長は気怠そうに「妙案ですね」と言った。「多少の損害は出るでしょうが――ま、本物の戦争ですから」

「よし解った」と大佐は言った。「上を口説く――あんたも来るか」とLAの士官にも言った。結局、その場に居合わせた四人の士官が合同で上に掛け合いに行った。司令部は一晩で完了という解決法に飛び付いた。膠着状態で一番気を揉んでいたのは彼らに他ならなかったのだ。

「あれはあんただね」と、後で七名大佐は言った。「どう考えてもあんたの発想だよ」

伍長はお見逸れしましたと言わんばかりに手をひらひらさせただけだった。

「冷たいな。おれに一言いってくれても良かっただろうに。あんな若造に手柄を攫われなくて済む」

「あれは優秀な男だよ」と伍長は言った。「あいつを発掘したのが、今回のおれの一番の手柄だね。頭が切れて命知らずだ。何と言ったって若いからな――本当に敵陣に潜ってうろうろ歩き回ってきたんだ。呆れたもんだ」

「あんただってやるだろ」

「もうやらないね」と伍長は言った。「年を取り過ぎた。あの雨が身に応えるなんざ、引退の潮時さね」

大佐は笑った。全然真に受けなかったのである。「好きな持ち場を選ばせてやるよ。どこがいい」

「責任てものがあるな」と伍長は答えた。「後に回ろう」

「じゃ、一緒だな」

伍長が手の平が全部見えるような奇妙な敬礼をしてみせると、大佐はげらげら笑った。

夕方暗くなってから、少尉は私と千秋と数名の工兵を連れて暗渠に潜り込み、敵味方の中間地点辺りに爆薬を仕掛けた。私は言われて、ワイヤーをくるくる回しながら後退した。

「そんなに下がらなくていい」と彼は言った。「ささやかな爆発だよ。顔だけ下げて」

それから暗渠の壁に耳を付けた。外では無意味な砲弾の遣り取りが続いていた。着弾の度に、暗渠のコンクリートの管が低い音楽的な唸りを上げた。少尉はそのタイミングを計っていたのだ。彼が合図をし、私が発火させた。

本当にささやかな爆発があった。土が崩れ落ちて来た。見ると、直径一メートル程の穴が空いていた。空は暗かった。下に、暗渠を塞がない程度の土の山ができた。

残りの三本についても同じことを繰り返した。真ん中の一本には付録があった。ずっと奥まで進んで、陣地の下辺りに一つ爆弾を仕掛けたのだ。まだ自走砲が砲撃を続けていたから、発射の衝撃で場所は容易に特定できた。時限発火装置を午前三時にセットした。

「伍長のたっての希望だよ」と彼は言った。それから横に延びる細い土管の中に相当の爆弾を詰め込み、仕上げに地雷を入れた。

「危ないな」と私は言った。

「発火するようにはしてない。今夜、ここを通った時、セットするのを忘れないでくれ。大きい花火が御所望でね」

　私は頷いた。つまり、どこまで規模が拡大しようと伍長は作戦に署名を入れなければ気が済まないという訳だ。

　それから戻って、一眠りした。


　暗渠の中に昼も夜もない。しかも昼間のうちは地上で爆発する迫撃砲の弾の音が籠って、閉所恐怖症でなくとも、天井が崩れて生き埋めになるのではないかという懸念が頭の隅から離れなかった。夜は静かだが、もっと嫌な場所になる。懐中電灯の光の中で幾つも、小さな水路の出口がどこに続いているとも知れない黒い口を開けているのが照らし出された。時々得体の知れない夜行性の生き物が顔を覗かせた。千秋は無言でパニックに陥った。私と千秋はぴったり身を寄せて進むことにした。三人組がくすくす笑って、鋭く短い息の叱責を受けた。夕方、山の方で降った雨で、水嵩は脛の真ん中くらいまで上がっていた。

　私が地雷をセットしている間、千秋は待っていた。前を歩いている集団は見えなくなった。用水路の出口まで辿り着いて、待機していた伍長たちと大佐の部下に合流した時には心底ほっとした。こんな得体の知れない穴の中で得体の知れない死に方をするよりは、外に出た途端義勇軍に蜂の巣にされる方がずっといい。

だが幸い、そんなことにはならなかった。土手を上がっても、辺りは静まり返り、空は雲で覆われた完全な闇夜だった。遠くにぽつぽつと街灯が点っていた。大佐は腕時計に目を凝らしていたが、やがて合図して前進し、待機した。

ずうん、と重い地響きがした。目の前の土嚢で囲った陣地が音もなく沈み込んだ。地の底から第二の爆発で炎が上空まで吹き上げられ、第三の爆発が続いた。一瞬、昼のように明るくなった。少し離れた二箇所でも炎が立ち昇り、大気が揺らいだ。隣接する陣地が光り、消えた。もう音など聞こえなかった。耳を聾する衝撃の中で、地霊のように火炎が代わるがわる立ち上がり、かき失せる。私たちは熱風に顔を焼かれながら、陣地の残骸に弾の雨を降らせた。狼狽の極みのような射撃が散発的に陣地のあった場所から起こったが、やがてそれも止んだ。

味方の砲撃が始まった。サイレンが鳴り始めた。伍長が通信兵の背中から無線機を取って一言った。

「こちら七名。陣地はもういい。駅をやれ」

七名大佐は目を剝いたが、文句は言わなかった。伍長は笑った。綺麗に掃射された陣地を越えて味方が傾れ込んで来た。迫撃砲の弾が用水路のむこうの工場に命中した。頭上で照明弾が爆発した。

無線機がきいきい音を立てた。

「渡河する」と大佐が言った。言った途端に、用水路のむこうから敵が撃ち始めた。

「敵さんだよ、今のは」と伍長が伏せたまま言った。対岸で二、三回爆発があり、射撃はすぐに止んだ。無線機は相変らずきいきい言っていた。大佐は自棄を起こしたように「はいはい、ただ今」と返事をし、「突撃」と号令を掛けた。私たちは今来た道を引き返し、ばしゃばしゃと用水路の水に踏み込み、土手を駆け上がった。橋の下から撃ってきた。何人かが薙ぎ倒され、水の中に転げ込んだ。当らなかった連中が何か喚きながらたっぷり撃ち返した。

私はかつて考えたことのないことに思い至った。今度こそ死ぬかもしれない。死ぬ思いをしたことは何度もあったが、その時はようやくその瞬間になってそう思っただけだった。今度は違う。何の理由もなく、ただ何人かに一人死ぬことになっているというだけの理由で、私は死ななければならないかもしれないのだ。

日和見が私の襟首を摑んで土手に引きずり上げ、「考え事は後だ」と言った。橋が落ちた。味方の砲撃のようだった。

「滅茶苦茶しやがる」と伍長が愚痴った。

義勇軍の砲列は方向を変える暇もなく完全に沈黙させられ、後は生き残りを始末する銃声だけが聞こえて来た。前方の町並みの稜線から、花火のような火の玉が次々に上がった。幾つかは頭上ではじけて辺りを照らし、幾つかは道路や建物に着弾した。

誰も彼もが走っていた。時々、撃ち合う音もしていたが、我々はぶつからずに済んだ。伍長は歩いていた。

「戦争は終りだよ」と彼は歩きながら言った。「これで町は落ちた。お仕舞だ」

通信兵の背中で、無線機がかりかり言った。彼は伍長に渡した。

「大佐はどうした」と訊いたが、彼は無言で受話器を差し出した。

「こちら七名。代理だがね」と伍長は答えた。「アイアイサー、だが、さっさと駅の砲を黙らせてくれないか」

言い終えるか終えないかのうちに、迫撃砲の弾が飛来して、目の前のビルを粉砕した。伍長は肩を竦めた。「前進だ、前進。後がつかえてるとさ」

至る所で建物が炎上していた。背後からの砲撃はいい加減なりに行手の大掃除を成し遂げつつあった。

これまでほぼ十日というもの、私たちは砲撃に曝され続けて来た。頭上を飛び越えてぎりぎりで落ちる弾など、最初のうちこそ震え上がったが、今はもう怖くも何ともない。砲弾の雨の下で二、三日過ごすと、人間の感覚には奇妙なことが生じるのである。弾が落ちて来る場所が判るようになるのだ。判るからと言って避けられるようなものではないが、平気で立っていられるようになる。ああ、これは自分の上には落ちないな、と。

伍長は私の少し前を歩いていた。また無線がかりかり言って、今度は自分で受話器を取り、顎で挟んで歩いた。不機嫌な口調で言い返した。無理もない。後から銃口を突き付けられて前進するくらいなら脱営すると言っていたことのある伍長が、文字通りそういう羽目に陥りつつあるのだ。

「何だと」と伍長は受話器にむかって大声を出した。「面白い、やれるもんならやってみろよ、え」

私は本能的にふっと首を竦めた。途端にどかんと来た。頭の上にアスファルトの破片やら土やらがばらばらと降り掛かった。少し近かったようだ。それから恐ろしいことに気が付いた。私の感覚が正しければ、今のは伍長を直撃した筈である。私は逆上して伍長を呼んだ。

だが伍長はどこにもいなかった。通信兵の原型も止めない死体は、地面に空いた大穴のすぐそばに落ちていた。そのむこう側でのろのろと体を起こした日和見は茫然自失の体だった。伍長なる人物がこの世に存在した痕跡は、もはや何も残っていなかった。

後からまた誰か走ってきた。「突撃。駅で集結。突撃」と叫んだ。叫びながら我々を追い抜いて走り去った。

日和見がいきなり金切り声で叫びながら走り出した。彼が突撃などと言ったのは、これが最初で最後だろう。誰もそれが命令だとは思わなかった。日和見が正気だとも思わなかった。ただ、彼を止めるために、私たちは後を追って走り出した。

＊　＊　＊

戦争は終った。

駅で我々を食い止めるよう言われていた五、六百人の部隊は投降した。それが最後の組織立った部隊だった。南東側を守っていた部隊は、町が陥落し、政庁が制圧されたことを知ると武器を捨てて逃げた。生き残りは市中に隠れて散発的な抵抗を繰り返したが、それも一晩もたなかった。

一週間というもの、いつ果てるともない祝宴が全城で繰り広げられた。何を飲もうと食べようと只で、有人無人の家に上がり込んで寝込んでも文句は言われなかった――外で酔い潰れて寒さで目を覚まし、また飲み始める連中の方が多かったが。我々は一応、解放軍ということになっていたのだ。だが市民はただ単に恐れ戦いて言うなりになっていた可能性もある。

それだけでは足らず、義勇軍の倉庫を無理矢理「解放」した連中もいた。この時は市民も遠慮はしていなかった。徴発されて市内では品薄になっていた食料やら薬品やら金目のものやらを求めて殺到し、摑みあいの喧嘩になった。倉庫に一番乗りし、後から来た者の真ん中に缶詰を幾つとなく投げ込んで、喧嘩になるのを見て笑い転げていた連中もいる。別な所ではウォトカで一杯の倉庫を占拠し、バリケードを築いて中で酔っ払っていて、押し入って来た連中と派手な撃ち合いになった例もある。油断も隙もあったものではない。殆ど冗談のようにして、酔った挙句に襲ったり襲われたりを繰り返したものだ。撃つこともあったし、死人も出た。撃たれてもけたけた笑っている者もいた。三日目くらいにはもう誰が誰やら区別も付かず、無闇に戦友と言って馴れ合っては立ち所に喧嘩になった。

私と千秋は市内に入ってすぐ、三人組に無理矢理飲まされて潰れた。目を覚ましたらもう誰もいなかった。それきり、彼らとは会っていない。日和見も例によって例のごとく姿を消した。私たちは二人で、それでも方々を冷やかして歩いたものだ。頭の芯が甘く痺れてくるような乱痴気騒ぎの日々。それからようやく草臥れ果て、どこか静かに身を潜める場所を探して歩き回るうちに、護岸工事をした細い川の畔に迷い込んだ。

奇妙に瀟洒な作りの、うら寂びた日本家屋が並んでいて、そこだけは静かだった。遠くから、本気なのか巫山戯ているのか判らない銃声が聞こえて来た。

「ね、ちょいと」と呼ぶ声がした。口調の割りには年の行った、かさかさした声だったが、それはそれで快かった。低い軒の下の低い窓の、木の格子を打ち付けたむこうに顔が覗いた。

「あんたたちも兵隊さん」

「そうだよ」と千秋は答えた。私は妙案を思い付いた。「疲れちゃった。ちょっと泊めてよ」

格子のむこうの女はくすくす笑った。「ここがどこだか知ってたら、そんな風には言わないね。ま、いいよ。お上がんなさい」

私たちは背を屈めるようにして、その風流な家の敷居を跨いだ。年の頃は母と同じくらいの、渋い紬の着物を衿を抜いて粋に着こなした女が出て来た。私には彼女の言った意味がよく解った。ここは私たちが来るべき所ではない。

だが彼女は言った。「商売にならなくなって久しいし、今日は特別の日だからね」

彼女は私たちを二階の小さな座敷に泊めてくれた。いかにも品のいい、些か品の良すぎる食事もご馳走してくれ、風呂に入っている間に洗濯までしてくれた。私と千秋は久しぶりに人心地付いたような気がした。

当分はN****にいるんだろう、と彼女は訊いた。「その間は家に泊まったらいい。外は物騒だし、雪になりそうだよ」

その夜は確かに雪になった。私と千秋は、ちょっと出掛けます、と言って、荷物を置いて出掛けた。

喉が渇いたと言うので、千秋はジュースを、私は何かアルコールを飲もうと、紫色の分厚い硝子ドアを閉ざした店に入った。カウンターの端に勝沼少尉が腰掛けていた。他には誰もいなかった。

「やあ」とかなり出来上がって、カウンターに肘を突いて身を起こしている勝沼少尉は言った。「みんな追い出してやった。今夜は貸切だ。好きなものを飲んだらいい」

彼の端正な顔は飲み過ぎで蒼褪めて、いつもきっちりと梳き上げていた前髪が目を覆っていた。私は少し悩んだが、千秋は冷蔵庫を開けて、透明な液体の入った壜を取り出した。

「それは飲めないよ」と少尉は言った。「トニック・ウォーターだ。苦いぞ」

千秋はお構いなしに栓を抜いて口を付けた。顔を顰めたが、止めはしなかった。私はカウンターの中に入って自分と少尉のために水割りを作った。分離独立中はごく高価な酒だった国産のウィスキーである。

「手慣れてるな」と少尉は感心してくれた。「随分小綺麗だね。どこにいたんだ」

「泊めてくれる人がいたから」

「それは羨ましい。私なんかこれで二日、体育館で寝てる。余所の家に押し入っていたんだが、むさくるしい奴らで一杯でね。空気が悪いと眠れないから野宿していた。体育館でも随分ましになったと言うべきかな」それから、私が一番恐れていたことを訊いた。「伍長は」

私も千秋も答えなかった。勝沼少尉も黙り込んだ。それから、期せずして三人とも溜息を吐いた。

「やっぱりそうか」と彼は言った。

「やっぱりって」

「私には判った」と勝沼少尉は言った。「判るんだ。黙って座ればぴたりと当るじゃないけど、顔を見れば判る」それから、水割りを持ち上げて空けた。「嫌な性分でね。判る」

「そんなのは思い込みだよ」と私は言った。誰しも、しばらく銃を背負って弾の下を潜っていると、そんな風に思い込むのだ。伍長も思い込んでいた。「あれは偶然だよ。あんな」

「あんな？」

私は答えなかった。迫撃砲に直撃されるなど、全く何万分の一かの偶然だ。別に人を狙って射つものではない。しかし伍長が恐れていたのはその何万分の一かの偶然ではなかったか。なるほど、その何万分の一の偶然の裏をかくべく頭を絞っていたが、そんなものはいよいよという時には何の役にも立たないことも知っていた。土壇場で命拾いしてきたのはみんな偶然のおかげだった。とすれば、命を落とす時も偶然によるのはむしろ当り前ではないか。

私もグラスを上げて、舌を刺す甘苦い液体を流し込んだ。そこに、扉を押し開けて数人の酔漢が入って来た。

「何だ、ここは。餓鬼ばっかりじゃねえか」と一人が言った。「何か飲ませろよ」

「出て行ってくれ」と勝沼少尉が、スツールを回して向き直り、言った。「悪いことは言わないから。私たちは通夜をやってるんだ」

「焼香くらいやらせろよ」彼らはげらげらと笑った。酔っ払い特有の締まりのない笑い方だった。たぶん、勝沼少尉はこういうのは嫌いだろう。

「私は静かに飲むのが好きなんだ――それにたぶん、あなたたちも私と一緒に飲みたいとは言わないだろうよ」と彼は言った。言いながら、上着を開いて見せた。

彼らはあたふたと店を出て行った。できれば私も出て行きたかった。千秋は目を丸くした。しかしこういうメンタリティには私ほど遠くなかった筈である。誰も店にいなかった訳だ。勝沼少尉は上着の内側にずらりとダイナマイトを巻いていた。

私と千秋はN＊＊＊市で一番危険な爆発物と一晩過ごす羽目になった。普通の爆発物は自分で自分に火を付けたりしない。至って従順で控えめなものだ。少尉は違う。特にその夜は、気分の如何によっては容易に自爆しかねないと言った雰囲気を漂わせていた。彼は現場に行って手を合わせると言って聞かず、私は非道く嫌な気分で彼を駅裏まで連れて行った。景気付けに店から持って来たウィスキーを歩きながら半分空けた。そうしないと線路が越えられなかったのだ。越えた頃には土左衛門も同様だった。歩く爆発物が脇から私を支えてくれたが、泥酔の加減は彼も私も大差ない。千秋は素面で私たちの後を付いて来た。

駅裏は瓦礫の山だった。何とか足も挫かずに踏み越えて、私は現場に辿り着いたつもりだった。だがそこも一面掘り返されて、どれが問題の穴かさえ定かではなかった。

「どれがそれだ」と少尉はしつこく訊いた。

「もう判らない」と私は言った。「僕は見たくない」

そこで少尉は泣き始めた。私の方がびっくりした。彼はたかだか一週間を伍長と共にしたに過ぎない。私は一年半、一緒にやって来たのだ。だが、こうなれば仕方がない。私は適当な砲弾の跡を示した。少尉はそこまでふらふらと歩いていって、拍手を打った。私はその穴にウィスキーの残りを注ぎ込んだ。

政庁ではゲリラ三派と反乱部隊の四者の指導部の間で果てしない論争が繰り広げられていた。独立を返上するかしないか、しないとして誰が政権を握るかで、机を挟んで延々と口論が続いた。口論で済んだのは不幸中の幸いだった。何しろ彼らの部下の大半はN＊＊＊＊の未来になど、これっぽっちの関心も持ってはいなかったのだ。指導部がお互いに粛清し合いたいと考えても、精々熱心な取り巻きが十人かそこら残っているだけではどうしてみようもない。何としても主導権を握る、握って大騒ぎを続けている連中に大号令を掛け、軍を建て直す、彼らの計画はそこにしかなかったし、あってみようもなかった。既に指揮系統はばらばらに崩壊しつつあった。

自衛隊はN＊＊＊＊に迫っていた。

制服は急いではいなかった。これは賢明なことだ。武装解除して解散させるのが方針だったとしても、指揮系統が消滅して私たちが単なる無頼の群れと化し、騒ぎを堪能して疲れ果て、もういいかという気分になる前に取り掛かっていたら、間違いなく撃ち合いになり、組織的ではないにしても相当の抵抗に遇うことになっただろう。そうなれば武力鎮圧しかないし、鎮圧に手間取れば、また別の組織的抵抗が始まらないとも限らない。それもただ単に、武器を手放したくないというだけの理由で。人がどのくらい速やかに武器に馴染むか、これはもう恐ろしいまでのものがある。実際に使うか否かとは無関係に、武器を持っていることの安心感というのは、他の何をもってしても代え難いものがあるのだ。

十日目だった。町には疲労感だけが漂っていた。

私たちが泊まっていた置き屋の座敷に、朝まだき、全く素面の勝沼少尉が上がり込んで来た。「すぐに仕度して出よう、下に車が待ってる」

「何故」と私は訊いた。

「自衛隊が町を封鎖する。逃げるなら今だ。武装解除されるぞ」

それでも私は理解できなかった。私は銃を捨てるつもりだった。それが実際にできるかどうかはまた別の問題だ。町を封鎖して――「それで一体どうするつもりなんだ」

「さてね。政庁の連中は拘禁されるな。下手すると僕らもだ。逃げないと」

「逃げて？」

「もう一度、山に入る」

「だって戦争は終ったんだろ」

「終ってない」勝沼少尉は言った。「終らせてたまるもんか」

「ロシア人はいなくなった。義勇軍もだ。誰と戦争するつもりなんだ」

「制服とだよ。君の大嫌いな制服とだ」

「自衛隊と警察か」

「自衛隊と警察だ――怖いか」

「誰がそんなこと考え付いたのかな」

「政庁の連中じゃない。それだけは保証するよ。あれも一種の制服だからな」

私は考え込んだ。勝沼少尉はちらりと腕時計を眺め――しかしそんなもの、いつどこで手に入れたのやら——言った。

「下で十分待つ」

彼が出て行くと、千秋は起きて服を着、荷物を纏め始めた。私は信じ難いものを見ている気がした。

「行くのか」

千秋は頷いた。「僕は帰りたくない」

ちらりと、彼の母親のことが頭を過った。だが言わなかった。それを口にして引き止めるのはあまりにも卑怯だ。そうしている間に彼はSVDを肩から掛けて私の前に立った。

「僕は行かない」と私は言った。それでも彼は私の前に立っていた。「僕は行かない」と私は繰り返した。

「そうだね」と彼は言った。私が諦めるずっと前に、もう諦めていたのだろう。「君は行かないだろうと思ってた」

「どうして」

「伍長が死んだから」とだけ、千秋は言った。

私は今でも時々後悔するのだ。一緒に行けばよかった、と。だがもう私にはできなかった。千秋の言う通りだ。伍長が死んで、私の戦争は終った。もう誰かのために一人で敵の背後に回って、それでも見付からない、殺されない可能性に賭けるなど御免だった。

私はAKの弾倉を取り出した。一応というので預けられて、N＊＊＊の攻略の緒戦で撃ちまくった。その残りだ。合わなくても誰かが使うだろう。それを渡した。

外でクラクションが鳴った。彼は弾倉をポケットに入れて部屋を出て行った。

「お友達は行ってしまったみたいだね」と女主人は言った。私は頷いただけだった。それから紙袋と新聞紙を貰い、二階で短機関銃を残りの弾や弾倉と一緒に包装した。包みを持って郵便局へ行き、家に送った。二日ほど前から開いていたのを知っていたのだ。

その後ふらふらと街を歩いた。切りも際限もなく、ただだらだらと饗宴は続いていた。やっている本人たちもうんざりしているようだった。もう私に声を掛けることも、掛けても返事をしないと言って絡むこともなかった。ただ、恐るべき沈滞の中で、他にすることがないというだけの理由から飲み続けているのだ。私も飲めばそうなるだろう。それから飲むことに決めた。だが一人では駄目だ。一人ではどうなってしまうか判らない。

私は繁華街を僅かに外れた角の店の前に立っていた。黒ずんだ雁木を張り出した薄暗い店で、ウィンドーは全てシャッターで覆われていた。郵便受けの付いている一枚を持ち上げてみた。上までがらがらと上がりかけるのを押さえて、私は中に入った。

光が全く射さない店の中は一面、毛皮で覆われていた。熊の毛皮や羚羊の毛皮、どこから来たとも知れない豹の毛皮、毛皮の切れ端としか見えない兎や貂の毛皮、狐や穴熊その他諸々の毛皮が、仁王立ちになった月の輪熊の足元に広がっていた。熊の毛皮がごそごそと動いて、下から日和見が顔を出した。隣に、慌ててこちらに背を向けた女の白い肩が見えた。

「ああ、ああ、お前か。何の用だよ」と日和見は疲れた口調で言った。幾らかやつれて見えた。

「ちあきが行っちゃった」と私は答えた。自分でも哀れを催すような頼りない答えだった。「勝沼少尉と一緒に」

「あの馬鹿ども」と日和見は言った。「よし、外で待ってろ。すぐ行く」

私は外に出てシャッターを下ろした。日和見は本当にすぐに出て来た。

「飲もう」と彼は言った。「おれもうんざりしてたとこだ」

街は徐々に平常に戻りつつあった。昼間から飲ませる店などもうあまりない。飲んでいる連中は酒屋で買って飲んでいるのである。私たちは、ここぞとばかりに二十四時間営業に入った屋台のおでん屋を見付けて陣取った。

「あの馬鹿ども」と言いながら日和見はがつがつと食べた。時々は食べたもので口を一杯にして喋り続けた。「山へ入るって言うんだろう、聞いたよ、俺のとこにも言いに来た。昨日のうちにな。勝沼の餓鬼め、ここぞとばかりに素面でやがる。町に入ってからこの方酒が抜けたことなんてついぞなかった癖にな。危ない奴だよ。あれでまだ十八だぞ。羽根が生え揃ったらどんなになるか恐ろしいね。山に入ってまたどんぱちやるって話を吹き込まれた途端に素面だ。もう酒なんか一滴も飲まない。首のここんとこがちりちりするような目に遇ってる限りは酒なんか一滴もいらんのさ。伍長が何であんな奴を気に入ってたのか、俺にはよく判らん」と言った後で、しまったと思ったらしい。日和見はばつが悪そうに私の顔を窺った。

「大丈夫だよ」と私は答えた。

「駅裏で酔っ払って大泣きしてたって聞いた」

「それは僕じゃないよ。勝沼少尉だ」と私は答えた。だが平静であろうとするには随分な努力が必要だった。

私たちはしばらく黙々と無言で飲んだ。日和見ももう何も言わなかった。時々溜息を吐いたが、それはかなり後になって、呂律が怪しくなるまで彼の胸の中に納められていた。

現状の分析というやつもやった。これなら感情を刺激する可能性は低い。見通しは暗かった。市に入る主要道路全てで検問が行なわれていた。明日はもっと厳しくなる。自衛隊が入って来るだろう。「治安出動だな」と彼は言って頷いた。「つまりその治安出動だ。情けない。やるだけ無駄だよ。やる気のある連中は皆山に戻っちまった。おれたちを目の敵にするなんざ、あんまり利口じゃないな」

市内に残っている連中は殆ど無抵抗で武装解除されるだろうという点で、私と日和見の意見は一致した。

「情けないねぇ」と日和見は言った。「この五年てもの、おれたちは何やってたんだろう。な。何遍も死ぬような思いをしてだよ、武装解除、ただちに家に帰れだ。知ってるか、お前、昨日の晩からラジオはそればっかり。出掛けに検問所で身ぐるみ剝がれるって寸法よ。情けない。お前なんかまだ胴巻き巻いてるだろ。一文残らず巻き上げられるぞ。いいけどな。お前はまだ家があるからさ。お袋を根に持つんじゃないぞ。ちゃんと帰れ。おれは帰ろうったって帰る家なんかないからな」それから遂に言った。「伍長がいてくれたらなあ」

彼がいたからといって何かいいことがあったとは、私には思えない。なるほど、検問に引っ掛からずに市内から出る方法くらいは考えてくれただろう。しかし彼白身、生きていたら酒浸りで腑抜けになっていた公算の方がもっと高い。酔い潰れていたところを捕まって、ぶつぶつ言いながら武装解除され、バスの運転手を脅し付けて無一文で家まで帰るのだ。伍長が勝沼少尉を気に入った理由はよく判る。彼らは二人とも、平時には何の役にも立たない人間だ。日和見の言う「首のここんとこがちりちりする」ような感覚が彼らには欠かせない。少尉は山に入ってもう一戦交えるつもりで酒を断った。生憎伍長は少尉より理性的だ。全て承知の上で飲み続けるだろう。あの沼のごとき沈滞に引きずり込まれたまま。

それでも、彼がいてくれた方がよかった。おそらく市を陥落させた功績をひけらかして飲み、それが自分たちには何の役にも立たなかったと言って飲み、でも面白かったからいいじゃないかと言って飲み、得意満面から絶望までのありとあらゆる酔態を曝しながら、とんでもない哲学的アネクドートをひねり出して得々と聞かせてくれるに違いないのだ。

「伍長がいたらねえ」と私も溜息を吐いた。それからまた飲み始めた。もう伍長のことは口にもしなかったが、私も日和見も、考えているのは彼のことばかりだった。

かくして、私は市を脱出する機会を逃したのだった。

翌朝、まだ酔いが残ったまま眠っている所に制服が三人乗り込んで来て、一応態度は丁寧だったが――あれをもし丁寧と言えるとしてだ――一人は入口を塞ぎ、一人は持ち物を調べ、一人は私に出発する仕度をさせながら身体検査をした。やりたいようにさせておいた。少尉の誘いを蹴って千秋と別れた時から、そのつもりだったのではなかったか。

彼らはトカレフと爆弾少々を押収した。AKも取り上げたが、弾も弾倉もないのを怪しんだ。

「友達にやったものですから」と私は答えた。

間に挟まれ、持ち物を纏めて下に下りると、驚いた老女が廊下に立っていた。私は丁重に礼を言って外に出た。

エンジンを掛けたままトラックが停まっていた。幌の後はシートで覆われていた。中に入って初めて、精々十七か八の少年ばかりを狩り集めていることが判った。

どこへ行くのか私は聞いた。彼らは自棄気味に笑った。「収容所だってさ」と一人が叫んだ。後を固めていた制服が静かにしろ、と叫んだ。私たちは沈黙した。

トラックは二時間ほど走り続けた。降ろされた時には既に知らない所だった。靄で見えなくなるほど彼方まで平野が続き、その手前を鉄条網が仕切っていた。制服は私たちの名前を登録し、持ち物を取り上げ、矢鱈に熱いシャワーの下を行進させ、番号の付いた青い上っ張りとズボンに着替えさせて個室に押し込んだ。昨日までは独房として使われていた個室だった。

＊　＊　＊

それからの私の運命についても、優に一冊の手記が書けるだろう。だが教訓はもう十分ではないか。後は手短に済ませよう。

私は十二歳から十八歳までの「未成年」二百人と共に収容所に送り込まれた。無論既にそうは呼ばれていなかったし、待遇は随分と良かったのだろうが、誰が何と言おうと、実態は収容所だった。そうでないと言うなら、窓のむこうを過って平野と敷地とを仕切る鉄条網が一体何なのか教えて欲しいものだ、と時々私は考えた。夜の間は二回の定時に見張りが懐中電灯を持って回り、真夜中に点呼があり、最初の一年間、外出は一切許されなかった。私は大いに気を腐らせた。山に入っての紆余曲折の果てが、一年半、収容所入りを遅らせただけという訳だ。

入ってすぐ、私は許可を取り、加世さんに手紙を書いて伍長の死を報せた。彼女から返事が来たのは随分と後のことだった。

お手本に教科書に載せたいような手紙だった。そっけなくなり過ぎず、媚び過ぎもしないよう選んだ便箋、流麗だが崩し過ぎない、読みやすい書体。だが内容はあまり尋常ではなく、時候の挨拶、此方の無事を喜んでいる由の典型的な手紙文が続いた後で、突然にこう始まっていた。

——憲之さんが亡くなって、あなたが大きな衝撃を受けたのではないかと心配しています。何しろあなたは憲之さんを大層慕って下さっていたようですから。どうか立直って、お勉強に励んで下さい。私も忘れます。実を言えば戦争が終った日、あの人が帰って来る、と考えて私の心に浮かんだのは、戦争中そう知らされた時の喜びとは全然別の気持でした。

嬉しくなかったと言えば嘘になります。あの人が帰って来る、そのことが、まるで娘時代に返ったような胸の高鳴る思いを呼び覚ましてくれるのは戦争中と一緒でした。私のために生き延びて帰って来てくれると考えて、自惚れに心を操られることもありました。でも、そんなことは皆幻想です。明日には帰って来る、そう思って眠れない夜を過ごす間も、心の中で囁く声を幾度も振り払わなければなりませんでした。私にはよく解っていたのです。あの人が帰ってくるのは孝之さんのためで、私のためではありませんでした。孝之さんがいなければ、私のことなど思い出しもしなかったでしょう。

あの人の傍らで一晩過ごす間も、私は時々そのことを考えました。眠っている間に殺してしまおうかと、幾度も考えました。ただ、それを孝之さんがどう受け取るかと思うと虚しくて、それでできなかったのです。孝之さんは、私が孝之さんのためにあの人を殺したと考えて有頂天になるでしょう。貞女の鑑のように言い触らすでしょう。あの人たちにとって私は勝負事の賭物のようなもので、私がどう思っているかなどはどうでもいいことだったのです。

昨日、とうに死んだと思っていた孝之さんが収容所から戻って来ました。死んだという知らせを受けて、死亡届まで出してあった孝之さんが。随分と痩せて、持ち物は風呂敷包み一つだけでしたが、私を見るとにこにこ笑って、お前には本当に苦労を掛けた、これでようやく本当の夫婦になれる、親子三人で幸せに暮そう、と言いました。私はよく知っています。孝之さんはこんな物言いがとても上手でした。兄さんはあんたのことを放ったらかしにしている、あんたのことなんか何とも思っちゃいないんだ、でもおれはあんたのことを好いている、と、孝之さんは二十年も私に言い募ってきたのです。私がそれで自惚れなかったと言ったら嘘になります。でも、そうして自惚れている間も、心の隅でこう囁く声が消えないのです。孝之さんも憲之さんも、お互いに私を張り合っているだけだ、愛してなんかいない、と。孝之さんはにこにこ笑って私の顔を見詰めながら、その実憲之さんの顔しか見てはいなかったのです。

お帰りください、と私は玄関に座ったまま言いました。ここはもうあなたの家ではありません、と。残酷だとお考えかもしれませんが、確かにそう言ったのです。憲之さんは死にました、もうこの家には何の用もない筈です、お帰りください、と。力ずくで入ろうとすれば入れたでしょうに、孝之さんはそのまま立ち去りました。

あの人が帰ってきても、私は同じようにしたでしょう。ここはもうあなたの家ではありません、と。あの人は怒ったでしょう。それでも構いません。殺されたって家に上げるつもりはありませんでした。あのひとが残る生涯、座敷の柱に寄り掛かって、戦利品でも眺めるように私を眺めながら飲んで暮すことには耐えられそうにないからです。今度こそ、私はあの人を殺すでしょう。

でも、そんなことにはなりませんでした。あの人はやはり私のことなど思い出しもせずに死んで、孝之さんは行ってしまいました。

この春、助役の沼部さんと再婚します。あの人に比べればつまらない人です。自分でも時々そう言っています。でも、私を愛してくれています。

私事におよび細々と書き立ててあなたを退屈させてしまったかもしれませんが、愚かな田舎女の繰り言とお許し下さい。

お風邪など召しませんように。お元気でお過ごし下さい。


頭のいい女というのは不幸なものだ。夥しい数の女たちが戻ってきた亭主たちの首に、人目も憚らず、しがみ付いた。同じくらいの数の女たちが尻を蹴って家から追い出した。それもただ単に帰って来てくれて嬉しかったから、或いは腹が立ったから、というだけだ。これなら気が変っても言い訳が利く。ところが頭のいい女という奴は、自分の感情をきちんと筋道立てて整理しておくから、後戻りが利かないのだ。女が利口に生きるためには頭など不要である。もっともこれは誰でも同じかもしれない。

収容所の目的は、私や一緒に放り込まれた連中から過去の痕跡を拭い去ることにあった。彼らは私に眼鏡を掛けさせた。それは文字通り世界を一変させた。事物はよそよそしい明確さで私から遠ざかり、私は一々、椅子に掛ける度、寝台に横になる度、細部を頭の中で再構成して、それが何であるのか確認する羽目になった。次は差し歯を入れさせられた。この差し歯は安物にしては随分と具合が良く、その後の骨格の変動にも拘らず、また色が違うという世間の批判にも拘らず、今だにそのままにしてある。三番は、いつ果てるともないカウンセリングだ。

慣れない眼鏡を弄り回しながら、私は安座という女のカウンセラーを前に週一回、一時間、一対一でみっちりと喋らされた。生年月日、家族構成、出身地。家族について覚えていること。これでは大河原と大差ない。伍長に仕込まれて今も真面目に取っている事柄の中にこういうのがある——人間の値打ちは彼に関するファイルの厚さに反比例する。それに戸籍謄本に書いてある程度のことはとうに書類に記入させられている。私は意気消沈して出鱈目を書いて出すことさえ思い付かなかったから、むこうもそんなことくらい承知の筈である。

私はそう言った。「だから少し哲学的な命題について話し合いましょう。それでいいでしょう」何故なら、彼女は私が部屋に入るなり、何でも好きなことを話していいと言ったからだ。実際にはそうは行かなかった。私が何を話しても、それは本質的な問題ではないと退けられた。「では、本質的な問題とは何です」

「あなたにとって一番大切だと思えることよ」

「僕が何かを一番大切なこととして話そうとすると、あなたはそれは違うと言う。そう言ってどんどん皮を剝いていって、それで芯が出ると思ったら大間違いです。結局のところ、人間は玉葱みたいなものですよ。剝いても剝いても皮ばかり。最後まで剝いたら存在自体が消滅します」

「人間は、じゃないでしょう。あなたが玉葱みたいなのね」と彼女は言った。「どうしてそんな風に感じるのかしら」

「そんな風にと言うのは」

「どんな感じか言ってご覧なさい」

私はかぶりを振った。「それは罠ですよ。あなたは僕に自分の話をさせようとしている。冗談じゃありません。でもそれで終りになるというなら、言っておきましょう。僕は玉葱です。剝いたって何にも出て来ません。僕の秘めたる欲望だの罪悪感だのを掘り返してファイルに綴じようなんてするのはお止めなさい」

「ファイルというのはどういうファイルなのかしら」

「ファイルを持ってるでしょう。僕に関するファイルです」

「そんなもの、持ってないわ」と彼女は答えた。「あなたがファイルというのがどんなものか教えてくれる？　それをどう思っているのか」

私はうんともすんとも言わなかった。もううんざりだ。この調子で一時間続くのである。

集団カウンセリングはもっとうんざりだった。私は仲間が阿呆ばかりだということを確認したに過ぎなかった。彼らはごく初歩的な心理トリックに乗せられて、喋らなくてもいい事柄をべらべらと喋り立て、おまけに喋っている間に涙と鼻水に塗れるほど泣き出した。毎回六人の「未成年」が一時間でティッシュペーパーを一箱使い果たした。それでも足りなかった。集団カウンセリングのカウンセラーはまた別な男だったが、重々しい顔で頷きながら、貴重な症例を嬉々として掻き集めていた。

私に言わせれば心理学など擬似科学だ。学問として通っていること自体がおかしい。何心理学を名乗っていようと、要はそれぞれの紋切型を立て、そこに個々の精神状態を押し込んで理解したつもりになるに過ぎない。その意味で、心理学者とは新聞記者と同じくらい、最初から何もわかる気のない人種なのである。非道い心理学者になると個人的な好き嫌いを、ああそれはサディズムですね、ペドフィリアですね、デンドロフォビアですねと言って解った気になる。新聞記者はそれを得々と活字にする――私に言わせれば、どちらも何も解っていない。レッテルを貼ることと理解することとは違う。理解することとは追体験することだ。

自分の知っている型に押し込むことなく、その経過の支離滅裂を支離滅裂そのままに追体験する――彼らにその勇気があるだろうか。もはや擬似的なりとも学的な、或いはジャーナリスティックなアプローチなど通用しない。それはある人間の罪をそのまま自分の罪とすることなのだから。

私はぐったり疲れて独房に戻った。夕食まで休むことが許されていたからだ。だが少しも休めなかった。ベッドに上がってヘッドボードに寄り掛かり、両足を投げ出してペンキを塗ったコンクリートブロックの壁と鉄の扉を眺めていると、頭の中が静まり返っているのに気が付く。何を問い掛けても何の返事も返ってこない。そもそも問い掛けそのものが浮かんでこないのだ。空っぽのコンクリートの箱のような静寂だった。私は慌てて中学校一年の英語の教科書を取り、逐一頭の中に詰め込み始めた。

外見的には私は知識欲の鬼で、それは学科の教師たちからは感心された。受けさせられた知能検査の結果はそれなりに悪くはなかったらしく、彼らは私が、俗に「乾いた地面が水を吸い込む」と言われるように知識を吸収しているのだと考えた。だがそれは全くの誤解だ。戦争の間は覚えなければならないことや理解しなければならないことが山ほどあった。そうしなければ生き残れない。だが生き残れようと残れまいと、私は嬉々として何でも覚えた。覚えなくてもいいことまで覚えた。戦争中の一年半に、大河原の捕虜だった時期を含めて、二百冊以上の本を読んでいるが、驚くべきは何を読んだか今でも克明に覚えていることだ。

それこそ私は飢えていて、そこに慈雨のごとく降り注いだ知識を貪欲にものにしたのだろう。しかし国会の定足数や英単語や古文の活用は知識に対する飢えとは何の関係もない。無意味なことは最初から明白だった。ただ単に頭の中を空白にしないために、私はそれを詰め込んだ。一旦その空白に注意が向くと、私は窓もない部屋に閉じ籠められた廃人のように、そこに捕えられて動けなくなってしまう。自分の頭の中から注意を逸らすためには乱数表だって覚えただろう。現に私は関数表まで全部覚えた。英作文や英文法だけではなく読解の文章さえ丸暗記した。古文漢文は言わずもがなだ。今では一言半句思い出せないが。私は一年少々で高校二年生の水準まで追い付いた。教師たちからは相変らず褒められもしたものだったが、気味悪がられもした。机を並べている連中は皆、私を病人だと信じていた。私が些か、彼らにしてみれば異常なことをしでかしたからだ。

擬似科学も大いに結構。ブードゥの魔術程度にでも効果が上がるなら。だが結局心理学者は症例を集めただけで、肝心かなめの我々の毒気を抜くことには失敗した。一旦カウンセリングルームを離れると、彼らはたちまち野犬の群れと化して徒党を組み、こそこそと対立し、ひっそりと大立ち回りをやらかし、序列を作り上げ、作り直した。いや、そうらしい、と言わなければならない。私は無意味な暴力の行使を軽蔑していたから、一切そういう場面には加わらなかったのである。第一、私には徒党を組むべき友もなければ、粉砕すべき敵もいない。だがそんな状況がいつまでも許されているとも思わなかった。私はその頃から現実的な平和主義者だった。いずれ何をしなければならなくなるかも知っていた。

当局は私の五千ドルを没収し、その日の為替レートなどお構いなく勝手に日本円に両替し、銀行に定期を組んで、通帳と印鑑だけ私に渡した。今や涙金もいいところだ。私はそれを家に送った。ラジオ付きのテープレコーダーを送ってくれるようにと手紙を添えし。差し入れは許されていたのだ。母は冬物の着替えと生テープ二十本を一緒に送って来た。私はそれで日曜毎に午後のオペラアワーを録音し、週日はそれを聞いて過ごした。あのテーマソングの「こうもり」序曲は、私には凍てついた水田と、雪と靄と、鉄条網と分かち難く結び付いている。部屋にいる間中、私はヘッドフォーンで両耳を覆っていた。

そこにいきなり坊主頭の「未成年」たちの一人が入って来た。私たちは皆、月に一回綺麗に頭を丸められていたのだ。彼は何か言ったようだったが、私はバルトークの「青髯公の城」に耳を塞がれていたので何も聞き取れなかった。彼はいきなり手を伸ばして私の頭からヘッドフォーンを毟り取り、興奮のあまりもつれた舌で、相変らず聞き取れないことを繰り返した。私はうんざりした。例えば私がヘッドボードに寄り掛けておいたテープレコーダーをいきなり顔面に叩き付けたらどうなると思っているのか。運が悪ければ死ぬ。以前と違って事故の原因は遺族に告げられるだろうから、両親は悲しむだろう。私は彼のいるのかいないのか判らない両親に深く同情した。だから私がやったのは、ベッドと、手を伸ばせば十分に届く壁の間に立っている彼の鼻を、いきなり手の甲で叩き潰すことだった。

鼻血を流しながら、彼は弾みで壁に倒れ掛かった。私はベッドを下りて襟首を摑み、引きずるようにして部屋の外に連れ出した。ドアの前には固唾を飲んだ他の未成年たちが集まっていたが、私が出て行くと道を空けた。私は彼を階段から投げ落とし、部屋に入ってドアを閉めた。

能面のような顔だった、と彼らは囁き合った。それは間違いだ。能面のような、という表現にはどこ正気を失ったものが感じられる。私はあくまで正気だった。冷静と言ってよかった。幾らかむっとしたのは事実だが、それ以上に何時かはこれをしなければ収まらないだろうと思っていたのだ。

馬鹿は鼻と肩の骨を折り、私は懲罰房に入れられた。半地下で暖房の入っていない、じめじめと薄暗い小部屋だが、用心深くセーターとオーヴァーを着、母が送って寄越した使い捨てカイロを数個持って来た私には却って快適だった。少なくともここなら物の洪水に悩まされなくて済む。眼鏡は外してポケットにしまった。じきにカウンセラーが飛んで来た。私が狂気だという噂が立ったからだ。

「とんでもない」私は否定した。「僕は自分が何をやったかよく知ってますよ。これが正気じゃなければ、何が正気なんですか」

「じゃ、どうしてあんなことするの」と彼女は言った。たぶん、私が暴力を振るったことに驚いて幾らか落ち着きを失っていたに違いない。私が優等生だというのは、彼らの一致した評価だったのだ。少なくともこれはカウンセラー的言辞ではなかった。私は初めてこの女性に好感を持った。

だが説明は難しい。彼女と私たちとでは暴力に対する感覚が違う。私に言わせればこんなのは小競り合いだが、彼女にとっては大変なことなのだ。何しろ鼻と肩の骨である。彼女は私たちが昨日まで人殺しを生業にして来たことを理解していない。カウンセラー連の失敗の最大の原因はそこにあるのだ——彼らはそれを当然の感覚の一種の麻痺と考える。だが残念ながら、麻痺と慣れとの間には微妙で決定的な相違がある。前にも書いた通り、暴力に対する感覚が麻痺したら暴力を効果的に行使することはできなくなる。慣れというのは効果を熟知することだ。麻痺と慣れとがどの程度の割合で入り混じっているかには個人差があるが、とりあえず暴力の効果を熟知した我々にとって、ここでの殴り合いや蹴り合いに簡潔で効果的なコミュニケーション以上の意味はない。要するに純粋に儀礼的な暴力行使なのである。現にここに至るまでの立ち回りでも死人は出ていない。出そうと思えばいつでも簡単に出せるのだが。

私は少し考えた。それから、たぶんご存じとは思いますが、と切り出した。今日くらいは多少のサーヴィスをしてやっても構わないだろう。「僕たちは野犬の群れなんです。野犬の群れにはそれなりの法がある。それがつまりこれですよ」

「何ですって」と彼女は言った。それから気を取り直して、カウンセリングのやり方に戻った。

「もっと詳しく説明してくれる」

「これは純然たる生態学上の問題です。群れの序列を決定しなければならない。僕は今までそんな馬鹿げた争いには噛んで来なかったけど、それが彼らにとっては不安の種だった」私は溜息を吐いた。戦争中は良かった。こんな愚かな問題に関わる必要はなかった。「いずれ来ることはよく判ってましたし、その時どうするかも考えておきました。それが連中からするとおかしく見えるんです。連中の流儀ではないから。僕は喧嘩は嫌いです。連中と殴り合うなんて、およそ無意味ですよ。でも、一遍はやっておかないと——一遍だけです。後は落ち着いて本が読める」

「一遍で済むかしら」

「済みますね」と私は楽観的な答えを返した。明らかに、私はやり過ぎた。救急車が来るほどの喧嘩はこれが初めてだった。私には事を儀礼のうちに収めておくつもりのないことがはっきりした訳だ。喧嘩を売ろうと言うなら、それなりの覚悟が必要になる。

一週間して懲罰房から出た時、確かに二度と私に喧嘩を売る者はなかった。案の定、彼らは私が狂っていると見做したのだ。階段まで引きずり出して下の踊り場に投げ落とした時の無表情な顔が、彼らには余程薄気味悪かったのだろう。仲間内でさえ、私はシェルショック・ナンバーワンと認められた訳だ。

それは即ちカウンセリングの強化を意味した。私は戦争で徹底的に神経を痛め付けられたものと思われ、根掘り葉掘りその話をさせられた。私はできる限り簡潔に起こったことだけを話そうとしたが、彼女は感想を言うまで許してくれなかった。私はごく一般的な哲学的見解でお茶を濁すつもりだったが、彼女はどんな哲学的見解でも、ごく個人的な事象にまで噛み砕いて説明しない限り納得しなかった。すると不思議なことに、あれほど熟考した筈の見解も、次々に何か辻褄の合わない奇妙な継ぎ合せと成り果てた。彼女はまんまと私の皮を剝いていくことに成功しつつあったのである。

私はそれを解体されつつあると解釈した。

「あなたは僕を裸にしてしまいますよ」と私は注意した。「裸になるべき体があるとしての話ですがね。残ったのは服だけで、僕自身は綺麗さっぱり消滅してしまったということになりかねない。どうするつもりです、そうなったら」

「そうなったらどうするつもり」

「なりません」と私は答えた。「正直言って、こんなことは皆何か忌わしい気がします。よくは判らないが、あなたは僕をどうにかするつもりらしい。しかし僕がどうにもなりたくない、今のままで結構だと考えるとしたら」

「今のままでいいの」

「仮にですよ」と私は答えた。「あくまで仮にです」

私には私の弱みがあった。私は彼女と話す以外、一週間誰とも殆ど口を利かなかったのだ。

当時はまだ堪え難いことだった。ストリップティーズと言うならそれでもいい、私は彼女の前で精神的ストリップティーズをやるのが決して嫌いではなかった。ただし、私をばらして別人に組み直そうなどという意図はいただけない。そして、週一時間のカウンセリングの間に、私は彼らの持つテクニックが馬鹿にできたものではないことを悟ったのである。

私は彼女の思う壺に嵌まりつつあった。彼女は伍長の末路と千秋の話を私の口から出させるのに成功した。釣針に食い付いて引いた訳だ。彼女は好機を逸さず引き上げに掛かった。実の所、私は薄々勘付きながらも、為されるがままだった。いよいよ何をするつもりなのか判る訳ではないか。

それまで話を引き出すことに専念していた安座女史は一転攻勢に回って、私の感想を誘導し始めた。なるほど、と私は思った。なるほど、つまり彼女は私の回想全体を支配する原理を見付けたつもりでいる。私の精神の病の（しかし私のどこが病気だというのか）原因はその原理にあるから、その原理を別なものに置き換えて、回想全体を組み直そうと言うのだ——それにしても恥知らずな。彼女が見付けたつもりになった原理とは罪悪感であり、それを、女郎屋での記憶に遡って、戦時だから仕方がないという諦観に置き換えようと言うのである。

冗談ではない。私は言った。「よく判りました。あなたは僕が善悪の区別も付かなかったと、そう思わせたいのですね」

彼女は今までの話とは何の脈絡もない私の発言にびっくりして何か言おうとしたが、私はもう、当時の私に善悪の区別が付いたかどうかなどという質問を受け付ける気はなかった。私にもそんなことは判らない。だが私は続けた。

「戦争をやっている最中だって、僕にはやっていいことと悪いことの区別くらい付きました。仮に付かなかったとしても、付くべきであって、付かなかったというのは何の弁解にもなりません。戦争だからと言って人を殺していい理由にはならない。僕らは――という言い方をあなたが受け流した例はないけど、この際はあえて言わせて貰います――悪いと知っていて殺したのです。それが戦争ですよ」そして私は椅子を立った。「これ以上お話するのは無意味だと思います。どうやらあなたは僕の疾しさを何とかするために、記憶そのものを組み替えてしまいたいと思っているらしい。僕は御免です」

「あなたの心を軽くしてあげたいだけなのよ」と彼女は言った。これは彼女の依って立つルールには完全に違反している。だが彼女には何かしらそう言わなければならない必然性があったのだろう。実際、私はそれで少し心を動かされた。

「そう言って貰えるのは有難い。でもあなたは何か勘違いしていると思います。あれは皆仕方のないことだった、正しいことだった、少しも気に病むことはない、なんて思ったら、死んだ連中が浮かばれない。それと、一つ間違えば僕の方がその運命を辿っていたと思うのは全く別のことです。僕はこれでもあなたと話をするために、何冊か心理学の本を手に入れて読みました。これがその感想です――善悪の問題に関しては、あなた方は完全に間違っています。保留付きの道徳律なんてありません。あれは戦争中のことだったと言って無罪放免していたら、そのうちどんな殺人でも認めなければならなくなりますよ。僕は戦争中のことを疾しく思わなければならないんです。もう気にしないなんて、言う訳にはいきません」

彼女は溜息を吐いた。おそらく私の口調が必要以上に絶望的だったせいだろう。

そして私は跛になった。背が伸び過ぎたのである。収容所に入って最初の三箇月で三センチ伸びた。そのまま伸び続けた。とらばさみに挟まれた傷が疼くようになった。私は寒さのせいだと考えて少し厚着をするよう心掛けたが、そんなことでは済まず、しまいには医務室で貰った痛み止めを常用するようになったが、それでも多少和らぐというに過ぎなかった。とうとう――忘れもしない、それもまた三月の末のことだが、夜中に痛みが堪え切れなくなり、這うようにして医務室へ行った。そのまま入院した。収容所に入って最初の外出である。

医者が何と診断したかはよく覚えていない。何でも腱と骨が、とらばさみにやられたところで癒着し、骨の成長につれて引っ張られて痛むのだとかいう話だった。手術が必要だった。私はすぐに手術台に載せられ、背骨の下から三番目の出っ張りに冷たく太い針を打ち込まれ、その後半日、下半身の感覚がないのに苦しんだ。夜には感覚が戻ったが、右足の膝から下は動かなくなっていた。医者はそんな訳はないと主張したが、これは明々白々な事実だ。以来私は杖のお世話になっている。

別に世をはかなみはしなかった。ラジオのニュースは嫌でも耳に入ったから、山中でゲリラの残党狩りが続いているのは知っていた。どんな気がしたか書く気はない。そもそも何も感じなかったのかもしれない。私の頭の中は相変らず恐ろしいくらいに静かだった。兎も角、私はそこにいないのだ。雪の中を走る必要もない。これからも、おそらくは死ぬまで、走ることはないだろう。この脚のおかげで私はよくよくそのことを自分に言い聞かせることができる。

ただ、はっきりと、夜中に目を覚ますくらいに浮かんで来るのは千秋のことだった。

翌年の秋に外出許可が出た。髪を伸ばすことも許された。私服を着た私は外見上ずっと普通の高校生に近付き、事実、普通の高校生に近付いていた。毎土曜の午後、私は許可を取り、家に帰ると称してK＊＊＊＊市に出、人にたかって飲み、運が良ければ女まで御相伴させて貰い、更に運が良ければそのまま泊まり込むか、運が悪ければ駅で眠った。日曜は一日図書館で過ごした。目当ては古い新聞や雑誌だった。掃討戦はとうに終っていた。

延々と続く死者の名を、私は辿った。それでもそれは身元の判ったごく一部の者の名前に過ぎない。時々、知っている名前がその無意味な羅列の中に現れた。勝沼少尉の名前は一際異彩を放っていた。彼はまっとう過ぎるくらいまっとうな家庭に生まれ育ち、どこかで道を踏み外してあの勝沼少尉となり、山に入って散々辺りで悪名を馳せた挙句、仲間と共に田舎の警官の一隊に射殺されたのだ。

その時射殺された者の中に千秋の名はなかった。地方新聞におりおり見付けた少尉一味の罪科帳からして、千秋が行動を共にしていたのは間違いないのだが。余所で死んだ者の中にも、捕虜になった者の中にも彼の名前はなかった。どこで生きているのかもしれない――密かに山を下りて、名前を変えて、もはや千秋ではない誰かとして。或いはおそらく、あれら無名の死者たちの一人として消えたのだ。山の中に打ち捨てられ、錆びて朽ちていく武器とともに。ふた月で私は調査を打ち切った。こんな行為には何とも遣り切れないものがある。私には千秋が死んだとは信じられなかったし、信じなかった。それを信じるようになったのはごく最近のことだ。

私はとうに高校三年生の段階に追い付き、追い越しつつあった。殆ど個人教授で勉強を見てくれていた教師たちの一人は私に進学を勧めた。奨学金が下りるだろうとも言った。何、彼らは全き更生の見本を提出したかっただけだ。だが私は頷いた。N＊＊＊にはうんざりだ。

進学自体には、父は賛成とも反対とも言わなかった。つまりその相談をするために、二年半ぶりに家に帰った時のことだ。

私が玄関を入ると、父は座敷の炬撻に腰から下を入れ、綿入れを肩から掛け、頬杖を突いてテレビを見ていた。私はただいまとだけ言って、足音を忍ばせて奥に入った。

「何時帰って来たの」と私は座敷の方に顎をしゃくって母に訊いた。

「お前こそ何時帰って来たんだい」

たった今だと答えると、母はやれやれという顔をして「誰も彼も、どうして盆暮れになると急に帰ってくるんだろうね」と言った。

「ずっといるんじゃないの、父さんは」

「あんなやくざ者が普段何をしてるかなんて、あたしは知らないよ」と母は答えた。「たまに帰って来るとどきっとする」

　更生してないな、と私は思った。何をしているのか知らないが、父は相変わらず怪しげな商売を続けているらしい。私が奨学金の話をすると、母は驚いていた。私が出来のいい生徒だなどとは考えたこともなかったのだ。

「幾ら出るの」

「年額で百五十万で四年間」

「下宿代にも足りんな」と後で父は言った。「その脚じゃ小遣い稼ぎもできん」

　母は反論しかけたが、私は頭を振って止めた。彼女は沈黙し、台所に立った。

「何で下宿代が必要だと思うのさ」N****には、冒頭で触れた通り、国立大学がある。一応出願はしてあった。「家から通うかもしれない」

「お前が勉強が好きだなんて、誰が信じる。どっか余所へ逃げ出したいと思ってるだけだ。下らん」

　あまりに図星で反論する気にもならなかった。身内はこれだから嫌だ。「ちょっとくらい出してくれよ。金持ちだと言ってたじゃないか」

「今、何やってるの」と訊くと、父は口を噤んだ。

「のりこさんは元気？」と訊くと、への字になるほど口を噤んだ。痛いところを突いたらしい。

「恥知らずな野郎だ」と父は言った。「幾ら欲しい」

　別に恐喝するつもりではなかった。だが、どうもそういうことになってしまったらしい。

私は答えた。「年でもう百五十万。四年間」

「年百五十万。四年で六百万か――一遍に五百万じゃ駄目か」

　私は頭を振った。結局、入学金に五百万を付けることで話は纏まった。

　私はその二月に受かりそうな大学を全て受け、引っ掛かった中で一番いい所に入った。収容所の学科教師が感心する程度の勉強ぶりでは、難関校突破は不可能だ。それにはそれ相応の受験テクニックが必要である。浪人はしたくないし、できない。そこまでやる気はなかった。私はN＊＊＊を離れられればそれでよかったのだ。

　発つ前に、日和見の所に挨拶に行った。彼は相変らず例の剝製屋におり、年に一回、正月には、営業用の印刷した葉書ではあったが必ず年賀状をくれていた。

　店の前の雁木は背の高いアーケードに替えられて、二階の窓がその屋根ぎりぎりの高さに来ていた。鉄の支柱も鋸状に波打つ屋根の部分も真っ白に塗られていた。アーケードばかりではなく店のシャッターボックスも僅かな壁も白く塗られ、角に面した一階の壁面の殆ど全部を占める窓は、乾いた土埃を被ったアルミサッシになっていた。サッシの下半分は磨り硝子で目隠しされていたが、上の透明な部分から、しょぼくれた熊が道を睥睨していた。

私はサッシの引き戸を開けて入った。角に付けられた装置が反応して、奥でチャイムを鳴らした。私は音が止むよう店の奥に踏み込んで戸を閉めた。

店は清潔だった。明るく、静かで、清潔で、そこはかとなく死の匂いがした。奇妙なことだ。毛艶の失せた熊の剝製からも一段上がった座敷の上の豹の毛皮からも、隅に積み上げられた他の毛皮からも、具体的な匂い——防腐剤は勿論のこと、血の匂いも肉の匂いも、それが腐った匂いも綺麗に抜かれている。日和見らしい仕事ぶりだ。だが、確かにそれは死の匂いだった。私は熊の毛皮の頭を撫でた。日和見が出て来た。

私と日和見は、長い間、そのままの格好で立っていた。お互いに赤の他人でも見詰めるように見詰め合った。自分がどう見えたかは判らない。日和見はと言えば、少し生え際が後退し、少し太り、ホルマリンで晒したかのようにさっぱりと小綺麗になっていた。そしてやはり僅かに、死の匂いがした。

毛皮が灼けるのもお構いなしに、午後の日差しが国道の路面に反射して店の中をぼんやりと照らし出していた。私と日和見はまだしばらくの間、その沈黙の中を漂っていた。

「えらく背が伸びたな」と日和見は取り繕うように言った。「脚、どうしたんだ」

「うん、まあね」と私は答えた。とらばさみのせいだとは何となく言い難かった。「顔を見ておきたくて。しばらく帰って来ないから」

「どこへ行くんだ」

「東京の大学に受かった。奨学金が出るんだ」

日和見は薄く笑った。それがかつての日和見を偲ばせる唯一の表情だった。「恩給だな。結構なことさ」

それから私たちは何か話をしたような気がするが、今となっては何も思い出せない。話さなければならないのは話してはならないことばかりだった。私たちはその話をしないために話した。

彼は上がれとも外に出ようとも言わなかったし、私も誘いはしなかった。私たちはまた会おうとも言わずに別れた。

それが日和見に会った最後だ。それから十年以上も、私たちは顔を合わせていない。バスでN＊＊＊に行けば、必ずその前を通り掛かる。店は相変わらず明るくて、静かで、清潔で、人の気配さえない。私はその明るい窓を見遣りながら通り過ぎる。今では私たちは年に一度、年賀状を遣り取りするだけだ。

私はさほど真面目な学生ではなかった。矢鱈に何かを頭に詰め込む他にも気を逸らす術を見付けたのだ。つまりは女で、私は在学中に三人の女をとっかえひっかえして同棲した。家賃も助かるし、何より掃除や洗濯をやる手間が省ける。しかも二人でお楽しみの放題だ。それなりの心遣いもした。折り目折り目には馬鹿高く不味いが評判だけは最高のレストランに連れて行ってやり、安いとは言えない贈り物を贈ったし、女が忙しいとでも洩らせば、今度はこっちが掃除洗濯をしてやる番だった。炊事は私がしていた。どう考えても自分で作った方が美味しかったからだ。一般に彼女らには探求心というものが欠けている。だが女たちはみんな一年足らずで私を糞味噌に罵って出て行った。私には人間らしい感情がないと言って。ない訳ではない。ただそれはなるべくなら眠らせておきたいのだ。確かにこんな男に引っ掛かった彼女たちも可哀想だが、私にも色々事情というものがある。諦めて貰うより他あるまい。後釜は幾らでもいたが、三人で打ち止めにした。これでも、出て行かれる度に幾らか傷付きはしたのだ。

S＊＊＊＊では鷹取氏と鶴巻の抗争が最終段階に突入しつつあった。次に御披露するのは鶴巻の没落の物語である。

鷹取氏は解放者の後光を背負ってS＊＊＊＊に戻って来た。米軍のジープに乗って戻って来たとも言うが、比喩だとしたら巧い比喩を考えたものだと思う。実際、解放後ひと月ほど、S＊＊＊＊には米軍が駐留した。その間に鷹取氏は町における確固たる地歩を築いたのである。

彼は八之瀬に代わって市役所の市長室に陣取った。彼自身が市長だったという訳ではない。いかなるコネを使ってか、S＊＊＊＊の大掃除を任せられたというに過ぎないのだが、兎も角この時期、鷹取氏はＳ＊＊＊＊の最高権力者だった。

　鶴巻は鷹取氏の所に行って土下座した。これまた比喩だとしたら実に巧いものだ。鷹取氏はまあまあと鶴巻を立たせ、別室で友人のように遇して言った。まずは市の再建に全力を尽くさなければならない。本来こちらからあなたに協力をお願いしなければならないところだ、過去のことは水に流して、Ｓ＊＊＊＊のために力を尽くして頂きたい、と。

　鶴巻は感謝と感激の余り涙を流したと言われるが、私は彼の体内に涙になって流れるような余計な水分が一滴でもあったとは思わない。泣いて見せたのは事実としても、それは何か別の水分だったに違いない。鷹取氏は分離独立政府に加担した者のパージを命じ、鶴巻は表面上忠実に任務を果たした。実際にやったことは、自分の徒党の中から弱い部分、余計な部分を切り落としていくことだった。だが彼には誤算があった――いかに弱い部分とは言え、スケープゴートにされた連中も味方は味方であり、まだほんの先っぽだけとは言え、彼は水槽の中の蛸のように自分の足を食べ始めたのだ。鷹取氏は放置しておいた。それどころか彼の非情を大いに喜んで見せ、同時に追及の手を緩めることなく足を食い続けさせたのである。仕舞には鶴巻の一味はがたがたになり、足を掬われないためには更に多くの首を切らなければならなくなっていた。パージ逃れを計って鷹取氏に通じる者も出て来た。おまけに町には鷹取氏ではなく鶴巻への怨嗟の声が満ち溢れた。大体が鶴巻家の人間は、権力の推移には敏感でも世論には疎い。鶴巻も真面目に考えに入れたことはなかったに違いない。だが一応、日本は民主主義国家であり、世論なるものにも相応の目配りは必要である。鶴巻は再び風向きを読み違えた。かくて鷹取氏は鶴巻を罷免せざるを得なくなり、鶴巻は地位も権力も、それどころか職さえ失う所まで転落した。鶴巻がパージを逃れているのはおかしい、というのが、市民の一致した見解で、鷹取氏もそれに従う他なかったからである。かくて鷹取氏は、自分の手は指の先も汚さずに仇敵を片付けた。

N＊＊＊＊県が平常の状態に戻ったと見做されるまで、鷹取氏の暫定政権は続いた。それからあっさり退いた。これには誰もが驚いた。当然市長選に立つものと思われていたからだ。そうなれば、成り行きからして間違いなく市長になれただろう。権力は権力のあるところに集中する。だが鷹取氏は退いて、収容所から帰って来た例の市議を担ぎ上げた。市議本人も困惑していたが、もっと困惑したのは市民である。鷹取氏は市長になり、その独裁に対して密かに陰謀が企てられる——当然そこで鶴巻の出番となるだろう——それこそ市民一同の期待していた筋書きであった。ところが鷹取氏は引退した。鷹取氏在任中に鬱積した不平不満はどこにもって行けばいいのか。

全て鷹取氏の計算通りだった。市議は市長となった後も鷹取氏に頭が上がらない。鷹取氏は攻撃の矢面に立つことなくS＊＊＊＊市を掌握し、今日なお、無冠の帝王として君臨している。もう十年は君臨し続けるだろう。

鶴巻は極貧に喘ぎながら反撃の機会を虎視眈々と狙い続けた。

私が大学に入った年、父が勲章を貰った。戦争中抵抗運動を支援した功績で、である。私は別に感心もしないが、呆れもしなかった。毎年毎年、夥しい数の人間が叙勲される。新聞で見ても、納得できる理由が書いてあった例などない。父はたまたまその年、人数が足りないとか、何かそういう理由で数に入れて貰ったに過ぎないのだ。だが父はそうは考えなかった――さすがに公言はしなかったが、そうは考えなかったらしい。持ち慣れない金や名誉は人を破滅させる。父は泡銭こそ持ち慣れていたが、名誉なるものは見るのも初めてだった。それが父をとち狂わせたのであろう。彼はすっかり自分の功績というやつを真に受け、自分にはそれ以上の値打ちがあると信じ込んだ。

ある晩鶴巻が、人目を忍んでひっそりと父に会いに来た。鷹取氏の暗黙の君臨の五年間の間に、尾羽こそ打ち枯らしたものの、不平分子を糾合してそれなりの反鷹取連合を作り出すことに成功していた彼は、その代表者としてやって来て、言った。戦争中、安全な県境のむこうで米軍にぺこぺこして甘い汁を吸っていた鷹取氏が、その関係をいいことに専横を恣にし、実際に危険を冒してN＊＊＊の祖国復帰に力を尽くしたあなたが蔑ろにされているのはどういう訳か。幸い、あなたが謙遜にも隠してきた戦時中の業績が明らかになった。どうか次の市長選に立って、鷹取氏の市政への影響力を一掃して欲しい、私たちもそのためには身を粉にして働くつもりである、と。

「その私たちってのは」と父は訊いた。

「今はまだ明らかにはできませんが……」

「違うちがう、数だよ、数は多いのか」

父らしい散文的な発想だ。だが鶴巻は掛かったと思ったに違いない。ここぞとばかりの猫撫で声で言った。「しかしですね、酒々井さん、この町に鷹取氏をよく思ってる者なんているんですかね。何と言ったって分てものを知らない。偉そうな顔したって、たかが勤め人じゃありませんか。町の旦那衆はみんな私たちの味方です。あなたが立ったとなれば、他の連中もこっちに付きますよ」

父はしばらく考えさせて欲しいと答えた。鶴巻は言った。「勿論です、よくお考え下さい。ただお返事はできる限り早くいただきたい。鷹取氏に知れたらただでは済みませんからね」

「脅迫は好かんな」

「御心配には及びませんよ。一旦あなたが立つということさえ明らかになれば、雪崩を打ってこっちに走る。そうなれば鷹取氏など恐るるに足らず、です」

身を滅ぼしたくなければ鷹取氏に叛旗を翻すより他ないと言っているようなものだった。だが少し考えたら第二の選択が存在するのに気付いただろう。鷹取氏に密告するのである。一旦味方に付ければ、鷹取氏は鶴巻などより遥かに当てにできる。父はその可能性に気が付かなかったのかもしれないし、勲章で幻惑された所に市長の椅子を見せられて、端から無視したのかもしれない。兎も角、父は鷹取氏の下に走ろうとは考えなかった。その時点で、父の破滅は決まったも同然だった。

一つだけ、父は重要なことを忘れていた。勲章一つですっかり綺麗になったつもりだったのかもしれないが、父は叩けば濛々と埃の立つ身だったのである。そして鷹取氏はその辺の事情を知り過ぎるくらいに知っていた。

家に税務署が入った。

朝、まだ寝ているうちに家から電話が入り、母が泣きながらすぐに帰って来てくれと訴えた。税務署の男たちがやって来て、家を滅茶滅茶にしているると言うのである。母が、それも泣きながら、こともあろうに私に帰って来いと頼むとは、確かに非常事態だった。私は外出の時使っていたショルダーバッグに（これだけでいかに私が垢抜けない学生だったか判るだろう）替えの下着とTシャツだけを突っ込んで、月七万円で借りていた井の頭線沿線のワンルームマンションを出た。

家に着いたのは三時頃だった。玄関に母の靴が中敷きを剝がした上、一足残らず踵を取って積み上げられていた。障子は桟まで外されていた。その奥では、まだ税務署員らが所在なさそうにうろうろしていた。無事に済んだ家具調度は一つもなく、仏壇は丁寧に解体され、畳は一枚残らず上げた上畳表を剝がされ、祖父と祖母の写真は額から出して綺麗に揉み解されていた。母が飛び出して来て、私に縋り付いた。

「息子さんだね」と眼鏡を掛けた税務署員が言った。私服だったが、制服の臭いがぷんぷんした。私は答えなかった。

「ロシア人だってこんなことはしなかったよ」と私の出現に力を得た母は男にむかって言った。「あんたたちなんかロシア人以下だ」

「巧いことやってた癖によ」と後の方にいた下っ端の一人が言った。彼らはくすくすと笑った。これだけ完全な破壊をやってのけて、些か疲れ気味だったのである。

　男は私を手招きした。

　庭の有様も非道かった。何十年も置いたままで半ば土に埋もれかけた庭石や石灯籠を一つずつ持ち上げてでんぐり返し、殆ど干上がっていた池を浚って悪臭漂う泥を庭中に撒き散らしてあった。地面を手当り次第に掘り返したのは言うまでもない。その無残な庭を見下ろして――私としては、見せ付けて、と言いたいところだが――彼は言った。「困ったのはお互い様だよ、何にも出なけりゃ帰る訳にもいかない。あんた、親父がどこに何か隠してたの知らないか」

　私は口を噤んでいた。

「判ってるかい、何か出て来るまでこれを続けるんだよ」

「二階は済んだんですか」

「そりゃもう屋根裏までな」

　では何をしようとこれより悪いことは起こらない訳だ。私は再び沈黙に閉じ籠もった。

「あんたゲリラしてたんだってな」と男は制服根性剝出しの嫌悪の情を露骨に見せながら言った。「よくないよ、お上に逆らう癖はさ。いい加減に直さないと痛い目を見るよ」

まあいいだろう。お国のために山に入ったなどとは、世間は勿論、私自身にしてからが思っていない。N****では、ゲリラをしていたというのは良民ではないということなのだ。感心でもされたら私の方が返答に困る。「親父は家には何も持ち込んでませんよ。大体ろくに帰っても来ないんだから」

「どこにいるんだ」

「これみんな弁償して貰えるんでしょうね」と私は言った。

結局、夜の八時頃、彼らは腹を減らして引き上げた。私と母は店屋物を取った。二階は布団から引き出された布団綿の海だった。二人でそれを布団の皮に押し込んで、一夜を過ごした。こんなに弱気な母を見るのは初めてだった。

「あの糞親父」と私は言った。こんな災難は全て、父が妙な功名心に目覚めたせいだ。「今度家に上がろうとしたら蹴り出してやる」

「だってお前、家にいないじゃないか」と母は言った。

「いた方がいい？」

「御免ね」と母は言った。「御免ね。あんなことをしといて呼んだりして。お前に恥を掻かせるつもりなんてなかったんだよ。ただね……」

私には母が何を詫びようとしているのかよく判った。「そのせいで帰って来ないいんじゃないよ」と私は言った。

翌朝早く、私は家を出た。一晩明けて母も気を取り直していた。朝から片付けを手伝いに来た千秋の母親とやすこさん相手に大声で愚痴り始めていたから、もう大丈夫だろう。

東京に戻ると、マンションの新聞受けに、一度裏返した使い古しの封筒が放り込まれていた。中には数本の鍵と、私の知らない名と、私の知らない数字が書き込まれた紙が入っていた。父の金釘流の筆跡だ。明日正午、駐車場、全て現金、段ボール箱七箱、と但し書きがあった。私は慌ててごみ箱の中から封筒を拾い出した。某銀行本店の名と所番地が、これまた父の手で書き込まれていた。

夜、電話が掛かってきた。受話器を取ると公衆電話のブザーが鳴るのが聞こえた。私は名乗らなかった。何とは言えないが、名乗ることを禁じるものがあったのだ。

「お前か」と声は言った。遠いが父の声だった。私はまだ黙っていた。父は押し殺した笑い声を立てた。「いいもんだな、利口なせがれを持つってのは。これでこそ安心して頼み事ができるってもんさ」

切ってやろうかと思った。これはあまりに非道い。誰のせいで私が家までとんぼ返りし、税務著の連中と渡り合って来なければならなかったと思っているのか。

「まだ心配ない。動いてるのは税務署で、警察じゃないからな。盗聴はなしだ——今のうちはな。全部鷹取の阿呆の差し金だよ。耳元でぶっ放されただけで小便ちびるくらい震え上がってた癖に、よくもお偉くなったもんさ。いいか。俺の金は奴の手の届くところになんか一銭も置いてない。だが今は俺の手も届かん」

私は相変らず黙り込んでいた。父も沈黙した。それから、不安になったのか、言った。

「寝てるのか」

「起きてるよ」

「俺が動いて見付かれば追徴金で全部取られる。判るな。お前が取って来るんだ。上手にやれば分け前をやる。つまり俺だけの金じゃない、お前と、俺のだ」

「幾らくれる」

父は短く、ち、ち、ちと舌打ちした。「それが実の父親に言うことか。一億。満足だろ。頃合を見て振込んでやる」

「そこにはもっとあるんだな」と私は言った。父はしばらく返事しなかった。不安になったのだろう。私は続けた。「僕はいらない。母さんに一億だ」

父はなおも沈黙していた。

「一銭もやらないつもりだったのか」

「そんなこたあないがな――一億だな」

「その位はあるんだろ。ちゃんとしてくれれば摑み取りはやらない。約束するよ」

「摑み取りだと」と父は声を荒らげた。「摑み取りだと、何の真似だ、それは」

「やらないよ」私は溜息を吐いた。

「そんな真似してみろ」

「やらないって。だから一億。母さんに」

「よかろう」と父はようやく落ち着きを取り戻して言った。「振込んでやる。匿名の口座でな。だからやってくれ。頼む」

「やるよ」と私は言った。

「何がどこにあるかは判ってるな。やり方は自分で考えろ。いいな。お前の金だぞ――お前と俺のな――裏切るなよ――忠実にな」

気が付くと電話は切れていた。一体どこからだろう、と私は考えた。人気のない田圃の真ん中を近る一本道の脇に、煌々と蛍光灯を点した電話ボックスがあり、父はそこに立って受話器を取る――そんな様子も想像した。虫の声が聞こえたような気がしたからだ。ただの雑音だったのかもしれないが、私はこの想像が気に入っている。N＊＊＊＊からだったのかもしれないし、難民村のあった福島からかもしれない。村は解放後すぐにブルドーザーが入って潰された筈だが、あの金庫はどうなったのだろう、と私は時々考えたものだ。

翌朝、私はいつもより早起きして銀座に出、通りの鞄屋でドイツ製の超軽量トランクのLサイズを三つ買った。それを括り付けるための特大のカートも買った。とりあえずはこれしか運べない。すぐ使うからと言ってトランクをカートに乗せて貰い、私はタクシーを拾って銀行に行った。鍵は貸金庫の鍵で、番号と鍵を見せて書かれていた名を名乗ると直に入れた。

私は作業に掛かった。むしろやわな造りの鍵の掛かる抽斗の中に、段ボール箱七つ分のドル札が詰まっていた。それをトランクにきっちり押し込んで、上に乗って蓋を閉めた。側の薄いのが気に入って買ったアルミのトランクだが、中身の嵩に押されて中央が膨れて見えるような気がした。トランク三つにほぼ納まったが、それでも入り切れない束が少し残った。それをコートのポケット一杯に押し込んだ。

カートに括って辛うじて引っ張れる程度の重さだった。エレヴェーターに辿り着く前にカートのフレームが歪んできた。駐車場に出ると、のりこさんが車で待っていて、すぐ前に付けてくれた。私たちは二人掛かりで、無言で、トランクを後部座席に押し込んだ。

途中まで送ってくれると言って、彼女は私を乗せた。

「父は元気ですか」と私は訊いた。

「ええ、とっても元気よ」と彼女は答えた。それが父の消息を聞いた最後だった。以来十年近くというもの、私は父がどこにいるのかも、上手いことやっているのかどうかも、生きているのか死んでいるのかも知らない。

翌日、警察がマンションに踏み込み、散々家捜しした挙句、トランクのレシートを押収していった。紙と封筒は始末しておいたし、金と短機関銃は学校の図書館のロッカーに移しておいたので無事だった。翌々日、再度警察が来て、今度は私を引っ張っていった。それからまる一週間、留置場で寝泊りした。まる一週間、世界に冠たる日本の警察の洗練された尋問技術を味わった訳だ。だが私は何も言わなかった。七日目に、拘禁性神経症による一時的な精神障害を起こして病院に移された。それから釈放された。私の洗練された演技の賜物というよりは、どこで何かの事情が変ったせいだと思う。一年ばかりというもの、電話の声が遠くなったり、唸りのような音が聞こえたりしていたが、やがてそれも止んだ。

S＊＊＊から父が姿を消すと、震え上がった反鷹取連合は崩壊、鶴巻は失意のどん底で昼間から酒を呷るようになった。頼りは小鶴巻だけだった。小鶴巻は、父親そっくりの、ただ驚くほど鈍い青年に成長していて、どこの大学の商学部を出た後S＊＊＊に戻り、N＊＊＊にある地方銀行の外回りの仕事をしていた。私はこの時期の小鶴巻を知らない。従って、以下の事件はあくまで伝聞に過ぎない。

仕事が終った後、N＊＊＊で飲んで車で帰って来るのが、小鶴巻の日課だった。時にはぐでんぐでんになるまで飲んだ。そのまま運転して来るのだから、冬ならこんな事態は十分予測できたと言えるだろう。ある晩彼は帰ってこなかった。翌日銀行にも出て来なかった。三日目、さすがに心配になった家の者が警察に捜索を依頼し、警察は嫌々ながら乗り出した。小鶴巻はすぐに発見された。積雪のため閉鎖されたS＊＊＊に戻る山道の真ん中で、自動車に乗ったまま、凍死していたのである。バッテリーは完全に上がっていた。酔って道を間違え、雪に埋もれて自動車が動かなくなり、そのまま寝込んでいるうちに暖房が切れて死んだのだと言われた。この辺ではさして珍しい事故ではない。

葬儀には、S＊＊＊＊の人間は誰も来なかった。銀行の同僚に混じって、見慣れない若い娘が一人、焼香をして香典を置いていった。後で香典袋にある名前を見て、鶴巻は逆上した。そこには鷹取の名前があった。

鶴巻は酔う度に、息子は鷹取に殺されたと公言して歩いた。負け犬の遠吠えで酔っ払いの戯言だ、何もそう真面目に取る必要はなかったのだろうが、鷹取氏は、判断能力を失った鶴巻ではなく、面窶れのした鶴巻夫人に三百万渡して町を出て行くよう勧めた。鶴巻夫人は鷹取氏の言葉に従い、夫を引きずるようにして町から去った。

これが鶴巻家のS＊＊＊＊におけるこの世の栄光の終りであった。

父は約束を守って偽名の通帳を二冊、印鑑と一緒に送って来た。それぞれ別な銀行で、それぞれ一億ずつ入っていた。私は幾らか申し訳ない気になった。入り切らなかったとは言え、私がポケットに捻じ込んだドル札は円換算で七、八百万にはなったからだ。私は通帳を母に渡し、母は一冊を私に返して寄越した。

だが私は父の金には一銭も手を付けずに学部を卒業した。真面目に就職して、真面目な人生を送るつもりだった。警察に引っ張られるような経験を味わった後は尚更だ。先行きにさほどの期待があった訳ではない。むしろあったのは諦観だけだった。たぶん私はこのまま、何事もなく生涯を終えるのだ。そこに馴染んだら、さして長生きもせずに、家族に対する義務だけきっちりと果たして死ぬだろう。馴染めなかったら——その時は父の一億円がある。金が尽きるまでどこへなりと行って、無責任極まる野垂れ死にができる。

私は手当り次第に会社を回った。全てマニュアル通りの模範回答を用意してあった。相手の受けを狙ってというよりは、自分自身を隠すための回答だ。私は自分が、ある意味では（そしてそれは安座女史やその同僚らが夢想だにしないような意味でだが）病気なのを知っている。一分一秒の生死がちょっとした偶然に掛かっているような生活を一度でも味わった人間は、二度と普通の社会に帰っては来られないのだ。父も私も、言わば月の裏側の住人なのである。アリオストによれば、そこには、地上で役に立たなくなったありとあらゆるものが投げ捨てられていると言う。父はそこへ行ったきり帰って来られなくなった。だが私は違う。月の裏側の住人だということを気取らせてはならない。これが私のマニュアル通りの回答の理由だった。

それでも大方の反応は芳しくなかった。

ちょっとした企業では書類段階ではねられる。私のいた学校は、士官候補生に採用するにはレヴェルが低く、兵隊にするにはガッツがないと考えられていた。あまり勉強熱心ではない金持ちのぼんぼんの学校、というのが世間の評価で、そこに遊び好きという評判が輪を掛けた。実際には地方中央の小金持ちと中産階級の子弟の学校で、何故か身長まで軒並みマンションサイズなのに、入学したばかりの私も驚いたものだ。並み外れた長身も、並み外れた短軀も、学内では殆どお目に掛からない。学問的水準もスポーツでもそんなものだ。これでは採用する側も今一つ積極的にはなれまい。しかも採用する側は、本心は兎も角、桁外れな学生を欲しがるふりをしていた。私は戦術を誤ったのである。

何を訊かれても模範回答しかしない、矢鱈に背の高い無表情な青年。おまけに跛を引いてステッキを使っている——私はあの不粋なアルミの杖に嫌気が差して、骨董品屋でステッキを漁って使うようになっていた。唯一の資沢という訳だ——ちらりと身上書に目を落とするとこう書いてある。昭和五十四年五月、N＊＊＊＊県の抵抗運動に参加。昭和五十五年十二月、抵抗運動参加未成年特別教育施設に入所。これは結構不気味な印象を与えるだろう。人によってはこう聞く。申し訳ないが、君のその脚は戦争でやられたのかね。今ならもっと上手にはぐらかせるだろうが、途端に私はしどろもどろになり、或いは上擦った声で誤魔化そうとする。古傷をひけらかしたくはなかったし、何も知らない人間を相手に戦争の話をするのも御免だった。サラリーマン向け作家がいかに企業を戦う集団のごとく謳い上げようと、商売は商売、戦争は戦争である。商人が海外に出て矢鱈にサムライを気取るのにはうんざりだ。そういうことを言う前に、一度、自分の家の系図を江戸時代まで遡って確認してみたらどうか。だが、それを言ったら内定は出ない。

事実、内定は出なかった。後は野垂れ死にコースが残るだけだ。

私は東京を引き払い、フランスに行った。モンペリエ、アミアン、ストラスブール、パリ。いわゆる語学学校ゴロの生活であり、フランスの語学学校はこうして二、三箇月毎にあちこち移動する日本人の学生が溢れている。金さえあれば結構な生活である。特に私のように、帰国してからの目的もなく、ひと月でもふた月でも人と話さずにいて平気な人間には、実に結構な生活だ。完璧な隠遁の一形態と言えるだろう。時々、オペラ見物にイタリアやドイツに足を伸した。ゲッツ・フリードリヒが演出した「地獄のオルフェウス」を見るためにベルリンまで行ったこともある。言葉ができなくとも、私はまるで平気だった。その間中、私は自分がマグリットの絵にうしろ姿で描かれている黒い服と黒い山高帽の男になったような気がしていたのだ。

十二月、私はスイス同境近いフランス東部の町にいた。パリに出るよりアルプスを越えてミラノに出る方が安く付く町だった。古い町並みに安手なコンクリートと硝子のオブジェを加えてどんどんポストモダン化していくパリは、私には嫌悪の対象でしかなかった。おまけに生活費は東京並みにかさむ。それだけの理由で、私はパリにはひと月と止らなかったのである。だが、ここならその半分で済む。その上、昼間の列車でミラノに行って行列し、当日券を手に入れてスカラ座でブゾーニの「ファウスト博士」を見た後、夜行に飛び乗って帰ってくることも可能だ。だが私はその正月を、ミラノではなくウィーンでオペラを見て暮す計画を立てた。ウィーンでのオペラ見物は、ミラノより遥かに牧歌的だという評判だった。

私は駅で紹介されたフライシュマルクトのホテルの風呂なしの部屋に陣取った。朝はゆっくり起きて骨董品屋を見て回り、午後は昼寝、共用の風呂場を借りた後、夕方早めに出てお気にいりのカフェで一服、一時間か二時間前にオペラ座の裏口から入って立見席の行列に並び、四十シリングでたっぷり堪能した後、ケルントナー沿いの高級ホテルの食堂で遅い夕食を取り、戻る途中、鰻の寝床のような居酒屋で一杯引っ掛け、帰って眠る。

大晦日には「こうもり」を見た。これにはかなり早い時間から並ばなければならなかったので、私はカフェに寄らず真っすぐ裏口に並んだ。何人か日本人もいたが、私は音楽愛好家という人種が好きではないし、彼らも同胞が嫌いだ。彼らは往々にして最悪の種類のスノッブであり、ウィーンにオペラを見に来ているというよりは、ウィーンにオペラを見に来ている自分を見に来ているのである。彼らと話す羽目になるのは人生最大の災難の一つであろう。何しろ動機が動機だけに、話題は音楽の話ではなく、音楽の話をしている自分のことばかりだ。今日の出しものがどうだったかよりは自分がいかに気難しい通かを誇るために、何でもかんでも端から扱き下ろす。迂闊にそういう連中の前で、まだあまり名の通らない若い歌手など褒めようものなら、連中の鼻に掛かった当て擦りの餌食になること間違いなしだ。

「そーおですか、酒々井さんは感心しましたか。へーえ、僕には大したものとも思えませんでしたがね」

世田谷辺りのこぢんまりした住宅に住んでいる上層中流のイントネーションと顔つきは、どうしてこうも一様なのだろう。それはまあいい。兎も角、二回くらいこれをやられた後で、私は音楽愛好家とは一切関わりを持たないことにしたのである。東京での話だ。独り楽しんで、沈黙せよ。以来これが私のオペラ見物の鉄則だ。毎晩のように世紀の名演にお目に掛かれるのが本当だと言わんばかりの愚か者に悩まされるよりはずっといい。

更に、ウィーンの彼らには日本人旅行者特有の悪癖が加わる。パリ辺りの百貨店で、買物袋を山ほど抱えた女子大生にエスカレーターですれ違いざまにやられるあれである。

「見てみて、日本人よ、やあねえ」

日本人に日本語でそう言って通じないと思っている。何故なら彼らは既に日本人ではないつもりだからであり、と言って日本語以外で感想を表明する能力がないからだ。

という訳で、私も我が同胞にはうんざりだった。ずっと背を向けて知らんぷりをしている夫婦者を此方も無視し（しかし我々は四晩連続で一緒だったのだ）、彼らが連れている子供にだけ、軽く挨拶した。この子供はなかなかのものだった。最初の晩、珍しくチケットを買っておいた「サロメ」で一緒になった時には、途中でむずかるのではないかと心配したが、子供の特権を生かして通路の最前列の手摺りから身を乗り出して最後まで齧り付くように見ていた。二度目に会ったのは路面電車の環状線の中だったが、母親に、今から行列すれば「ヴァルキューレ」が見られるといって駄々を捏ねていた。末恐ろしい。まだ五つか六つなのである。子供は読んでいた「ドラえもん」から顔を上げてびっくりしたような顔をしたが、母親が立ち所に抱き上げて自分の前に回してしまった。

ビュッフェでプログラムを見ながら一時間ほど潰して、開演となった。最前列の、緋色のびろうどを巻いた手摺りに凭れ掛かって、私はかつて知っていたのとは全く違う序曲の響きを聞いた。一瞬、雪を被った鉄条網と靄に覆われた平野が蘇った。だが、ここはＮ＊＊＊ではなく、収容所でもない。頃合に暖房が効き、観客は着飾り、すぐ前の座席に座ったアメリカ女からは息が詰まりそうな香水の匂いが漂って来る。それも、幕が上がった途端に、私は忘れた。集中力の勝利だ。時々、親切な案内係に、立ち見で大丈夫かと訊かれたものだが、私は「ヴァルキューレ」さえ立ちっ放しで平気で聞き通したのである。

それがいい舞台だったのか悪い舞台だったのか、私としては判断が付きかねる。比較の対象がないからだ。ただ、間違いなくご機嫌な舞台だった。私はまだにこにこしながらクロークで外套を受け取り、そこで、意外な人に会った。

鷹取嬢だった。

彼女はとうの昔に柔らかな白いコートに身を包み、風変わりな枕ほどもある黒いマフに両手を入れていた。髪をふたつに分けて頭の両脇に小さな髷を作っていたので、陶器の中国娘の人形のように見えた。象牙色の顔に黒々とした眉が二筋、僅かに吊り上がったアーモンド型の目の上にアーチを掛け、小さな口元が微笑みを浮かべて、それが一層その印象を強めた。

私がまず、殆ど何の根拠もなく鷹取嬢だと思い込み、次いでその印象を確認している間に、彼女はマフから根付けの細工を思わせる片手を出して髷を押さえた。私がその風変わりな髷を見ていると思ったらしい。

奇妙だと思われる方もいよう――何故私がここでいきなりこんな描写を始めたのか。大体がここまで視覚的な描写など殆どなかったではないか。確かに私は視覚的描写をできる限り避けてきた。音楽と言葉が等価ではないように、視覚的対象と言葉は等価ではない。言葉でできるのは辛うじてその外形をなぞることくらいだ。私が白いコートと黒いマフと書いたところで、思わず両腕を掴まえて顔を埋めたまま眠ってしまいたくなるようなふんわりした柔らかさと滑らかさを、どのくらい的確にイメージして貰えるか怪しいものだ。大体、読者諸氏はマフなるものが何なのかご存じだろうか。という訳で、現代小説で長々しい情景描写が始まると、私は飛ばして読み進むことにしている。だがこの描写はまた別だ。理由は勿論ある。私はあの時の彼女の姿を、バルザックばりに克明に描写しておきたいのだ。忘れようもないその姿をけして忘れないために。その姿を見るなり、私は彼女の温かい体を抱き締め、その胸に顔を埋めたい欲望で麻痺したようになった。恋に落ちたのである。つまりはいよいよお待ちかねの愛の悲劇の始まりという訳だ。

私たちは連れ立って、オペラ座の脇の出口から外に出た。正面口は私たちが手間取っている間に閉まってしまったからである。歩きながら私は考えた。よく私が判ったものだ。今の私は子供の頃の私とは随分違う。背も伸びたし、眼鏡も掛けたし、ヨーロッパに来てから髭も生やした。しかも跛を引いてステッキを突いている。かつての私とは大違いだ。すばしこさと逃げ足の早さが取り柄だったかつての私とは。

私たちは、午前零時を目指しシャンパンの壜を手に集まってくる若い観光客に交じって、ケルントナーシュトラーセを歩いて行った。普通の壜では物足りないとマグナム壜を奮発している連中もいたし、大きければいいと言わんばかりに、一メートル程もある壜型の風船を抱えている者もいた。ちゃんとドムペリニョンのラベルが印刷してあった。いつもソーセージを売っている売店の前で、スペイン語で拍子を取りながら脱いでいく若者の周りに人だかりができていた。寒くはなかったが、私は軽く身震いした。途端に爆竹の破裂音がして私を怯ませた。いつまで経ってもこれは苦手だ。どうしても慣れることができない。

「大丈夫」と鷹取嬢が訊いた。

私は説明しようとした。だが止めにした。爆竹の音が何に聞こえるかなど、他人に説明したことは、まだない。そんな所まで人を踏み込ませたことはないのだ。私は不安に駆られた。明らかに未だかつて知らない地平に足を踏み入れつつあった。

彼女は私を、幾重も幾重も小路を入り込んだところにあるイタリア料理屋に案内した。まだ入ったことがないのよ、と彼女は言った。ウィーンでイタリア料理屋に入ろうなんて思ったこともなかったから。ウィーンの料理屋は、少し高級になると何故か中国料理屋かイタリア料理屋だ。余程自分のところの料理に自信がないのだろう。そして私が見る限り、その姿勢は正しかった。胃にもたれるばかりで旨くも何ともない。ここでは立ち食いと酒の摘みしか旨くはないのだ。

「だって私、もう二年もイタリアにいるんですもの」と彼女は続けた。仕事だと言った。

「試してみよう」と私は言った。「ここのイタリア料理の程度をね。パリにはろくなのがない」

「パリにいるの」

「もう引っ越した。オペラが見づらい」

私たちはそこに入り、常軌を逸した恭しさで席に案内された。これは拙い、と咄嗟に思った。個人的な偏見で言えば、恭しいイタリア料理屋は十中八、九、外れである。イタリアでさえそうだ。だが私は食べている最中に食べているものを貶さない。食事が不味くなる。どんなに不味いものでも私は自分の舌を誇るために貶したりはしない。それよりは和気靄々と食べることの方がずっと大事である。

料理に関して彼女は、灰色に煮付けてマデラソースを掛けた仔牛肉が出て来た時に「とってもウィーン風ね」と言っただけだった。皮肉でも何でもないように聞こえたが、彼女の目は悪戯っぽく笑っていた。私はそれが気に入った。オペラに関しても、彼女はこの調子だった。ミラノだけではなく、東ドイツやチェコの劇場も荒らし回っていて、場数に関しては並みの愛好家以上に踏んでいたようだが、鑑識眼を働かせようなどという気はかけらもなく、ただその日その日の舞台が面白ければそれでいいようだった。

「ね、歌いながら泣くのよ」と彼女は前々日の「ラ・トラヴィアータ」を語った。「歌いながら、泣いて、咳するの」

だが演奏はさしていただけるものではなかった。私はそう言った。そこに、自分の耳の良さを印象付けようというさもしい意図がなかったとは言えない。

「あんなものよ」と彼女は答えた。「少なくともオーケストラはしっかりしてるわ。さすがにね。それで面白かったならいいんじゃないかしら」

それはそうだ。確かに退屈はしなかった。所詮は一夜のお楽しみだ。まずまずと言ったところならそれでいい。おまけに平土間の彼女とは違って、私はたかだか四十シリングしか払っていない。

私たちはたっぷりと時間を掛けて何故かウィーン風の素麺の入ったスープと例の仔牛、重く甘ったるいソースの掛かったケーキを食べた。およそかつて食べた最悪のイタリア料理(イタリア料理！) だったが、かつて取った最高の食事でもあった。給仕に是非にと勧められて、赤葡萄酒の後で小瓶のシャンパンを頼んだ。理由はすぐに判った。ケーキに合わせて甘めのシャンパンが運ばれ、給仕が栓を抜いて背の高いグラスに注ぎ終えた頃合に、ラジオが「美しく青きドナウ」をやり始めた。

最初、私は話していて気が付かなかった。店の客の誰もが気が付かなかった。出だしは穏やかでかすかだ――が、彼女は薄暗さのせいで真っ黒に見える目を輝かせて、ほら、と言った。遠くで異様などよめきが起こり、爆竹が次々に炸裂する音が鳴り渡った。外とはうらはらに店は静まり返り、やがて客たちはそれぞれにグラスを上げて乾杯を始めた。

年が明けたのだ。

外に出ても、まだ騒ぎは続いていた。大聖堂にむかって細い小路を歩いて行くと、どこ路地の奥から、ドラム缶をボンゴに見立てて叩く音が聞こえて来た。ふいに音が止み、一際高くドラム缶が鳴り、悲鳴が上がった。通り掛かった小路から数人の娘が慌てふためいて飛び出し、私はぶつかられてよろめいた。鷹取嬢が私の腕を取って支え、後に引っ張った。路地から滝のように何かの液体が流れ出してきた。私は笑った。鷹取嬢も笑っていた。路地の奥から出て来た国籍不明の若者も笑っていた。

大聖堂の前は硝子の破片だらけだった。救急車が走り回っている音が聞こえた。パトカーもいた。礼拝堂の壁に両手を付けて立たされた青年が、ぶつぶつ言いながら警官の身体検査を受けていた。遠くでまた爆竹が鳴り、別な警官が一斉にそちらに走り出した。

外でのお祭りは終りつつあった。だが、中ではまだ続いている。私たちはグラーベンのゲームセンターじみたスナックに入って飲んだ。隣にはイタリア人とベトナム人がいた。

「こんな騒ぎはおとなしい方さ」とイタリア人は言った。

「イタリアはもっと派手に騒ぐのかい」

「いや、ボローニャはそんなでもないよ。非道いのはナポリだ。実弾をぶっ放して騒ぐ。人死にも出る」

私は信用しなかった。イタリアでは、悪いことは全て自分の所より南で起こる。ヴェネツィアではフイレンツェに行ったら気を付けろと言われ、フイレンツェではローマに、ローマではナポリに気を付けろと言われるのだ。個人的経験では、ナポリとミラノの物騒さはどっこいどっこいと言った所だ。つまりはパリ程度である。

彼は更に、明日、ボローニャまで車で帰るのだと自慢そうに言った。八、九時間は掛かるらしい。だがもう三時を回っていた。寝なくていいのか、と私は聞いた。鷹取嬢が訳してくれた。

「もうホテルを引き払っちゃったんですって」

つまり今夜は眠らず、明日、八時間運転して帰る訳だ。私はそのタフさ加減に感心した。楽しい晩ではあったが、私はもう眠かった。堪え難いくらいに眠かった。柔らかかな枕に顔を押しつけ、うっとりと息を吐いて眠ってしまいたい。

店を出ると町は既に人影もなく、硝子の破片だけがひんやりと光っていた。清掃車が唸りを上げながら破片を掃き集めていたが、それでも、帰る前に靴の底がずたずたになりかねない。私はいいが、鷹取嬢のハイヒールの底はいかにも薄くて脆そうだった。それに酔っていた。細い踵を石畳の隙間に取られて転倒するところを想像して、私はぞっとした。非道い怪我をするだろう。

「あなたの所に泊まるわ」と彼女は言った。

私は承知して、彼女を自分の部屋に泊めた。彼女は部屋でマフを取り、コートを脱ぎ、その下の黒いびろうどのワンピースを脱ぎ、私と寝た。彼女の肌はカシミアの純白のコートより、アストラカンのマフの毛よりずっと柔らかで暖かかった。かすかで嫌味のない香水の匂いもした。腕と脚の形は完璧で、傷一つなかった。だが私はあの腕と脚がラッセル車に巻き込まれてずたずたになるのを見たのではなかったか。

夜は、二重窓の間に挟まれた黄色い麻のスクリーンのむこうで、意外な早さで白んで来た。彼女は私の髪を丁寧に指の背で撫で付けながら、優しいのね、と囁いた。

優しい？　私が？　そんな風に言われたのは初めてだった。色々な褒められ方貶され方をしたものだが、優しい、というのは初めてだ。優しかったのだろうか――確かに彼女は最初から壊れ物のように見えて、触れるのも怖かった。しかし優しいとは。優しいというのは私の愛し方ではない。私の肉体も精神も、およそそんな風にはできていないのだ。

では、誰の。

彼女は私の肩に顔を押しつけて、さも安心したように寝てしまった。二重窓を透かして、外の冷気が部屋に染み込んで来た。だが、私は肩を上掛けの外に出したまま身じろぎもしなかった。

それは私の愛し方ではない。だが千秋なら、或いはそんな風に愛しもしたのではなかろうか。千秋の白い顔と繊細な目鼻立ち、華奢でしなやかな体付き、生真面目だが感じやすい精神を、私は鷹取嬢と対にして考えてみた。完璧な、だが未来永劫、成就不可能な彼らの結び付きを。

私は初めて、千秋は死んだと感じた。千秋は死んで、私は彼の女と寝ているのだ。おそらくは死ぬまで女を知らなかった千秋の代わりに。成仏してくれとは祈らなかった。気が済むまで私と一緒にいればいい。彼女はどのみち千秋のものだ。

奇妙なことに、彼女は千秋のことを覚えていなかった。S****で病院に入院していた間、毎日様子を訊きに来る同級生がいたことは母親から聞かされていたのだが。

「だって、あれはあなたでしょ」

私はかぶりを振った。彼女は笑っていた。照れ隠しだと考えたようだ。彼女はずっとそれを私だと思い込んでいて、だから顔も覚えていたのだ、と言い張った。私は強いて抗弁しなかった。自分が誰だか判らないような奇妙な混乱状態にあった。

翌日、特例として朝食が部屋まで運ばれて来た。誰も起きて来ないからだ。彼女はそれを食べて、出て行った。ニューイヤーコンサートに行く前に着替えなければならないのだ。自分のホテルの住所を置いていった。当然、私が引っ越して来るものと決め込んで、フロントに連れが着くと伝えておくわ、と言って。

私はそのまま昼過ぎまで眠った。それから、事情ができたので発つからと勘定を頼んだ。フロントはにやにや笑って、その晩の宿代をキャンセル料として加算した勘定書きを寄越した。タクシーを呼んで貰った後で、一瞬、そのまま駅まで行って逃げ出そうかとも思った。だが乗り込んだ時には、運転手に彼女のメモを渡していた。何故かは判らない。そんな具合に女に引っ張り回されるのは、間違っても私の流儀ではない。おそらく、相変らず混乱していたのだろう。そしてその混乱は不愉快なものではなくなりつつあった。

彼女がいたのは町の反対側の、黄色く塗ったミュシャまがいの女性像で飾った古めかしいホテルだった。私は部屋に入ってシャワーを浴び、服を着てカフェに行った。前夜の硝子の破片は角が落ちて色付きのさざれ石になり、石畳の目地を埋めていた。ウィーンの新年は、NHKの中継の伝える通り、静かだ。誰もが頭を揺すらないようにそっと歩き、昼過ぎにようやく店を開けたカフェに入って濃いコーヒーをちびちびと飲んでいるようだった。私もそれに倣った。それから、環状道路を渡ってカールスプラッツの楽友協会前に行って彼女を待った。

結局、彼女が出て来たのは一時間ほどしてからだった。出て来るなり、私と待ち合わせをしていたかのように、待った、と訊いた。私は今来たところだと答えたが、その実、何だか罠に掛かったような気がしたものだ。オペラ座の裏の店で、トーストに載せたスモークサーモンとサラダを食べ、グラス売りのフラスカティを飲んだ。それから、ホテルに帰って愛し合った。

まる二日間、オペラを見ている時間を除いて、私たちは一緒に過ごした。実の所、私の方はもうオペラなどどうでもよかった。立見席にいると足がだるくて仕方がなかった。それでも帰らなかったのは、彼女が遥か前方に座っていたからに他ならない。ホテルにいたかった。食事などどうでもよかった。だが、彼女は時間になれば食事にしなければと言い張り、同じ理由で、オペラにも美術館にも拘った。

私がどんなに不機嫌になろうと、彼女は平気だった。私は彼女に従った。シェーンブルンの小市民的な宮殿を見物し、マジョルカハウスの外壁を眺め、ゼツェッション館の壁画の前に佇み、新年特別営業の大観覧車に乗り、美術史美術館の陰鬱極まりないコレクションを見た。私は展示室の中央に立ったまま、或いは椅子に座ったまま、彼女が満足そうに絵から絵へと彷徨い歩くのを眺めた。杖の音が響き過ぎるのを恐れたのだ。

その間中、波女は私のことなど忘れ果てているように思えた。ハプスブルク家の神経のおかしい誰かが集めた、美女と男の生首という嫌な組合せの絵ばかりの一室で、緋色のびろうどを纏って手袋の上からごてごてと指輪を填めた片手に剣を、片手に獣じみた男の首を手にした金髪の女性像の前に、彼女は長い間、小鳥のように小首を傾げて立っていた。時間が止まったかのようだった。それから急に、ちらりと私のことを振り返った。

それほど天候の悪い日ではなかった。風もなかった。暖房が熱過ぎることも寒過ぎることもなかった。だがおそらく、窓の立て付けはあまりよくなかったのだろう。私は背後から首筋を隙間風が撫でるのを感じた。絵の中の女の剣が首筋に触れたかのように。

三日目、彼女はミラノに帰った。私たちはカルナヴァーレをヴェネツィアで過ごす約束をして別れた。


それからヴェネツィアだ。私はディジョンから、彼女はミラノから、同じ列車に乗り込んだ。朝まだき、ミラノの駅に列車が滑り込む前に、私は簡易寝台を抜け出して、通路から外を眺めやっていた。眠れない男がもう一人、私に判らない言葉で火を貸してくれと頼んだ。たぶん、ドイツ語だったのだろう。私も煙草を吸った。明け方、寝台車の通路には煙草を吸う男たちが立ち始め、夜が白むにつれてその数は増えていく。

列車は闇の中で煌々と光るミラノの駅に入った。彼女が鞄を手に列車に付いていてホームを歩いて来るのが見えた。私に気が付くと、止まった列車のドアを開けて乗り込んで来て、私の首に腕を回してしがみ付いた。私も彼女を抱き締めた。列車はドアを開けたまま走り出したが、私は平気だった。凍るような外気が通路を吹き渡り、閉口した男がドアを閉めに来ても平気だった。彼女は無言で、体は冷たく、外気と同じ匂いがした。

私たちはフォンダメンタ・ヌオーヴォの彼女の常宿に泊まった。

とある語学学校の教師は言った。フランスにあっては、恋の道行きの行き先はヴェネツィアと相場が決まっている、と。フランスだけではなく、おそらくは全欧的な現象であろう。ここにはすべきことは何もない。ただ、いることが出来るだけだ。私たちもその例に倣った。朝は朝食の時間ぎりぎりまでベッドにいた。暖かい部屋の暖かいベッドの中で、お互いの肌の暖かさを感じながらうっとりと目を瞑っているのだ。じきに、その日初めての教会の鐘が鳴り始め、しぶしぶ起き上がってその日初めての言葉を交わし、身仕舞いをして、その日初めての食事を取る。それから、肩が壁に触れそうな小路を抜けてヴァポレットの乗り場に行く。

海は大抵時化ていた。靄も出ていた。靄がなければ波のむこうに、ゴシック風の刳形で飾った煉瓦の長い壁が見える筈だった。サン・ミケーレ島――墓の島だ。

私たちはサンマルコ広場まで行って、観光カフェの悪名高きフロリアンに陣取る。午前中、早いうちにここまで辿り着ける旅行者は稀だ。従って朝のうちは静かであり、静かな状態においてはほぼ理想的なカフェだった。彼女は私をそこに残して出掛ける。どこに行っているのかは知らない。私の興味がそんなことにないのは、彼女もよくわかっているのだ。私は寒々と開けた広場を横目に、持って来た本を読んで時間を潰す。彼女は昼前に、或いは昼過ぎに戻って来て、私たちは二人で昼食を食べ、ホテルに戻って昼寝をする。

夕方、散歩に出る。

私と彼女は黒いバウッタとドミノと三角帽を買い、厚紙で作って石膏を塗った白い仮面を付けた。今度はカ・ドーロの裏手の広い道を抜けてリアルト橋からサンマルコ広場まで歩くのだ。昼間、一時晴れた靄は再び運河から立ち昇って路地や広場に押し寄せる。サンマルコ広場は既に仮装の散歩者で溢れている。それだけだ。散歩して、見物するだけ。フロリアンには滅多に入れない。想像も付かないくらいの手間と金額を掛けた仮装の連中が窓際に陣取り、物見高い連中が外側に人垣を作る。粉を打った仮髪に白塗りの化粧、付け黒子、完璧な仕立てのアビ・ア・ラ・フランセーズの男が、完璧なお辞儀をしてから知り合いの脇に陣取ると、見物人の間から感嘆の声が洩れた。その見物人も、大半は仮装である。

私たちは見物しながら通り過ぎるだけだ。そのままパラッツォ・ドゥッカーレの脇まで出て、橋を上り下りしながら散歩を続ける。足元は常に薄暗く、宙を歩むような気がした。彼女は迷宮のようなヴェネツィアの路地を知り尽くしているかに見えたが、それでも時々は迷った。或いは、迷ったふりをした。人気のない行き止まりの路地で、私たちは仮面を外して抱き合うことがあった。彼女は巫山戯ているつもりでも、私は大真面目だった。こと欲望に関しては、私はいつでも大真面目だった。彼女は時々それを笑いものにした。

貸衣装を着て、パラッツォで開かれる舞踏会にも行った。そのままコンサートにも美術館にも行った。ロンギの絵の前でポーズを取ってみたが、私たちは二人ともカメラを持っていなかった。持っていても撮らなかっただろう。私たちはもう誰でもなかった。確かにカルナヴァーレ自体は極度に商業化されたお祭りで、往時の半年間の幻惑とは程遠かったが、それでも自分で自分が誰だか分からなくなるような不可思議な陶酔は残っていた。そんな自分の写っている写真を後で見たら、随分と奇妙な気分になるに違いない。身動きもできない人込

み の中にあってさえ、誰もが訳もなく嬉しそうに笑っていた。私たちも笑った。アンソール
の仮面の群像のような笑いの下で、不安に駆られ、お互いの体をしっかりと抱き締めながら。
やがて十二時の鐘が鳴って、カルナヴァーレは終った。灰水曜日が来た。歩いて帰る途中、
私は彼女に言った。
「明日、ミラノまで一緒に行く」
真実の時、という訳だ。仮面舞踏会で、合図とともに仮面を脱いで下の顔を見せ合う。だ
が彼女は仮面を付けたままだった。「紐になる？」
「金は持ってる。当面はそれで暮せるよ。嘘じゃない。その間に何とかする」
「イタリアで仕事を見付けるのは無理よ」
「日本に帰ったっていい」
彼女は頭を振った。
「僕じゃ不足か」
彼女は溜息を吐いた。私は返答を迫った。しかしカルナヴァーレの後で真実を問うなど不
粋の極みではないか。
「あなたにしなければならない話があるわ」と彼女は言った。「鶴巻を殺したの」
その言葉に、どんな口調を想像するだろう。悔恨か、今だに消えぬ恨みか、真実を告白し
たら捨てられるのではないかという不安か。そのどれでもない。彼女は淡々と事実だけを述

べた。もうどうにでもしてくれと言うような、鶴巻を殺したという事実にうんざりしているような調子だった。

子供の頃から、誰でもいいから殺してやりたかったのだ、と彼女は言った。後になって、たまたまその対象は鶴巻に絞り込まれたが、本当は誰でもよかったのだ。彼女が憎んでいたのは、彼女を弾き出した世間——より狭く言うならS＊＊＊そのものだった。鶴巻が彼女を決定的におかしくしてしまう以前から、彼女は毎晩、人を殺す夢を見た。刃物で滅多突きにする夢だ。人を殺すという行為は彼女にとって、予め体験済みのものになっていた。

そこにたまたま、鶴巻が巻き込まれた。

鶏小屋事件に至るまでの虐めも、ラッセル車の事故も、彼女に言わせれば、対象を具体化したに過ぎない。それで随分と楽になったとさえ言った。さもなければ、遠からず自分で自分を殺していただろう。退院して、母方の里に行った後も、誰も彼女を責めるどころか、鶴巻を憎むのは当然だと見ていたと言う。戻って来た鷹取氏が言ったのもそのことだった。彼女はずっと楽になった。いつか鶴巻を殺す、それはもう夜毎の夢でも何でもなく、いつか結婚して子供を生むのと同じ、当り前のことになったのだ。

彼女は冷静に策を練り、機会を狙い続けた。後には人を雇って定期的に動向を報告させた。殺すにも値しない、と思ったと言う。だが、彼女が鶴巻を殺すのは予め定められたことだった。遂行しなければ、鬱積した怒りが自分に牙を剝いて襲い掛かって来るのは自明のことだ。

殺すにも値しない奴を殺すなら、良心の咎めもいらない、と彼女は思い直した。かくて犯行の夜に至る。

彼女は鶴巻の寄る飲み屋で一緒に飲んだ。鶴巻が、酒癖ばかりではなく女癖も悪いことを知った上でのことだ。鶴巻はそれが誰かなど知りはしなかった。美形かどうかも既に判らなくなっていた。兎も角、女で、好きなようにできそうだから乗せた。乗せて、彼女の言うがままに、彼女の部屋のある筈の方向にむかって闇雲に車を走らせ、あの山道に突っ込んだ。

彼女は助けを呼んで来るから待つように言って、車を抜け出し、歩いて本道まで戻って、タクシーを呼んで帰った。後は誰もが知っての通りである。

さすがにS＊＊＊＊市警はそれほど甘くはなかった。飲み屋を出た時、見慣れない女が一緒だったことは聞き込みで判ったし、それが誰かも直に調べ上げた。ただ、絞めた訳でも刺した訳でもなく、自動車の中に置き去りにしただけでは過失致死で立件するのが精々だし、そんな詰まらぬ事故を表沙汰にして鷹取氏の不興を買うのも馬鹿ばかしい。担当者は署長にお伺いを立て、署長は事件を揉み消して鷹取氏に恩を売る方を選んだ。鷹取氏は醜聞を恐れて娘に姿を消すように迫った。二度と帰って来ないように言い含めて。

「そういう次第よ」と彼女は締め括った。「私も帰りたいなんて、ちっとも思わないわ」

答えるべき言葉もなかったし、彼女も期待してはいなかった。私たちはいつものように部屋に戻り、いつものようにベッドに入り、いつものように愛し合う筈だった。だが、何故かこの最後の行為は遂行できなかった。彼女は別に気にも掛けずに、私の肩に顔をすり寄せるようにして眠った。私はそうはいかなかった。

　朝の四時頃だっただろうか。彼女が目を覚まして、眠れないの、と訊いた。私は答えた。

「死のうかと思う」

「一緒に?」彼女はくすくす笑った。「素敵ね、それは」

　私たちはいつものように九時前に起き出し、朝食を取り、フロリアンに行った。コーヒーを飲みながらも、私たちは無言だった。いつものことだ。私は何度も、あれは本気だと言おうとした。だが言えなかった。彼女は私を残して出て行った。

　それが彼女の姿を見た最後だ。

　彼女はいつまでも戻ってこなかった。二時まで待った挙句、ホテルに戻って、彼女が去ったことを知った。後は追わなかった。私は夕刻の列車でフランスに戻り、下宿を引き払って日本に帰って来た。馬鹿なと言うなら、教えて欲しい――世界の果てまで行って死に損ねたら、一体どこに帰れると言うのか、自分の田舎以外。

　私が心中しかけたと言うと、今の情婦は声を上げて笑い転げる。まさか本気ではあるまいと言わんばかりに。

「ね、だって、何回死にかけたのよ、あんた。戦争でさ。それを考えたら、心中なんてできっこないわよ」

こうも言う。

「あんたはおつむの使い過ぎよ。馬鹿みたい。そんなことして何になるって言うの」

私は彼女とN＊＊＊のスナックで知り合った。彼女は救急病院の外科病棟で婦長を務めている。

本を買いにN＊＊＊まで行った帰り道、私はバスがなくなるまで、ふらりと入ったスナックで飲んだ。隅に五、六人の集団がいた。見るだに消毒臭い、病院関係者と知れる一団だ。彼らは代わるがわるマイクを握ってカラオケの限りを尽くした。その合間に話をした。

「准看なんかは時々、失神しかけるんだよな、あんまり非道い患者が担ぎ込まれると。で、この婦長さんが一喝する訳だ。点滴を持ちなさい、ってな」

「そんなんで利くかい」

「あんた聞いたことないだろ、さすがに凄い迫力だ。真っ青になって気を失いかけてた小娘がしゃんと点滴の壜を持って歩き出す。そりゃ凄いもんだぜ。何しろ戦争帰りだからな」

私は気になってカウンターから振り返った。当の本人と思しき大柄な女は、オレンジ色の口紅を塗った唇を引いて苦笑していた。一体何故、看護婦という人種はオレンジの口紅が好きなのだろう。

「今時の子に戦争帰りなんて言ったって判りゃしないわよ。どの戦争ですか、って訊くんだもの。ベトナム戦争ですかって。あのね、私、そんな年に見える？」

彼女は仲間が引き上げてから、私の隣に来て座った。「その脚、戦争でやられたの」何故判ったのかはわからない。私を知っていたのかもしれない。

彼女はＬＡにいたと言った。ソ連軍が入って三箇月後、山に入ってゲリラを探し出し、土下座して頼んだのだという。芳紀十五歳の娘が。信じ難い。戦争はそんなに甘いものではなかった。私が知っている限り、女たちはお内儀の総司令部詰めをしていただけではないか。「馬鹿にしちゃいけないわね」と彼女は言った。「二年目には、あたしは斬り込み隊長をやってたわよ」

今となれば納得の行く話だが、戦争が終るまで、彼女が女だと知っていた者は殆どいなかった。知っていてもそう思っている者は皆無だった。大体が、彼女は女性的魅力に溢れるというタイプではない。十五ならましてそうだっただろう。

「生理も止まっちゃったのよ」と彼女は後に言った。「山に入った途端にね。そしたら同じよ。終ったらいきなり始まって、その時はきつくて寝込んだけど」

そんな馬鹿な話があるものか、と私は思う。だが、口に出しては言わない。彼女は医療関係だが、私はそうではない。女体の神秘に関して差し出口を挟む筋合いはないのだ。

そして、彼女は間違いなく、私が知る限り最も戦争好きな戦争経験者の一人である。酔うと彼女は幸せそうな口調で言う。今度やる時は一緒にやろうね、と。私はこれが好きだ。何回でも聞きたい。だが私は曖昧に返事をしておく。イエスでもノーでもない。理性は引き止めるが、行きたくて仕方がない、そういうことになるのは目に見えているからだ。

私は彼女を愛しているだろうか。これははっきりしている。答えはノーだ。彼女も私を愛してはいない。私たちの間にあるのは一種の同志愛と、男女の間に自然に発生する欲求だけだ。

毎土曜の晩、私は例のスナックで彼女と待ち合わせる。その晩は泊まる。翌朝、八時前に叩き起こされて追い出される。彼女は敬虔なカトリックなのだ。お弥撒に行かなければならない。教会で彼女が何を告解しているのか考えると汗顔の至りだが、私はなるべく考えないようにして、バスで家まで戻ってくる。

女たち――母と、千秋の母親と、やすこさんは、例の一億円が入って以来、我が家で、撚糸をやって細々と稼ぐふりをしながら一緒に暮している。男っ気なしの女のユートピアだ。私のことは数にも入れていない。一度、やすこさんを口説こうとして、私は無残な敗北を喫した。お手軽に家の中で女を作ろうなんて巫山戯た了見だ、と笑われたのだ。母に言い付けると言って私を脅しさえした。そんなことで怯えるのも妙な話だが、以来、私は彼女に弱みを握られた格好になっている。

彼女らは何事もなかったかのように私を迎え、私と女たちはお茶を啜りながら、立て続けに時代劇を見て日曜の午後を過ごす。終ると、ウィークデーに録画しておいた分が登場する。女たちは三人で、私などその場にいないかのように茶飲み話を続け、時々、思い付いたように私を非難する。煎餅の粉を畳に零すとか、茶碗を茶卓に戻さないとか、本を読みながらものを食べるとかだ。私は適当に答えておく。これはこれで幸せな生活ではないか。私には何の不服もない。

結局のところ、誰しも跛を引きながら歩くものなのだ。

「戦争の法」という題が指し示すもの

佐藤　亜紀

——昔、国があった。

エミール・クストリッツァの映画「アンダーグラウンド」はそういう字幕で始まる。かつてあった、今はもうない国について。そしてそれは、最初に新潮社から刊行されて以来四半世紀を経た後では、本書に一層ふさわしい。作中でS＊＊＊＊と記されている地方自治体は、同じくN＊＊＊＊と記されている中核都市に合併された。地場産業は消滅。シャッター街は更地となり、そこにロードビジネス並みの広大な駐車場を擁するスーパーが建っている。そういうところでも何やら人は生きていくものではあるが。つまり、この国の多くの「地方」「田舎」と同じ運命を辿っている訳だ。

そういう土地で人がどういう風に生きていたか——生きているか、を思い浮かべることは、かつてそこで生き、また今生きている人以外には難しいだろう。50キロ離れたところから嫁いで来た女性が死ぬまで「そとよめ」と呼ばれ続ける土地。「たびのもん」が地元社会の一員として認められるのに三代掛かる土地。人々の所行が百年記憶され百年語られ百年恨まれる土地。は、例えば教員や市役所その他の公務員やそれに準じる身分で外から入ったとしても、そこで起っていることが何なのか本当のところを把握することはほぼ不可能な土地。恐ろしく狭い範囲での長期間にわたる利害関係の縺れと、結果として生じる微細な差異が絡み合って住民の複雑極まりない行動を律しているが、それはおそらく複雑すぎて、確かに一代では適切に振舞うことさえ困難な土地。更に言葉が、克服不可能な障壁を作る。外から来た標準語ベースの人間には、耳で聞いても三割程度しか理解できない。地元の人間はこの言語の障壁を極めて巧みに使う。理解させたい事柄については標準語に寄せて話し、そうではない事柄についてはディープな方言で話すので、結果として表面的なこと以外からは遮断されることになる。この障壁を通り抜けられるのは警察官くらいだ。でないと仕事にならない。

そういう世界を、小なりといえど形成するのは、最終的には経済的な利害だ。地場産業が崩壊して経済規模が縮小し過疎化し高齢化し限界集落化すれば、消えてなくなる。かつて死活を決する問題を交渉する為に用いられた生臭い言語は、人の良さそうなおじいちゃんおばあちゃんの素朴な田舎言葉になる。方言の死、と言っていいだろう。それは同時に、ある社会の死でもある。

私の祖父は若い頃、登山愛好家であった。地元の山はほぼ全て登り尽くし、時々谷川連峰まで遠征した。死んだ時には膨大な登山雑誌のバックナンバーが出て来た。そんな祖父のところに、たぶん戦前の話だと思うが、東京の登山家がやって来て、地元の山を登りたいと言って案内を頼んだ。祖父は仲間を二人ほど集めて付き合った。後で、愛読する登山雑誌の最新号を開いた祖父は愕然とした。例の登山家が記事を書いていた。山は「未踏峰」であり、祖父たちは「シェルパ」であった。未踏峰なので勝手に「K峰」と命名されていた。祖父は編集部に宛てて手紙を書いた。当該「未踏峰」は地元登山愛好家にはよく知られた山であり、あさひ岳と呼ばれている。また祖父らはシェルパとして雇われた訳ではない。

訂正記事が出たかどうかは不明だが、少なくともその山は、現在、K峰とは呼ばれていない。

東京から見た場合、地方がそんな風に見えるというのはよくわかる。つまり植民地だ。原住民はしばしば、雪国の人間なので忍耐強くよく働く、と言われる。出稼ぎの半年くらいなら、誰でも忍耐強くよく働くことはできる。残る半年もそうであろう、と外の人間は考える。実際に地元に帰ってどう暮らしているか、出稼ぎに出ない場合、雪に閉じ込められた中でいかなる活動をしているか、は、冬に酔っ払って外で寝ても凍死しない地域の人々には到底想像も付くまい。

かくて、我らシェルパの徒輩は日本語の世界に現れたことがない。というか、現れたとしても頑強で忍耐強くよく働くシェルパ、でしかない。人物としては、酒呑童子の手下の鬼か、利益誘導型政治家に踊らされる頑愚な民か、相撲取りか、遊女としてしか存在しない。そしてそれがまたケッサクな姿だ——頭から毛布みたいな防寒具被った女が(あれは実在したけど)、申し訳程度の、こんなの降ってる部類に入らん、みたいな雪の中をよろよろ歩き、標準語の発声とイントネーションで語尾だけ方言にしてる様を、他に何と言い表せと。ケッサク。大爆笑。顔を茶色く塗ったイギリスの名優が演じるインド人。走る新幹線の上でウルヴァリンとガチ戦えるヤクザ。うちの田舎に限らない。日本の田舎は、中央からばら撒かれるメディアにおいては、ポスコロ以前の植民地表象とほぼ同じように描かれる。愚かで陰険な田舎者。便利な苦力。素朴で善良な原住民。方言は劣位にあることを示すお笑い要素でしかなく、筋道だったこともまた言うことができない。「私たちの正しい日本語」を使わなければ、精々、植民地主義者の空想する無学で素朴な原住民程度のことしか考えることができない、とされているのだ。

私は七十の老婆が、私でも七割くらいしか理解できないディープな方言で、コンクリートブロックを使った河川の護岸工事が水質の自然な浄化をいかに妨げるか、を完璧に論じるのを聞いたことがあるけどな。普通だよ、普通。

あらゆる自発的な表象を剥奪され、外から定められるままに自らを形成せよと強要される立場に、私はある。だからむしろ、自分の顔はこの国の外に探すしかない。例えばブローデルの「地中海」の中に。バルカン半島の山の中に住まう人々は、アドリア海まで降りて来てヴェネツィア共和国の船で水夫になる。おそらく頑強で忍耐強くよく働くと言われたことだろう。同じ人々が山の中では百年の遺恨を抱えて合い争い、かつてはドナウ川を行く船に槍ほどもある矢を浴びせ掛けたこともある恐るべき連中だったことには多分、誰も気が付かない。人種とやらより環境の方が似た人々を生み出す。山岳民族。まつろわぬ民。鬼。自らを自ら表すことを予め禁じられた者。この国の文化の中には精々、頑強で忍耐強く勤勉な出稼ぎ労働者か、国内でも調達できる手軽な「黒んぼの雌」（これはイヴリン・ウォーの「黒いいたずら」で、敢えて偽悪的に使われている言葉だが）か、でなければ異形の者としてしか占める場所のない者。

この小説は、日本文学における地方の描き方に対する異議として書かれた。勿論、拒絶された。こんな日本はない、と言われた。全国津々浦々、中央の文化のローラーで均して等しく中産階級化された「筈」なので、旦那衆と勤め人の間に画然たる区別がある町などない、日本の母は等しくサラリーマンの妻で専業主婦の「筈」なので、女性の殆どが働きに出ている町などというものは存在しない、と言われた。一億総中流の幻想が去った今や、どちらが嘘であったかは明らかだろう。小規模な工場群が経済を支える町、女子労働力に頼ること大な産業を持つ町で、そういう状態にあった町は幾らでもある。ただ、描かれることも書かれることもなかったか、描かれ書かれても受け入れられることがなかったかだ。

戦争は、その存在しないことにされている世界において働く「法」を露出させる装置として導入される。成文化された日本国の法だけではなく、人を「日本人」というのっぺりした型に塗り込める文化的な「法」も取り払われた中でなお、人を拘束する無法の、暗黙の法。「戦争の法」という題が指し示すものは明白だ。十年以上してから「ミノタウロス」で扱ったのも同じ主題だった。ただし東部ウクライナは定住の歴史自体が浅く、人為的に導入された地主制度の下にある地縁血縁の縛りは脆弱で、無政府状態は更に苛烈なものになる。更に十年後の「スウィングしなけりゃ意味がない」では特殊なイデオロギーに基く国家の法が、社会に深く根を下ろした資本主義の法と功利で結び付いているが、部分的なコンフリクトは避けられない様を書いた。コンフリクトが全面的なものになった時、人は国家の法を捨てるだろう。一般的に期待されるであろう人間性の法も、ここでは資本主義の法に還元されることなしには有効性を持たない。多重に課された法が、ある層で人を形作り、別な層では人の範疇から追放する。そういうあり方についての三作、と考えていただいてもいい。後二者は国外を舞台としているが、日本という場が単一の平面的なあり方で全てを覆い隠している以上、そういう主題はその外に自分の顔を探し求めながら追求するしかない。

全ての社会は跛行する。その中では人も跛行せざるを得ない。存在しないことになっている社会の自らを表す表象を持たない者にとっては尚更だ。

戦争の法

二〇一七年一二月二三日　初版第一刷発行

著　者　佐藤亜紀
発　行　伽鹿舎
印刷・製本　藤原印刷株式会社

編集・DTP　加地　葉
装丁・デザイン　テッシンデザインオフィス&瀧沢　諒
デザイン補助　飯田　菜生

伽鹿舎
〒861-8005　熊本市北区龍田陳内四—二〇—二六—一〇三
kajikasha@kaji-ka.jp　http://kaji-ka.jp

ISBN978-4-908543-09-8　C0093

伽鹿舎 QUINOAZ

昨日から、明日へ

日々、生まれては消えていく本があります。

消える理由は様々ですが、中には、惜しまれながら消える本も、あります。めまぐるしい経済社会に生きるわたしたちの前からは、いつでも飛ぶようにそれらは流れ去って行ってしまいます。

昨日から、明日へ。

繋げ、残したい本を、刊行しようと、そう決めました。

ライブラリー版と呼ばれる版型を選んだのは、この伽鹿舎QUINOAZ《キノアス》が、小さな小さな、あなたのためのライブラリーになることを願ったからです。手元に置ける小さな、しかし美しく贅沢な本を。

本は、いつでも過去から未来への橋渡しです。わたしたちは、必ず昨日と明日のはざまを生きています。

その、傍らに。

寄り添い、手渡されていく伽鹿舎QUINOAZであるように。願いと期待と希望をこめて、一冊ずつお届けします。